heyne>fliegt

Das Buch

Owen und Lilly verfügen über eine geheimnisvolle Gabe: Als direkte Nachfahren der Bewohner des versunkenen Atlantis können sie unter Wasser ohne Sauerstoffzufuhr atmen und sich so mühelos bewegen wie an Land. In einer Welt, in der die Erdoberfläche durch Klimakatastrophen nahezu unbewohnbar geworden ist, liegt in dieser Gabe eine große Chance – für sie und für die Menschheit. Gemeinsam mit dem zwielichtigen Leech sind sie aus Camp Eden geflohen, um zum alten Atlantis zurückzufinden. Denn es gibt Hinweise, dass sie dort eine Technologie finden könnten, die die Umweltzerstörung aufzuhalten vermag. Ihre Reise führt Owen, Leech und Lilly quer durch die Vereinigten Staaten, die zu einer unbewohnbaren Ödnis verkommen sind. Ihr vorläufiges Ziel: die unwirtliche schwarze Stadt Desenna. Doch ihr Todfeind, der vor nichts zurückschreckt, ist ihnen schon auf den Fersen …

Der Autor

Kevin Emerson war Lehrer, bevor er mit dem Schreiben begann. Durch seine Schüler kam er auf die Idee, sich Bücher für Jugendliche auszudenken. Heute ist er professioneller Autor. In seiner Freizeit spielt er in einer Band – und unterrichtet, was ihm noch immer sehr viel Spaß macht. Kevin Emerson lebt in Seattle.

Lieferbare Titel

Die Vertriebenen: Flucht aus Camp Eden

KEVIN
EMERSON

DIE VERTRIEBENEN –

DIE PROPHEZEIUNG VON DESENNA

ROMAN

AUS DEM AMERIKANISCHEN
VON CAROLA FISCHER

heyne>fliegt

MIX
Papier aus verantwortungsvollen Quellen
FSC® C014496

Verlagsgruppe Random House FSC® N001967
Das für dieses Buch verwendete
FSC®-zertifizierte Papier *Holmen Book Cream*
liefert Holmen Paper, Hallstavik, Schweden.

Redaktion: Rainer Michael Rahn
Umschlaggestaltung: Nele Schütz Design, München,
unter Verwendung eines Motivs
von shutterstock/Maksim Toome
und shutterstock/Veronica Louro
Satz: Leingärtner, Nabburg
Druck und Bindung: GGP Media GmbH, Pößneck
Printed in Germany

ISBN: 978-3-453-26786-2

www.heyne-fliegt.de

Für Brian, der ein wunderbarer Reisegefährte für einen Streifzug in einer alten Flugmaschine über zukünftiges Ödland wäre

EPIGRAPH

Nach dem Beben und der Flut
Nachdem die Herren und ihre Kräfte von der hungrigen Erde verschlungen worden waren
Fand eine Reise statt
Durch die dunkle Ewigkeit, während die Welt heilte
Die Vertriebenen suchten eine neue Heimat
Aber sie waren verloren, so verloren
Und als das Meer sich beruhigte und es still wurde auf dem Land
Und die Sterne es wagen konnten, wieder zu schauen
Stieg die Erinnerung in Schiffen aus blauem Licht herab
Um wieder aufzusteigen
In der Hoffnung, dieses Mal die Höhen der Herren zu erreichen
Ohne deren Grausamkeiten wiederaufleben zu lassen

TEIL I

Ruf: *Hört! Lauscht dem Lied!*
Antwort: *Wohin ist die schöne Musik verschwunden?*
Ruf: *Sie ist fort mit dem Fluss, fort mit den Bäumen.*
Antwort: *Sie ist fort und lässt uns auf Knien zurück.*

Ruf: *Hört! Hört! Was vernehmt ihr da?*
Antwort: *Den Wind der Veränderung, die Trommel der Angst*
Ruf: *Lauscht unseren Schritten, lauscht unseren Herzen,*
Antwort: *Ist das das Ende, oder ist es erst der Anfang?*

– TRADITIONELLES WANDERLIED AUS DER ZEIT DER GROSSEN FLUT

Diese Knochen sind alt, älter als du denkst,
Du erinnerst dich an mich,
Als wäre es gestern gewesen,
Aber das ist Jahre her.

– THE TRILOBYTES, »LIED FÜR DEN KRYO«

1

Es dämmerte bereits, als sich unter uns die erste Stadt der Toten ausbreitete: Gambler's Falls befand sich dort, wo einst South Dakota gewesen war, im westlichen Teil der Mississippi-Wüste. In dieser langen Nacht waren wir schon über andere Städte geflogen. Alle sahen gleich aus: gespenstische, geometrische Schattenbilder im Mondlicht, die Häuser unbeschädigt, die Autos reihten sich ordentlich am Straßenrand auf oder standen in den Einfahrten. Fast hätte man sich die friedlich schlafenden Bewohner vorstellen können, wären da nicht die abgeschaltete Straßenbeleuchtung, die offenen Motorhauben und Benzintanks der Autos gewesen, alles überzogen von einer dicken Sandkruste.

Doch etwas in Gambler's Fall war anders: die Mauer.

Und die Leichen.

Das Luftschiff senkte sich aus dem leeren blauen Himmel herab. Hinter uns war gerade eine orange und feuerrot leuchtende Sonne aufgegangen, und obwohl der Wind in meinem Gesicht immer noch die feuchte Nachtkälte mit sich trug, spürte ich auf meinem Rücken schon die tödliche Hitze. Lilly schlief zusammengekauert neben mir. Leech saß an der Stirnseite des dreieckigen Gefährts.

Wir waren seit vierzehn Stunden unterwegs, seit wir aus Eden West geflohen waren, und wir brauchten unbedingt einen Ort, wo wir uns vor der Sonne und der

Eden Corporation verstecken konnten. Auf der anderen Seite der Stadt hatte ich eine schmale Schlucht entdeckt, die mir dafür geeignet schien.

Als wir tiefer sanken, warf ich einen Blick zurück und spähte nach einem Anzeichen von Pauls Männern, doch wie schon die ganze Nacht über hütete der Horizont sorgsam seine Geheimnisse.

Zuerst hatte ich geglaubt, dass Eden sich sofort an unsere Fersen heften würde, aber nachdem ich mit Leech darüber gesprochen hatte, war mir klar geworden, dass Paul einige Zeit brauchen würde, um ein Suchteam zusammenzustellen. Seine Drohnen mussten wegen der realen Sonne umgebaut werden, er brauchte Kraftstoff und Vorräte. Wahrscheinlich waren er und seine Männer inzwischen bereits auf dem Weg, doch wir hatten einen guten Vorsprung und konnten es uns leisten, uns ein paar Stunden auszuruhen.

»Bist du sicher, dass die Zeit dafür reicht?«, fragte Leech skeptisch, während wir über die Randbezirke der Stadt flogen. »Wir sind schon jetzt so weit ab vom Kurs.«

»Ich muss etwas schlafen«, antwortete ich. In den letzten vierundzwanzig Stunden hatte ich gar nicht geschlafen, und in den Tagen zuvor waren es nicht mehr als ein paar kurze Stunden gewesen. »Sonst kann ich uns nicht zu deinem Kennpunkt bringen.«

In der vergangenen Nacht war dies zum neuen Streitpunkt zwischen Leech und mir geworden. Er hatte Karten gezeichnet, und ausgehend von den Richtungsangaben, die wir – noch in Eden – auf der Spitze von Mount Asgard in den Berg eingeritzt gefunden hatten, hatte er einen südwestlichen Kurs ausgearbeitet. Leech glaubte, dass dieser Kurs uns zu einer Art Atlantischen Marke führen würde, dem nächsten Halt auf unserem Weg zum Herzen von Terra, jenem Ort, den wir vor Paul erreichen mussten.

Ich vertraute Leech, er war der Navigator. Es war seine Aufgabe, unseren Kurs auszuarbeiten, als Aeronaut hatte ich dafür zu sorgen, dass wir dorthin kamen. Aber anstatt Leechs Angaben zu folgen, war ich immer gen Westen geflogen, in Richtung Yellowstone Hub, wo ich herkam. Die ganze Nacht hindurch hatte Leech darauf hingewiesen, dass wir immer weiter vom Kurs abkamen und dadurch Zeit verloren. Ich fand es besser, zunächst einmal zum Hub zu fliegen, wo mein Dad lebte, und uns dort Vorräte für eine längere Reise zu besorgen.

»Ich versteh schon, du brauchst deinen Schönheitsschlaf«, sagte Leech missmutig, »aber … wow …« Er lehnte sich aus dem Luftschiff. »Schau dir das mal an.«

Ich schaute hinunter und zwischen den Schatten der Gebäude erkannte ich die Mauer. Sie war vielleicht zehn Meter hoch, eine Anhäufung aus aufgestapelten Möbeln, Sandsäcken, Steinen und Betonklötzen, die mit Stacheldraht und Telefonkabel zusammengehalten wurde. Auf dem Rücken der Barriere verlief eine Linie aus spitzen Glasscherben. Die Mauer schlängelte sich durch die Straßen, vorbei an den umgekippten rußigen Auto- und Lasterwracks, Möbel- und Müllhaufen, und manchmal geradewegs durch ein eingestürztes Gebäude.

»Mann, pass doch auf!«, rief Leech.

Der Anblick hatte mich abgelenkt, mein erschöpftes Gehirn arbeitete nur langsam, und nun flogen wir zu tief. Direkt vor uns lief die Mauer auf ihren höchsten Punkt zu. Am Gipfel standen ein schiefer Wachturm und eine mit blauer Plastikplane abgedeckte Holzplattform. Die Plane war vom Wind zerfetzt worden, aber die

Aluminiumpfosten waren noch intakt, auch der in der Mitte.

Dort befand sich die Leiche.

Ich trat heftig auf die Pedale am Boden des Gefährts.

Die Quecksilber-Vortex-Turbine, ein schwarzes Dreieck aus glänzendem Stein mit einem wirbelnden blauen Licht in der Mitte, brummte in einer höheren Tonlage. Der Lichtschein wurde heller und als der Antigravitationsantrieb einsetzte, ging mir die Erschütterung durch Mark und Bein. Das Gefährt stieg steil gen Himmel, um ein Haar hätten wir die Leiche gestreift.

Lilly schreckte aus dem Schlaf hoch. »Was ist passiert?« Sie zog sich an meiner Schulter hoch.

»Toter Typ«, antwortete Leech.

Lilly reckte den Hals nach hinten. »Herrgott noch mal«, murmelte sie.

»Ich glaube nicht, dass Gott etwas damit zu tun hatte«, sagte Leech.

Von dem Körper waren fast nur noch die Knochen übrig und einige Streifen verkohlter, ledriger Haut zwischen den Gelenken. Ein paar zerfetzte, braune Kleidungsstücke flatterten im Wind.

»Da sind noch mehr«, sagte Leech. Er zeigte auf einen Haufen brauner Knochen und Kleider neben den Trümmern des Mauersockels. »Sieht aus, als hätten sie versucht reinzukommen.«

»Was, glaubst du, *waren* sie wohl? Eine Warnung?« Über meine Schulter hinweg blickte Lilly auf das höchste Gebäude der Stadt. Es war aus Ziegelstein gebaut und ungefähr zwölf Stockwerke hoch. Einige restliche Buchstaben an der Seite deuteten darauf hin, das dort eine Bank gewesen war. In der leuchtenden Sonne hoben sich die Umrisse von Skeletten ab, in jedem Fenster eines.

Auch das Dach war von einer dekorativen Umrandung eingefasst, die das Gebäude wie eine Burg aussehen ließ, nur waren diese Miniaturzinnen in Wirklichkeit aufeinandergestapelte Schädel. Zahllose Schädel.

»Ich würde das als Warnung verstehen«, sagte ich.

»Und dort ist wohl das, was sie beschützen wollten.« Leech deutete in die entgegengesetzte Richtung.

Die Mauer verlief in einem krummen Kreis durch die Stadt, und in seiner Mitte, ein wenig außerhalb des Zentrums, stand ein sehr großes Gebäude mit einem riesigen, flachen, sandbedeckten Dach, daneben ein großes, weißes Schild mit blauer Schrift:

WALMART SUPERPLUS GAMBLER'S FALLS

»Ich war öfter in so einem Supermarkt, bevor ich eingefroren wurde«, sagte Leech. »Dort gab es so ziemlich alles. Vollkommen logisch, dass sie den verteidigt haben.«

Ein weiterer toter Körper war an die Fahnenstange vor dem Haupteingang gebunden, und alle Glastüren waren mit Sperrholz verbarrikadiert. Auch diese Leiche wirkte alt und hatte ledrige Haut.

»Was ist hier geschehen?«, fragte Lilly leise, während sie die Straßen unter sich hinweggleiten sah. Die meisten Gebäude und Wohnhäuser waren dem Erdboden gleichgemacht. Ein paar Balken und Mauerreste ragten, ebenso wie die Astgerippe der versengten Bäume, aus dem Sand empor.

Sie hatte die ganze Nacht geschlafen, nur einmal hatte sie sich bewegt und leise vor sich hin gewimmert. Das Einzige, was ich verstehen konnte, war »Anna«. Es hatte so verzweifelt geklungen, dass ich mich sofort in das Geheimlabor unterhalb von Camp Eden zurückversetzt fühlte, wo Lilly ihre beste Freundin gefunden hatte. Annas Körper war aufgeschnitten und für ein grausames wissenschaftliches Experiment genutzt worden, die Suche nach dem Atlantischen Code, den wir in uns trugen. Das Bild von Anna, wie sie da lag, der offene Brustkorb, die Organe, die Schläuche und ihre weit aufgerissenen, angsterfüllten Augen … ich wurde es einfach nicht mehr los.

»Also«, fügte Lilly hinzu, »wer waren diese Menschen?«
Ich erinnerte mich, dass sie sich schon auf dem Floß darüber Gedanken gemacht hatte, als wir noch im Ferienlager waren: Was würden zukünftige Wesen in einigen Tausend Jahren über diese untergegangene Zivilisation des 21. Jahrhunderts, über uns, denken? Auf dem Floß hatten sich Lillys Gedanken nur um einen leeren Swimmingpool in ihrem früheren Garten in Las Vegas gedreht, jetzt ging es um ein Massaker.

Offenbar hatte sie damit nicht gerechnet. Der Anblick war in jedem Fall trostloser und brutaler als alles, was ich früher im Yellowstone Hub gesehen hatte, doch zumindest hatte ich schon ein paar Geschichten über die Vorkommnisse in der Wildnis gehört.

»Wahrscheinlich Widerständler«, meinte Leech. »So hat man sie zumindest während der Großen Flut genannt.«

»Ja«, stimmte ich zu und unterdrückte einen Anflug von Verärgerung. Obwohl wir Eden verlassen hatten und uns nun in meinem Teil der Welt aufhielten, tat Leech immer noch so, als wäre er für alles der Experte. Aber in diesem Fall hatte er recht, also widersprach ich ihm nicht.

Dieser Teil des Kontinents war einmal fruchtbares Land gewesen, aber mitten in der Großen Flut waren sämtliche Gewässer ausgetrocknet. Ein grausamer Streich des Klimawandels. Je mehr sich die Erdatmosphäre erwärmte, desto mehr Wasserdampf konnte sie speichern, und während die Meere anschwollen, trocknete das Land aus.

Die Menschen hatten damals Zeit, ihre Häuser zu verlassen, aber es gab nicht viele Orte, wo sie hingehen konnten. Wenige Glückliche konnten sich einen Platz in Eden West kaufen, für die anderen waren die Aussichten düster. Eine Familie konnte sich zur Küste aufmachen und sich auf einem Tanker einschiffen, der sie in den Bezirk der Belegschaft von Coke-Sahel brachte, oder nach Norden in die Grenzgebiete der Bewohnbaren Zone auswandern, wo es schon schwierig war, ein Visum für die Amerikanisch-Kanadische Föderation zu bekommen, und wo Krankheit und Kriminalität an der Tagesordnung waren.

»Anstatt wegzugehen«, erklärte Leech nun Lilly, »schlossen sie sich zusammen und versuchten, es allein zu schaffen, wie im Hub oder in Dallas Beach. Diese Gruppen bekommen manchmal Unterstützung von der AKF.«

»Trotzdem scheitern die meisten von ihnen«, warf ich ein, »wegen der Seuchen oder ihrer Machtkämpfe, oder weil sie verhungern. Manchmal kommt alles zusammen.«

»Mmm«, sagte Lilly und starrte weiter auf die Ruinenlandschaft unter ihr. Sie schüttelte den Kopf und lehnte sich an mich. Die Wärme ihrer Berührung ließ die Kälte der Nacht dahinschmelzen.

»Hallo«, sagte ich und warf ihr einen Blick zu. Sie hatte sich in meinen strahlenabweisenden Pullover gekuschelt; ihr langes, dunkles Haar war nach dem Schlaf ganz glatt. Ihre Augen waren so klar und faszinierend wie immer, himmelblau mit perlweißen Schlieren. Helle, geschwungene Linien schlängelten sich ihre mandelfarbene Wange entlang, der Abdruck stammte von der wasserdichten, roten Tasche, die sie als Kopfkissen benutzt hatte. Ich streckte die Hand aus und fuhr mit dem Finger eine s-förmige Linie von ihrem Auge bis zum Kinn nach.

»Lustiger Abdruck«, sagte ich.

Sie lächelte und küsste mich auf die Wange, wobei ihre Nase meine Wangenknochen leicht berührte. Ich spürte ihre Wimpern auf meiner Schläfe. Das Gefühl kannte ich bereits. Obwohl unser erster Kuss nur zwei Tage her war, schien mir alles bestens vertraut, ihre Lippen, ihr Atem, der ein wenig salzig roch – ich konnte mir nicht mehr vorstellen, wie es vorher gewesen war. Jeder Kuss war wie ein Sturm in meinem Gedächtnis, der alles andere hinwegfegte.

Dann wich sie plötzlich zurück. »Aua«, stöhnte sie. Sie rieb sich am Hals über die schmalen, roten Linien ihrer Kiemen.

»Was ist los?«, fragte ich.

»Die tun richtig weh«, antwortete sie und kratzte sich leicht. »Sie fühlen sich trocken an.«

»Meine fühlten sich auch so an, bevor ich das erste Mal nachts zum See gegangen bin«, sagte ich, »als ob sie Wasser bräuchten.« Von meinen Kiemen war kaum mehr etwas zu sehen. Es war nicht einmal zwei Tage her, dass sie aufgehört hatten zu arbeiten, und jetzt war es schon so, als hätte ich sie nie gehabt. Auch angesichts dieser Veränderung konnte ich mich kaum noch erinnern, wie es vorher gewesen war. War ich wirklich stundenlang im dunklen Lake Eden umhergeschwommen?

Hatte ich mich wirklich wohlgefühlt unter dem Druck des Wassers in der Kälte des Sees? War ich im Wasser sogar stärker als an Land gewesen? Jetzt war die Luft mein Zuhause. Statt auf Wasserströme reagierte ich nun auf Windgeschwindigkeiten. Statt um den Druck in verschiedenen Wassertiefen ging es nun um die Spannung der Segel im Wind.

Als Lilly mit dem Finger über die verblassten Linien an meinem Hals fuhr, rief das nur eine schwache Erinnerung in mir wach.

»Ich kann sie kaum noch sehen.« Sie runzelte die Stirn und wandte sich ab.

»Hey«, sagte ich und wollte meinen Arm auf ihre Schulter legen, doch gerade kam eine warme Morgenbrise auf, daher musste ich mit beiden schmerzenden Armen die Segelleinen festhalten. Seit meine Kiemen verschwunden waren, hatte sich etwas zwischen uns verändert. Es lief nicht schlecht, die Verbindung war nur … weg. Ich hatte meine Kiemen verloren, weil ich ein Atlanter war, einer von den Drei. Leech war auch einer, aber Lilly …

Es schien unwahrscheinlich. Ihre Kiemen waren nicht wie die von Leech und meine verschwunden. Als sie gesagt hatte, sie habe die Sirene gesehen, war das eine Lüge gewesen, nur dass Leech die auch nicht gesehen hatte, also bewies das gar nichts.

Mir war immer noch nicht klar, warum ich die Sirene gesehen hatte. Vielleicht war der Schädel unterhalb von Eden meiner gewesen. Vielleicht war das auch der Grund, warum meine Kiemen so schnell gewachsen und wieder verschwunden waren. Die von Leech hatten sich wahrscheinlich zurückgebildet, weil er sich so lange in dem unterirdischen Tempel aufgehalten hatte.

Jahrelang war er in der Nähe von meinem Schädel gewesen, wenn er in dem Tempel direkt darüber gearbeitet hatte. Vielleicht würden Lillys Kiemen verschwinden, wenn sie hier in dem Luftschiff war, zusammen mit meinem Schädel …

Vielleicht aber war sie gar keine von uns. Und wenn es so war, was bedeutete das dann für den Rest unserer Reise? Ich hatte schon darüber nachgedacht, dass es einen Moment geben könnte, in dem ich fortgehen könnte und sie nicht, in dem uns unsere unterschiedlichen Schicksale trennen würden. Vielleicht fühlte sie das auch, als ob eine Wolke über uns hängen würde, trotz des gnadenlos blauen Himmels.

»Alles wird gut«, sagte ich. Ich wusste nicht, ob ich ihre schmerzenden Kiemen meinte oder uns beide oder das Unbekannte, das vor uns lag. So oder so hatte ich Angst zu lügen.

Lilly seufzte. »Ja, bestimmt.« Sie rieb sich wieder die Kiemen. Ihr Blick blieb abwesend, als ob sie es auch nicht recht glauben würde.

Die Sonne brannte unbarmherzig vom Himmel herab, und selbst unter dem dicken Sweatshirt, das ich trug, juckte meine Haut. Das Shirt stammte aus Eden West, doch ohne UV-Schutz würde das hier draußen nicht genügen. Wir hatten am Vortag ein paar Stunden in der Nachmittagssonne verbracht, meine Kopfhaut war schon ganz verbrannt und Arme und Beine waren mit besorgniserregenden Pusteln übersät.

»Wollen wir uns in dem Walmart ausruhen?«, fragte Leech und schaute zurück. »Wir könnten schauen, ob wir ein paar Vorräte finden.«

»Dort können wir das Schiff nicht verstecken«, sagte ich. »Ich glaube, in der Schlucht ist es sicherer, und außerdem könnten wir in zehn Stunden im Hub sein. Wir müssen nur noch ein bisschen durchhalten.«

»Gut, aber ich habe jetzt Hunger«, sagte Leech. »Und wieso glaubst du überhaupt, dass dein Dad uns helfen kann?«

»Wen sollen wir sonst um Hilfe bitten?«, erwiderte ich. Sonst bliebe uns nur die Möglichkeit, eine Nomadenschar ausfindig zu machen, doch wir wussten nicht, wo wir suchen sollten. Leech bezeichnete die Nomaden unaufhörlich als Wilde, obwohl Lilly und ich es besser wussten. Bevor wir letzte Nacht in den Schlaf gesunken waren, hatte Lilly noch den Gammalink nach dem Sender der Freien Nomaden abgesucht, doch sie hatte ihn nicht gefunden.

Was meinen Vater betraf, hatte Leech nicht ganz unrecht. Denn ich konnte mir nicht wirklich vorstellen, wie er auf meine Geschichte reagieren würde:

Hey Dad, hör mal zu. Ich weiß, ich bin erst letzte Woche nach Camp Eden ins Ferienlager gefahren, aber ich bin schon wieder zurück, und so einiges hat sich seitdem … verändert. Nun brauche ich Hilfe, um Vorräte für uns zu beschaffen, ohne dass jemand merkt, dass wir hier sind, denn, oh, habe ich schon erwähnt, dass wir auf der Flucht vor der Eden Corporation sind? Sie sind hinter mir her, weil ich ein genetischer Nachkomme der Atlanter bin und ihnen helfen kann, die ›Brocha de Dioses‹ – entschuldige bitte, den Pinsel der Götter – zu finden. Das ist eine alte Technologie, die den Verlauf des Klimawandels rückgängig machen kann, um, du weißt schon, die Welt zu retten.

Nein, schon klar, die Welt retten klingt großartig! Doch es gibt ein Problem: Wir trauen Paul und den anderen Direktoren mit ihrem Elysion-Projekt nicht mehr, denn sie haben unseren Freunden Schreckliches angetan, ganz zu schweigen davon, dass sie die Suche nach Atlantis und nach uns, den Atlantern, seit über fünfzig Jahren geheim halten. Ich weiß das einfach, o.k.? Wenn sie wirklich nur die Erde und die Bevölkerung retten wollen, warum haben sie dann aus ihrer Suche so ein großes Geheimnis gemacht? Ja, das ist wirklich verdächtig.

Was? Oh, ja richtig, wie sieht denn MEIN Plan genau aus. Wir werden die ›Brocha de Dioses‹ selbst finden und dann entscheiden, was zu tun ist. Auf keinen Fall darf die ›Brocha‹ in die Hände der Eden Corporation gelangen.

Dieses Luftschiff? Das gehört mir. Echt cool, oder? Ja, ich kann es fliegen. Das hat mir Lük, ein toter Junge, beigebracht. Sein Bewusstsein – also genau genommen seine Qi-An Lebenskraft – war in einem Kristallschädel eingeschlossen.

Also … das klingt doch alles wunderbar, oder? Okay, super! Nun brauchen wir Nahrungsmittel, ein Zelt, und noch ein paar andere Dinge. Und dann musst du weitermachen wie bisher und mich in den Sonnenuntergang fortsegeln lassen, ohne zu wissen, wohin meine Reise geht …

So wie bei Mom.

Vielleicht würde ich den letzten Satz weglassen. Aber auch ohne den – wie würde Dad reagieren? In meiner Vorstellung flippte er jedes Mal total aus.

Und selbst wenn er meine Geschichte irgendwie einleuchtend fand – wenn er einverstanden war, dass ich irgendwo ins Nirgendwo flog, während mich die Eden Corporation verfolgte –, was wäre dann? Glaubte ich wirklich, dass mein Dad mit seinen Atemproblemen, dem schon die zwei Treppen von der Höhlenpromenade in unsere Wohnung Mühe machten, der kaum das Helsinki Island Footballteam anfeuern konnte, ohne schlimme Hustenanfälle zu bekommen, es schaffen würde, uns mit Vorräten zu versorgen, ohne zusammenzubrechen?

Unwahrscheinlich.

Von all dem hatte ich Leech nichts gesagt. Ich wollte ihm nicht noch mehr Munition liefern für seine Argumente, am Hub vorbeizufliegen, damit wir uns sofort auf den Weg nach Südwesten machen konnten. Vielleicht war es dumm, zum Hub zu fliegen, doch ich wollte unbedingt dorthin.

Es ging mir nicht nur um die Vorräte, ich hatte Sehnsucht nach meinem Vater. Das überraschte mich. Wir waren uns nicht sehr nahe, und trotzdem, nach den Ereignissen der letzten Nacht war mein Wunsch immer stärker geworden. In der vergangenen Woche war so viel passiert, ich war im See ertrunken, zum Atlanter geworden, dann waren wir geflohen. All das kam mir vor wie ein knallbunter, vollkommen unwahrscheinlicher Traum, sodass ich mich fragte, wie mein Leben im Hub ausgesehen hatte? Es fühlte sich so weit entfernt an und das war fast lächerlich, denn ich konnte mich sehr gut an die stillen Nächte mit Dad auf dem Sofa erinnern, an die einsamen Tage, die ich meist schweigend zwischen meinen wenigen Mitschülern verbrachte, und auch an das dumpfe unterirdische Licht, den Geruch nach Schwefel und Gestein. All das war ein Teil von mir … und dennoch trennte eine breite Kluft mein neues von meinem alten Ich. Und auch wenn dieser neue Owen, der ein Ziel hatte, eine große Verbesserung gegenüber dem darstellte, der ich früher war, fühlte ich mich trotzdem irgendwie unsicher, als ob ich meine alte Realität verlassen hätte und draußen umhertreiben würde, außerhalb von Zeit und Raum.

Ich fuhr mit den Fingern über das Lederarmband, das ich im Ferienlager gefertigt hatte. In krummen Buchstaben stand dort »Dad«. Und dann hatte ich noch etwas ungelenk ein Bild eingeritzt, das ich für das merkwürdige Symbol von Camp Asgard gehalten hatte, doch inzwischen wusste ich, dass es ein atlantisches Symbol war, vielleicht stand es sogar für Atlantis selbst.

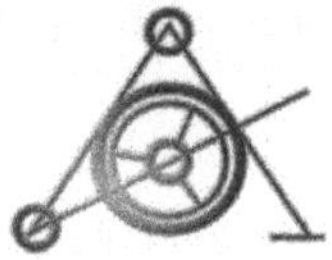

Es stand für mein altes und mein neues Ich. Vielleicht wünschte ich mir nur eine konkrete Verbindung zwischen den beiden, so als müsste ich mich versichern, dass ich auch noch der alte Owen war, bevor ich dieser Aeronaut wurde und verrückte Dinge tat. Vor nur einer Woche hätte ich mir das niemals vorstellen können, aber jetzt war es einfach so.

Aus diesem Grund fragte ich Leech: »Du hast doch nicht die Orientierung *verloren*, oder?«

»Natürlich nicht«, antwortete er.

»Also können wir unseren Kurs korrigieren, wenn wir im Yellowstone Hub waren.«

Leech sah mich merkwürdig an: nicht genervt, eher ernst.

»Sieh mal, ich glaube, wir vergeuden damit wertvolle Zeit.« Er klang beinahe besorgt.

»Also«, warf Lilly ein, »ich bin für Owens Idee. Find dich damit ab.« Sie begann sich am Rücken zu kratzen. »Es wird sehr schnell heiß. Wollen wir dorthin?«

»Ja.« Vor uns tauchte eine kleine Schlucht auf. Sie war schmal und kurvig, die Wände in sämtlichen Braunschattierungen gestreift.

»Sieht gemütlich aus«, murmelte Leech.

»Es liegt gut versteckt«, sagte ich. »Das ist das Entscheidende.«

Am Rand war früher so etwas wie ein Park gewesen. Eine weite Fläche aufgebrochener Asphaltwege, eine Ebene mit Picknicktischen, überdeckt von Sandwehen, aus denen einige Spielplatzgeräte herausragten. Daneben öffnete sich die Schlucht in einer breiten Mündung, als ob dort einmal ein Wasserfall hinuntergerauscht wäre. Darunter lag eine leere Grube, vielleicht war das früher mal ein Teich gewesen, in dem vor langer Zeit Kinder geschwommen waren.

Doch als wir über den Park flogen, sahen wir, dass der ausgetrocknete Teich nun etwas ganz anderes war.

»Oh, Mann!«, sagte Leech.

»Iiiii …« Lilly atmete schwer, sie schien angeekelt.

Die ausgetrocknete Mulde war randvoll mit Leichen.

2

In der Mulde lagen zu viele verkohlte Knochen, um sie zählen zu können, Hunderte von Menschen, alle übereinandergeworfen, der ganze Haufen brannte. In der Erde tiefe Spuren von Lastwagen, die kein Wasser jemals weggewaschen hatte; sie führten zu einem riesigen Truck, der neben der Stadtmauer parkte.

»Eine Seuche, meinst du nicht auch?«, fragte Leech.

»Vielleicht auch Grippe«, sagte ich. »In dicht besiedelten Gegenden war die immer besonders schlimm. Vielleicht auch FP zwei.«

»Was?«, fragte Lilly.

»Flut-Pandemie zwei«, antwortete ich. »Auch Rote Flut genannt. Ein Symptom waren geplatzte Blutäderchen im Gesicht der Erkrankten. Während dieser Pandemie war ich noch klein, und im Hub hatten wir Glück. Es gab nur etwa zehn Fälle, und die haben sie rechtzeitig in Quarantäne gebracht.«

»Rote Flut«, sagte Leech, als ob er das für eine dumme Idee halten würde.

»Was glaubst du denn, was es war?«

Leech starrte mich eine Sekunde lang an, dann zuckte er die Achseln.

»Ist auch egal. Was immer es war, es hat wohl die meisten Bewohner der Stadt umgebracht, aber ich wette, das war nur der Anfang. Es gibt da dieses traumatische Syndrom der Bevölkerung, wenn die Überlebenden einer

Pandemie den Realitätssinn verlieren. Vielleicht haben sie deshalb angefangen, Befestigungen aus Schädeln zu bauen und tote Körper an Pfähle zu binden.«

»Ist das irgendwas Besonderes, dass Jungs immer so viel über Seuchen und Tod wissen?«, fragte Lilly.

»Das ist interessant«, sagte ich.

»Finde ich auch«, meinte Leech, und beinahe grinsten wir uns an.

»Die sollten nicht mehr ansteckend sein, nach all den Jahren in der brennenden Sonne«, sagte ich und lenkte das Gefährt über die Leichen. Mir fiel auf, dass dort keine Schädel waren. Die waren alle in der Stadt gebraucht worden.

Lilly sprach leise, während sie nach unten auf das Knäuel von Gliedmaßen blickte. »Warum sollen wir die Welt retten, wenn so etwas passieren kann?«

Ich zuckte die Achseln, sagte aber nichts. Sie hatte nicht ganz unrecht, doch wieder einmal überraschte mich ihr Ton. Im Ferienlager war Lilly von uns allen am meisten erpicht darauf gewesen, etwas zu verändern.

»Wir sollten einfach weiterfliegen«, murmelte Leech. »Mit denen da in der Nähe kann ich mich nicht entspannen.«

»Ich muss schlafen«, sagte ich. »Ich werde so viel Abstand zu denen halten wie möglich.«

Ich lenkte das Luftschiff über die ausgetrockneten Wasserfälle zu der Mündung der schmalen Schlucht. Wir trieben durch schattige Kurven. Das Flussbett war ein heller Sandstreifen, mit einigen Felsbrocken hier und dort. Die Felswände sahen wie von Menschenhand geglättet aus.

»Okay, lasst es uns versuchen«, sagte ich, drückte die Pedale ganz durch und wir landeten sanft auf dem

Sand. Ich beobachtete, wie das Licht des Vortex-Motors schwächer wurde. Bei unserer Flucht aus Eden hatten wir schon den Thermalballon verloren. Wenn der Motor ausfiel, würde das Gefährt für uns nutzlos sein.

Ich schloss die Augen und ließ mich in mein Inneres sinken – ein Gefühl, wie wenn man rücklings ins Wasser fällt –, bis die Außenwelt verschwand. Ich spürte das Summen des Kristallschädels in der Nähe, der in Lillys Tasche verstaut war.

Die Umgebung war mir vertraut: ein karger, grauer Strand entlang eines kristallblauen Bergsees, der von steilen, schneebedeckten Bergen umgeben war. Hinter mir lag die Atlantische Stadt in einem Fjord, der, das hatte Paul gesagt, zu Grönland gehörte, eine Stadt, die auch sein letzter Außenposten sein würde. Schmale Turmspitzen streckten sich nach den hohen Wolken. Das flache Dach der großen Hauptpyramide wurde von schwachen, weißen Glühbirnen erleuchtet.

Bist du sicher, dass uns das gelingen wird?, fragte ich Lük, der ganz in der Nähe im Schneidersitz saß und Segelleinen aufspulte. Er war so alt wie ich, sah uralt aus, seltsamerweise wie ich auch, unsere Gene waren miteinander verbunden, und doch durch Hunderte von Generationen getrennt.

Unsere beiden Luftschiffe waren an Pflöcken im Sand festgemacht. Sie trieben im Wasser, ein dumpfes Ploppen erklang, wenn die kleinen Wellen an den hölzernen Rumpf schlugen. Andere Schüler waren nicht zu sehen.

Er begann zu sprechen. *Ein einmaliges Aufladen des Quecksilber-Vortex-Motors sollte bei guten Flugbedingungen für mehrere Tausend Kilometer ausreichen. Wenn er nicht läuft, verbraucht er so gut wie keine Energie.*

Okay, in Ordnung, sagte ich. *Irgendwann müssen wir einen neuen Thermalballon anfertigen.*

Lük schloss einen Moment lang die Augen und dachte nach. Ein Schatten lief über sein Gesicht.

Was ist los?, fragte ich.

Er blickte sich um und runzelte die Stirn. *Für diese Information müssen wir wieder Verbindung mit dem Schädel aufnehmen. Er sollte … er sollte hier sein, ist er aber nicht.*

Oh, alles klar, sagte ich. Er starrte mich immer noch an. *Was ist los?*, fragte ich noch einmal.

Ich bin nicht ganz sicher, antwortete Lük. *Da sind noch andere Informationslücken. Ich glaube, der Schädel hätte uns besser miteinander verschmelzen sollen. Wir sollten noch einmal zusammenkommen.*

Einverstanden, wenn ich mich etwas ausgeruht habe, treffen wir uns wieder im Inneren des Schädels.

Ich tauchte wieder an die Oberfläche und nahm meine Füße von den Pedalen. Der Vortex-Motor glühte so schwach wie noch nie, aber er lief und summte leise.

»Alles in Ordnung«, sagte ich und griff nach dem schwarzen Rucksack von Dr. Maria. Lilly holte ihre Tasche hervor, und wir ließen uns nahe der Mauer im sicheren Schatten auf dem weichen, feinen Sand nieder. Als ich auf die Knie fiel, spürte ich, wie alle Kraft aus meinem Körper wich.

Lilly breitete eine Decke aus. Wir setzten uns, und ich holte die letzten beiden Sojariegel und eine Flasche Wasser aus Dr. Marias Rucksack. Wir hatten noch einen Riegel und eine Packung synthetische Veggie Chips, aber sonst kein Wasser mehr.

Ich riss die Verpackung auf und begann die schmutzig braunen Riegel in Stücke zu brechen. »Zwei Drittel für jeden«, sagte ich.

Als ich Leech die zwei Stücke reichte, fiel mir das Jäger-Beute-Spiel im Ferienlager ein, als er mir nicht meine Essensmarken gegeben hatte, woraufhin ich ihn geschubst hatte und ein Kampf ausgebrochen war, den wir aber nicht mehr ausgefochten hatten. Wir starrten uns an, und ich fragte mich, was aus diesem Hassgefühl werden sollte, jetzt, da wir Partner waren. Er zog die Augenbrauen hoch und nahm die zwei Stücke Sojariegel, als ob er das Gleiche wie ich fühlen würde: Vielleicht gingen wir uns auf die Nerven, aber wir waren schon lange nicht mehr dieselben Jungen wie im Ferienlager.

Die wenigen Bissen Riegel machten mich nur noch hungriger. Ich öffnete die Wasserflasche und nahm einen einzigen Schluck, bevor ich sie herumreichte.

»Weißt du«, sagte Leech, während wir aßen, »da anscheinend fast jeder in dieser Stadt plötzlich auf schreckliche Weise gestorben ist, könnten wirklich noch ein paar Vorräte in dem Walmart übrig sein.«

»Wir gehen da nicht hin«, sagte ich. »Wenn du von hier draußen wärst, würdest du die Verhaltensregeln im Fall der Roten Flut kennen. Du wüsstest, dass Mäuse und Kakerlaken die Krankheit übertragen. Und davon gibt es dort bestimmt genug, besonders, wenn da auch alte Nahrungsmittel lagern.«

»Hört euch den Schlaukopf an«, sagte Leech.

»In diesem Fall bin ich wirklich schlauer.«

Leech lachte in sich hinein. »Rote Flut ... Tut mir leid, aber ich kann mir das nicht länger anhören.«

»Was weißt du denn schon?«, sagte ich. »Du bist vor, ich weiß nicht, dreißig Jahren eingefroren worden ...«

»Siebenundvierzigeinhalb«, unterbrach mich Leech. Er hörte auf zu lachen.

»Genau. Das hier draußen ist meine Welt.«

»Was du von ihr kennst«, sagte Leech. Er schob sich die Riegelstücke in den Mund und stand auf. Dann stapfte er die Schlucht entlang und wirbelte mit den Füßen Sand auf. »Ich übernehme die erste Wache.«

»Ich kenn mich aus!«, brüllte ich ihm hinterher und hasste mich im selben Augenblick für meinen defensiven Tonfall. Ich war ihm mindestens ebenbürtig.

Leech machte eine wegwerfende Handbewegung. »Wie auch immer. Zum Jungenklo geht's hier entlang.« Er verschwand um eine Ecke, aber wir konnten dennoch hören, wie er sich erleichterte.

»Echt schön«, stöhnte Lilly.

»Ich kann nicht glauben, dass wir den jetzt an der Backe haben«, meinte ich. Ich streckte mich im Sand aus, verschränkte die Hände hinter dem Kopf und blickte auf den krummen Felsen und den schmalen Streifen sichtbaren Himmels über uns. Der Sand roch wie frisch gewaschen. Ein kühler Luftzug wehte vorüber. Meine Augenlider wurden schwer, und meine Beine fühlten sich wie Blei an.

Neben mir vernahm ich ein leises Rauschen. Lilly hatte ihr Computerpad hervorgeholt. Sie wischte mit dem Finger vor und zurück, leere Gammalinkfrequenzen zischten und tönten, während sie den freien Sender suchte. Wir hatten Pauls Telefon aus Eden mitgenommen, aber es hatte sich selbst zerstört, als Lilly versucht hatte, es zu benutzen. Das Gleiche hatten wir auch schon bei Aarons Telefon erlebt. Sie hatte es über Bord geworfen.

Lilly bemerkte, dass ich sie beobachtete. »Schlaf du mal.«

»In Ordnung.« Ich hätte noch gern mit ihr geredet,

aber die Müdigkeit übermannte mich. Das Rauschen des Computers begleitete mich, während ich mich zurücktreiben ließ: eine lange Reise durch die schwarze Nacht, durch den freien Himmel, zurück unter den künstlichen Himmel von Eden West, vorbei an den Drohnen, hinunter ins Labor zu den Kindern, die wir dort gesehen hatten, tief in das dunkelgrüne Wasser mit der gespenstischen, blauen Sirene und schließlich in schwarzen Schlaf.

Eine Zeit lang.

Owen.

Ich tauchte aus dunklen Tiefen auf, der Ruf der Sirene lockte mich. Ich war zurück in dem See, und ich hatte wieder Kiemen, die sich wie von Zauberhand hin- und herbewegten. Die schimmernde, blaue Gestalt trieb vor mir her.

Wer bist du?, fragte ich sie, wie schon das letzte Mal, als ich sie in der Schädelkammer unterhalb von Eden gesehen hatte.

Und genau wie beim letzten Mal antwortete die Sirene nicht, sie drehte sich nur um und schlängelte sich dann fort ins Dunkel.

Ich versuchte ihr nachzuschwimmen, aber meine Umgebung begann sich zu verändern. Wasser wurde durch Wände ersetzt: die schäbigen Metallpaneele unserer Wohnung im Hub. Plötzlich war ich sehr viel jünger und kauerte mich in Decken gehüllt an die Wand.

»Owen, sie sind da. Willst du mitkommen?« Mom beugte sich über mich, sie hatte den Cowboyhut aufgesetzt. In dieser Nacht erreichte das dreijährige Feuer Yellowstone. Sie hielt mir die Hand hin, aber ich wollte nicht mitgehen, denn eines wusste ich ganz genau:

Wenn ich den Brand mit ihr anschaue, würde sie uns verlassen. Und schon stand ich auf, genau wie im wirklichen Leben.

Warum war ich hierher zurückgekommen? Zweimal hatte ich in zwei Tagen die Augen geschlossen und jedes Mal durchlebte ich wieder dieselbe Nacht. Wieder gingen wir nach draußen zu dem Vorsprung auf dem Caldera-Felsen, um die Feuerwolken über unseren Köpfen zu beobachten, die Kriegsschiffen einer siegreichen Armee glichen. Wir sahen das Flammenmeer über den Rand schlagen, und ich versuchte, tapfer zu sein, denn meine Mutter genoss die Show, doch tief drinnen war ich so verängstigt, so verletztlich, dass meine Mutter – hätte sie meine Gefühle gekannt – uns sofort verlassen hätte.

Doch dann fing, im Gegensatz zu der Nacht damals, um mich herum ein Licht an zu leuchten. Plötzlich, am nächsten Morgen, war der Himmel grau und die Welt eine tote Aschebrühe mit schwarzen Baumgerippen. Die Asche war glatt und hob die Linien und Konturen der Welt hervor. Eine abdeckende Plane, um wieder von Neuem zu beginnen. Immer noch fielen graue Flocken vom Himmel, genau wie über der Atlantischen Stadt, wo Lük und ich uns zum ersten Mal getroffen hatten.

Ein scharfer Geruch lag in der Luft, nach verbranntem Holz und Elektrizität. Alles schwamm in der Hitze, hier und da sah man rot glühende Asche. Und …

Jemand schrie. Ein Mädchen. Ich wusste nicht, ob auch dies eine Erinnerung war oder eine neue Traumrealität. Ich wusste nur, dass ich zu ihr musste, schnell, deshalb drehte ich mich um und sprang von dem Vorsprung. Ich schwebte über der verbrannten Landschaft, mit ausgebreiteten Armen glitt ich dahin.

Ich landete auf den Knien in der feinen, noch warmen Asche. Das pudrige Zeug klebte an meinen Armen, meine Hände wurden grau und meine Jeans schmutzig.

In der Nähe zischte und knallte es in einem Baumgerippe, dessen Ascheschlund tiefrot glühte.

Owen.

Ich schaute auf, und da war sie.

Nicht die Sirene.

Ein Mädchen. Es war noch klein und hatte dunkelrotes, schulterlanges Haar und quarzweiße Haut, die durchscheinend war wie – *wie der Schädel* – und die Farbe von Asche wiederspiegelte. Asche und Haut hatten fast dieselbe Farbe. Mit dem Mädchen stimmte etwas nicht. Vielleicht war es krank.

Wenn es sich verschlimmert, wird sie fortgehen.

Das Mädchen blickte mich mit seinen riesigen, braunen Augen an, der Ausdruck eines gebrochenen Herzens lag darin, die Augen waren so ernst, der Mund so klein. Es trug einen strahlungsabweisenden Pyjama mit lachenden, grünen Fröschen darauf. … Wie alt war die Kleine wohl? Drei? Und wie hieß sie? Es kam mir vor, als wüsste ich das. Als hätte ich irgendwann einmal ihren Namen gekannt. Denn ich *sollte* ihn kennen. Beinahe konnte ich den leeren Fleck vor mir sehen, wo diese Information gespeichert sein sollte, doch ich konnte mit alldem nichts anfangen. Sie hielt ein Spielzeugkrokodil in der Hand, dessen samtener Schwanz auf den Boden hing und hin und her schwang in dem grauen …

Und sie begann in die Asche einzusinken. Zentimeter für Zentimeter verschwanden ihre Pyjamahosen, als ob man sie auslöschen würde.

Ich muss sie retten. Das wusste ich bestimmt. Ich machte mir Sorgen um sie, ich hatte *Angst*, aber die Asche fühlte sich wie Morast an, ich konnte mich nicht bewegen … Meine Beine waren plötzlich schwach und nutzlos, als ob mein Traum von der Gnade der Techniker abhing, die böse lachend die Regeln änderten.

Warte! Ich versuchte loszulaufen, aber meine Füße wühlten alles auf, und auch ich versank in der Asche, die nun der Himmel und das Wasser war, und ich ertrank, wie damals im See, noch einmal. Die schwarzen Bäume trieben im trüben Wasser umher, ihre Äste schlangen sich wie kranke Adern durch das Grau, und ich konnte das Mädchen nicht finden …

O-wen.

Ich zappelte herum. Nach oben. Nach unten. Was war das? Wer rief nach mir – die Sirene oder das kleine Mädchen?

Nur dass diese Stimme anders klang. Wieder sah ich eine schimmernde Gestalt, aber es war nicht die Sirene. Es war ein rechteckiges Licht, in dem ein Gesicht zu schwimmen schien.

Plötzlich erwachte mein Verstand, und ich konnte meinen Traum in sein Versteck sperren und Schwerkraft, Zeit und Raum an der Realität festmachen. Asche wurde zu Wasser, wurde zu Luft. Ich spürte den harten Sand auf meiner Wange, die kochend heiße Mittagsluft.

Das Licht kam aus dem Computerpad, das neben der schlafenden Lilly lag.

Ich setzte mich auf und sah das Gesicht auf dem Pad.

»Ah, da seid ihr also.«

Es war Paul.

3

Paul starrte mich wie aus einem Fenster im Sand an. Er trug seine Sonnenbrille, sein Ausdruck war ruhig. Bis auf eine dunkle Prellung an der Kopfseite, wo Lilly ihn mit dem Kristallschädel getroffen hatte, sah er aus wie immer: geheimnisvoll, nur dass er für mich kein Geheimnis mehr war. Ich hatte seine elektrischen Augen gesehen, die bionischen Implantate; daher erinnerte mich seine Reglosigkeit jetzt an einen Androiden, kalt und berechnend.

»Gefällt euch die Reise?«, fragte er.

Ich nahm das Pad in die Hand und suchte seine Ecken nach einem Aus-Schalter ab, fand aber keinen. Es musste sich um ein älteres Modell handeln; Lilly hatte erzählt, dass sie es von ihren Eltern bekommen hatte, als sie eingefroren worden war.

»Owen, sieh mich an.«

Ich fummelte weiter an dem Pad herum.

»Owen, mein Junge …«

»Halt den Mund!«, schrie ich, und hielt das Pad auf Armlänge von mir fern, als ob er hindurchgreifen und mich packen könnte.

»Okay, reg dich nicht so auf«, sagte Paul. »Ich will nur mit dir reden, bevor du einen großen Fehler machst.«

Ich sah ihn an. »Fehler?« Ich zitterte am ganzen Körper. »Mein einziger Fehler war, dass ich nicht früher gemerkt habe, was du in Wirklichkeit bist.«

»Ach, komm schon«, sagte Paul. »Habt ihr, deine Freunde und du, herausgefunden, dass ich ein Schuft oder ein Monster bin? Etwas in der Art? Denn wenn ihr wirklich über unser Gespräch im Tempel nachgedacht habt, dann wisst ihr, dass ich der beste Verbündete bin, den ihr drei haben könnt.«

»Ich erinnere mich noch gut an den Tempel«, sagte ich. »Als ich nicht mit dir zusammenarbeiten wollte, hast du versucht, mich an den Schädel anzuschließen, als ob ich eine von deinen Testpersonen wäre.«

»Also, damit das klar ist«, Paul lächelte. »Du warst meine Prämien-Testperson. Du besitzt den Schlüssel zur Rettung der Menschheit, und ich kann dir helfen aufzuschließen.«

»Genug!« Hass schwoll wie eine sich brechende Welle in mir an. »Halt einfach den Mund!«

»Owen?« Lilly drehte sich zu mir um und öffnete blinzelnd die Augen. Als sie Paul sah, fuhr sie ruckartig hoch. »Mach es aus! Wenn sie auf diesem Pad senden, können sie uns auch orten.«

Paul blickte in Lillys Richtung und lächelte. »Ich habe Miss Ishanis Instinkte schon immer sehr gemocht. Owen, lass sie bitte nicht unsere Unterhaltung beenden, bevor ich Gelegenheit hatte, dich zu warnen.«

»Gib mir das.« Lilly griff nach dem Pad.

»Es geht um deinen Vater. Dein Zuhause. Du kannst dort nicht hin.«

»Auf Wiedersehen, du Idiot«, sagte Lilly, tippte schnell auf das Pad und eine Menüleiste erschien an der Seite des Displays.

»Warte einen Moment.« Ich packte ihr Handgelenk.

»Owen«, mahnte Lilly, »alles, was er sagt, ist gelogen.«

»Das ist nicht wahr«, entgegnete Paul. »Denk dran,

was ich dir gesagt habe, Owen: Ich habe dich niemals belogen.«

Ich wusste, dass Lilly recht hatte, aber ich wusste jetzt auch, dass Paul annahm, wir würden zum Hub fliegen, und das bedeutete, seine Männer würden versuchen, uns dort abzufangen. Wenn ich ihn seine manipulative Ansprache machen ließ, könnten wir sie vielleicht auseinandernehmen und herausfinden, wie sie uns festsetzen wollten. Während der vergangenen Nacht hatte ich eines nicht gemocht: in den leeren Horizont zurückzublicken und mich zu fragen, ob die Eden Corporation auftauchen würde.

Ich griff nach dem Pad. Eine Sekunde lang dachte ich, Lilly würde es nicht hergeben. Aber das war nicht der Fall.

»Schön«, sagte ich. »Was gibt's denn?«

»Danke«, sagte Paul. »Nun hör mir gut zu. Heute Morgen hat Eden West über den Gammalink eine Nachricht an alle wichtigen Geheimdienste der Föderation und Nachrichtenagenturen geschickt, in der die Flucht von drei Verdächtigen aus Eden West mitgeteilt wird. Die Erklärung enthält genaue Beschreibungen von euch dreien und von eurem Luftschiff.« Er machte eine Pause.

Ich wusste, welche Frage er von mir erwartete. »Verdächtige?«

»Genau. Drei Verdächtige, die im Zusammenhang mit den Morden am Leiter des Sicherheitsdiensts und dem Kommunikationskoordinator in Eden West stehen.«

Ich wollte meine Überraschung verbergen, doch Paul wusste gleich Bescheid und lächelte.

»Ja, so ist es. Lass uns doch mal in Ruhe durchgehen, was gestern wirklich geschehen ist, Owen. Fotos von Cartier, der an der Pfeilwunde gestorben ist, wurden veröffentlicht, ebenso Filmmaterial der Überwachungskameras, auf dem zu sehen ist, wie du Aaron aus deinem Luftschiff in den Tod stößt.«

»Er hat diesen Sturz überlebt!«, erwiderte ich. »Ich habe gesehen, wie er aufgetaucht ist.«

»Das ist seltsam«, sagte Paul. »Auf dem Film taucht er nicht mehr auf. Und es gab viele Augenzeugen, als seine Leiche heute Morgen während des Eisbär-Schwimmens an den Strand von Camp Eden gespült wurde.«

Ich wollte etwas antworten, doch die Kehle schnürte sich mir zu, mein Herz raste, ich bekam kaum noch Luft. Und ich wusste, dass Paul meinen Anblick genoss. Deshalb blieb ich stumm und versuchte, mir nichts anmerken zu lassen.

»In diesem Moment«, sprach Paul weiter, »liegen der Polizei in allen großen Stadtstaaten eure Steckbriefe vor, und sie wissen, dass Eden eine stattliche Belohnung für eure Rückkehr ausgesetzt hat. Das schließt auch Yellowstone Hub ein. Also, vielleicht wollt ihr ja auf eure kleine Heimkehr verzichten.«

»Mach aus«, sagte Lilly. »Ich habe genug von *ihm*.«

»Nicht ganz«, sagte Paul. »Das hier werden Sie noch hören wollen, Miss Ishani. Ich wollte euch noch mitteilen, dass wir eure Mitverschwörer aufgegriffen haben, als sie versuchten zu fliehen. Evan, Marco und Aliah haben sich als sehr … nützlich erwiesen, um die nachrichtendienstlichen Steckbriefe abzurunden, die wir von euch rausgeschickt haben.«

Jetzt konnte auch Lilly ihre Bestürzung nicht verbergen. »Du lügst«, sagte sie.

»Ist er das?« Ich drehte mich um und sah Leech um die Ecke verschwinden.

»Und *das* hier fand ich wirklich interessant«, sagte

Paul. »Nachdem Evan verhört worden war und kurz bevor ich seine Brust aufschnitt und ihn in meinem Labor untersuchte …«

Lilly schlug die Hände vor den Mund, um nicht aufzuschreien.

Pauls Lächeln wurde breiter. »Ich habe ihn gefragt, ob ich dir etwas von ihm ausrichten soll, Lilly, nachdem euch beide nun so eine lange Geschichte verbindet. Und er sagte mit Tränen in den Augen – das ist kein Scherz –, dass er diese Nacht im Bootshaus niemals vergessen werde.«

»Halt den Mund, du Lügner!« Lilly langte über meine Arme und stach mit zitterndem Finger auf die Glasoberfläche ein. Wieder öffnete sich das Menü.

»Owen, denk drüber nach«, sagte Paul. »Du hast keine andere Wahl. Also bleib ruhig sitzen und warte auf uns. Ich verspreche, dass ich unsere kleine Auseinandersetzung gestern dann vergessen werde.«

»Hey«, brüllte Leech und rannte auf uns zu. »Hey, du da.« Er zeigte auf das Pad.

Paul wandte leicht den Kopf, als ob er Leech gehört hätte.

»Du bist der Auserwählte, Owen«, sagte er, »du kannst uns nach Atlantis führen. Und wie ich dir schon gesagt habe, ich möchte dir folgen. Aber alleine schaffst du das nicht, schon gar nicht als Entflohener.«

»Fahr zur Hölle«, sagte ich zu ihm.

Paul runzelte die Stirn. »Owen. Wirklich. Ich kann dir noch viel mehr erzählen. Was du wissen *solltest*. Ich habe einiges nicht erzählt, um dich zu schützen, aber glaub mir, du willst diese Reise nicht ohne mich machen.«

Lilly hatte das Gammalink-Menü gefunden.

»Ich warte auch, bis die anderen beiden entkommen sind, wenn du das willst. Sie sind mir egal, Owen. Nur du nicht. *Die Drei*, das ist ein Mythos. Du allein bist wichtig.«

»Tschüss!«, sagte Lilly.

»Ich komme so oder so, um dich zu holen.«

Lillys Finger fuhr gerade zu der Trennfunktion, als Leech ihr das Pad aus den Händen riss.

»Ich bin auch wichtig, du blöder Idiot!«, schrie er das Display an, dann verbog er das Pad und schleuderte es fort. Es wirbelte durch die Schlucht.

»Hey«, rief ich.

»Was MACHST du da?«, ertönte Lilly.

Das Pad zerschmetterte an der gegenüberliegenden Wand und fiel in den Sand, Glas splitterte.

Leech schaute dem Pad hinterher, sein Gesicht war rot, seine Schultern hoben und senkten sich. »Damit können sie uns orten.«

Lilly sprang auf und rannte zu dem kaputten Gerät. »Genau aus dem Grund habe ich die Verbindung getrennt, du Dummkopf!« Sie ging auf die Knie und begann die Bruchstücke aufzusammeln.

»Es reicht nicht, die Verbindung zu trennen«, sagte Leech. Pauls Anblick schien ihm mehr an die Nieren gegangen zu sein als mir. Er sah so anders aus als der überhebliche Junge, den ich in Eden kennengelernt hatte. Seine Hände zitterten, die Finger zuckten. Er bemerkte meinen Blick und ballte sie zur Faust. »Wenn sie sich in das Pad hacken konnten, haben sie die spezielle Netzwerk-Kennnummer, die erstellt wird, wenn das Pad sich mit dem Gammalink verbindet. Sie könnten den Link überall mit dem Pad verbinden und so den Aufenthaltsort bestimmen.«

»Der Gammalink kann nur identifiziert werden, wenn er verbunden ist«, sagte ich und erinnerte mich an das, was ich über Data-Hacker im Hub gehört hatte.

Leech verdrehte die Augen. »Vielleicht da, wo *du* herkommst«, sagte er. »Wie glaubst du denn, ist er hier gerade aufgetaucht? Lilly, hattest du die Verbindung nicht getrennt, bevor du eingeschlafen bist?«

»Doch, habe ich«, murmelte Lilly.

Leech sah mich an. Ich dachte, jetzt käme sein schräges, Ich-weiß-einfach-alles-Grinsen, aber sein Gesichtsausdruck blieb ernst, als ob er wirklich wollte, dass ich seine Argumente verstünde. »Siehst du?«

»In Ordnung.«

»Außerdem«, fügte er hinzu, »haben wir Aarons Subnetz-Pad.«

Lilly warf die Bruchstücke des Pads in den Sand. Sie stand auf und stapfte zu Leech. Sie war gut zehn Zentimeter größer als er und blickte auf ihn herab. »Okay, aber dann brauchen wir eine Subnetzverbindung. Und wo finden wir die hier *draußen?*«

Leech zuckte nur die Achseln.

Lilly wandte sich ruckartig ab. »Das habe ich mir schon gedacht.« Sie warf sich auf die Decke.

Schweigen breitete sich aus, nur das leise Pfeifen des Windes, der durch die Felsenschlucht wehte, war zu hören. Pauls Anblick hatte das schwache Gefühl von Sicherheit in mir zunichtegemacht und mich daran erinnert, wovor wir fortliefen und was passieren würde, wenn sie uns zu fassen kriegten.

Ich blickte zu Leech und wunderte mich über seine Reaktion.

Keiner wollte, dass Paul uns ausfindig machte, aber Leech war bei seinem Anblick so furchtbar wütend geworden. Vielleicht lag das an Pauls Bemerkungen, dass ich als Einziger für ihn wichtig war. Was konnte er damit gemeint haben? Leech war genauso wichtig. Aber vielleicht war er auch verletzt, weil Paul ihn verraten hatte. Paul wusste wahrscheinlich, dass seine Bemerkungen Leech aufregen würden, genauso wie Lilly die Kommentare über Evan.

Sie biss sich auf die Lippe und starrte in den Himmel. Ich dachte an Evan, dessen Brust wie Annas aufgeschnitten worden war ... Auch wenn ich ihn nicht besonders mochte, das hatte er nicht verdient. Niemand hatte das verdient und ...

»Es war unsere Schuld«, sagte Lilly.

»Ja«, gab ich zu. Ein neuer Gedanke reifte in mir. Evan und Marco und Aliah hatten uns vor Paul gerettet. Wenn sie nicht gewesen wären, würden wir jetzt in Pauls Labor liegen, und nun mussten sie für ihre Hilfe bezahlen.

Natürlich quälte auch Lilly dieser Gedanke. Ich wollte zu ihr gehen und sie trösten, ihre Schulter tätscheln, doch ich merkte, wie ich zögerte. Immerzu musste ich an das denken, was Paul auch noch gesagt hatte: die Nacht im Bootshaus ... Was war da los gewesen? Lilly hatte Evans T-Shirt in ihrer Tasche ...

Ich hasste es, wie sehr mich der Gedanke schmerzte, dass die beiden zusammen gewesen waren. Damit musste ich einfach klarkommen. Sie waren nicht einmal mehr miteinander gegangen, als ich in das Ferienlager gekommen war. Aber es schien ein zusätzlicher Beweis zu sein, dass Lillys und meine Beziehung nicht mehr dieselbe war. Oder, schlimmer noch, sie war niemals das gewesen, wofür ich sie anfangs gehalten hatte. Schließlich hatte sie mich angelogen, als sie behauptet hatte, die Sirene zu sehen.

Diese vielen Gedanken wirbelten wild in meinem Kopf durcheinander und wurden eifrig weitergesponnen. Vielleicht war genau das Pauls Absicht gewesen. In dem Fall hatte es funktioniert. Lilly, Evan und Pauls rätselhafte Bemerkungen über mich ... Außerdem konnten wir jetzt nicht mehr zum Hub. Und mein Dad würde von all diesen Anschuldigungen gegen mich erfahren. Was würde er über seinen Sohn, den Flüchtling und mutmaßlichen Mörder, denken? Würde man ihn verhören?

Paul hatte uns von der Welt abgeschnitten, uns blieb kein sicherer Ort, wo wir hingehen konnten. Mir war das alles zu viel, doch ich versuchte, mich durch den Sturm der Zweifel zu kämpfen und zu konzentrieren.

»Wenn er sich in das Pad gehackt hat«, ich sprach langsam, als müsste ich jedes einzelne Wort aus einem riesigen, verworrenen Haufen ziehen, »heißt das dann nicht, dass er unseren jetzigen Aufenthaltsort kennt?«

»Ja«, sagte Lilly abwesend.

»Dann sollten wir machen, dass wir von hier fortkommen.« Ich sah Leech an. »Sieht so aus, als würdest du deinen Willen bekommen.«

Leech nickte ernst. Ich war froh, dass er sich nicht hämisch freute. »Also nehmen wir den Kurs wieder auf?«

»Ja, genau.«

»Ich verstehe das nicht«, sagte Lilly. Sie war aus ihrer Trance erwacht. »Wenn er schon weiß, wo wir sind, warum kommt er uns nicht einfach holen? Warum hat er zunächst Kontakt zu uns aufgenommen? Es sieht fast so aus, als wollte er uns einen Vorsprung geben.«

»Wahrscheinlich will er sehen, was wir tun werden«, sagte ich.

»Wir sind immer noch seine Laborratten«, murmelte Leech, »sogar außerhalb von Eden.«

»Also was? Spielt er nur mit uns?«, fragte Lilly. Ihre Stimme klang wieder deprimiert.

»Nein«, sagte ich und fühlte Entschlossenheit in mir aufsteigen. »Noch hat er uns nicht.« Ich drehte mich zu Leech um. »Wohin fliegen wir?«

Leech zog sein kleines schwarzes Skizzenbuch und Aarons Subnetz-Computerpad aus seiner Shorts hervor. Er hatte die ganze letzte Nacht mit dem Pad verbracht. »Während ihr geschlafen habt, habe ich ein paar neue Skizzen angefertigt«, sagte er, ging auf die Knie und öffnete das Notizbuch.

Ich trat zu ihm. Lilly zögerte kurz. Sie hob die Hände und rieb sich die Kiemen. Immer wieder zuckte sie zusammen. Schließlich kroch sie zu uns.

»Schau dir das mal an.« Leech zeigte auf eine Karte, die über zwei Seiten reichte. »Es ist nicht leicht, für diese Umgebung einen Maßstab anzulegen, aber« – er deutete auf einen Kreis mit einem Pluszeichen in der oberen rechten Ecke – »das ist Eden West, und wir sind ungefähr hier.« Er zeigte auf einen kleinen Punkt, dann fuhr er mit dem Finger eine gepunktete Linie entlang, die von Eden West aus diagonal über die Landschaft auf die lange Ecke in einem Gebirgsdreieck zulief. Die Linie endete an einem kleinen Stern. »Das ist der Kurs, und das hier der Kennpunkt.«

»Ich verstehe immer noch nicht, wie du diese Karten sehen kannst«, sagte ich, »wenn wir deinen Schädel noch gar nicht gefunden haben.«

»Darüber habe ich auch schon nachgedacht«, meinte Leech. »Ich glaube, da die Atlanter nicht wussten, welchen Schädel wir zuerst finden würden, haben sie in jedem von den dreien einige Informationen für mich hinterlegt, damit wir die Richtung finden würden. Deshalb konnte ich auch den Kartenraum in Eden nutzen. Und die Karten, die ich gesehen habe, zeigten auf diesen Ort.« Er deutete auf den Stern in den Bergen.

Ich schaute auf die Karte und merkte, dass irgendetwas nicht stimmte. Leech hatte eine Windrose in die obere linke Ecke gemalt, die mich verwirrte. Der Kompass stand in einem schiefen Winkel. Ich zeigte darauf. »Du hast gesagt, wir müssten in Richtung Südwesten fliegen. Aber zeigt dieser Kompass nicht Süden statt Südwesten an?«

Diese Frage schien Leech zu begeistern. »Okay, es wäre Richtung Süden, *wenn* die Richtungsangaben stimmen würden, aber das ist genau das, was ich, also was *wir*, in dem Navigationsraum in Eden herausgefunden haben. Auf den Karten in meinem Kopf sind die Richtungen anders. Mein Norden ist dort«, sagte er und streckte seinen Arm in dieselbe Richtung wie auf dem von ihm gemalten Kompass, »doch in Wirklichkeit liegt Norden da.« Er rückte seinen Arm wie ein Uhrzeiger nach links.

»Also«, begann Lilly, »hast du das falsche Norden in deinem Kopf.«

»Nicht falsch«, sagte Leech, »nur alt. Mein Norden stammt aus der Zeit der Atlanter und ist ungefähr zehntausend Jahre alt.«

»Willst du damit sagen, dass der Nordpol sich verschoben hat?«

»Ja, er verschiebt sich die ganze Zeit, historisch gesehen. Manchmal kehren sich die Pole sogar um. Doch zwischen dem Zeitalter der Atlanter und heute muss etwas Schwerwiegenderes passiert sein. Nicht nur, dass der Pol die Landmassen verschoben hat, die gesamte

Erdkruste ist verrutscht. Richtig weit. Ich glaube, das hat an der *Brocha de Dioses* gelegen. Die Sache ist nun die: Auf jeder von uns gefundenen Karte müssen die Richtungen neu bestimmt werden. Das ist, zumindest zum Teil, der Grund, warum der Standort von Atlantis so schwer zu finden ist.«

»Mir ist noch nie aufgefallen, dass du so ein Nerd bist«, sagte Lilly. Ihr Tonfall klang immer noch mürrisch, aber da war ein schwaches Leuchten in ihren Augen zu sehen.

Leech lächelte dazu.

»Wie weit ist es bis zum Kennpunkt?«, fragte ich.

Leech fuhr mit dem Finger die Linie entlang. »Tausend Kilometer, mehr oder weniger.«

Ich rechnete die Strecke im Kopf um. »Das entspricht circa siebzehn Flugstunden. Dafür sollte der Vortex gerade noch genügend Motorkraft haben.« Ich schaute zur Spitze der Schlucht und zur tief stehenden Sonne, die auf die Felswände fiel. »Ein paar Stunden lang wird es noch hell sein. Man kann uns dann leicht entdecken. Außerdem werden wir da draußen geröstet.«

»Aber vielleicht ist es noch gefährlicher hierzubleiben«, sagte Lilly.

»Ja«, sagte ich. »Auf geht's.«

Wir warfen unsere Taschen in das Luftschiff und kletterten an Bord.

»Hier, nehmt das.« Lilly reichte ihre Flasche Strahlencreme herum. Als wir Gesicht, Arme und Beine einrieben, kribbelte die Haut. Wir hoben etwas Creme für später auf, und ich hoffte, es würde genug sein.

Der Vortex-Motor drehte sich und brummte leise. Ich trat auf die Pedale, und wir stiegen in die Höhe.

»Pass auf die Felsen auf«, sagte ich zu Leech. Hier unten ging kein Wind, daher waren die Segel nutzlos. Er lehnte sich hinaus und stieß das Gefährt zurück, wenn wir uns den Seiten zu sehr näherten.

Langsam stiegen wir aus der Schlucht auf. Als die Schädelzinnen auf dem Bankgebäude in Sicht kamen, spannte ich die Segel und hielt nach Pauls Truppen Ausschau.

»Siehst du irgendwas?«, fragte ich.

»Nö«, sagte Leech.

»Nada«, sagte Lilly.

»Okay.« Ich flog uns genau in die Nachmittagshitze. Unsere Flucht würde nicht viel nützen, wenn wir alle eine Strahlenvergiftung bekämen. Ich kontrollierte den Wind: Unter einigen thermischen Böen wehte eine stete Brise von ungefähr fünf Knoten.

Ich streckte die Füße durch, aber ich flog nicht los. Mein Magen knurrte, als hätte er mein Zögern gespürt. Ich fragte mich, ob die anderen das hören konnten. Leech sah mich an.

»Siebzehn Stunden sind eine lange Zeit«, sagte er, »besonders mit nur einer Flasche Wasser.«

Ich seufzte. »Im besten Fall siebzehn Stunden.«

Leech blickte zurück nach unten auf die Stadt. »Das könnte wirklich die beste Gelegenheit sein, an Vorräte zu kommen.«

»Vielleicht finden wir noch was anderes auf dem Weg«, entgegnete ich sofort. Ich hatte das dringende Bedürfnis von hier wegzukommen, fortzulaufen, vielleicht wollte ich auch nicht nachgeben, aber ich sagte mir, dass wir solche Gedanken hinter uns lassen mussten, wollten wir hier draußen überleben. Und er hatte recht. Wir waren schon sechshundert Kilometer weit geflogen, und auf der ganzen Strecke war dies der einzige Ort gewesen, wo wir Vorräte finden könnten.

Ich starrte auf den Walmart, und Angst überfiel mich.

»Vielleicht lohnt es sich, dort nachzusehen«, sagte Lilly.

»Ja.« Ich zerrte an den Segelleinen, und wir flogen eine Kurve.

Wir waren noch einige Hundert Meter entfernt, als wir einen Lichtstrahl sahen. Das Walmart-SuperPlus-Schild, das hoch über dem leeren Parkplatz thronte, flackerte. Ein schwaches Licht, kaum sichtbar in der Nachmittagssonne; nur wenige Glühbirnen in dem kaputten Plastikgehäuse brannten, aber dennoch: Es flackerte.

Ich verlangsamte die Geschwindigkeit. »Habt ihr das gesehen?«, fragte ich.

»Ein Generator?«, sagte Leech.

Ich sah mich nach dem Anzeichen eines Windrads in der Nähe um.

»Da«, sagte Lilly und zeigte auf ein Dach. »Unter dem Sand: Solarmodule. Es sind immer noch genug im Freien, um die Geräte aufzuladen.«

»Es ist gerade fünf Uhr«, sagte Leech und überprüfte den Computer. »Das Schild funktioniert wahrscheinlich mit einer alten Zeitschaltuhr. Wenn es genügend Energie gibt, um das Schild zum Leuchten zu bringen, dann könnten auch die Gefriertruhen und die anderen Geräte laufen.«

Das waren realistische Möglichkeiten, aber ich musste es einfach sagen: »Oder es könnten andere Leute dort sein.«

»Wie stehen die Chancen?«, fragte Leech.

»In Ordnung. Wir sollten lieber schnell machen«, sagte ich, während ich das Gefährt nach unten steuerte und meine zitternden Nerven ignorierte.

4

Ich machte einen großen Bogen um die Leiche an der Fahnenstange. Die Sperrholzplatten vor den Vordertüren und den Fenstern schienen intakt und schwer zu durchbrechen, daher suchte ich nach einem anderen Eingang. Nahe der Dachmitte ragte eine kleine Tür hervor. Ich landete daneben auf dem Sand.

Ich sprang neben Lilly von Bord, und wir versuchten, die verzogene Metalltür zu öffnen. »Abgeschlossen«, sagte ich und rüttelte am Türgriff. »Allerdings sieht der nicht so stabil aus …« Ich rüttelte noch heftiger am Griff.

»Hier, lass mich mal.« Lilly zog mich zurück und landete einen brutalen Fußtritt. Die Tür sprang auf und klaffte an einem Scharnier hängend nach innen.

»Nicht übel«, sagte ich und drehte mich lächelnd zu Lilly um, doch sie war schon wieder zum Gefährt gegangen. Ich trat durch die Tür. »Eine Treppe in die Dunkelheit«, berichtete ich den anderen. Ich begann hinabzusteigen, aber Lilly packte mich wieder am Arm.

Sie hatte das Messer geholt, das sie dem toten Nomaden in Eden abgenommen hatte. »Du solltest hierbleiben«, sagte sie. »Wir können das Schiff nicht unbeaufsichtigt lassen. Ohne sind wir geliefert, und du bist der Einzige, der es fliegen kann.«

»Das ist richtig«, stimmte Leech zu und ging zu ihr.

»Du bleibst auch hier«, sagte sie zu Leech. »Ihr beide

müsst es nach Atlantis schaffen.« Sie steckte das Messer in ihren Gürtel. »Auf mich kann man verzichten.«

»Hey«, setzte ich an, »das wissen wir überhaupt nicht genau …«

»Lass das«, sagte Lilly. Sie rieb ihre Kiemen und schnitt eine Grimasse. »Ich werde mich da umsehen und euch alles berichten.« Sie begann die Stufen hinabzusteigen.

Leech nickte mir leicht zu und folgte ihr.

Als Lilly sich umdrehte, sagte er: »Ich gebe dir Rückendeckung.«

»Ich brauche keine …«

Leech hastete an ihr vorbei. »Okay, dann gibst du mir Deckung. Allein da reinzugehen ist dumm, das weißt du genau.«

Lilly packte Leech an der Schulter und trat vor ihn. »Einverstanden, aber du gehst hinter mir.«

Leech ging nun hinter ihr. Als er sich am nächsten Treppenabsatz umdrehte, schaute er zu mir herauf. Ich nickte, denn ich verstand, dass dieser Blick dieses Mal eine Art Pakt zwischen uns besiegelte und keine Herausforderung war. Die Schritte hallten auf den Betonstufen. Das Geräusch verschwand, und dann war ich allein mit dem schwachen Nachmittagswind.

Ich trat gegen die Seite des Luftschiffs, denn ich hasste es, dass Lilly ohne mich dort unten in der Dunkelheit war. Ich überlegte, ob ich doch noch runtergehen sollte, aber sie hatte recht. Wenn dem Schiff irgendetwas zustieß, waren wir verloren. Und dennoch …

Die Sonne brannte auf mich herab. Ich dachte daran, mich in den Schatten des Eingangs zu stellen, doch zuerst ging ich am Dachrand entlang und suchte den Horizont ab. Bei den Steinhügeln in der Ferne war alles ruhig, doch ich wurde das Gefühl nicht los, dass irgendwo da draußen Eden war, dass man uns beobachtete. Ich sah hinunter auf die Straßen, die im rechten Winkel von hier fortführten und jeweils an einem Mauerabschnitt endeten; fast erwartete ich, mit goldenen Visieren ausgestattete Friedenstruppen sich über die zerklüftete Befestigung stürzen zu sehen.

Ich ging nahe an der Vorderseite des Gebäudes vorbei und hielt inne, um mir die Leiche am Fahnenmast anzuschauen. Der Körper war mit dicken, lila Seilen festgebunden, wie man sie auch zum Höhlentauchen oder Bergsteigen benutzte. An der Hüfte und am Hals sah man je einen ungeschickt geknüpften Knoten, der ganze Körper war zur Seite gesackt. Der Tote trug ein T-Shirt und eine Hose. Überall waren rote und schwarze Brandflecken, doch insgesamt sah die Leiche besser aus als die, die wir auf der Mauer gesehen hatten. Vielleicht war diese hier nicht ganz so alt.

Mir fiel ein, was Lilly heute Morgen gesagt hatte: *Warum sollen wir die Welt retten, wenn so etwas passieren kann?* Ich fragte mich, was Menschen dazu brachte, solche Dinge zu tun.

Wahnsinn, vermutete ich und erinnerte mich an Geschichten über Massaker, Massenselbstmorde und Völkermorde, als die Ressourcen versiegten. Es wurde auch Unheimliches über Eden Süd erzählt: Als es von der Heliad-Sieben-Sekte eingenommen wurde, gab es Gerüchte von Menschenopfern und sogar Kannibalismus, aber ich hatte das Nachrichtenprogramm, das mein Dad jeden Morgen anschaltete, niemals besonders aufmerksam verfolgt. Bis auf die Sportergebnisse waren die Neuigkeiten meist düster und deprimierend.

Vermutlich waren diese Leichen als Warnung gedacht. Was war aus den Menschen geworden, die diesen Mann getötet hatten? Waren sie fortgegangen? Gestorben? Oder waren sie noch irgendwo hier? Wahrscheinlich nicht, wenn man die Lage hier näher betrachtete. Aber meine Nerven waren immer noch angespannt, und ich hatte es plötzlich eilig.

Hüte dich vor den Grausamkeiten.

Ich fuhr zusammen. Die Stimme hatte neben mir erklungen. Aber da war niemand ... doch, da war etwas. Ein Flimmern, schwach, flackernd, wie ein Lichtfleck. Nun konnte ich sie sehen: die kleine Gestalt, das primitive Gesicht, den blauen Schimmer auf ihrem Gesicht, schwarzes Haar, rotbraunes Kleid. Sie trug eine Halskette mit einem Tiger aus Speckstein, ihre Taille und ihre Stirn waren mit Ketten aus Kupferplättchen und Türkissteinen, Rubinen und Jade geschmückt.

Die Sirene.

»Du«, sagte ich. »Es gibt dich noch.«

Sie flimmerte wie eine Projektion, ihre bernsteinfarbenen Augen bedeckten den Horizont. *Ich bin schon seit Anbeginn da. Und ich würde dich öfter besuchen, aber es ist sehr anstrengend, zu dir zu kommen,* sagte sie, *auch wenn es nur für kurze Zeit ist.*

»Ich meine, du bist immer noch in meinem Kopf, oder wo auch immer.«

Nicht in deinem Kopf. Sie hob einen Finger und zeigte auf mich. Der Finger näherte sich meiner Brust und glitt durch mein Shirt und meine Haut. An der Stelle fühlte ich ein leichtes Brennen. *In dir.*

»Was bedeutet das?«

Die Sirene drehte sich zu der Leiche an dem Mast um.

Ich folgte ihrem Blick. »Weißt du, wer das getan hat?«

Es ist ein Zeichen, sagte sie. *Eine Warnung.*

»Von wem?«

»Wer« das war, ist unwichtig. »Wann« ist entscheidend. Es *ist das Wesen der Dinge, dass jeder Kreislauf zu Ende geht; Ordnung und Bestreben lösen sich auf; Qi und An werden einander fremd, ihre Harmonie geht verloren. Diese Zwietracht entfesselt die Grausamkeiten. Aber es ist auch das Wesen der Dinge, dass das Gleichgewicht zurückkehrt und der Kreislauf von Neuem beginnt.*

»Das ergibt keinen Sinn«, sagte ich. Dann fragte ich mich, ob die Sirene wohl böse deswegen werden würde, aber ich hatte es einfach satt, mir diese mysteriösen Erklärungen anzuhören.

Doch als sie mich wieder ansah, schien sie zu lächeln.

Wenn die Musik der Terra verloren gegangen ist, erschaffen sie Götter, um der Dunkelheit eine Stimme zu geben. Aber diese Götter wissen nur das, was Menschen wissen. Was von dieser Erde stammt, kann sie nicht beherrschen, deshalb werden die Grausamkeiten entfesselt.

In meinem Kopf wurde ihre Stimme lauter und verdrängte die anderen Sinne. *Du musst dich vor den Göttern und ihren Grausamkeiten in Acht nehmen.*

Die Worte brannten sich in mein Gehirn ein, und ich dachte: *Das werde ich.*

Einen Moment lang fühlte ich mich schwerelos, dann bemerkte ich, dass meine Augen geschlossen waren. Ich war vollkommen ruhig. Ich hatte sogar zu atmen aufgehört. Ich öffnete die Augen. Die Sirene war fort.

Die Stille schien eine Schicht der atmosphärischen Störung weggewischt zu haben, als ob meine Sinne gereinigt worden wären. Als die Welt wieder hereinströmte, spürte ich eine Brise über die Armhärchen wehen, fühlte die starke, bohrende Sonnenhitze auf dem Kopf. Ich roch die trockene verbrannte Erde, aber auch noch etwas anderes. Einen leicht säuerlichen, metallischen Geruch …

Da war ein Geräusch. Ein leises Summen, das mir vorher nicht aufgefallen war. Monoton, mit einem gelegentlichen Abfallen der Tonhöhe. Als mir eine Windböe ins Gesicht blies, wurde das Summen lauter. Der Geruch wurde strenger. Er kam aus der Richtung direkt vor mir.

Ich spähte auf den Körper und ging an den Dachrand heran. Als ich mich näherte, nahm ich eine verschwommene Bewegung bei den Gliedmaßen wahr. Das Summen wurde lauter. Eine neue Welle des beißenden Geruchs traf mich. Nun erkannte ich das Geräusch, und ich sah, wo er herkam.

Was ich für schwarze Flecken gehalten hatte, waren in Wahrheit Fliegen. Sie schwirrten im Kreis um die Leiche. Arme und Beine wimmelten vor Fliegen, eine sich kräuselnde Schicht schwarzer Körper und zitternder Flügel.

Ein paar kurze Blitze erregten meine Aufmerksamkeit. Nicht die Fliegen machten diese Bewegungen, es war ein Flackern, das vom Körper weg auf den Boden zu fallen schien.

Ich blickte über den Dachrand auf den Betonboden hinunter. Am Sockel des Fahnenmasts sah ich ein schimmerndes Licht. Es war anders als das flache Sonnenlicht auf dem Sand. Dieses Licht spiegelte sich in etwas Flüssigem. Wasser? Nein, unter der glänzenden Oberfläche war die Substanz dunkel, undurchsichtig.

Ich atmete tief ein und hatte Mühe, die Lungen um mein rasendes Herz mit Luft zu füllen. Ich blickte wieder nach oben, sah ein Aufblitzen und folgte einer anderen schmalen Lichtspur. Es war die Reflexion von einem Tröpfchen. Der Tropfen fiel in die Lache am Boden.

Eine Blutlache.

Und obwohl ich genau wusste, was das bedeutete, in allen Einzelheiten bedeutete, traf es mich wie ein Schlag auf die Brust. Ich blieb einfach dort stehen und starrte hinunter …

Blut heißt, dass die Leiche noch frisch ist. Frisch heißt, dass jemand sie gerade erst dort festgebunden hat, sie ist neu … von heute Morgen … Jemand, der immer noch …

Bis ein gellender Schrei mich aus meinen Gedanken riss.

Lilly.

Der Schrei endete in einem entfernten metallischen Krachen.

Ich drehte mich um und rannte zur Tür.

5

Ich stürzte den ersten Treppenabsatz hinunter, meine Beine waren zu schnell, ich verlor die Kontrolle und knallte gegen die Zementwand. Ich drehte mich um und lief den nächsten Absatz hinunter. Dieses Mal hielt ich mich am Geländer fest, nahm immer zwei Stufen auf einmal. Das Licht vom Türeingang oben wurde schwächer. Auf dem dritten Treppenabsatz war es vollkommen dunkel, ich knickte mit dem Fuß um. Ein heftiger Schmerz durchzuckte mein Bein.

Ich humpelte zu der offenen Tür am Ende der Treppe. Schwaches Licht fiel herein. Ich holte tief Luft und schlich hinaus. Die Treppe, die ich heruntergekommen war, war Teil eines Pfeilers in der Mitte des Supermarkts. Einige kleine Deckenlampen waren eingeschaltet. Zudem sickerte noch etwas Licht durch die Sperrholzplatten vor der Eingangstür, aber in dem Gewirr von Gängen in alle Richtungen hingen düstere Schatten. Ich hörte einen schrillen, knallenden Laut, etwas Metallisches war auf den gefliesten Boden gefallen. Dann noch ein Geräusch, das wie Flüstern klang. Ich ging darauf zu.

Im Hauptgang waren die meisten Regalfächer leer, aber einige Abteilungen wie Künstlerbedarf oder Geschirr sahen so gut bestückt und ordentlich aus, als hätte der Laden gerade erst am Abend zuvor geschlossen. Ich ging an Reihen mit zerbrochenen Glaskästen vorbei, einige waren leer, andere waren noch voll mit nun wertlosen

Dingen wie Parfüm oder Nagellack. In der Kleiderabteilung wirkten die umgeworfenen Ständer wie Kadaver, ihre dürren Glieder ragten in die Höhe, übrig gebliebene Kleider, gebündelt und gefaltet, bildeten die Haut.

Viele elektronische Geräte waren zurückgelassen worden, auch die Netzhaut-Fotokameras, die man sich aufs Auge legte. Das kleine, schlanke Design sah neuer aus als das, was ich im Hub gesehen hatte. Zuerst war ich überrascht, dass die Kameras immer noch hier waren, aber schließlich konnte man die Batterien nicht mehr aufladen, und wahrscheinlich war der Wunsch, all das hier für die Nachwelt festzuhalten, nicht besonders groß.

Ich entdeckte noch etwas, das für die meisten Menschen wertlos war, das wir aber gut gebrauchen konnten: ein Lesegerät für die Video-Informationsblätter, die wir in Dr. Marias Labor ausgedruckt hatten. Schnell riss ich die Plastikverpackung auf und steckte den dünnen, zylindrischen Apparat in meine Hosentasche.

Weiter vorn leuchtete ein unheimliches blaues Licht. Auf einem Schild stand: LEBENSMITTEL. Ich hörte ein Brummen. Leech hatte recht gehabt: Zumindest einige von den Gefrierschränken schienen noch eingeschaltet zu sein.

Ich wollte nach Leech und Lilly rufen, doch das konnte ich nicht riskieren, bis ich wusste, was hier los war. Dann vernahm ich noch ein gedämpftes Geräusch und kurz darauf einen lauten Knall direkt hinter mir. Ich verdrückte mich in einen Seitengang. Mein Herz schlug so wild, dass ich Angst bekam, jemand könnte es hören.

Der Krach wurde lauter, ein metallisches, klirrendes Geräusch, wie eine schlingernde Maschine, die von einem rhythmischen Fußklopfen begleitet wurde.

»Achtung!«, flüsterte eine Stimme.

Nun hörte ich Gelächter.

Lilly sauste vorbei. Sie kniete in einem vierrädrigen Einkaufswagen aus blauem Plastik, den Leech anschob. Bei voller Geschwindigkeit sprang Leech hinten auf.

»Wow!«, rief er.

»Pass auf!«, warnte Lilly.

Sie flogen an mir vorbei, dann hörte ich einen ohrenbetäubenden Rums. Sie waren gegen ein Regal am Gangende geknallt, die ausgestellten Lampen lagen verstreut am Boden.

Lilly und Leech brachen in Gelächter aus, Leech in ein raues Kichern und Lilly in hohes Gackern. Noch nie hatte ich sie so lachen gehört. Sie kletterte aus dem Einkaufswagen. »Okay, das war zu schnell. Du bist dran.«

Ich war kurz davor zu schreien. Doch ich blieb noch einen Moment in Deckung, denn plötzlich fühlte ich mich schwach. Lilly war gerade schrecklich gut gelaunt, ganz anders als den ganzen bisherigen Tag. Ich hasste den Gedanken, dass ihre gute Stimmung nichts mit mir zu tun hatte.

Eisern kämpfte ich gegen das Bedürfnis an, mich einfach umzudrehen und zum Luftschiff zurückzugehen, und lief zu den beiden hinüber. »Hey«, flüsterte ich. »Was macht ihr da? Ihr sollt euch doch beeilen.«

»Machen wir doch«, sagte Lilly zwischen zwei Atemzügen. Ihr Lächeln verschwand, als ob sie sich über den Spaßverderber Owen ärgerte. »Deshalb fahren wir doch so schnell. Es war nur zufällig auch lustig«, fügte sie hinzu und blickte abwesend an meiner Schulter vorbei ins Leere, während sie sich den Hals rieb.

»Also, habt ihr Vorräte gefunden?«, fragte ich.

»Haben wir«, antwortete Leech und zeigte auf den Einkaufswagen.

Ich sah eine seltsame Zusammenstellung verschiedener Dinge: eine flauschige, rosafarbene Decke und Kissen, mit Regenbogen und Pferden bedruckt, eine eingestaubte durchsichtige Plastikbox, auf der BOCCIA stand, und in der sich bunte Kugeln befanden, und sogar eine Kiste mit einer weißen Lichterkette. »Was ist das alles?«

»Damit wollten wir es uns in unserem fliegenden Palast gemütlich machen«, sagte Lilly.

»Mach dir keine Sorgen, Papi, wir haben auch ein paar Lebensmittel gefunden«, sagte Leech in dem unausstehlichen Tonfall, den er auch im Ferienlager immer angeschlagen hatte. »Jedenfalls was davon übrig war.« Er hielt eine Dose Eintopf und eine Packung mit trockenen Hirsenudeln in die Höhe. »Und deshalb hatten wir es so *eilig*, zu den Gefrierschränken zu kommen.«

»Super«, fauchte ich, denn ich fand es grässlich, dass Leech mich Papi genannt hatte. In Wirklichkeit hatte ich mehr wie meine Mutter geklungen, so hatte sie immer mit uns gesprochen, wenn wir in der Gemeinschaftsküche zu laut waren. »Aber jetzt müssen wir hier raus.«

»Warum flüsterst du?«, fragte Lilly.

»Weil jemand hier ist!«

Daraufhin sprach auch Lilly im Flüsterton. »Was?«

»Nein, da ist niemand ...«, begann Leech.

»Die Leiche«, fauchte ich. »Am Fahnenmast. Sie ist noch frisch. Fliegen, Blut, all das.«

Die beiden fingen an sich umzublicken.

»Wir sollten trotzdem noch in den Gefrierschränken nachsehen«, flüsterte Leech. »Wenn es dort noch Essen gibt, ist es das Risiko wert. Los, kommt.«

»Wir haben keine Zeit mehr«, entgegnete ich.

»*Bis jetzt* sind wir hier unten noch niemandem begegnet«, überlegte Leech laut. »Wer auch immer das war, der den Körper an den Mast gebunden hat, er kann jetzt irgendwo in der Stadt sein. Vielleicht weiß er auch nicht, wie man hier hereinkommt. Schließlich sind wir übers Dach gekommen.«

»Leech hat recht«, sagte Lilly. »Wir sollten zumindest in den Schränken nachsehen.«

»Das dauert nur eine Minute«, fügte Leech hinzu. »Und ich würde ungern da draußen verhungern.«

»Einverstanden«, sagte ich. »Lasst uns schnell machen.«

Leech schob den Einkaufswagen an, und die kleinen Räder begannen zu rattern. Ich hielt ihn auf. »Das ist zu laut.«

Er nickte, wir ließen den Wagen stehen und liefen leise den Gang entlang. An jeder Abzweigung streckten wir schnell den Kopf vor und wieder zurück.

Dann erreichten wir den ersten Gang mit hohen Glasvitrinen. Sie waren dunkel, einige Türen standen offen. Etliche Packungen waren aufgerissen, der Inhalt zerdrückt und zerkrümelt, manchmal mit einer Schicht schwarzen, trockenen Schimmels überzogen.

Die nächste Glasvitrine war blau erleuchtet. Elektrizität und der Geruch von Feuchtigkeit lagen in der Luft. Die Vitrinen zu unserer Rechten waren vollkommen leer, die Glasscheiben klar, aber die Türen auf der linken Seite waren mit Kondenswasser und einem Splittermuster aus Eiskristallen bedeckt.

Wir öffneten den ersten Schrank. Von unten bis oben waren Tiefkühlkostpackungen aufgestapelt. Fertiggerichte, von denen ich noch nie etwas gehört hatte, wie *ZeroFett*, *Schlank!Schlank!* und eine lächerliche Marke, die sich Ms. *Martinas Vor-der-Flut-Küche* nannte, auf deren Packungen eine dicke Frau mit einer Schürze vor einem warmen Ofen zu sehen war. Es gab auch noch andere Sachen. Reiswaffeln, Saftkonzentratpäckchen für HydraPak-Wasserflaschen in mehr Farben, als ich je gesehen hatte …

»Oooh, Mann«, sagte Leech. Er riss die nächste Tür auf und eine Kaskade kalten Nebels entwich. Leech griff nach einem kleinen runden Behälter. »Eiscreme. *Grönlands Weide-Molkerei.*« Er zog den Deckel ab, steckte den Finger hinein und verschlang einen großen Batzen Schokoladeneis. »Mmmm … schmeckt ein bisschen alt, aber nicht schlecht.«

Lilly griff an Leech vorbei in den Schrank und nach einer Packung mit gefrorenen Burritos. Sie riss die Verpackung auf, zog einen heraus und hielt ihn sich an ihre Kiemen. Die Kälte ließ sie die Augen schließen und zauberte sofort einen entspannten Ausdruck um ihren Mund.

»Irgendjemand war auf jeden Fall hier«, sagte Leech. »Das meiste Zeug ist relativ neu. Die Marke *Grönland Weide* gab es auch in Eden West.«

»Dann lasst uns schnell machen«, sagte ich.

Lilly trat an Leech vorbei und spähte in die dritte Vitrine in der Reihe, die total zugefroren war. Sie zerrte am Türgriff. Die Tür sprang mit einem Zischen auf. Lilly stolperte zurück, wedelte dann mit der Hand den eisigen Nebel fort. »Wir sollten genug für ein oder zwei Tage mitnehmen, was am längsten haltbar ist, denn es wird ja auftauen … AHHH!«

Lilly fuhr zurück und prallte dumpf gegen die Glastüren hinter ihr. Sie rutschte nach unten, ihr Blick war vollkommen starr. Sie schaute zu mir hoch. Wollte etwas sagen, tat es dann doch nicht. Sie konnte nicht. Die Tür schwang auf und zu, die alten Scharniere quietschten.

Leech sah hinein. »Okay …«

Ich sah hinein.

In dem Gefrierschrank befand sich eine Leiche, ein Mann mittleren Alters. Die Haut war eisblau, die Augen zugefroren, Haar und Bart waren mit Kristallen durchsetzt, der Körper gekrümmt, damit er in das rechteckige Gehäuse passte. Er hatte einen weißen Overall mit einem Reißverschluss vorn an. Im Gegensatz zu der Leiche draußen war diese hier noch nicht von Blut oder Sand oder Fliegen besudelt. Eine glatte, feste Masse steckte in seinem Mund.

»Ist das Wachs?« Lilly war aufgestanden und zu mir gekommen. »Es sieht aus wie ein Siegel. Auf der anderen Seite kannst du den Abdruck seiner Zähne sehen.«

Leech riss die nächste Tür auf. »Hier ist noch eine.« Er ging weiter zur letzten Tür des Gangs. »Und eine dritte.«

Ich sah das Gesicht einer Frau, dann noch einen Mann. Weiße Overalls, geschlossene Augen, versiegelte Münder. Ich fühlte, wie das meine Nerven strapazierte. Leichen am Fahnenmast, in Gefrierschränken. Echte Menschen, wie Fleisch gelagert …

»Was bedeutet das Zeichen auf ihren Anzügen?«, fragte Leech.

7

Eine Stimme in unseren Rücken antwortete: »Es ist das Zeichen der Sonnentochter.«

Sie waren vollkommen geräuschlos auf uns zugekommen. Ein Mann und eine Frau, vielleicht in den Fünfzigern. Der Mann war groß und dürr, mit dünnem weißem Haar, kantigen Gesichtszügen und grünen Augen. Die Frau war kleiner, breiter, ihr schwarzes Haar war von grauen Strähnen durchzogen. Beide trugen bodenlange, purpurfarbene Gewänder, die von schwarzen Gürteln zusammengehalten wurden. Auf den Gewändern prangte in Gold gestickt dasselbe Zeichen wie auf den Overalls. An den Füßen hatten sie schwarze Riemensandalen. Solche Kleidung hatte ich schon mal gesehen. Sie ähnelten dem, was die Atlanter in meiner ersten Vision getragen hatten, als ich gesehen hatte, wie den dreien die Kehle aufgeschlitzt wurde.

Diese beiden stammten zweifelsohne aus der hiesigen Welt, nicht aus jener altertümlichen. Ihre Gesichter waren braun gebrannt, mit Sommersprossen und schwarzen Leberflecken bedeckt. Der Mann hatte ein münzgroßes, leicht violettes Mal auf seiner Stirn: eine Strahlenverletzung. Beide sahen so aus, als hätten sie längere Zeit ohne jeglichen Schutz in der Sonne verbracht. Die Frau lächelte, und ich sah, dass ihr einige Zähne fehlten, das Zahnfleisch war hier und da braun.

»Wer seid ihr?« Lilly zeigte mit dem Messer auf die beiden.

»Ich bin Harvey«, sagte der Mann, »und das ist meine Lebenspartnerin Lucinda. Mir ist klar, dass die Leichen etwas beängstigend wirken, aber sie sollen nur Dieben und Plünderern eine Warnung sein.«

»Und jeder Freiwillige wusste, dass seine ausrangierte Hülle für diesen Zweck verwendet werden könnte«, fügte Lucinda hinzu. Sie lächelte uns herzlich an.

Lilly warf einen Blick zurück auf die Gefrierschränke. »Hast du gerade Freiwillige gesagt?«

Lucinda nickte. »Ja, ihre göttliche Substanz wurde gemäß dem offiziellen Heliad-Sieben-Brauch befreit.«

»Genau«, sagte Leech, als würde er verstehen, worüber sie redeten. »Seid ihr aus Desenna hierhergekommen?«

»Ja«, sagte Harvey. Er hielt die rechte Hand in die Höhe, die Handfläche in unsere Richtung, die Finger leicht gespreizt. Lucinda machte es ihm nach. Irgendetwas an ihren Fingern war seltsam ...

»Fehlt euch beiden der kleine Finger?«, fragte Lilly.

»Ein Opfer des Fleisches«, sagte Harvey lächelnd, »denn der Körper ist nur eine Schale, eine vorübergehende Heimat für das Göttliche in ihm, das ewig währt.«

»O...kay«, sagte Leech leise. Ich merkte, wie er die Hände zu Fäusten ballte. Lilly nahm das Messer fest in die Hand.

Harvey ließ die Hand sinken. »Bitte verzeiht uns, dass wir so lange gebraucht haben, um euch zu begrüßen. Ihr habt uns überrascht, und wir wollten zu diesem Anlass noch einige Vorkehrungen treffen.«

»Was macht ihr hier?«, fragte Lilly.

»Wir sind die Wärter dieser Überwachungsstation«, sagte Harvey. »Wir sind hergeschickt worden, um Neuigkeiten zu erfahren.«

»Neuigkeiten worüber?«, fragte ich.

»Na, über euch«, sagte Lucinda. »Über die Drei.« Sie sah Lilly an. »Das Messer kannst du wegstecken, Liebes. Ein Nomadenmesser, nicht wahr? Von dem Team, das versucht hat, euch zu befreien.«

»Ja«, sagte Lilly, hielt das Messer aber weiterhin auf sie gerichtet.

»Ihr wisst davon?«, fragte ich.

»Natürlich wissen wir davon, Owen.« Und Harvey kannte meinen Namen.

»Dieses Angriffsteam der Nomaden hat mit der Gütigen Mutter und Desenna zusammengearbeitet. Wir haben die Operation überwacht. Sei deswegen nicht überrascht. Du wirst dich an deine große Bedeutung gewöhnen müssen. Nachdem die Operation fehlgeschlagen war, hätten wir uns niemals träumen lassen, das Glück zu haben, euch tatsächlich zu treffen. Aber dann hörten wir von eurer Flucht. Und stellt euch vor, wie überrascht wir heute Morgen waren, als wir ein blaues Licht von Osten kommend sahen, genau zu Tagesanbruch, wie in dem Epos!«

»Es war wie im Traum«, sagte Lucinda. Sie blinzelte, und ich meinte Tränen zu sehen. »Wir haben euer Durchkommen gemeldet«, sagte Harvey, »und draußen ein frisches Totem aufgehängt, damit Chaac euch Glück für eure Reise bringen möge. Dann, wir hatten gerade angefangen zu packen ... versteht ihr? Mission erfüllt. Die Drei waren auf dem Weg! Und siehe da, dann hörten wir Geräusche auf dem Dach, und ihr kamt herein.«

»Und die Erinnerung sank herab in Schiffen aus blauem Licht«, sagte Lucinda verträumt. »Wir sind gesegnet.« Sie sah uns an, als wären wir Holotech-Sterne, während sie mit den Füßen wippte, sodass ihre Ohrringe und Armbänder klimperten. Sie spielte nervös an ihrer Halskette herum: Eine Silberkette mit einem kleinen schwarzen Anhänger.

»Was?«, fragte Leech.

»Oh, entschuldige bitte«, murmelte Lucinda.

»Sie spricht von dem Epos der Drei«, sagte Harvey. »Ihr wisst schon, ›Die drei Wächter der Erinnerung der ersten Menschen‹ und so weiter.«

»Den Teil kenne ich«, sagte ich, »aber nicht den anderen, den du erwähnt hast.«

»Nein, natürlich nicht«, sagte Lucinda. »Niemand kennt das *gesamte* Epos. Aber eine Passage ist in die Mauern des Atlantischen Tempels bei Desenna eingemeißelt.«

»In Desenna gibt es einen Tempel«, sagte ich und hakte diesen Punkt in meinem Kopf ab. »Wie sieht er aus?«

»Wir sind niemals drinnen gewesen«, sagte Harvey. »Niemand außer der Gütigen Mutter und ihrem Team und natürlich ihrer Tochter Heliad, die mit dem Geist aus Kristall sprechen kann.«

»Moment«, sagte ich, »in Desenna gibt es ein Mädchen, das mit dem Kristallschädel kommunizieren kann?«

»Ja, Heliad. Die Tochter der Sonne«, sagte Harvey. »Sie bewahrt die Erinnerung der ersten Menschen.«

»Verstehe«, sagte ich und spürte, wie etwas in mir zerbrach. Ich sah zu Lilly, doch sie erwiderte meinen Blick nicht. Die Nomaden hatten von einem Schädel im Süden und einem Mädchen gesprochen, doch ich hatte immer noch gehofft, dass Lilly die dritte Atlanterin wäre. Nun schien es ganz offiziell zu sein, dass sie es nicht war. Lilly reagierte gar nicht auf diese Neuigkeit. Als ob sie es schon die ganze Zeit über gewusst hätte.

»Was steht noch in dieser Passage aus dem Epos?«, fragte Leech.

»Zuerst wird von der Reise der Atlanter berichtet«, antwortete Harvey, »die sie nach der Flut unternahmen, die ihre Kultur zerstört hatte. Die Menschen versuchten, alles wieder aufzubauen, doch sie hatten so viel verloren, dass die atlantische Gesellschaft nie wieder ihre vorherige Größe erlangte. Irgendwann sind andere Kulturen entstanden: Sumerer, Ägypter, Chinesen, Olmeken, und aus ihnen haben sich wieder andere Kulturen entwickelt und so weiter bis heute.«

Ein Teil von dem, was Harvey erzählte, kam mir bekannt vor. Lük hatte mir in dem Schädel davon berichtet.

»Und das ist nur der Anfang«, sagte Harvey. »Da sind …«

»Harvey …«, Lucinda zog an seinem Arm. »Die Kinder müssen am Verhungern sein.« Sie lächelte uns freundlich an. »Stimmt's?«

»So ziemlich, ja«, gab ich zu.

»Natürlich«, sagte Harvey. »Entschuldigt bitte. Lucinda hat recht. Wir müssen euch noch so viel erzählen, aber nicht mit leeren Magen. Esst ihr mit uns?«

»Wir sind irgendwie in Eile«, antwortete ich. »Eden kommt bald.«

»Ja, ich bin sicher, sie kommen bald«, sagte Harvey, »aber wie ich schon sagte, das ist eine Überwachungsstation. Hier gibt's überall Sensoren. Sobald jemand im Umkreis von dreißig Kilometern von hier auftaucht, wissen wir das und können abhauen. Ich zeige euch das auf dem Display. Hier entlang.« Harvey nahm Lucindas Hand, und sie gingen den Gang hinunter.

Lilly und Leech und ich wandten uns einander zu.

»Sie scheinen nicht gefährlich zu sein«, sagte ich.

»Paul schien auch nicht gefährlich«, murmelte Leech.

»Einerseits …«, sagte Lilly, und sie warf den Leichen in den Gefrierschränken einen Blick zu, »andererseits seid ihr beiden Götter in ihrer Religion. Außerdem …« Sie rieb sich den Bauch. »Ich habe Hunger. Und sie haben wichtige Informationen.«

Auch mein Magen wollte den beiden vertrauen. »Und wenn der dritte Atlanter in Desenna ist«, sagte ich, »dann werden wir womöglich dorthin müssen.«

Leech seufzte. »Wenn ich dagegen stimme, werde ich wieder überstimmt, also ...« Er schlug die Richtung ein, in der die beiden verschwunden waren.

Ich schaute noch einmal auf die gefrorenen Leichen, auf die Nahrungsmittel und atmete tief durch. »Jetzt geht's los«, sagte ich zu Lilly, und wir folgten den Gestalten in ihren Gewändern den dunklen Gang hinunter.

6

Harvey und Lucinda führten uns weit den Gang hinunter, Lucinda schob unseren Einkaufswagen, bis wir eine offene Fläche unter einem Schild, auf dem HAUSHALTSWAREN stand, erreichten. Sie hatten alles beiseitegeräumt und eine provisorische Wohnung eingerichtet, deren Wände aus Kartons und aufgestapelten Möbeln bestanden. Eine Stehlampe warf bernsteinfarbenes, warmes Licht auf zwei Sofas, ein Paar Lehnstühle und einen Bildschirm. Alles war in einem Quadrat angeordnet, mit einem blauen Plüschteppich und einem Glastisch in der Mitte. Dahinter stand ein Bett, einige Tische, die als Küchenzeile dienten, und ein Schreibtisch, auf dem sich ein primitiv wirkender Computer befand.

»Setzt euch«, sagte Lucinda.

Wir nahmen alle drei auf demselben weichen Sofa Platz. Instinktiv blieben wir als Einheit zusammen. Mein Blick heftete sich sofort auf den Glastisch, auf dem zahlreiche bunte Teller mit Essen standen. Es gab kleine runde Dinger, offenbar Fleischbällchen, Blätterteigtaschen, Frühlingsrollen und in Stücke geschnittenes, hellgelbes Obst.

»Einiges davon ist schon einige Jahre alt«, sagte Lucinda. »Manches sogar ein paar Jahrzehnte, aber man kann alles noch essen. Kroger und die großen Nahrungsmittelhersteller haben während der Großen Flut einige erstaunliche Konservierungsstoffe erfunden. Als ob sie geahnt hätten, dass die Menschen diese Dinge für lange Zeit lagern würden!«

Ich probierte von den Blätterteigtaschen. Unter der warmen, blättrigen Hülle steckte eine scharfe, klebrige Masse, die eine Art Fleisch sein musste.

»Das ist echtes Weichschalenkrebsfleisch aus der Arktis aus den 2050igern«, sagte Harvey, »nachdem das Nordpolarmeer eisfrei war und bevor die anoxischen Gezeiten alles Leben im Meer abtöteten.«

Er legte ein kleines viereckiges Gerät auf den Tisch; in der Mitte seines Bildschirms befand sich ein leuchtender weißer Punkt. »Das ist eine Anzeige unserer Annäherungssensoren. Der weiße Punkt sind wir. Wenn noch irgendetwas auf diesem Bildschirm auftaucht, sollten wir uns Gedanken machen. Deshalb haben wir auch gewusst, dass ihr kommt. Zurück zum Essen. Wir haben auch etwas Frisches.« Er ging zu einem hüfthohen, schwarzen Gerät, hob den Deckel und drehte an einem Regler. Ein dumpfer Knall, dann züngelten Flammen im Inneren. Es war eine Art Grill, der mit einem runden weißen Tank verbunden war. Harvey band sich eine Blumenschürze um und entfernte Folie von einem Teller. Ein scharfer Geruch kribbelte in meiner Nase. Dann begann Harvey einige rosafarbene Fleischstücke auf den Grill zu werfen. Jedes Mal zischte es laut, und Dampf stieg auf. Er schloss den Deckel.

»Etwas zu trinken?« Lucinda stellte drei Glasflaschen mit einer hellbraunen Flüssigkeit vor uns, an denen Kondenswassertropfen herunterliefen.

»Das ist *horchata,* ein Reisgetränk. Es wurde mit der neuesten Reissorte der Gütigen Muttter hergestellt, die in unserem salzigen Boden wächst, und mit Agave gesüßt. Das wird euch schmecken.« Sie setzte sich auf das gegenüberliegende Sofa und sah uns erwartungsvoll an.

Ich nahm einen Schluck. Das Getränk war cremig und würzig. Es übertraf all das künstlich schmeckende Zuckerwasser aus Camp Eden. »Das ist lecker«, sagte ich.

»Ich bin froh, dass du es magst.« Lucinda lächelte herzlich. Ihre freie Hand spielte wieder an dem Kettenanhänger herum. Ich fragte mich, ob sie unseretwegen so nervös war. »Hier, während ihr wartet ...« Sie nahm eine schmale, schwarze Fernbedienung in die Hand und schaltete den Bildschirm ein.

Das Bild flackerte auf, der Ton erklang, es war der Nördliche Nachrichtensender. Eine Nachrichtensprecherin in schwarzem Anzug stand in einer belebten, modernen Straße, hinter ihr eine Skyline aus gläsernen Gebäuden. Kleine Straßenbahnen fuhren auf Schienen vorüber. Menschen in Anzügen schlenderten vorbei, alle gesund und schlank. Sie hatten Handtaschen oder Aktenkoffer bei sich, und jeder hielt einen silbernen Sonnenschirm über dem Kopf.

»... sind hier für den zweiten Tag des Gipfels der Nördlichen Föderation in Helsinki Island.«

In mir stieg das gleiche Gefühl auf, das ich immer hatte, wenn ich einen kurzen Einblick in das Leben oben in der Bewohnbaren Zone bekam. Es sah so leicht aus, so *lebendig*. Als ob das Leben dort einen Sinn hätte. Im Hub war das nicht immer der Fall gewesen. Helsinki sah nicht aus wie eine Stadt in Eden; es gab keine SensaStraßen oder Leute, die Wasserski fuhren und lebten, als ob es die reale Welt gar nicht gäbe, aber dennoch ... Es sah nett aus, auf der Erdoberfläche zu leben, in eine Schule mit echten Fenstern zu gehen.

»Heute wird sich die Nördliche Föderation nochmals mit der Bitte der Eden Corporation befassen, die Zollbestimmungen für Südozeanien zu lockern. Wie wir schon berichteten, geht es im Wesentlichen darum, dass die Eden Corporation nicht offenlegen möchte, warum sie all diese Ressourcen in die Region fließen lassen will.«

»Ich bin sicher, Eden wird es ihnen erzählen«, sagte Leech in sarkastischem Ton. Er klang, als ob er das Gleiche denken würde wie ich: Stand das in Zusammenhang mit dem Projekt Elysion?

»Ebenfalls auf der Tagesordnung heute: Die Nördliche Föderation wird die Forderung der Amerikanisch-Kanadischen Föderation nach härteren Sanktionen gegen den Stadtstaat Desenna aufgrund von ›barbarischen‹ Praktiken, wie sie es bezeichnen, prüfen. Mehr dazu live aus den Grenzgebieten.«

Das Bild wechselte zu einem Mann, der inmitten eines Meers aus Zelten und Abdeckplanen stand. Ärmlich aussehende Menschen drängten sich in Grüppchen unter jedem Flecken Schatten zusammen.

»Die Situation hier verschlechtert sich zunehmend. Obwohl sich die Super-Mycin-resistente Cholera-D immer weiter ausbreitet, lehnen viele Flüchtlinge die Impfung ab und entscheiden sich stattdessen für die Philosophie des strahlenden Lebens von Heliad-Sieben. Als Reaktion darauf

verlangt die AKF eine neue Bandbreite an Sanktionen und Handelsembargos gegen Desenna.«

Ich hörte ein Schniefen neben mir, und als ich mich umdrehte, sah ich Tränen in Lillys Augen.

»Was ist los?«, fragte ich.

»Ich muss daran denken, dass meine Eltern auch da waren, wie furchtbar«, sagte sie. »Es ist schrecklich zu wissen, dass sie ihre letzten Lebenstage in dieser Hölle verbracht haben.«

»Barbarisch«, spottete Lucinda. Sie schaltete das Gerät aus. »Ich kann euch versichern, dass Heliad-Sieben nichts dergleichen ist.«

Ich fragte mich, ob das die Wahrheit sein konnte, wenn man an die Leiche draußen am Mast und die *Freiwilligen* in den Gefrierschränken dachte.

Harvey öffnete wieder den Grill und eine Rauchwolke schoss bis zum Dachstuhl. Er nahm den Kebab vom Rost und brachte ihn zu uns herüber.

Er war auf halbem Weg zu uns, als von oben ein heftiges dumpfes Dröhnen zu hören war. Ich schaute hinauf in die Schatten der Decke. War das Geräusch vom Dach gekommen?

Harvey bemerkte meinen Blick. »Keine Angst, das ist nur die Klimaanlage«, sagte er und verdrehte die Augen, während er den Teller mit dem brutzelnden Fleisch auf den Tisch stellte. »Die ist schon seit Jahren nicht mehr ganz in Ordnung, aber hier draußen weiß keiner mehr so richtig, wie diese alte Technologie funktioniert.«

»Okay«, sagte ich. »Ich bin nur etwas schreckhaft.«

»Natürlich, aber du musst dir wirklich keine Sorgen machen. Sieh her …« Harvey deutete auf den Bildschirm.

Es waren keine Störungen zu erkennen, nur unser weißer Punkt.

Ich nickte, und nachdem ich nichts mehr von oben hörte, fand ich, dass meine Unruhe nicht mit der magnetischen Anziehungskraft des brutzelnden Fleischs vor uns zusammenpasste.

»Wahrscheinlich habt ihr noch nie Tapirfleisch probiert«, sagte Lucinda. »Es schmeckt wunderbar.«

»Das ist so eine Art tropisches Schwein«, sagte Leech. »Stimmt's?«

»Ja«, antwortete Harvey. »Die Tapire sind in ihren ursprünglichen Lebensräumen so gut wie ausgestorben, aber die Gütige Mutter hat es geschafft, diese widerstandsfähige Art zu züchten, sodass wir in Desenna jetzt unseren eigenen Bestand haben.«

»Diese Mutter weiß ja anscheinend alles«, sagte Lilly.

»In dieser Hinsicht ist sie sehr inspirierend«, bemerkte Lucinda.

Das Fleisch roch salzig und süß. Mir lief das Wasser im Munde zusammen, als ob die Techniker die Ventile weit geöffnet hätten.

»Fangt an«, sagte Harvey.

Jeder von uns nahm einen Spieß. Ich drückte meine Zähne in das gebratene Fleisch und biss hinein. Ein scharfer Saft füllte meinen Mund.

»Super«, sagte ich. Leech stimmte brummend zu.

»Und ihr müsst auch keine Angst vor uns haben«, sagte Harvey lachend, »Ich weiß, es gibt ein paar üble Gerüchte, aber wir servieren euch auf gar keinen Fall Menschenfleisch oder so was.«

Mein Mund erstarrte. Beinahe spuckte ich meinen Bissen aus.

»Nnnn«, stöhnte Lilly leise neben mir.

Ich zwang mich zu schlucken. »Das haben wir auch nicht gedacht«, sagte ich schwach.

»Gut«, sagte Lucinda. »Denn all dieser Unsinn könnte der Wahrheit nicht ferner liegen. Wir sind nicht so, wie die Menschen in Gambler's Fall am Ende waren.«

»Was ist da passiert?«, fragte Lilly zwischen zwei Bissen.

»Also, nach dem großen Amerikanischen Exodus lief es ein paar Jahre lang ganz gut«, erzählte Harvey. »Die AKF entschied, dass sie zu klein war, um anerkannt zu werden, also schlossen sie sich Heliad an und bekamen Unterstützung von Desenna. Aber dann hat die Pandemie sie ausgelöscht.«

»War das die Rote Flut?«, fragte ich.

»Oh nein«, erwiderte Lucinda. »Ich glaube, das war eine der späteren Seuchen. Die Rote Flut war Pandemie zwei, nicht wahr?«

Harvey nickte. »Ich meine, das hier war die sechs.«

»Hab ich dir doch gesagt.« Leech hatte sich an mich gewandt.

»Sechs?«, fragte ich, ohne ihn zu beachten. »Ich habe noch nie auch nur von drei, vier und fünf gehört. Waren das kleine Seuchen?«

»Drei und fünf waren klein, Varianten der Grippe«, antwortete Harvey, »so wie sechs auch. Aber Pandemie vier war brutal.«

»Schwarzes Blut«, sagte Leech.

»Was ist das?«, fragte ich. Ich war überrascht, dass ich noch nie davon gehört hatte. Andererseits, wenn die Seuchen sich nicht bis zum Hub ausgebreitet hatten, gab es keinen Grund, warum ich davon wissen sollte.

»Eine Form der Pestsepsis, die die weißen Blutkörperchen angreift«, sagte Harvey. »Ein Symptom des letzten Stadiums war, dass die Adern schwarz wurden. Das war echt scheußlich.«

»Das ist übel.« Ich war erstaunt, dass mir schlecht wurde. Normalerweise störte mich diese Art Gerede nicht weiter. Vielleicht hatte ich nur zu schnell gegessen.

»Am Ende war das hier eine üble Angelegenheit«, sagte Harvey. »Die Leute wurden etwas verrückt ... Da aber noch Vorräte da waren und die Stromversorgung noch funktionierte, haben wir diesen Ort als Überwachungsstation ausgewählt. Was uns zurück in die Gegenwart bringt.« Harvey klatschte in die Hände und rieb sie dann. »Es ist wirklich erstaunlich, dass ihr aus Eden fliehen konntet.«

»Vermutlich, ja«, sagte ich und nahm ein Fleischbällchen, das ich mit *horchata* hinunterspülte.

»Wisst ihr schon, wo ihr als Nächstes hinwollt?«, fragte Lucinda.

»Wir überlegen noch«, antwortete Leech schnell.

Es war schlau von ihm, nicht das Wenige, das wir wussten, zu verraten. Denn so nett diese Leute auch schienen, wir wussten immer noch nicht, ob wir ihnen wirklich trauen konnten.

»Ihr seid auf jeden Fall in großer Gefahr«, sagte Harvey, »deshalb haben wir eine Botschaft von der Mutter für euch.« Er zog ein kleines Stück Papier hervor und räusperte sich höflich. »›Im Namen des Volkes von Heliad-Sieben möchte euch die Gütige Mutter nach Desenna einladen, wo ihr wieder mit eurer Schwester der Erinnerung vereint sein werdet. Außerdem kann euch die Mutter Schutz vor Edens Truppen und jegliche Unterstützung für eure weitere Reise anbieten. Wir haben eine Nomadenschar auf den Weg geschickt, die euch sicher in die Stadt bringen kann.‹«

»Das ist so aufregend!«, sagte Lucinda. »Erst kehrt Heliad zurück, und nun sind die Drei wieder vereint! Genau so wie die Mutter es vorhergesagt hat!«

»Was meinst du mit ›vorhergesagt‹?«, fragte Leech. Er drehte sich zu Lilly und mir um. »Ihre ›Mutter‹ war mal die Eden-Süd-Version von Paul. Sie hat einen Umsturz von innen angeführt.«

»Eine Revolution«, sagte Harvey. »Die erste Befreiung.«

Es bereitete mir Sorgen, das zu hören. Vielleicht gehörte die Gütige Mutter jetzt nicht mehr zu Eden, aber sie hatte einmal dazugehört. Bedeutete das, dass sie in mancher Hinsicht wie Paul war?

»Jahrelang hat die Gütige Mutter die Rückkehr von Tonas Tochter vorausgesagt«, erklärte Lucinda. »Tona ist die Sonnengottheit. Die Mutter sagte, wenn die Tochter der Sonne zurückkehre, würde sie die direkte Verbindung zu den ersten Menschen sein, deren Art und Weise wir nachahmen, so wie wir sie aus Mutters Übersetzung der alten Texte im Innern des Atlantischen Tempels kennen. Wir alle freuten uns auf ihre Rückkehr, und dennoch, nach einem Jahrzehnt begann die Hoffnung zu schwinden. Und dann, als alles verloren schien ... war sie da! Wir versammelten uns alle am Strand und beobachteten, wie sie aus der Meerestiefe emporkam. Sie tauchte in einem fließenden, weißen Kleid aus dem Meer auf, die wunderschöne Heliad war nun unter uns. Und seit jenem Tag freuen wir uns.«

»Das war was«, sagte Harvey und schloss lächelnd seine Augen. Er legte eine Hand auf die Brust und atmete tief durch die Nase ein.

Es fiel mir schwer, alldem zu folgen. Bisher hatte ich gedacht, dass der Heliad-Sieben-Kult erst einige Jahre alt war, doch offensichtlich hatte es die Anhänger schon eine Weile vor dem Umsturz in Eden Süd gegeben.

»Warum schien alles verloren?«, fragte Lilly. »Ich meine, Heliad ist die am weitesten verbreitete Religion außerhalb der Bewohnbaren Zone und den Eden, oder?«

»Ja, stimmt«, sagte Lucinda, und ein Schatten glitt über ihr Gesicht, »aber es gab einen leisen Zweifel. Ein Gerücht ...«

»Mehr eine Ketzerei«, fügte Harvey hinzu; Falten bildeten sich in seinem Gesicht, als ob er etwas Verdorbenes gegessen hätte.

»Versteht ihr«, sagte Lucinda, »die Menschen bekamen Angst, dass die Götter nicht, wie von der Mutter vorhergesagt, zurückkehren, sondern in Wahrheit fortgehen würden. Ein Gerücht ging um, dass die Götter die Erde verlassen hätten und das Ende aller Zeiten angebrochen sei. Das geschah trotz der Lehre der Gütigen Mutter, trotz all der Wunder, die sie vollbrachte, und trotz ihrer Prophezeiung von Heliads Rückkehr.«

»Es ist absolut verständlich in einem Zeitalter wie dem unseren«, sagte Harvey. »Die Menschen haben ein Recht, Angst um unsere Zukunft zu haben. Ich meine, ihr habt gesehen, was wir mit diesem Planeten gemacht haben. Ist es so schwer zu glauben, dass die Menschheit aufgegeben wurde, dass die Götter genug hatten? Sogar in Desenna, wo die Große Flut vorbei ist, bleibt das Leben hart, und es wird immer nur schlechter. Seit Heliad zurückgekehrt ist, gibt es wieder mehr Hoffnung, und jetzt, da die Drei gekommen sind ... Aber trotzdem, sogar *wir* haben von Zeit zu Zeit gedacht, man könnte es den Göttern nicht verübeln, wenn sie fortgehen und irgendwo anders neu anfangen würden.«

Harvey und Lucinda blickten sich mit großen Augen

an, Harvey rieb seine Hände ineinander, Lucinda spielte an ihrem Anhänger herum.

»Deshalb haben wir uns gefragt …«, begann Lucinda mit gedämpfter Stimme, aber dann schüttelte sie den Kopf. »Ich kann nicht.«

Harvey streichelte aufmunternd ihr Bein. »Was Lucinda sagen wollte, wir haben uns gefragt, da ihr ja in Eden wart …« Er schluckte heftig und sprach in einem ängstlichen Flüsterton weiter: »Kennt ihr zufällig die Aufsteigenden Sterne?«

Ich sah zu Lilly und Leech. Ihre Blicke passten zu meinen Gedanken. »Die was?«

»Die Aufsteigenden Sterne«, sagte Harvey immer noch leise. »Die Lichter, die von der Erde in die Weiten des Weltraums aufsteigen. Es gibt Menschen, die behaupten, sie gesehen zu haben. Aus dem Süden gibt es Gerüchte über Lichter, die in die Nacht fortziehen.«

»Du meinst, wie ein Satellitenstart oder so was?«, fragte Lilly.

»Nein«, sagte Lucinda. »Sie stammen nicht von einem der Länder, die Weltraumstarts kontrollieren. Sie kommen aus abgelegenen Orten, die man für unbewohnt gehalten hat.«

»Das, was dort gesichtet wurde, hat die Legende von den Göttern, die die Erde verlassen, befeuert. In Desenna erzählen die Leute, die diese Gerüchte verbreiten, dass die Sterne in Tulana aufsteigen, der Ruhestätte der Seelen, wo die Götter wohnen. Natürlich ist Tulana nur ein Mythos. Dennoch, die Menschen glauben es, und bis Heliad zurückgekehrt war, drohte dieses Gerücht von den Aufsteigenden Sternen Desenna zu stürzen.«

»Ich habe noch nie irgendwas davon gehört«, sagte ich. Lilly und Leech nickten zustimmend.

Harvey seufzte. »Einige glauben, diese Gerüchte stehen in Zusammenhang mit Eden, als Teil des Projekts Elysion. Wir dachten, ihr wüsstet vielleicht etwas darüber.« Er klang enttäuscht.

»Nö«, sagte ich. »Wisst *ihr* beide denn etwas über das Elysion-Projekt?«

Harvey zuckte die Achseln. »Wir wissen, dass es geheim ist und Eden den Plan hat, ein neues Paradies zu schaffen, wenn ihre Kuppeln versagen. Das ist die Standardtheorie. Und wir wissen auch, dass die Suche nach Atlantis ein Teil ihres Plans ist.«

Harvey hielt inne und sah zu Lucinda. Beide schien dieses Gespräch nervös zu machen.

»Wir wissen von vielen Leuten«, fuhr Harvey fort, »die sich wünschen, bei Edens Plan mitzumachen, sogar in Desenna, obwohl das laut auszusprechen ja Verrat wäre.«

»Ihr meint, sie wollen in das glänzende neue Paradies einziehen«, sagte Leech.

»Ja«, antwortete Lucinda. »Das wäre schön.« Sie klang, als ob sie eine der »vielen« wäre.

Schweigen trat ein. Lucinda spielte an ihrer Kette herum, rieb mit dem Daumen über das obere Ende des Anhängers. Ich erhaschte einen besseren Blick darauf und sah ein Muster, wie drei gewölbte Kreise. Sie und Harvey starrten beide nach oben. Sie schienen sich nicht nur Sorgen zu machen, sie waren auch traurig. Ich fragte mich, ob sie Kinder hatten, die während der Pandemien gestorben waren. Oder hatte der Kunststoffkrebs verhindert, dass sie überhaupt Kinder bekommen hatten? Es gab so viele mögliche Ursachen für die Traurigkeit eines Menschen in dieser Welt.

Zur selben Zeit, während der Pause, begann ich das

Ticken meiner inneren Uhr wahrzunehmen. Diese beiden stellten keine Gefahr für uns dar, tatsächlich hatte ich mich in den vergangenen Minuten beinahe sicher gefühlt. Das Essen trug auch dazu bei. Es war das erste Mal seit mehreren Tagen, dass meine Wachsamkeit nachgelassen hatte, aber Paul war immer noch da draußen, auf der Suche nach uns.

Noch einmal war ein dumpfes Dröhnen über uns zu hören. Ich hatte immer noch keinen Schimmer, was es war. Ich dachte an das, was Harvey über die Klimaanlage gesagt hatte. Mir fiel der Klang der gekrümmten Lüftungskanäle im Hub ein, wenn es richtig heiß wurde. Das Wummern war hohl und leer gewesen. Dieses hier klang dumpfer. Ich warf wieder einen Blick auf die Sensoren. »Nichts zu sehen?«, fragte ich.

Harvey schien aus einem Tagtraum aufzuschrecken. Er sah auf den Monitor. »Nein.«

Trotz allem machte ich mir Sorgen um das Luftschiff. Hatte ich die Segel festgezurrt? Wenn eines von ihnen Wind abbekam, würde das Schiff gegen die Mauer oder über die Begrenzung geweht werden.

»Wir sollten uns jetzt endlich wieder auf den Weg machen«, sagte ich.

»Gehen?«, sagte Harvey. »Oh ja, aber was ist mit dem Angebot der Gütigen Mutter?« Er sah auf seine Uhr. »Die Nomadenschar sollte in einer Viertelstunde hier sein. Warum bleibt ihr nicht und esst erst mal auf?«

»Hmm …«, sagte ich. Ich drehte mich zu Lilly und Leech um und wünschte, ich könnte ihre Gedanken lesen. Lilly zuckte leicht die Achseln.

»Das ist eine tolle Einladung«, sagte Leech und suchte meine Augen, wieder so, als ob er sichergehen wollte, dass wir auf derselben Seite standen. »Aber wir hatten bereits einen anderen Plan, und deshalb brauchen wir jetzt etwas Zeit für uns – *allein,* versteht ihr?« Er stand auf.

»Richtig«, stimmte ich zu. Wieder einmal hatte Leech eine gute Idee. »Wir haben ziemlich anstrengende Tage hinter uns. Vielleicht gehen wir einfach aufs Dach und sprechen alles durch, und dann geben wir euch Bescheid, okay?«

»Oh«, sagte Harvey, »ich meine …« Wieder blickte er Lucinda sorgenvoll an, fast als versuchte er, ihr seine Gedanken zu übertragen. »Ich nehme an, ein paar Minuten … das geht in Ordnung?«

Ich fragte mich, ob sie Schwierigkeiten mit dieser Gütigen Mutter bekommen würden, sollten wir wegfliegen, ob man sie für den gescheiterten Versuch, uns zu überzeugen, in einen Gefrierschrank packen würde.

Lucinda nickte Harvey zu und drehte sich dann wieder zu uns um. »Natürlich, sicher doch.« Ihre Stimme hatte zu zittern begonnen, das passte zu den herumfummelnden Händen. Sie hatte den Blick gesenkt und schien den schwarzen Anhänger zu untersuchen, während er zwischen ihren Fingern hin und her flippte.

»Das müsste in Ordnung sein. Nur, ähm …«, begann sie, »sagt mir doch noch einmal, wer von euch kein, na, ihr wisst schon, keiner von den …«

»Du meinst, kein Atlanter?« Lilly zeigte mit dem Daumen auf sich selbst. »Das wäre dann wohl ich. Wieso?«

Ich hasste es, dass sie diese Worte aussprach. Aber etwas an dem, was Lucinda gerade gesagt hatte, kam mir merkwürdig vor. *Sagt mir doch noch einmal* … Hatte sie wirklich vorher schon danach gefragt? Ich konnte mich nicht daran erinnern. Vielleicht lag das nur an ihrer Nervosität – oder sie hatte sich versprochen.

Da war ein klickendes Geräusch. Etwas Kleines aus Plastik. Ich brauchte einen Augenblick, um die Quelle zu finden: Lucindas Anhänger. Ich überlegte, ob sie ihn durch ihre nervöse Fummelei zerbrochen hatte. Sie starrte zu Lilly, bemerkte meinen Blick, und sofort schnellten ihre Augen zur Seite, fast als würde sie sich von mir ertappt fühlen.

»Entschuldigt bitte.« Sie stand taumelnd von ihrem Sitz auf, ihre Bewegung war unkontrolliert. Ihr Bein knallte gegen den Tisch, und unsere Flaschen kippten um. *Horchata* spritzte nach allen Seiten. »Ach, du meine Güte!«

Meine Flasche rollte vom Tisch und landete auf dem Teppich. Ich streckte den Arm aus, um sie aufzuheben. Irgendein Instinkt meldete sich, eine Folge meiner schwachen Nerven, und ich warf einen Blick unter den Glastisch. Im Schatten erkannte ich ein Paar Schuhe. Sie befanden sich nur einen Moment lang in meinem Blickfeld, aber das genügte, um festzustellen, dass es Turnschuhe waren …

Kleine Turnschuhe mit rosafarbenen Ponys drauf …

Zu klein.

Ich hob den Kopf und sah zu Lucindas großen, quadratischen Füßen in klobigen Sandalen hinüber.

»Was ist denn?«, fragte Harvey, aber seine Augen weiteten sich, als wüsste er, was ich gerade begriffen hatte.

»Nichts«, sagte ich, stand auf und zog Lilly am Ellbogen hoch. »Wir sollten jetzt nur alles besprechen.« Ich gab mir Mühe, ruhig zu klingen, aber ich redete schnell. »Also, wir sind gleich wieder da.«

Nur dass ich keine Absicht hatte, jemals wieder hier herunterzukommen oder auf die Ankunft der Nomaden zu warten, denn jetzt wusste ich: Hier war noch jemand. Die Person, der die Turnschuhe gehörten und deren Anwesenheit Harvey und Lucinda vor uns geheim hielten. Einer kleinen Person. Einer Tochter vielleicht ... Und dieses Rumsen oben auf dem Dach ...

»Halt«, rief Leech und sprang auf.

Lilly riss mich zurück auf das Sofa. Ich drehte mich um und sah, wie sie zusammenbrach, die Augen eingesunken, und zwischen schrecklichen, abgehackten Geräuschen drang weißer Schaum aus ihrem Mund.

7

»Lilly!« Ich packte sie bei den Schultern, ihr Körper verkrampfte sich, ihre Finger zuckten wild, die Augen waren zusammengekniffen, der weiße Schaum tropfte von ihren Lippen über Wangen und Kinn.

»Was ist passiert?«, fragte Leech.

»Also das ist … nur eine Dosis, damit …«

Ich schaute auf und sah Harvey vor mir stehen. Er richtete eine zweizackige Grillgabel auf uns. Lucinda hatte ein Küchenmesser in der einen Hand, mit den Fingern der anderen Hand hielt sie die Kette umschlossen.

»Was habt ihr getan?«, fragte ich. Meine Stimme zitterte. Lilly war dabei, sich zu beruhigen, und ich hörte, wie ein Atemzug sich ihre schäumende Kehle hinunterkämpfte.

»Ich habe eine Dosis von dem Nervengift freigesetzt, das ihr alle eingenommen habt.« Lucindas Augen schnellten zu den *horchata*-Flaschen. »In den Nanokapseln ist Saft von dem Kurare-Baum. Eine reine Sicherheitsmaßnahme für den Fall, dass ihr nicht kooperieren wollt.« Sie streckte ihre Kette vor. »Ein Knopf für jeden von euch. Ich drücke drauf, und ihr werdet vergiftet.« Sie starrte uns zornig an, aber ich merkte, dass die Hand mit dem Messer zitterte.

»Nun zu euch beiden.« Harvey fuchtelte mit der Gabel herum. Auch seine Hände und Stimme bebten. »Ihr tragt sie, und wir gehen zusammen aufs Dach. Und wenn wir jetzt gleich gehen, wird Lucinda eurem Mädchen nichts mehr tun.«

»Was soll das?«, sagte Leech, »Ihr zwingt uns, nach Desenna mitzukommen? Wir wollten …«

»Wir bringen euch nicht nach Desenna!«, schnauzte Harvey. »Wir tauschen euch für einen Zugang zu den Aufsteigenden Sternen ein. So lautet die Abmachung.«

»Abmachung?«, fragte ich.

»Mit Eden Corporation«, antwortete Harvey.

»Es tut uns leid«, sagte Lucinda. »Wirklich, aber wir haben unsere Gründe.« Sie ließ ihren Finger über den Anhänger zurückgleiten. »Jetzt nehmt sie schon und kommt!«

Leech und ich sahen uns an, ich versuchte seinen Blick zu entschlüsseln. Wir würden nicht nach Eden zurückkehren. Konnten wir mit diesen beiden hier allein fertigwerden? Ich schaute hinunter zu dem Messergriff an Lillys Gürtel. Doch eine falsche Bewegung und Lucinda könnte uns vergiften.

Leech beugte sich vor. »Du nimmst ihre Beine«, sagte er.

»Hmm, okay …« Vielleicht meinte er, es wäre besser zu warten, bis wir auf der Treppe waren. Das war eine gute Stelle, um an diese Kette zu kommen, dort gab es überall dunkle Ecken.

»Lucinda, hol unsere Taschen«, sagte Harvey.

Aus dem Augenwinkel sah ich, wie Lucinda sich umdrehte und hinter den Lehnstühlen herumwühlte. Sie hievte zwei vollgepackte Wanderrucksäcke auf ihre Schulter.

Ich bemühte mich, Lillys Beine zu fassen, und schlang meine Arme um ihre stoppeligen Waden. Leech beugte sich über Lilly, aber dann nahm er mit der Hand etwas von dem weißen Schaum um ihren Mund und strich ihn sich über Kinn und Lippen. Wir tauschten einen todernsten Blick aus, trotz seines mit Schaum vollgeschmierten Gesichts. Ich wollte ihn gerade fragen, was er da tat, als er sich taumelnd aufrichtete.

»Ahh«, stöhnte er und legte die Hände auf den Bauch. Er begann zu zittern, und Lillys Schaum spritzte von seinen Lippen nach allen Seiten.

»Hey!« Harvey blickte entsetzt zu Lucinda. »Lucinda! Mach das aus! Du hast dem Jungen aus Versehen eine Dosis verabreicht!«

»Was?« Lucinda ließ die Rucksäcke sinken und begann an ihrer Kette herumzutasten. »Ich habe ihm nichts …«

»Aaaa …« Leech gab ein überzeugendes Würgen von sich und wankte rückwärts. Er knallte in unseren Einkaufswagen, dann fuhr er herum und torkelte darüber, wobei er noch mehr Würgelaute machte.

»Mach es aus!«, schrie Harvey.

»Ich versuche es ja!«

Ich zog Lilly in die Sitzposition hoch, um ihre Arme über meine Schultern legen zu können.

Leech richtete sich hinter dem Einkaufswagen auf und drehte sich wieder um. In seinen Augen stand Aggressivität. Er streckte einen Arm nach hinten, ein dunkelgrünes Objekt lag in seiner Hand. Eine der Bocciakugeln. Er heulte aus voller Kehle auf und schleuderte die Kugel fort.

Sie traf Lucinda am Brustbein. Ein brutaler, dumpfer Aufprall, sie brach auf dem Boden zusammen, gab gedämpfte, gurgelnde Töne von sich und griff sich an die Brust.

»Lucinda!« Harvey riss die Augen auf und schien auf

dem Fleck, wo er stand, festgefroren zu sein. Er sah die zweite Bocciakugel nicht kommen. Wenn Leech besser gezielt hätte, wäre er vielleicht getötet worden, aber die Kugel prallte seitlich an seinem Kopf ab, sodass er nur die Augen verdrehte. Er stürzte rückwärts in den Gasgrill, der krachend zu Boden fiel, dann wankte er vorwärts und prallte auf den Glastisch, der in tausend Scherben zerbarst. Flammen sprangen vom Grill und rasten über den Teppich.

»Hol dir die Kette!«, schrie Leech. Er sah, wie ich schnell zu Lilly schaute. »Ich habe sie.«

Ich sauste um den Tisch herum, wo Lucinda wild mit Armen und Beinen in der Luft herumschlug wie eine auf dem Rücken liegende Schildkröte. Sie versuchte, Luft zu holen, brachte aber nur ein trockenes, keuchendes Pfeifen hervor. Ihre Augen waren weit geöffnet, die Hände krallten sich in die Brust, der Mund schnappte nach Luft, als wäre sie ein Fisch an Land.

Ich ging neben ihr auf die Knie, und einen Moment lang war ich unentschlossen. Dafür hasste ich mich, aber ich konnte mich gegen das Gefühl, dass diese Frau Hilfe brauchte, dass sie ernstlich verletzt war, nicht wehren.

»Aauuu! Auuuuu!« Ich fuhr herum, Leech hatte sich auf dem Sofa über Lilly gebeugt, die wieder von Krämpfen geschüttelt wurde. Er hatte die Hände an ihr Gesicht gelegt, sie trommelte mit den Fäusten auf seinen Rücken.

»Was machst du da?«, schrie ich, aber er antwortete nicht.

Ich drehte mich wieder zu Lucinda um und tastete ihre Kleidung und die feuchte, schlaffe Haut mit den Verletzungen darunter ab. Schließlich umschlossen meine Finger die Halskette. Ich zerrte daran, und zog

Lucinda durch die Bewegung am Hals für einen Augenblick nach oben, bevor die Kette zerriss und ihr Kopf wieder mit einem dumpfen Knall auf den Boden schlug.

Ich bemerkte ein Flackern. Die Flammen breiteten sich schnell über die Wände aus Kisten und Kleinmöbeln aus.

Eilig steckte ich die Kette in meine Hosentasche und stolperte zu Leech und Lilly. In dem Augenblick, als ich bei ihr war, krümmte sie sich vornüber und erbrach über ihre und meine Beine einen Schwall weißen Schaums und brauner Flüssigkeit mit immer noch erkennbaren Gebäck- und Tapirfleisch-Stücken.

Leech wandte sich von ihr ab und stand schwer atmend auf. »Okay, jetzt bin ich dran.« Er sah zur Decke, holte tief Luft und steckte sich dann zwei Finger tief in den Hals.

Jetzt verstand ich. Er versuchte, das Nervengift loszuwerden. Leech beugte sich vor und erbrach eine dunkelbraune, klumpige Flüssigkeit. Sein Erbrochenes enthielt keinen weißen Schaum, da seine Kapseln noch nicht aktiviert worden waren.

»Du bist dran«, sagte Leech heiser. Er begann zu husten. Schwarzer Rauch vernebelte die Luft.

»Ich hab das noch nie gemacht …« Ich schaute zur Decke hinauf und steckte meine Finger in den Mund. Wo musste ich drücken? Ich hatte keine Ahnung.

Eine schwere Last drückte auf meinen Rücken und ein weißglühender Schmerz durchzuckte meine Schulter. Harvey knurrte böse, als er mich packte und zu Boden warf.

»Ihr Mistkerle!« Er brüllte in mein Ohr, sein heißer Atem traf meine Wange. »Wir müssen das für Ripley tun! Sonst werde ich euch töten, das schwöre ich bei Tona …«

»Hör auf damit!«

Harvey wurde von einem heftigen Schlag unterbrochen. Sein Gewicht lag nicht mehr auf mir. Blitzschnell drehte ich mich um und sah, wie Leech eine weitere Bocciakugel mit der Hand schwang.

Harvey kippte zur Seite. Frisches Blut lief vom Haaransatz über seine Stirn. Er wischte es weg, seine Augen wanderten hierhin und dorthin, als könnten sie nicht mehr geradeaus schauen.

»Du glaubst, du kannst mich einfach so benutzen?«, schrie Leech ihn mit vom Würgen brüchiger Stimme an, und Spucke flog durch die Luft. In dem unheimlichen Licht der heruntergefallenen Lampe und der Flammen wirkte er, als wäre er wahnsinnig, eine wilde Kreatur. »Du glaubst, du könntest uns benutzen?« Er machte einen Satz nach vorn und ging auf Harvey los.

Ich erhob mich schwankend. Leech saß rittlings auf dem am Boden liegenden Harvey. »Ihr wollt uns wie ein Stück Fleisch verhökern?«, brüllte Leech. »Meint ihr etwa, wir sind nichts wert?«

»Nnnn«, stöhnte Harvey schwach.

Leech hob seine Hand hoch über den Kopf. Die Bocciakugel, die schon von der Flüssigkeit ihrer letzten Attacke glänzte, glitzerte im Lampenlicht.

»Leech, mach das nicht!«, schrie ich.

Leechs Arm sauste nieder.

Ein schreckliches Geräusch war zu hören, wie wenn etwas Feuchtes und Faseriges riss. Ich vernahm ein leises Prasseln, als Tröpfchen herumspritzten, und dann drang ein grauenhaftes, sanftes Stöhnen durch die Dunkelheit.

Ich stand vollkommen starr, meine Knie zitterten, meine Schulter brannte vor Schmerz. Auf dem Boden bemerkte ich die Grillgabel, mit meinem Blut beschmiert.

Leech stand über Harvey. Seine Schultern hoben und senkten sich mit schweren Atemzügen, der Kopf sank nach vorn. Er drehte sich um und wankte mit seiner blutgetränkten Waffe in der Hand zu uns zurück.

»Ahhh«, stöhnte Lilly und setzte sich auf. Sie wischte über ihr Gesicht. »Igitt.«

Ich konnte kaum einen klaren Gedanken fassen. Wir mussten unbedingt fort von hier. Ich schaute zu der verrauchten Decke und schob meine Finger in den Hals. Sie streiften das Hintere meiner Zunge, die merkwürdig weiche, aber doch harte Beschaffenheit meiner Kehle. Meine Finger fühlten sich dort fremd an, falsch, sperrig und störend. Ich kämpfte gegen das Bedürfnis an, sie dort rauszuziehen und schob sie weiter hinein, ich würgte, mehr und mehr, endlich verkrampfte sich mein Magen, ich krümmte mich zusammen und eine dicke, mehlige Suppe ergoss sich auf die Scherben des Glastischs. Matschige, säuerliche Brocken verstopften meine Nasenlöcher, und ich hustete und würgte von Neuem. Ich schaute hinunter auf das Chaos, alles vollgespritzt, und kurz durchfuhr mich der dümmste aller Gedanken: Ich fühlte mich schuldig, dass ich das Essen ruiniert hatte … Als ob mein Kopf nicht über die schreckliche Realität, die mich umgab, nachdenken wollte.

»Schnell«, sagte Leech leise und unerbittlich, »bevor Eden hier ist.«

Das Feuer hatte den Teppich erreicht, züngelte in unsere Richtung, und ich hörte lautes Knallen, als es sich durch den Laden fraß.

Leech ging zum Einkaufswagen, griff sich Nudelpackungen, die Dose Eintopf, die rosafarbene Decke und das Kissen. Die Bocciakugel hielt er immer noch fest in der Hand.

Ich drehte mich um und streckte Lilly meine Hand hin. »Kannst du aufstehen?«

»Ja«, krächzte sie. Sie erhob sich vom Sofa, ihre Beine schlotterten, und sie packte meine Schulter. Die Berührung löste eine neue Schmerzwelle aus. »Entschuldige«, sagte sie, als ich zusammenzuckte.

»Ist in Ordnung.«

Der Rauch hüllte uns vollkommen ein. Als wir losgingen, hörte ich ein schwaches Stöhnen von Lucinda. *Hab kein Mitleid mit ihnen,* dachte ich. *Sie wollten euch Paul ausliefern.*

»Kommt schon!«, rief Leech von weiter vorn.

Wir rannten durch die Rauchwolken zur Mitte des Supermarkts. Lilly und ich stützten uns gegenseitig und humpelten Seite an Seite. Ich sah schwarze Punkte vor den Augen, und mein Körper fühlte sich so müde, so leer an. Der ranzige Geruch nach Erbrochenem haftete an uns.

Wir wankten die Treppe hinauf, immer auf das Geländer gestützt. Als wir den letzten Absatz erreichten, sahen wir einen Ausschnitt des blauen Himmels. Leech lief voraus. Lilly und ich kamen nach oben, traten nach draußen ins Licht und rannten direkt in Leechs Rücken.

»So ein Mist«, sagte er.

Wir schauten nach vorn.

Das Luftschiff war verschwunden.

»Oh nein.« Ich rannte ein Stück nach vorn und blickte mich hektisch um. Das Dach war leer.

»Wo ist es hin?«, schrie Leech.

»Nein, nein, das hätten wir *wissen* müssen!«, sagte

ich. »Ich hätte …« Mit den Augen suchte ich den Horizont ab, aber da war nichts.

Dunkler Rauch drang aus Mauerritzen und Spalten und vernebelte mir die Sicht. Ich lief zum Dachrand. Vielleicht hatte der, der das Luftschiff gestohlen hatte, versucht, damit zu fliegen, und war abgestürzt …

Dann hörte ich ein Brummen über uns.

Ich sah nach oben und hatte kaum noch Zeit, aus dem Weg zu springen, als das Luftschiff im Steilflug aus dem Himmel herabraste. Kurz bevor es mit einem ohrenbetäubenden Knall landete, berührte auch ich den Boden. Das Gefährt schlitterte über das Dach, machte eine halbe Drehung und schlug gegen die niedrige Mauer am Rand.

Ich sprang auf und stolperte darauf zu. Es schien niemand drin zu sein.

Ein Kopf tauchte auf. Ein Mädchen mit krausen, blonden Haaren. Es war jünger als wir, vielleicht elf oder zwölf, sein Körper hatte noch keine Rundungen, und dünne Arme ragten aus einem blaugrünen Tanktop heraus. Die Schultern waren rotverbrannt von der Sonne. Das Mädchen blickte sich verstört um.

»Hey!« Ich konnte bereits erkennen, dass sich ein Segel gelockert hatte und der Mast verbogen war.

Das Mädchen bemerkte mich und begann sich verzweifelt umzuschauen.

»Ripley!«

Ich drehte mich um und sah Lucinda oben auf der Treppe stehen. Sie hatte sich Harvey über die Schulter gelegt. Hinter ihr quoll Rauch aus der Tür.

»Mami!«, schrie das Mädchen.

»Lauf, Ripley!«, keuchte Lucinda mit gurgelnder Stimme. »Sie sind Mörder!«

»Nein!« Ich zwang meine müden Beine, schnell zum Luftschiff zu laufen. Ripley sah mich und kreischte, die Augen weit aufgerissen.

»Bitte nicht!« Hinter mir war Lucinda schluchzend auf die Knie gegangen, Harvey fiel der Länge nach neben sie.

»Mach das nicht!« Lilly packte Leech an der Schulter, um ihn von einem neuen Angriff abzuhalten.

»Ripley, lauf!«, brüllte Lucinda.

Ich hatte gerade den Rand des Luftschiffs erreicht, konnte Ripleys wimmerndes Atmen hören, als ihre Füße die Pedale durchtraten. Das Gefährt schlingerte in die Höhe. Ich klammerte mich an die Seitenwand, als das Schiff gegen meinen Kiefer prallte. Fast verlor ich den Halt, aber es gelang mir, mich festzuhalten. Wir schossen in hohem Bogen in die Luft, die Stadt war weit unter uns. Die Segel fingen Wind, luvten dann wieder, und wir gerieten in ein gefährliches Trudeln.

»Ich weiß nicht, wie das geht!«, schrie Ripley schluchzend.

Mit aller Kraft versuchte ich, mein Bein über die Seite zu werfen, aber die Drehung war zu stark. »Drück das linke Pedal durch!«, rief ich.

Ripley hieb auf das Pedal ein. Einen Moment lang wurde die Drehung langsamer, und ich konnte mich auf das Schiff wuchten.

Ich ging auf die Knie, fiel aber sofort auf sie. »Geh von mir runter!«, kreischte sie. Durch mein T-Shirt fühlte ich etwas Heißes und Feuchtes auf der Haut, und endlich konnte ich Ripley näher ansehen. Gesicht, Arme, jeder Zentimeter Haut war mit winzigen, nässenden Pickeln übersät, kleine, rote Öffnungen, aus denen gelblicher Eiter rann. Unter ihrer Haut konnte ich die sich schlängelnden, weißen Linien erkennen. Hitzewurm, ein Parasit, der sich in verseuchten Wasservorräten entwickelte. Zwar gab es eine Behandlung dagegen, aber es war unmöglich, sie hier draußen zu bekommen. Ich erinnerte mich an einige Fälle im Hub, aber so wie bei Ripley hatte ich die Krankheit noch nie gesehen. Ihre Haut war durch das wellenförmige Pulsieren der Würmer, die sich durch ihren Körper gruben, buchstäblich lebendig. Wahrscheinlich waren die Würmer auch schon in ihr Muskelgewebe vorgedrungen, ein fortgeschrittenes Stadium. Irgendwann würden sie beginnen, sich durch ihre Organe, ihre Knochen, ihr Gehirn zu fressen.

Deshalb wollten uns Harvey und Lucinda uns an Eden verkaufen: für die Chance, ihre Tochter zu retten.

Ripley prallte gegen mich. Ihre Füße drückten wieder die Pedale, und wir stürzten steil nach unten. Die Segel fingen Wind und rissen uns in ein Trudeln, schlimmer als beim ersten Mal.

»Daddy, hilf mir!«, schrie Ripley.

Ich versuchte, in meinem Kopf Lük zu finden, denn ich dachte: *Ich muss uns aus diesem Sturzflug herausholen!*, aber ich konnte die Atlantische Stadt nicht finden. Alles war verschwommen.

»Geh aus dem Weg!« Ich packte sie an den knochigen Schultern und versuchte sie zur Vorderseite des Gefährts zu schieben.

»Lass mich in Ruhe!«, jammerte sie zwischen Rotz und Tränen, und als ich ihre Schläge abwehrte, sah ich die weißen Wurmflecken aus ihren Nasenlöchern und Tränenkanälen rinnen. Sie krümmte sich wie ein gefangenes Tier, mit geballten Fäusten ging sie auf mich los.

Ich hielt sie fest. »Lass mich fliegen!«, schrie ich. Während die Welt um uns herum verschwamm, verband sich mein Blick fest mit ihren großen, jungen, wurmdurchdrungenen Augen …

Und etwas geschah. Es war, als ob mir die Realität entglitt, oder als ob auf einmal zwei Dinge gleichzeitig in meinem Kopf wären. Dieses Mädchen, Ripley, das vor mir stand und schrie, während wir uns drehten … aber dann erschien über ihr dieses graue Geistermädchen mit roten Haaren und dem Froschschlafanzug aus meinem Traum. Und ich versuchte es hochzuziehen, doch wieder einmal sank es in die Asche zurück, die Luft war heiß, und die Erde brannte …

Und da war noch mehr. Ich sah die Atlantische Stadt, den Übungssee, Lük stand neben seinem Luftschiff. »Bist du bereit für eine weitere Probefahrt?«, fragte er durch den peitschenden Wind. Dieser Moment legte sich über die anderen, sodass der graue Himmel von Lüks Welt auch die Asche und der Sturzflug und Ripleys Schreie war.

Es war alles zu viel, und ich fühlte ein Reißen in meinem Kopf, als ob die Gedanken von ihrem Gerüst weggezogen würden.

»Benutz den …«, begann Lük, doch dann setzte seine Stimme aus. Der Atlantische See verschwand plötzlich aus meinem Kopf, als ob er ausgeschaltet worden wäre.

Ein schriller Aufschrei war zu hören. Ripley entglitt mir, das Trudeln war so stark, dass sie aus dem Schiff gezerrt worden war. Sie klammerte sich an die Seitenwand.

Ein Mädchen, das in der Asche versinkt. Ein fallendes Mädchen im Luftschiff. Wer war wer?

Ich warf mich nach vorn und versuchte, meinen Geist auf einen einzigen Gedanken zu beschränken: *Pack das Mädchen! Rette das Gefährt! Stirb nicht!* Meine Hand fand ihren feuchten, wurmigen Vorderarm, ich zog sie herauf und ließ sie auf den Boden fallen.

Wieder glitten Bilder vorüber ... Verbrennungen an dem Mädchen in der Asche, sie konnte kaum noch atmen ...

Ich biss die Zähne zusammen und versuchte, in mein Gehirn einzudringen, alles zu fixieren ... *Du bist in dem Gefährt. Über Gambler's Fall. Steh auf! Steh auf!*

Ich öffnete meine Augen und wirbelte in der verschwommenen Drehung herum, bis ich die Segelleinen erwischte.

Wie stoppe ich diesen Absturz?, versuchte ich Lük zuzurufen, aber es kam keine Antwort. Und es blieb keine Zeit mehr.

Ich sprang auf meinen Sitz, presste die Füße auf die Pedale. Ich musste herausfinden, wie es gelingen konnte, spürte die Kraft des Trudelns, drosselte die Schubkraft und wartete, dass ein Segel den Wind einfing ... Da. Ich zog es ein und ließ das andere Segel aufblähen. Der Wind zerrte uns vorwärts, und wir beschrieben einen hohen Bogen in der Luft, der uns endlich aus der Spirale herausbrachte.

Ich flog eine Kurve, und wir machten uns auf den Weg zurück. Ich versuchte, das Gefährt aufzurichten, aber der verbogene Mast zog uns zur Seite. Zwar konnte ich das ausgleichen, aber ich musste mich mehr anstrengen als sonst, um das Gefährt gerade zu halten.

Vor uns stieg Rauch aus allen Ecken des Walmart auf. Ripley lag zusammengerollt auf dem Boden des Gefährts und wimmerte.

Ich landete wieder auf dem Dach. Das Gefährt schlug hart auf, sprang leicht in die Höhe und kam dann zum Stehen.

Lilly und Leech standen einfach nur da und schauten fassungslos drein. Sie kamen auf mich zu. Lilly schwankte, als ob sie sich kaum auf den Beinen halten könnte. Ihr Gesicht war grau.

»Ripley!« Lucinda wankte auf uns zu, Harvey blieb auf dem Boden liegen. Ihre Hände waren voller Blut. Sie strich sich die Haare aus dem Gesicht, wobei sie Blutflecken auf Wange, Nase und Mund hinterließ.

Ripley zog sich selbst nach oben, sie zitterte am ganzen Körper. Ich hörte ihre Zähne klappern, eine Mischung aus Angst und dem Fieber, das sie wahrscheinlich von innen verbrannte.

»Es tut mir leid«, sagte ich zu Ripley. Ich hatte mir gründlich überlegt, was oder warum ich etwas sagte. »Du kannst mit uns kommen, wenn du willst. Wir können versuchen, Hilfe für dich zu bekommen.«

»Ich hoffe, ihr verbrennt in Tonas Licht!«, kreischte sie; von Würmern durchsetzte Spucke flog durch die Luft, und sie taumelte fort und stürzte aus dem Luftschiff. Dann stand sie auf und rannte zu ihrer Mutter. Vor meinem geistigen Auge blitzte wieder das Mädchen in der Asche auf. Mir tat der Kopf weh. Was war da oben mit mir passiert?

»Wir müssen los«, sagte Lilly, während sie misstrauisch den Horizont beobachtete. Sie stieß mit den Knien an die Seite des Gefährts und fiel vornüber. Vorräte polterten auf den Boden. Dann begann sie hineinzuklettern, hielt aber gleich inne. Ihre Augen suchten das ganze Gefährt ab. »Wo ist meine Tasche?«

Ein einziger Blick genügte, und ich wusste es: Ihre rote wasserfeste Tasche war nicht mehr da. Mir fiel auch auf, dass zwei der drei Tontopf-Wärmezellen fehlten. Dr. Marias schwarzer Rucksack lag noch an der Seite.

»Dreck«, sagte ich. »Während des Trudelns … Wir suchen sie gleich. Kommt schon.«

Leech hüpfte hinein »Wir haben keine Zeit …«

»Doch, haben wir«, sagte Lilly, und trotz der Schmerzen und der Müdigkeit in ihrem Gesicht, war klar, dass sie nicht mit sich reden lassen würde.

Ich trat auf die Pedale, und wir erhoben uns vom Dach. Das Gefährt ruckte beim Fliegen wie ein Hinkender. Als wir aufstiegen, blickte ich auf den winzigen Punkt, den Lucinda und Ripley und Harvey bildeten. Schwarze Rauchwolken löschten die drei aus meinem Sichtfeld.

»Wenn wir sie zurücklassen, werden sie sterben«, sagte ich. Der Gedanke erschütterte mich immer mehr. »Wenn sie nicht dem Brand zum Opfer fallen, dann wird Desenna sie für den Verrat bestrafen, oder Eden für ihre Unfähigkeit, uns hierzubehalten. Und das Mädchen leidet so stark am Hitzewurm, dass es wahrscheinlich sowieso bald stirbt.«

Ich sah zu Leech hinüber. Auch er beobachtete sie, aber seine Augen waren zusammengekniffen, sein Gesicht von Harveys Blut befleckt. »Das ist ihr Problem«, sagte er leise.

Während wir weiter aufstiegen, suchte ich den Horizont ab. Es waren immer noch keine Drohnen zu sehen. Gen Westen hatte die müde Sonne sich orange gefärbt und sank durch den wolkenlosen Himmel.

Ich blieb auf der erreichten Höhe und zog weite Kreise über der Stadt. Der Vortex-Motor reagierte langsamer auf meine Bewegungen. Sein blaues Licht war schwächer.

»Dort«, sagte Lilly nach ein paar Minuten.

Wir gingen auf einem trockenen Stück Land vor einem Haus nieder, das mit anderen Ruinen in einer ehemaligen Wohnstraße stand. Lillys Tasche lag dort auf einer

Schicht aus Schmutz und versteinertem Gras. Sie schnappte sie sich, wir stiegen wieder in die Luft und flogen Richtung Südwesten, so wie Leech den Kurs berechnet hatte, so schnell wir konnten.

Lilly überprüfte den Inhalt ihrer Tasche. Es war noch alles vorhanden, doch das klirrende Geräusch, als sie die Tasche aufhob, hatte mir verraten, dass mein Kristallschädel, meine Verbindung zu Lük und dem Wissen der Aeronauten gekappt worden war.

8

»Dort entlang«, sagte Leech und deutete nach steuerbord, nachdem er die ersten Sterne in der hereinbrechenden Dämmerung überprüft hatte. Seit Gambler's Fall hatten wir nur fünf Worte miteinander gesprochen.

»Wie geht es dir?«, hatte ich Lilly gefragt, als sie mir einen Verband aus Dr. Marias Erste-Hilfe-Set anlegte. Ich hatte auch schon eine leuchtend rosafarbene Strahlenverbrennung mit Blasen auf meinem Kopf entdeckt, die mit jeder Minute mehr schmerzte.

»Gut«, hatte sie geantwortet, aber es hatte nicht danach geklungen, ihre Stimme war heiser, als hätte man die Stimmbänder mit Sandpapier geschmirgelt.

Sie lag jetzt zusammengerollt neben mir im Gefährt, den Kopf auf dem rosafarbenen Kissen; die Decke hatte sie über sich gezogen. Eine Hand hatte sie auf ihren schmerzenden Magen gelegt, mit der anderen rieb sie sich die Kiemen.

»Hast du mich gehört?«, fragte Leech.

»Ja«, murmelte ich. So langsam hatte ich den Dreh raus, wie ich den verbogenen Mast ausgleichen konnte, aber seit die Sonne untergegangen war, waren die Windböen stärker geworden, heiße Luft schien in den Weltraum zurückzuströmen, und das Gefährt knarzte bedrohlich, während ich mit aller Kraft versuchte, es auf Kurs zu halten. Meine Arme zitterten vor Erschöpfung, und mein leerer Magen war auch nicht hilfreich.

»Ich weiß nicht, ob das immer noch die Nanokapseln in meinem Bauch sind oder deine Fliegerei«, sagte Leech und hielt sich jetzt auch den Bauch, »aber ich werde das, was da noch drin ist, herauslassen.«

»Ich geb mir ja Mühe«, sagte ich leise und musste dem Bedürfnis widerstehen, das Luftschiff in die Querlage zu bringen, sodass er hinausfiel oder zumindest hart gegen die Seitenwand stieß. Ich sagte auch nicht, dass das Luftschiff nicht beschädigt worden wäre, wenn Ripley nicht in Panik ausgebrochen wäre, und Ripley wäre nicht panisch geworden, wenn Lucinda nicht schreiend aufgetaucht wäre, mit dem blutüberströmten Harvey im Arm ... voller Blut wegen Leechs Attacke. Doch ich hatte genug damit zu kämpfen, uns einfach nur in der Luft zu halten.

Wegen der Beschädigungen musste ich auch den Vortex-Motor höher laufen lassen, um die Geschwindigkeit beizubehalten. Ich schätzte, dass sie auf ungefähr vierzig Stundenkilometer gesunken war, und ich wagte nicht, noch langsamer zu werden. Das Motorlicht wurde zunehmend schwächer. Bei dieser Belastung würden wir damit nicht bis zum Kennpunkt gelangen.

Ich versuchte, Lük in meinem Kopf zu finden, aber er war verschwunden. Der Bergsee war noch da, aber die Oberfläche war glatt, es ging kein Wind. Da waren keine Boote, keine Studenten zu sehen, die Stadt lag vollkommen still. Die ganze Szene wirkte wie ein Programm, das angehalten worden war.

In der einen Hand hielt ich die Segelleinen, mit der anderen griff ich nach Lillys Tasche. Meine Finger bewegten sich vorsichtig, bis ich eine scharfe Kante fand. Ich zog eine halbmondförmige Scherbe des zerbrochenen Schädels hervor, so groß wie meine Hand. Das Kristall war kalt, schwer und dunkel. Die Sterne am Himmel spiegelten sich verschwommen darin, aber das war auch alles. Sein weißes Licht, sein gesamtes Gedächtnis, war verschwunden.

Keine Ratschläge mehr, keine Übungen. Wenn ich uns in der Luft halten wollte, musste ich das alleine tun. Es war ein einsames, dumpfes Gefühl, als ob ein Licht, das in meinem Kopf aufgeleuchtet und warm geschienen hatte, nun erloschen wäre. Die Bildschirme waren schwarz, die Techniker starrten verständnislos auf die Schaltpulte ...

Nein, keine Techniker mehr. Sie waren ebenfalls verschwunden. Das musste so sein. Sie waren eine nette Erfindung gewesen, eine Möglichkeit, mit dem Gefühl, mich selbst nicht zu kennen, zurechtzukommen, aber nun wusste ich, wie viel von mir abhing. Die feindlichen Kräfte konnte ich nicht kontrollieren, auch nicht, welche Veränderung meine atlantische DNA als Nächstes offenbaren würde, aber ich war allein dafür verantwortlich, wie ich damit umging. Genau wie jetzt: Ich hielt dieses Gefährt in der Luft, nicht Lük, nicht die Techniker. Nur ich allein. Ich musste diese Dinge tun, an meine Fähigkeiten glauben, oder wir würden wieder in Eden enden. Owen, ein Junge aus dem Hub, Abkömmling von Atlantis, einer der Drei, die Atlantis gegen Paul verteidigen mussten. Das war ich, und ich musste es *sein.*

Und das schwache Stöhnen neben mir war noch eines dieser Dinge: Ich musste mich um Lilly kümmern, so wie sie sich um mich gekümmert hatte, als meine Kiemen versagten. Ich hatte sie hierhergebracht, nachdem sie mir gesagt hatte, ich solle sie zurücklassen, und deshalb trug ich auch für sie die Verantwortung, aber da war noch etwas anderes. Ich wollte für sie verantwortlich sein. Ich blickte zu ihr, wie sie neben mir lag und litt, und ihre Vergangenheit mit Evan war mir egal. Es kümmerte mich nicht einmal mehr, dass sie wegen der Sirene gelogen hatte. Das alles war unwichtig.

Ich wollte ihr zeigen, was ich tun konnte. Ich wollte, dass wir das hier durchstanden und dann einander hatten, was auch immer das hieß. Obwohl ich sie erst seit gut einer Woche kannte, hatte ich keine Vorstellung von einer Zukunft – angefangen von dem Traum, irgendwo einen kleinen Archipel zu finden bis zum Erwachen am nächsten Morgen –, die sie nicht einschloss. Wie sie schon auf der Insel gesagt hatte: Es war, *als ob all das schon hinter uns läge*. Ungewissheit und Zweifel, Sorgen um das Vertrauen. Wir *kannten* uns einfach. Als ich sie das erste Mal auf dem Steg getroffen hatte, dachte ich, ich würde sie lieben, aber dieser Gedanke war dumm gewesen, denn jetzt wusste ich, dass ich sie wirklich liebte, und es war ein tiefes, Furcht einflößendes Gefühl. Ich verspürte den Wunsch, sie zu wecken und ihr das alles zu erzählen ... aber ich ließ sie schlafen und konzentrierte mich aufs Fliegen.

Dann warf ich noch einen letzten Blick auf die Schädelscherbe und schleuderte sie in die schwarze Nacht.

Eine halbe Stunde später bewegte sich Lilly. »Du solltest etwas essen«, sagte ich. Das Fliegen war etwas leichter geworden, die Böen waren eisiger Wüstenkälte gewichen. Ich konnte eine Hand wegnehmen und reichte ihr die Dose Eintopf, die wir aus dem Walmart mitgenommen hatten.

Lilly betrachtete die Dose misstraurisch. »Ich glaube nicht, dass ich jetzt etwas im Magen haben möchte«, sagte sie mit rauer Stimme.

»Seit dem Gift sind ein paar Stunden vergangen. Ich glaube, wir haben das Schlimmste überstanden.«

Lilly dachte darüber nach und nahm dann die Dose. Sie fummelte mit dem Messer an der Öffnung herum, das schwache, blaue Licht des Vortex-Motors beschien ihre Lippen und Nase. Während sie die Dose aufmachte, fragte sie: »Was war das, in Gambler's Fall?«

Ich schaute über meine Schulter, wohl zum tausendsten Mal, aber ich sah nur Sterne und unten, wo die Erde begann, ein schwache, silberne Aura des herannahenden Mondlichts.

Ich fragte mich, ob Leech irgendwelche Antworten parat hätte, aber er sagte nichts. Er saß am Bug des Luftschiffs und kaute auf trockenen Nudeln herum. Wenn er sie mit Spucke aufweichte, machte er ein schmatzendes Geräusch. Er saß vornübergebeugt und zeichnete. Mir fiel auf, dass er beim Zeichnen kaum etwas anderes wahrnahm. Ich wunderte mich, wie er einfach so arbeiten konnte, nach dem, was er getan hatte. Die Erinnerung stieg in mir auf, wie er die Bocciakugel gehoben und fortgeschleudert hatte, das feuchte Knirschen eines Schädels …

»Also«, sagte ich, »ich denke, all die Geschichten über Heliad und Desenna sind wahr.«

»Dass der dritte Atlanter dort ist«, sagte Lilly. »Ein Mädchen. Eure *Schwester der Erinnerung*.«

»Scheint so«, sagte ich.

»Das heißt, wir müssen dorthin«, sagte Lilly nun. Sie hörte sich nicht besonders begeistert an.

»Es sei denn, wir finden einen anderen Weg, um mit ihr Kontakt aufzunehmen.«

»Wir sollten dennoch zuerst zum Kennpunkt«, sagte Leech. Er hatte also doch zugehört. »Es ist wichtig.«

»So wichtig wie der dritte Atlanter?« Die Frage klang feindselig, obwohl ich das nicht beabsichtigt hatte.

»Irgendwie schon«, antwortete Leech. »Denn dort enden meine Karten. Darüber hinaus kann ich nichts sehen. Ich glaube, wir müssen dorthin, damit ich weiß, was als Nächstes kommt.«

»Gut«, sagte ich. »Das war ja sowieso unser Plan.«

Leech beugte sich wieder über sein Skizzenbuch.

»Und diese Familie«, fuhr Lilly fort, »die wollten uns an Eden ausliefern, für diese Aufsteigenden Sterne, über die sie gesprochen haben?« »Und um Hilfe für den Hitzewurm des Mädchens zu bekommen«, sagte ich. »Eden hat wahrscheinlich angeboten, sie zu behandeln.«

»Boh«, sagte Lilly. »Wenn sie das gesagt haben, war es eine Lüge. Eden hat seit Jahren keine solchen Medikamente von der Nördlichen Föderation bekommen. Im Allianzsender wurde berichtet, dass die Beziehungen zwischen beiden Staaten schlecht seien, weil Eden nicht verraten will, was Projekt Elysion ist.«

»In ihrem Fall ist das wohl sowieso nicht mehr von Bedeutung.« Ich stellte mir wieder Ripley mit ihren Augen voller Würmer vor und spürte, wie mein Magen rebellierte. Der Gedanke an Ripley brachte mir die Erinnerung an das Mädchen aus meinem Traum zurück, das in der Asche stand. Das Bild schien nun weit entfernt, aber in dem Augenblick im Gefährt hatte es sich so echt angefühlt. Ich konnte mich nicht entsinnen, so etwas schon jemals erlebt zu haben. Vielleicht war es ein Nebeneffekt der Neuordnung meines gesamten Systems, eine Art Entladen meines Gehirns, so wie die Ionisationsgewitter innerhalb von Eden.

»Hey«, sagte Lilly. Sie fuhr mit der Hand über meinen Arm. »Du warst gerade ganz woanders.«

»Nicht der Rede wert.« Ich merkte, wie ich ihr in die Augen sah und für einen Moment fühlte ich mich wieder mit ihr verbunden, so eng wie wir auf der Tigerlilly-Insel gewesen waren, als sie den Brownie in meinen Mund geschoben und ich den ersten Regentropfen meines Lebens gespürt hatte. Diese Augenblicke waren mir in den letzten zwei Tagen wie aus einem anderen Leben erschienen, bis jetzt. Der Gedanke, den ich vorher gehabt hatte, ging mir wieder durch den Kopf. Mir wurde warm ums Herz, und fast wollte ich ihr sagen ...

Aber dann schaute sie fort und rieb an ihren Kiemen. »Ich kann all diese grausamen Bilder einfach nicht aus meinem Kopf kriegen.«

Grausamkeiten. Das erinnerte mich an etwas: »Ich habe die Sirene noch einmal gesehen.«

»Wirklich?«

»Ja. Heute Nachmittag auf dem Dach, kurz bevor ich euch drinnen traf. Sie sagte: *Du musst dich vor den Göttern und ihren Grausamkeiten in Acht nehmen.*«

»Und was meinte deine ganz besondere Geisterfreundin damit?«, fragte Leech.

»Ich bin nicht ganz sicher. Ich sah gerade zu der Leiche an dem Fahnenmast. Die einzigen Götter, von denen wir gehört haben, sind die vom Heliad-Sieben-Kult. Ich habe mich gefragt, ob sie uns vor Desenna warnen wollte.«

»Wenn sie überhaupt real ist«, sagte Leech. »Aber wegen Desenna sollten wir uns wahrscheinlich Sorgen machen. Ich meine, diese Leute haben sich *die Finger* abgehackt. Und wer weiß schon, wie freiwillig ihre Freiwilligen das mit sich machen lassen? Außerdem, für Heliad-Sieben-Anhänger waren diese drei da sehr bemüht, nach Eden reinzukommen.«

»Götter«, sagte Lilly. »Das haben sie auch über die Aufsteigenden Sterne gesagt. Die Götter verlassen uns. Verdammtes Volk mit seinen Göttern. Meine Eltern waren Hindu. Während der Großen Flut haben all diese Götter echt viel Gutes getan.«

»Also«, sagte ich. »was könnten die Aufsteigenden Sterne denn in Wirklichkeit sein?«

»Vielleicht kriegen wir hier eine Antwort.« Lilly schob die Dose Eintopf beiseite und griff nach Dr. Marias Rucksack. Sie zog einen Video-Bogen hervor und rollte ihn auf. Es war ein papiergroßes Rechteck, biegsam und durchsichtig, darauf verliefen kreuz und quer komplexe Schaltkreislinien. Als ich darauf schaute, fühlte ich Nervosität in mir aufsteigen. Was würden wir herausfinden? Fast wollte ich es gar nicht wissen.

Ich reichte ihr das Lesegerät. Auf seiner Oberseite befand sich ein schmaler Schlitz, wo der Bogenrand hineinpasste. Lilly schop den Bogen hinein, und das Lesegerät begann zu summen. Eine elektrische Ladung fuhr in den Schaltkreis und tauchte ihn in ein geisterhaft weißes Licht. Das Licht war dem Schädel nicht unähnlich: zwei Informationsträger, viele Tausend Jahre voneinander getrennt. Das Lichtraster festigte sich zu einem schimmernden Quadrat, das leicht über der Seite zu schweben schien. Worte erschienen:

PE QUARTALSBERICHT AN DEN EDEN-VORSTAND

Die Buchstaben lösten sich auf, und Pauls Gesicht erschien. Bei seinem Anblick bekam ich eine Gänsehaut. »Verehrte Vorstandsmitglieder«, sagte er, »inzwischen haben Sie etliches Zahlenmaterial gesehen. Hier also eine Zusammenfassung zum Stand von Projekt Elysion.«

9

Er saß an seinem Schreibtisch in Camp Eden und hatte die Brille auf. Sein Gesicht sah glatt aus, als hätte er für diesen Anlass Make-up aufgelegt. Das war merkwürdig, aber letztlich war es nur ein weiterer Beweis dafür, dass auch Paul jemand beeindrucken wollte: den Vorstand, dessen Mitglieder, die mich damals kurz in der Schädelkammer auf einem Video-Bildschirm angesehen hatten, als ob ich eine schicke, neue technische Erfindung wäre.

»Also, das hier stammt von vor unserer Flucht«, sagte Lilly.

»Sogar noch aus einer Zeit, bevor wir gefangen genommen wurden«, fügte ich hinzu.

»Wie Sie alle wissen«, begann Paul, »läuft in der dritten Phase des vierteiligen Projekts alles absolut nach Plan. Hier der aktuelle Stand der einzelnen Komponenten.«

Paul wurde durch eine Grafik ersetzt, weiße Wörter auf rotem Hintergrund, eine einfache Auflistung:

Eden Central
– Klimatisierung
– Transit
– Fusionsenergiegewinnung

Paul kommentierte die Liste: »In Eden Central wurden grundlegende Klimasysteme etabliert, die normal funktionieren. Unsere vorbereitende Simulation des anzunehmenden Effekts des *Pinsel der Götter* lässt erkennen, dass eine vollständige Wiederherstellung des Klimas innerhalb weniger Monate Laufzeit abgeschlossen sein sollte. Alles in allem werden wir unseren Zeitplan einhalten.

Die Transitquote nach Eden Central liegt zurzeit bei fünfundsiebzig Prozent und damit fünf Prozent hinter Plan, doch unsere verdeckte Aktion neulich, Operation Rückforderung, war erfolgreich und sollte uns helfen, dass bald alles wieder wie geplant läuft. Im Übrigen ist der Flottenbau fast abgeschlossen, der Transit von Eden zum Hafen in Egress ist möglich und läuft auf Stand-by.

Und schließlich – mir ist bewusst, dass Sie alle darüber schon informiert sind – läuft die Urangewinnung sehr gut, und wir sind dem Plan hier voraus.«

Für einen Moment erschien Pauls Gesicht wieder. »Ich hoffe, der Abbaustaub beeinträchtigt nicht die Sichtverhältnisse auf dem Golfplatz«, sagte er leicht lächelnd.

»Du bist so witzig.« Lilly grinste den Bildschirm an.

Ich stellte mir die alten, faltigen Vorstandsdirektoren vor, Männer mit Macht und Geld, wie sie gelassen umherschlenderten und Golf spielten, auf grünem Rasen, große Hüte auf dem Kopf, während der Rest der Welt vor Hitze fast umkam.

Eine weitere Grafik erschien:

Brocha de Dioses

– aktueller Stand der Bergungsteams
– Status der Testpersonen

»Die Teams Alpha bis Delta sind der Karteninformation gefolgt, die wir auch bei Untersuchungen in allen Eden-Komplexen gewonnen haben, und haben diese mit den

Karten, die wir von Testperson Eins erhalten haben, abgeglichen.«

»Hey, das bin ich«, sagte Leech sarkastisch.

»Er hat mich Testperson Zwei genannt«, sagte ich.

Paul fuhr fort: »Satellitenbilder haben uns ein paar neue Ausgrabungen gezeigt, doch bis jetzt kennen wir noch nicht die genaue Lage des Herzen der Terra, wo die *Brocha* versteckt ist. Wir glauben immer noch, dass es die Hauptstadt von Atlantis ist, und wir haben noch mehr Beweise für den Beleg meiner ursprünglichen Theorie gefunden, was die Lage dieser Stadt betrifft. Doch zurzeit operieren wir immer noch im Verborgenen, um nicht den Verdacht der Weltgemeinschaft zu erregen.

Hier in Eden West überwachen wir weiterhin den Fortschritt der Testpersonen Eins bis Elf, von denen Eins, Zwei und Fünf die größten Fortschritte aufweisen. Wir sind weiterhin skeptisch, was die Ansprüche aus Desenna auf einen Atlanter unter ihnen angeht; wir beziehen uns dabei auf Daten, die wir von Eden Süd bekommen hatten, bevor es unterging, doch offenbar gibt es eine Zeitlücke, die nicht dokumentiert ist. Es ist daher möglich, dass die liebe Dr. Keller eine neue Testperson entdeckt hat.«

»Ist Dr. Keller die Gütige Mutter?«, fragte Lilly.

»Jawohl«, sagte Leech.

»Wir erhalten regelmäßig Berichte von unseren Agenten in Desenna«, fuhr Paul fort. »Soweit wir das beurteilen können, stellt Heliad-Sieben, zumindest zurzeit, keine große Bedrohung mehr dar.

Aufgrund dieser Annahme haben wir Agenten nach Coke-Sahel geschickt, um herauszufinden, ob die neuen Gerüchte, die dort kursieren, wahr sind, aber es ist noch zu früh, um dazu etwas zu sagen.«

Ich schaute zu Leech. »Hat Paul jemals etwas zu dir über Heliad-Sieben gesagt?«

Leech schnalzte mit der Zunge. »Eigentlich nicht. Allerdings haben wir uns über Eden Süd unterhalten.« Das hörte sich an, als ob da noch mehr dahintersteckte.

Die nächste Auflistung erschien:

Egress
– Nördliche Föderation
– Auserwählte

»Bis zu diesem Zeitpunkt«, sagte Paul, »haben unsere Agenten in der Nördlichen Föderation berichtet, dass noch niemand, trotz der Gerüchte über unsere Vorbereitungen, unsere wahren Absichten erkannt habe, außer ein paar wilden Spekulationen der extremistischen Gammalink-Moderatoren in der Nomadenallianz. Wir sind weiterhin zuversichtlich, dass niemand diese Forderungen ernst nimmt, anderenfalls wäre das Zum-Schweigen-Bringen dieser Elemente ein zusätzlicher Nutzen von Operation Rückforderung.

Die Vorbereitungen in Egress laufen weiterhin nach Plan. Wie Sie zweifelsohne schon wissen, haben wir allen Auserwählten mitgeteilt, dass der Abreisebefehl unmittelbar bevorsteht. Alle haben einer verstärkten Überwachung in dieser letzten Phase zugestimmt, sodass wir strikte Geheimhaltung beibehalten können, was, wie Sie alle wissen, von äußerster Wichtigkeit ist.«

Dann war wieder Paul zu sehen. »Es wird nicht mehr lange dauern, meine Herren. Ich bin sicher, Sie sind so sehr wie ich darauf bedacht, diese klaustrophobischen Hüllen abzustoßen und in eine neue Zukunft einzutreten. Liebend gern würde ich zu Ihnen kommen und diesen Bericht persönlich vorstellen, doch ich bin gerade dabei, hier im Camp eine faszinierende Entdeckung zu machen und muss die Entwicklung hier in den nächsten vierundzwanzig Stunden genauestens beobachten. Vielleicht komme ich noch einmal mit einigen wichtigen Neuigkeiten auf Sie zu. … Bis dann.« Der Bildschirm wurde schwarz.

»Ich nehme mal an, diese faszinierende Entdeckung bin ich«, sagte ich und war froh, Pauls Gesicht nicht mehr sehen zu müssen.

»Ja«, sagte Leech leise. »Ich glaube, dieses Video wurde aufgezeichnet, kurz bevor er mich aus einem Völkerballspiel geholt und mich zehn Stunden lang an deinen Schädel angeschlossen hat.«

»Das muss mies gewesen sein«, sagte ich.

Leech blickte nicht auf. »Glaubst du?« Er zeichnete weiter.

Inzwischen war mir klar geworden, wie viel Wut und Kränkung tief in ihm schwelten, dabei hatte ich ihn zuerst nur für einen arroganten Fiesling gehalten. In Wahrheit maskierte Leech mit dem Hohn nur seinen Schmerz, den Schmerz, der ihn unausstehlich und manchmal auch gewalttätig werden ließ. Und ich hätte gern mehr über ihn gewusst. Mir wurde klar, dass jetzt der Moment war, um auf ihn zuzugehen, doch ich hatte immer noch keine rechte Ahnung, wie ich mit ihm reden sollte. Vor allem wollte ich ihn nicht reizen, nachdem ich gesehen hatte, wohin sein Zorn führen konnte.

»Ich wette, sein nächster Bericht klingt nicht mehr so fröhlich«, sagte Lilly, »nachdem wir geflohen sind.«

»So wie ich Paul kenne«, sagte ich, »wird er schon einen Weg gefunden haben, das zu beschönigen.« Ich dachte über das nach, was wir gerade gehört hatten.

»Das ist so komisch. Paul hat mich gefragt, ob ich die Menschheit retten wolle. Aber wenn das In-Gang-Setzen der *Brocha* jedem helfen würde, warum sagen sie dann nicht einfach den Ländern der Nördlichen Föderation, was sie vorhaben?«

»Vielleicht weil es die Leute im Norden nicht so schlecht haben«, sagte Lilly. »Was wäre, wenn durch die *Brocha* aus der Arktis wieder eine unbewohnbare Eislandschaft würde? Dann müssten alle Menschen aus der Nördlichen Föderation nach Süden umziehen, und überall würde wieder Chaos herrschen. Wahrscheinlich wollen sie genau da bleiben, wo sie jetzt sind, schließlich sind sie die mit dem starken Militär.«

Ich erinnerte mich an die Vision im Inneren des Schädels, als ich Lük zum ersten Mal traf, an den Aschehimmel und das stürmische Meer. »Paul hat gesagt, seiner Meinung nach kann der Zustand der Welt mit moderner Technologie verbessert werden, aber vielleicht halten sie die *Brocha* geheim, weil sie den Planeten zerstören wird, bevor sie ihn heilen kann. Vielleicht wurde Eden Central errichtet, um dem Sturm standzuhalten und Edens Einwohner in Sicherheit zu bringen.«

»Nicht mal alle ihre Einwohner«, sagte Lilly. »Als Paul gesagt hat, du könntest helfen, die Menschheit zu retten, hat er in Wahrheit nur die Auserwählten gemeint. Die Elite der Elite. Alle anderen in Eden werden wahrscheinlich genauso zurückgelassen wie der Rest der Welt.«

»Was für eine Überraschung«, sagte ich. »Eden entscheidet, wer überleben und wer sterben wird.«

Die anderen aus dem Ferienlager fielen mir ein, Beaker und Bunsen, Xane, Mina. »Wir hätten sie warnen sollen«, sagte ich. »Niemand im Ferienlager weiß, was auf sie zukommt. Und ich bezweifle, dass sie Auserwählte sind.«

»Dafür hatten wir nicht wirklich Zeit«, sagte Lilly.

»Ich wüsste gern, wer Testperson Fünf ist«, meinte Leech.

»Paul hat gesagt, dass es insgesamt elf sind«, sagte Lilly. »Es könnten die sein, die wir im Labor gesehen haben. Anna ... Ich könnte es sein, oder Evan, Marco, Aliah ...« Sie blinzelte, um die Tränen zurückzuhalten.

»Vielleicht hat Paul in Bezug auf Evan gelogen«, sagte ich. »Sie könnten entkommen sein. Er hat so oft gelogen.«

»Vielleicht«, sagte Lilly.

Schweigen breitete sich aus. Die Winde hatten sich beruhigt, und der Mond war aufgegangen, eine dicke, gelbe Scheibe. Eine Weile flogen wir einfach dahin. Lilly fummelte an ihren Sachen herum. Leech zeichnete.

Etwas Kaltes berührte meine Lippen. Ich zuckte zusammen, dann merkte ich, dass es die Eintopfdose war. Der Deckel war geöffnet. »Iss etwas«, sagte Lilly. Sie drückte die Dose gegen meinen Mund und klappte den Deckel hoch. Kalte, gefrorene Brocken glitten auf meine Zunge: matschiges Fleisch, glitschige Kartoffeln, gelatineartige Brühe, Jahrzehnte alt, aber es war salzig und so viel besser als gar nichts. Als ich einen Bissen hinunterschluckte, spürte ich die Spucke in meinem Mund explodieren, und ich lechzte nach Wasser, aber wir hatten beschlossen, die Nacht durchzustehen, ohne noch mehr Wasser aus unserer letzten Flasche zu verbrauchen.

Ich schob die Dose fort, bevor sie leer war. »Der Rest ist für dich«, sagte ich.

Lilly schüttelte den Kopf und fasste sich wieder an die Kiemen. »Ich habe ein paar Bissen probiert, aber mein Hals tut zu sehr weh, ich kann nicht essen.« Sie hielt Leech die Dose hin. »Willst du?«

»Nein, danke«, sagte Leech und kaute geräuschvoll auf einer neuen trockenen Nudel herum.

Wieder hielt Lilly die Dose an meinen Mund, und ich schlang den Rest hinunter. Als ich fertig war, hielt sie die Dose vor sich in die Höhe und betrachtete sie genau. »Erinnert ihr euch an Recycling?«, fragte sie.

»Klar«, antwortete Leech kichernd. »das war rasend komisch.«

»Im Hub machen wir das immer noch«, sagte ich.

Leech seufzte und schüttelte den Kopf. Ich wollte ihn gerade fragen, warum, aber Lilly sprach weiter.

»Trag deinen Teil dazu bei, um die Erde zu retten«, sagte sie in einem ironisch offiziellen Tonfall, »darum ging es beim Recycling, stimmt's? So wie in Vegas in den Fünfzigern, damals mussten wir unsere Essensreste kompostieren und durften die Toilettenspülung nur ziehen, wenn es ganz eklig war ...«

»Bei uns gab es Urin-Recycling«, sagte Leech. »So widerlich.«

Mir fiel auf, dass Leech noch niemals über seine Heimat gesprochen hatte.

»Stimmt, bei uns auch«, sagte Lilly. »Sie haben behauptet, man könne es nicht schmecken, aber ich schwöre, manchmal war es irgendwie säuerlich und kalkig.«

»Igitt«, meinte Leech.

»Und irgendwie schaut man jetzt darauf zurück«, sagte Lilly, »und denkt sich ... was soll's? Wir haben alles gemacht, haben versucht, umweltbewusst zu sein, und am Ende hat es einen Dreck gebracht, um die Erde zu retten. Meine Familie war total überzeugt davon, wir haben unsere Dosen recyclt, alles wiederverwendet, sogar UV-Lichtbäder haben wir genommen, und dann lief irgendein Kraftwerk zehn Minuten lang und pumpte mehr Kohlendioxid in die Luft, als wir jemals sparen konnten, und es war sowieso alles im Eimer. Es war so eine Verschwendung.«

Ich war überrascht, etwas so Zynisches aus Lillys Mund zu hören. Das war nicht das Mädchen auf dem Floß. Es schien, als ob alles, was seitdem passiert war, ihr die Hoffnung genommen hatte. »Irgendetwas musstet ihr ja tun, oder?«, sagte ich.

»Klar, aber« – Lilly hatte angefangen, die Haut um ihre Fingernägel abzureißen, wie sie es immer tat, wenn ihre Gedanken ernst wurden – »in Wirklichkeit hätten wir viel früher nach Norden aufbrechen oder zumindest versuchen sollen, aus Vegas rauszukommen; hätten auf die Warnungen hören sollen, die uns die Erde von Anfang an geschickt hatte. Ich weiß noch, wie alle Politiker davon redeten, dass wir die Große Flut aufhalten könnten, dass irgendeine Strategie oder Erfindung, die den Vorgang verlangsamen konnte, in greifbarer Nähe wäre, aber das waren alles Lügen. Es war alles schon in Bewegung, weißt du? Wir hatten die Erde schon über Jahrhunderte hinweg zerstört, weil wir dachten, wir könnten machen, was immer wir wollten, und Gott würde für uns sorgen. Und als die Menschen die Gefahren endlich erkannten, war es schon viel zu spät. Die Natur hatte ihre Entscheidung bereits getroffen.«

»Ja, aber das liegt daran, dass wir im Grunde alle Natur sind«, sagte Leech.

»Was heißt das?«, fragte Lilly.

»Ich meine damit, dass wir alle ein Teil der Natur sind«, antwortete Leech. »Wir sind nicht von ihr getrennt. Die Große Flut musste kommen, genau wie alles andere auch. Dass wir die Erderwärmung ausgelöst haben, ist nichts anderes, als wenn ein Elefant alle Bäume niederreißt und dadurch eine Savanne entsteht. So ist das Leben nun mal.«

»Wir haben alle Elefanten umgebracht«, sagte Lilly, »und praktisch auch jede andere Tierart.«

»Sicher, aber auch das ist einfach die Natur. Es ist ja nicht so, dass wir Außerirdische wären. Die Natur hat uns erschaffen. Es ist nicht falsch, es ist nur Erfolg. Die sich am besten anpassen, überleben. Mensch bezwingt Elefant oder Wal oder irgendein anderes ausgestorbenes Lebewesen.«

»Nur dass der *Erfolg* letztlich mehr als die Hälfte der Menschheit getötet hat«, sagte ich. »Wir haben unseren eigenen Planeten ruiniert.«

»Nicht ruiniert, nur verändert. Alle anderen Tiere machen genau das Gleiche«, sagte Leech. »Nimm eine Krankheit oder Termiten oder was anderes. Sie fressen und vermehren sich, bis sie keine Opfer mehr sind; dann ertrinken sie in ihrem eigenen Kot und sterben aus, und die Übriggebliebenen entwickeln sich.«

»Und der Kreislauf beginnt von Neuem«, sagte ich und erinnerte mich an das, was die Sirene gesagt hatte.

»Hä?«, machte Leech.

»Nichts.«

»Dann ist es also in Ordnung, wenn die Menschen einfach aussterben«, fuhr Lilly fort.

»*In Ordnung* steht nicht zur Debatte«, sagte Leech. »So ist es einfach. Dinosaurier breiten sich aus und gehen unter, Menschen genauso. Vielleicht sind als Nächstes Ratten oder Kakerlaken dran, oder eine intelligente Pflanze. Der Punkt ist doch, dass dies alles Natur ist.«

Mich überraschte das, was er sagte. Ich hatte nicht von Leech erwartet, dass er so über die Welt dachte. Und mir fiel ein, wo ich das schon einmal gehört hatte. »Paul hat so geredet.«

»Ja«, sagte Leech. »Er nannte das seine Naturlehre. Er mag ein Idiot sein, aber der Gedanke leuchtet ein.«

»Du glaubst also, dass ihm das das Recht gibt, alles zu tun, was ihm gerade einfällt?«, fragte Lilly.

»Ich bin nicht sicher, was ich glaube«, antwortete Leech leise. »Nicht mehr.« Er wandte sich wieder seiner Zeichnung zu.

Lilly drehte sich zu mir um. »Was meinst du?«

»Hm.« Ich wusste es nicht genau. »Ich denke, an der Sache mit der Natur ist was dran. Ich meine, unsere Gehirne haben sich aus demselben Zeug entwickelt wie die von jedem anderen Ding, das je gelebt hat.«

»Super«, murmelte Lilly, »ihr Jungs seid zu nichts zu gebrauchen. Also hat Paul vielleicht recht. Vielleicht ist all das ganz ›natürlich‹. In dem Fall, wen kümmert irgendwas?«

»Komm schon«, sagte ich, »vielleicht *gibt* es einen Grund, für Recycling und all das: Aber die Veränderung der Welt kann man nicht aufhalten. Die Welt wird sich in jedem Fall verändern, ob Menschen das verursachen oder etwas anderes. Aber … ich glaube, nur weil du ein Teil der Natur bist, heißt das nicht, dass du tun kannst, was du willst. Wenn du ein eigenes Zimmer hast und es zu sehr verwüstest, kannst du nicht mehr drin wohnen. Oder so ähnlich.«

»Das gefällt mir, O«, sagte Lilly, und endlich meinte ich ein Funkeln in ihren Augen zu sehen. »Was du nicht willst, dass man dir tu, das füg auch deinem Zimmer nicht zu. Die Zimmerlehre.«

Ich lächelte. Es tat gut, miteinander zu reden, im blauen Licht neue Ideen zu entwickeln, frei in der Dunkelheit, so wie es auf dem Floß gewesen war. Auch war es das erste Mal seit Tagen, dass Lilly den Spitznamen benutzte, den sie für mich erfunden hatte. »Außerdem«, fuhr ich fort, »wenn das Zimmer zu schnell unordentlich wird, wirst du am Ende deine Sachen kaputtmachen, oder in diesem Fall Menschen töten. Sicherlich, auf einer Skala von einer Million Jahren ist der Tod einiger Milliarden Menschen nicht wirklich wichtig, aber auf einer persönlichen Skala gehört auch moralisches Verhalten zum Menschsein, und es ist falsch, einen anderen Menschen zu töten. Vielleicht zieht man da eine Grenze.« Während ich diese Worte aussprach, konnte ich nicht anders, als zu Leech hinüberzusehen. Ich dachte an die Bocciakugeln, aber er zeichnete konzentriert weiter.

»Also unser Glaubensbekenntnis lautet: Du sollst nicht töten und keine Unordnung in deinem Zimmer machen«, sagte Lilly. »Und so geschah es.« Sie betrachtete die Dose in ihrer Hand. »Nach allem, was wir gesagt haben, nehme ich nicht an, dass wir hier draußen eine Wertstofftonne finden werden.« Sie schleuderte die Dose aus dem Luftschiff.

»Ich hoffe, ihr könnt damit leben, wenn diese Dose dort unten eine arme, kleine Maus ermordet«, sagte Leech.

»Ich mag es lieber, wenn du leise zeich…« Lilly wurde von heftigem Husten unterbrochen. Der Anfall wurde schlimmer, und nach einer Minute krümmte sie sich zusammen. Ich legte meine Hand auf die Mitte ihres Rückens und spürte, wie sich ihr Brustkorb krampfhaft zusammenzog.

»Du lieber Himmel«, sagte Leech.

Lillys Husten brachte das gesamte Gefährt ins Wanken. Sie kriegte keine Luft mehr, und es kamen diese trockenen, erstickten Laute, als ob sie nicht mehr tief einatmen könnte. Ihr Körper bewegte sich weiter ruckartig vor und zurück ... schließlich folgte ein langer, langsamer Atemzug ein und aus.

Ich rieb behutsam über ihren Rücken. Sie konnte jetzt wieder tief atmen. Ich fuhr mit der Hand hoch zu ihrer Schulter, doch dann zog ich sie rasch zurück. An ihrem Hals fühlte sich etwas feucht an. Auf meiner Handinnenseite entdeckte ich Blutspuren. Ich schob ihre Haare zur Seite. »Deine Kiemen«, sagte ich leise. Die Schlitze waren geschwollen und blutig.

Sie fasste dorthin, schaute auf ihre Finger und nickte, sagte aber kein Wort. Dann lehnte sie sich zurück in das rosafarbene Kissen, rollte sich zusammen und schloss die Augen. Ich breitete die Decke über sie.

Wir flogen weiter. Einige Stunden später verzog sich Leech in den Bug und nickte ein. Der Mond stand hoch, Vollmond war gerade vorbei, und er schien sehr viel heller als der Vortex-Motor.

Ich beobachtete die Sterne, trimmte die Segel im Wind und versuchte, alles andere zu vergessen: den langen albtraumhaften Tag, der hinter uns lag, Lillys Verfassung, Projekt Elysion, das, was wir morgen erleben würden, oder die Tatsche, dass wir fast kein Wasser mehr hatten. Meinem Gefühl nach war das alles viel zu viel, und ich hatte das Bedürfnis, einfach anzuhalten, aber das ging nicht. Unsere einzige Möglichkeit war, immer weiterzufliegen.

Später tauchte unter uns eine kleine Stadt auf, ein Wald schweigender Türme aus Stahl, Backstein und Glas; ein Netz stiller Straßen; und kilometerlange staubige Vororte, Gliedmaßen, die durch Hauptverkehrsadern verbunden waren. Kurz meinte ich ein Licht dort unten zu sehen und brachte uns weiter nach oben.

Einige Stunden danach, während ich gegen Erschöpfung und Schlaf ankämpfte, begann ich weiße Formen auf dem Boden zu erkennen. Sie waren groß und länglich, wie die Bäuche von riesigen Lebewesen, und lagen seltsam schräg da. Die meisten hatten ein spitzes Ende, das andere war flach ...

Boote. Ein Jachthafen, wo früher wahrscheinlich ein See gewesen war. Masten ragten in die Höhe wie die Hörner der seit Langem ausgestorbenen Narwale. Masten bedeuteten Segel, und mit den Segeln könnten wir einen neuen Thermalballon anfertigen. Dem matten Licht des Vortex-Motors nach zu schließen würden wir bald einen Ballon brauchen. Ich steuerte das Luftschiff nach unten in die Nähe der Hafenanlagen, zwischen zwei Betongebäude. Als ich das Gefährt auf dem rissigen Asphalt aufsetzte, bewegten sich Lilly und Leech, aber sie wachten nicht auf.

Ich wollte nach einem Segel suchen, aber ich konnte nicht mehr gegen die Erschöpfung ankämpfen. Ich rollte mich neben Lilly auf dem Boden zusammen und überlegte, zu ihr unter die Decke zu kriechen. Mir fiel ein, wie sie mich in der Nacht, als meine Kiemen sich zurückbildeten, in den Armen gehalten hatte, aber trotzdem war ich unsicher. Ich starrte in den schwachblauen Wirbel des Vortex und senkte meine Augenlider.

Dann fiel ich in einen traumlosen Schlaf, und erst als es fast schon dämmerte, öffnete ich wieder die Augen und blickte in einen strahlenden Himmel. Neben mir schlief Lilly immer noch. Ihr Gesicht sah gefährlich rot aus, und ein leichter Schweißfilm lag auf ihrer Stirn.

Ich hob meinen Kopf und sah, dass Leech verschwunden war. Der Vortex-Motor war vollkommen dunkel.

10

Ich versuchte aufzustehen, fiel aber sofort wieder hin. Weiße Flecken tanzten vor meinen Augen, und mein ganzer Körper schmerzte. Es dauerte einen Moment, bis ich wieder sehen konnte. Alles tat mir weh. Mein Kopf fühlte sich wie zusammengequetscht an, als ob mein Gehirn ausgetrocknet und meinem Schädel entrissen worden wäre. Meine Augenlider klebten zusammen, und blinzeln half nicht. Mein Mund fühlte sich wie ein trockener Lappen an.

Es gelang mir endlich aufzustehen. Ich untersuchte meine Schulter. Sie war steif und tat weh. Ein bräunlicher Fleck hatte sich auf dem Verband um die Grillgabel-Wunde gebildet.

Wir befanden uns im Schatten der beiden Gebäude, aber die Sonne schlich sich an uns ran. In der Luft lag dieses elektrische Gefühl umherschwirrender Moleküle, die Welt erwärmte sich, und das Luftschiff würde nicht mehr fliegen, bis wir entweder einen Thermalballon gefertigt hätten oder wie durch ein Wunder Blitze vom Himmel sammeln konnten.

Ich holte unsere letzte Wasserflasche hervor, nahm ein paar Schlucke und zwang mich, nicht alles auszutrinken.

Sanft rüttelte ich an Lillys Schulter. Ihre Atemzüge waren kurz und von einem krächzenden Laut begleitet, die Kiemen trocken und rissig, rote Schluchten mit bröckeligen Rändern, umgeben von braunen Blutkrusten und Erbrochenem. Die Haut war rot und heiß von der Entzündung.

»Lilly«, sagte ich leise.

»Nnn.« Sie zuckte zusammen und schlug auf meine Hand. Langsam öffnete sie die Augen. Sie waren blutunterlaufen.

»Hey. Wir müssen weiter.«

Sie nickte, setzte sich vorsichtig auf und rieb sich über den Kopf. Ich reichte ihr die Wasserflasche. Sie trank ein wenig, aber als sie schluckte, fuhr sie zusammen. »Ich glaube nicht, dass es irgendeine Stelle in meinem Körper gibt, die nicht wehtut.« Ihre Stimme war nur mehr ein heiseres Krächzen. »Wo ist Leech?«

»Ich weiß nicht. Vielleicht sucht er nach Vorräten.«

Lilly wühlte in ihrer Tasche. »Hier«, sagte sie und hielt mir ihre Flasche Strahlencreme hin.

»Danke.« Nachdem ich einen Klecks in meine Hände gedrückt hatte, gab ich ihr die Flasche zurück. Ich trug die lilafarbene Lotion auf Beine, Hals, Gesicht und Hände auf, fuhr dann mit der Hand unter meine Kleidung und cremte auch die Schultern ein. Sanft rieb ich die Lotion in die Kopfhaut ein, bei der Berührung brannte es furchtbar. An meinen Finger klebte blassrosa Eiter. »Das wird nicht reichen, um uns vor der Sonne zu schützen.«

»Nein … ohh«, stöhnte Lilly, die versucht hatte, etwas von der Creme an ihre Kiemen zu schmieren.

»Ich glaube, die sind entzündet«, sagte ich. Ich angelte nach Dr. Marias Rucksack und holte das Erste-Hilfe-Set hervor. Es enthielt drei kleine Packungen Desinfektionsgel.

Lilly neigte den Hals zur Seite und nahm die zerzausten Haare aus dem Weg. Ich presste einen Klecks von dem durchsichtigen Gel aus der Packung und verrieb es vorsichtig auf der rechten Kiemenreihe. Sofort zuckte Lilly zusammen.

»Es tut mir leid«, sagte ich und versuchte, so behutsam wie möglich zu sein.

»Ist schon in Ordnung«, sagte Lilly. »Mach einfach weiter.«

Doch mir wurde klar, dass ich mich nicht nur für meine Berührung entschuldigt hatte. Da gab es noch etwas, das ich ihr sagen wollte. »Nein, ich meine, das alles hier tut mir leid. Alles, was du meinetwegen durchmachen musst.«

Lilly betrachtete mich von der Seite. »Was soll das denn heißen?«

»Also, ich meine ja nur ...« Mit den Kiemen auf der linken Seite war ich fertig, also schob ich ihr Kinn mit der Hand nach links und begann auf der anderen Seite. »Weil das alles meine Schuld ist. Das alles ist dir nur meinetwegen passiert ...«

Lilly wich zurück, als ob ich eine Spinne wäre. »Deinetwegen.«

»Nein, also, ich meine, da du ja keine Atlanterin bist ... es ist nur so, ich weiß nicht, ich fühl mich schlecht ...« Ich verstummte, denn es schien, als ob ihre Augen mit jedem meiner Worte dunkler und ihre Lippen schmaler wurden.

»Ich mach weiter.« Sie riss mir das Desinfektionsmittel aus der Hand.

»Was?«

»Du glaubt, es geht hier um dich ...«

Ich versuchte herauszufinden, was ich Falsches gesagt haben könnte. »Nein ... aber, ich meine, all das ist passiert, weil Leech und ich zu den Dreien gehören und ...«

Lilly warf mit der Packung nach mir. »Das war meine Entscheidung, Owen! Ich habe entschieden, dir zu helfen und mit dir zu kommen.«

»Ich meine ja auch nicht, dass du gar keine andere Wahl hattest ... aber du hast doch zu mir gesagt, ich solle dich oben im Observatorium zurücklassen, und das habe ich nicht getan und jetzt ...«

»Ich habe versucht, dich zu retten!«, schrie Lilly. »Ich *wollte* mit dir mitgehen, hier sein, aber zu dem Zeitpunkt sah es so aus, als ob es keinen anderen Weg gäbe, und ... egal.« Sie stieg auf wackligen Beinen aus dem Gefährt. »Selbst wenn ich nur diese dummen Kiemen habe, selbst wenn ich nur ein klein wenig von der superspeziellen DNA habe, die du hast, heißt das nicht, dass ich nicht trotzdem dazugehöre. Und das, ah ... das ist noch nicht einmal der Grund, weshalb ich hier bin! Ich kann nicht glauben, dass du das nicht kapierst!« Sie machte eine wegwerfende Handbewegung und marschierte fort.

»Lilly, warte doch.« Ich stand auf, aber meine Beine waren wie aus Gummi, also setzte ich mich wieder. Weiße Punkte vor den Augen vernebelten mir die Sicht. Ich hörte, wie Lilly über den Sand davonstapfte.

Ein paar Minuten blieb ich noch sitzen, meine Gedanken rotierten, ein salziger, metallischer Geschmack war in meinem Mund, und ich fragte mich, was ich Falsches gesagt hatte. Seit wir Eden verlassen hatten, war Lilly so niedergeschlagen gewesen, warum also sollte mir das nicht leidtun?

Noch einmal versuchte ich aufzustehen, dann ging ich zwischen den beiden Gebäuden durch, vorbei an einer eingestürzten Sonnenterrasse und Haufen von Rundtischen und kaputten Sonnenschirmen. Die frühe

Morgensonne brannte auf meiner Wange. Sofort kam ich ins Schwitzen.

Die Landschaft vor mir fiel stetig ab, erst als schneeweißer Sand, dann in braunen und roten Steinstreifen, immer weiter hinunter bis zu dem mit Geröll bedeckten Tiefpunkt eines seit Langem ausgetrockneten Sees. Die ehemals schwimmenden Stege lagen auf dem Sand, zu krummen S-Formen geknickt, wie die Wirbelsäule alter Dinosaurier. Die Boote ragten vornüber, eins an das andere gelehnt. Einige waren auf dem Sand verstreut, an Bojen festgemacht, die sandverkrusteten Rümpfe zeigten zum Himmel hinauf.

»Lilly«, rief ich. Ich hüpfte auf ein nahe gelegenes Deck, die alten Planken knarzten, und hastete in den Schatten zwischen den Booten. Die Thermalbrisen pfiffen hier hindurch und ließen die losen Taue klappern.

Über mir hörte ich heftiges Husten. Lilly stand an der Chromreling eines Segelboots. Sie ließ sich in den Sand fallen, ein zusammengerolltes Segel unter dem Arm, und kniete sich in den Schatten neben dem Schiffsrumpf. Dann begann sie das Segel aufzurollen. Es war blaurot und aus dünnem Nylon.

»Ich brauche Schere und Schnur«, sagte sie.

»In Ordnung, aber was habe ich denn vorhin gesagt …«

»Später. Das hier zuerst.« Sie hustete wieder.

»Ich weiß nicht, wie wir ohne Lüks Hilfe ein Thermalsegel anfertigen sollen«, sagte ich.

»Meine Mutter hat mir das Nähen beigebracht«, sagte Lilly und breitete das Segel aus. »Ich weiß schon – total vor-sintflutlich von mir, stimmt's? Aber sie hat Saris für uns selbst genäht. Und sie hat mir die Grundstiche beigebracht. Also, hey, ich kann wirklich nützlich sein!«

Sie fing sofort an, nahm Maß und bohrte mit ihrem Messer Löcher in den Stoff, als ob ich gar nicht da wäre.

Ich ging zurück zum Steg, inspizierte die Boote und überlegte, wo wir am besten nach Vorräten suchen sollten.

Bis ich ein leises Geräusch vernahm. Eine Stimme. Ganz nah. Ich ging ein paar Schritte zurück. Die Stimme kam von oben aus einer großen, schief liegenden Jacht. Der riesige, schwarze Propeller befand sich auf der Höhe meiner Hüfte. An einem Flügel war der Abdruck eines Turnschuhs zu erkennen.

Die Stimme klang nach Leech. Er sprach mit jemandem.

So leise wie möglich kletterte ich auf das Deck. Eine gläserne Schiebetür stand halb offen. Ich spähte hinein. Leech saß auf einem schmalen Sofa in einer kleinen Kabine mit dunklen Holzwänden. Er war über den Subnetz-Computer gebeugt und sprach leise hinein. Der Bildschirm leuchtete, aber ich konnte darauf nichts erkennen. Es war unwahrscheinlich, dass es hier eine Subnetz-Verbindung gab, aber dennoch … Ich hielt mein Ohr näher dran – durch die Gewichtsverlagerung knarzte der Fußboden. Leechs Blick schoss nach oben.

Ich wich zurück, aber mir war klar, dass er mich gesehen hatte, deshalb ging ich hinein. Die stickige Luft drinnen roch trocken und verbrannt. Leech hatte den Computer schon ausgeschaltet.

»Was machst du da?«, fragte ich.

Leech setzte sein typisches Gesicht auf. »Was meinst du?«

Bei mir gingen die Alarmglocken an, und ich hasste Leech dafür, dass er dieses Gefühl in mir hervorrief. »Ich habe gehört, dass du gesprochen hast«, sagte ich.

Leech stand auf. »Ja, also, ich rede immer mit mir selbst, wenn mir langweilig ist. Ich habe nur nach etwas zu essen gesucht, aber hier ist alles abgeräumt.« Er steuerte auf die Tür zu.

Ich trat auf ihn zu. »Ich habe gesehen, wie du in das Pad gesprochen hast. Mit wem hast du geredet?«

Leech stoppte nur wenige Zentimeter von mir entfernt. »Weißt du, nur weil wir *Brüder auf der Suche* sind, heißt das nicht, dass ich vergessen habe, was damals im Reservat passiert ist. Ich schulde dir noch was.«

»Mit wem hast du gesprochen?«, sagte ich mit klopfendem Herzen. »War das Paul? Du arbeitest immer noch mit ihm zusammen …«

Leech war auf mir, bevor ich reagieren konnte. Er packte mich am Hals und warf mich zu Boden. Ich stürzte über einen kleinen Tisch, der am Boden befestigt war und fühlte einen alarmierenden Schmerz im Bein. Dann landete ich mit dem Rücken auf dem Sofa, die Beine auf dem Tischchen, mein Hintern prallte auf den Fußboden. Mein Schienbein blutete, eine Schnittwunde.

Leech funkelte mich wütend an. Ich sah, dass er eine Hand auf die Hüfte gelegt hatte, wo ein großes, grünes Plastiknetz von seinem Gürtel hing. Darin lag die Bocciakugel mit den dunklen Flecken. Jetzt konnte er sie wieder werfen.

»Gefällt dir das?«, fragte Leech. »Lilly hat ein Messer, du hast ein Schiff. Ich dachte, ich könnte auch etwas gebrauchen.« Er zeigte auf meine Wunde. »Wegen der Sache im Reservat sind wir quitt. Aber wenn du glaubst, dass ich mit Paul reden würde, dass ich … ich habe keine Ahnung, was du glaubst … uns verpfeifen würde, an ihn, nach all dem, was er getan hat … musst du verrückt sein.«

Einen Moment lang starrten wir uns zornig an. Ich überlegte, ob ich ihm glauben konnte. Dann sah er zur Tür. »Wo ist Lilly?«

Ich stand mühsam auf. »Sie fertigt ein neues Thermalsegel an. Dafür braucht sie Schere und Schnur.«

»Gut«, sagte Leech, »dann lass uns danach suchen.« Er ging zur Kombüse.

Einen Augenblick lang beobachtete ich ihn. Ich wollte ihn noch mal nach dem Gespräch fragen oder einfach ohne ihn wegfliegen. Doch beides war keine Option.

Ich stieg eine kleine Treppe hinunter und befand mich in einem dreieckigen Schlafraum im Bug des Schiffes. Es gab ein großes Bett und ein Stockbett, das Versteck einer kleinen Familie vor der Welt. Eltern, zwei Kinder. Sie alle hatten hier geschlafen, draußen auf dem Wasser, hatten dem Plätschern der Wellen gegen das Boot gelauscht. Ob irgendeiner von ihnen noch am Leben war? Höchstwahrscheinlich nicht. Was hatten sie getan, als die Große Flut gekommen war? Waren sie nach Norden ausgewandert? Hatten sie versucht, in einem Teil von Eden unterzukommen? Ich dachte an Harvey und Lucinda auf dem Dach des Walmart, an die verzweifelten Maßnahmen, die sie ergriffen hatten, um das Leben ihres Kindes zu retten.

Und es traf mich wie ein Schlag, dass es für jedes dieser Bootswracks eine Familie gegeben hatte, für jedes verlassene Haus in jeder leeren Stadt, die wir überflogen hatten ... Hunderte, Tausende, Millionen und Abermillionen Familien überall auf der Welt. Sie waren keine Zahlen, sie hatten gelebt, jeder mit seinem Stockbett und eigenem Bettzeug, und sie waren in die Ferien gefahren, hatten Träume gehabt, vielleicht sogar eine Aufgabe zu erfüllen – sie waren alle am Leben gewesen, und jetzt waren sie alle verschwunden. Es war erschütternd, darüber nachzudenken.

Wir suchten drei Boote ab und fanden eine Schere und Taue in drei verschiedenen Stärken, aber nirgendwo Wasser oder Nahrung. Leech sammelte auch Messer ein, und als wir zu Lilly zurückgingen, hatte er vier davon am Gürtel hängen.

Lilly saß neben der Stoffplane, ihr Gesicht war gefährlich rot, ihre Hände zitterten.

»Lass mich dir helfen«, sagte ich. »Das Segel braucht eine große Öffnung am Fuß, damit die Hitze …«

Lilly warf mir einen düsteren Blickzu. »Bitte geh und mach etwas anderes.«

»In Ordnung.« Ich ging zum Steg hinauf.

Kurz darauf hörte ich Schritte, Leech kam zu mir. »Sie will auch nicht, dass ich ihr helfe.«

Ohne ein weiteres Wort liefen wir zum Schiff zurück. Es lag gerade noch im Schatten. Ich holte den letzten Tontopf aus dem Bug und nutete ihn auf die Oberseite des Vortex. Dann kniete ich neben dem kleinen Silberrad an der Seite des Luftschiffs. Es hatte kleine Schalen, um Wasser aufzufangen. Dadurch drehte sich das Rad. Schmale, kupferfarbene Arme, eine Legierung, die sich auch in Jahrtausenden nicht grün gefärbt hatte, verband die Räder mit dem Schiffsrumpf. Wenn die Räder sich schnell genug drehten, konnte mit der Ladung die Wärmezelle gezündet werden.

Ich versuchte, das Rad mit der Handfläche zu drehen, aber es gelang mir nicht, schneller zu werden, und bald schon pochte meine Hand vor Schmerz.

»Ganz offensichtlich geht das so nicht«, sagte Leech. Er hatte sich gegen die Wand im Schatten gelehnt und beobachtete mich.

»Du bist wirklich eine große Hilfe«, erwiderte ich und versuchte es noch einmal.

Ich hörte ihn seufzen. »Versuch das mal.« Er kniete sich auf die andere Seite des Gefährts und zog seinen Turnschuh aus. Dann schlüpfte er mit der Hand hinein und begann, das Rad mit der Sohle anzustoßen.

»Gute Idee«, gab ich zu und machte es ihm nach. Es funktionierte großartig.

Bald tat mir der Arm weh, und ich nahm den widerlichen Geruch wahr, den wir beide verbreiteten, aber kurz darauf begann das Rad zu brummen, und schließlich gab es einen weißen Funken. Ein schmale Stichflamme schoss aus der Kupferdüse oben auf der Wärmezelle. Ich drehte sie runter, bis es nur noch eine schwache, blaue Flamme war.

»Gute Arbeit«, sagte ich zu Leech. Mir drehte sich alles, und sobald ich versuchte aufzustehen, knickten mir die Knie ein.

»Komm.« Leech reichte mir eine Hand. »Gehen wir zu der Jacht zurück.«

Wir stolperten den Steg hinunter, die Sonne blendete uns jetzt. Lilly gaben wir Bescheid, wohin wir gingen, dann kletterten wir in die brütend heiße Kabine. Wir öffneten die Fenster, fegten die Sandkrusten mit den Händen fort, aber die Brise brachte fast nichts.

Ich legte mich auf das Sofa. Leech machte sich auf dem Boden lang.

»Florida«, sagte er nach einer Weile.

»Was?«

»Da bin ich aufgewachsen, in Inland Haven. Paul hat mich dort gefunden, als ich elf war.«

Von Florida hatte ich schon gehört, eines der ersten Gebiete der Vereinigten Staaten, die überflutet wurden.

»Inland Haven war das letzte hoch gelegene Gebiet im Staat«, sagte Leech. »Die erste Pandemie brach aus, als ich zehn war. Meine Mutter starb, auch etliche Verwandte. Danach hat Paul mich entdeckt. Eden glich seine Genproben der Atlanter mit dem internationalen genetischen Datenbestand ab. Er hat mir recht schnell erzählt, wofür er uns hielt, und dass wir die Möglichkeit hätten, die Welt zu retten.

»Mit »wir« meinst du uns?«

»Nein. Mich und meinen Bruder Isaac. Gleiche Gene in einer Familie, verstehst du?«

»Klar doch«, sagte ich. »Ich hatte nur noch nicht darüber nachgedacht. Ich habe keine Geschwister.«

»Ach so. Also ...« Leech seufzte. »Paul hat angeboten, uns beide nach Camp Asgard zu bringen. Das war so ungefähr 2038. Eden West war noch nicht gebaut, aber den Tempel hatten sie schon gefunden und erforschten ihn gründlich. Bald nachdem wir dort angekommen waren, wuchsen mir die Kiemen. Ich war der Allererste mit Kiemen, und Paul sagte, dass er uns einfrieren wolle, bis sie die passenden Anlagen bauen könnten und die anderen Atlanter fänden. Er meinte, dass das Jahrzehnte dauern könne, vielleicht sogar länger, und dass unsere Familien wahrscheinlich schon gestorben wären, wenn wir wieder aufwachten.«

»Das ist hart«, sagte ich.

»Genau das wollte ich hören.«

»Wirklich?«

Leech atmete schwer aus. »Sagen wir mal, mein Dad kam mit dem Leben nicht gut zurecht, nachdem meine Mutter gestorben war. Er war noch nie der perfekte Dad gewesen, das war nicht in seiner DNA vorgesehen, vermute ich. Er wurde oft wütend. Setzte seine Fäuste ein … und anderes. Einmal bekam Isaac einen Metallspachtel ab und wurde teilweise taub. Also gingen wir auf Pauls Deal ein. Er war für mich mehr ein Vater als mein eigener. Jemand, der glaubte, dass ich wichtig sei, von dem ich glaubte, ich bedeutete ihm etwas. Bis du aufgetaucht bist, dann war's aus.«

»Das tut mir leid«, sagte ich.

»Egal. Ich hätte damit rechnen müssen«, sagte er. »Paul hat mir das immer gesagt, wenn eine neue Testperson kam, so wie du oder die anderen Juniorbetreuer. Kinder mit Potenzial. Ich wusste nichts von dem Labor, das ihr gefunden habt, in dem Anna war, aber alles andere kannte ich. Ich fühlte mich wie sein Stellvertreter. Aber für ihn war ich nichts anderes als ein weiterer Bestandteil, den man aufsammelt, ausmisst und benutzt.«

»Was ist mit deinem Bruder geschehen?«, fragte ich.

»Als ich aus dem Kälteschlaf erwachte, meinte Paul, dass Isaacs DNA besser zu einem anderen Tempel der Atlanter in einer anderen Anlage passe.«

»Hat Paul dir gesagt, wo sie ihn hingebracht haben?«

»Nach Eden Süd«, sagte Leech. »Er war noch eingefroren, als es zu dem Aufstand von Heliad-Sieben kam. Seitdem gibt es keine Verbindung mehr zu ihnen. Niemand weiß, was aus den Kryos geworden ist. Sie könnten tot sein, immer noch eingefroren oder aufgewacht. Wahrscheinlich sind sie tot.«

»Aber er könnte auch leben«, sagte ich.

Leech zuckte die Achseln. »Wie stehen die Chancen? Eden Süd wurde zerstört – zumindest behaupten sie das. Die Kryostase-Systeme wahrscheinlich auch.«

»Vielleicht haben sie ihn aufgeweckt, und jetzt ist er in Desenna.«

Leech zuckte wieder die Achseln. »Sicher.« Er klang

nicht sehr überzeugt. »Also, du hast mich ja gefragt, was ich vorhin gemacht habe. … Ich habe Nachrichten für Isaac aufgenommen. Es ist wie ein Tagebuch. Nur für den Fall … nur für den Fall, dass ich ihn finde. Ist wahrscheinlich total dumm von mir. Ich will nur, dass er weiß, wie es mir so ergangen ist.«

Was Leech gesagt hatte, weckte in mir den Wunsch, meinen Vater wiederzusehen. Er sollte erfahren, dass ich lebte und wo ich war. Zwar war es noch keine Jahrzehnte her, dass ich ihn gesehen hatte, so wie bei Leech und seinem Bruder, aber dennoch fühlte es sich nach einer langen Zeit an. »Tut mir leid«, sagte ich zu Leech, »dass ich geglaubt habe, du weißt schon …«

»Ist schon okay, ich versteh das. Ich habe dir nicht gerade viele Gründe gegeben, mir zu vertrauen.«

»Nein«, sagte ich. »Aber weißt du, nur weil Paul dir verboten hat, mir zu erzählen, dass ich vielleicht ein Atlanter bin, hättest du mich im Ferienlager ja nicht wie einen totalen Idioten behandeln müssen.«

»Vergiss nicht, dass du auch hochgradig nervig warst«, sagte Leech. »Total doof und verweichlicht. Aber ja, so wie Paul sich benommen hat, hätte ich es wissen sollen, schon als du angekommen bist. Wenn ich darüber nachdenke, macht es mich so wütend, ich kann es kaum ertragen.«

Mir fiel auf, dass seine Hände zitterten. Er hatte die Arme hängen lassen, nun verschränkte er sie.

»Das ist nicht die Wut«, sagte er leise.

»Was ist es dann?«

»Die kryogenische Krankheit«, antwortete Leech. »Während der letzten Jahrzehnte wurde die Prozedur perfektioniert, aber als ich da reinkam, war das Kryo-Programm noch im Experimentierstadium.«

»Das ist ätzend.«

»Ja, und es wird schlimmer. In Eden gab es eine Behandlungsmethode, aber ...« Er packte das zitternde Handgelenk und hielt es fest.

Ich blickte zu Leech und dachte, dass es erstaunlich war, wie falsch ich ihn eingeschätzt hatte. Andererseits hatte er es mir auch nicht leicht gemacht.

Eine Frage lag mir auf der Zunge. Ich zögerte, doch dann stellte ich sie. »Glaubst du, du hast den Typen in Gambler's Fall getötet? Diesen Harvey?«

»Ich weiß es nicht«, antwortete Leech. »Ich habe nicht versucht, ihn zu töten, aber ... Ich habe auch nicht versucht, es nicht zu tun. Aber wen kümmert es schon, wenn es so war? Er war nur noch einer mehr, der uns benutzen wollte.« Er sah mich an. »Du weißt, was Eden mit uns vorhat, wenn sie den Pinsel der Götter gefunden haben, oder nicht?«

Darüber hatte ich noch nicht nachgedacht. »Was meinst du damit?«

»Ich meine, wenn sie das von uns bekommen haben, was sie brauchen ... Das wird nicht so sein wie das, was du in dem Labor gesehen hast, bei Anna und den anderen.«

Nun verstand ich. »Du meinst, sie werden uns töten«, sagte ich.

»Und sie werden nicht einmal zögern«, sagte Leech. »Wir sind vielleicht ein unverzichtbarer Teil von Projekt Elysion, aber nicht für das, was danach kommt. Wir werden tun müssen, was nötig ist, wenn wir das hier überleben wollen. Wenn Menschen sterben ... besser sie als ich.«

Ich blickte auf die Messer an seinem Gürtel. »Kann ich eins davon haben?«

»Klar doch.« Er reichte mir ein Sägemesser mit einem weißen Griff.

Ich fuhr mit den Fingern darüber. »Ich weiß nicht, ob ich einen anderen Menschen töten könnte«, sagte ich ehrlich, »wenn es je dazu käme.« Ich hasste mich dafür, dass ich das zugab.

»Na klasse«, sagte Leech. »Aus dem Grund will ich lieber nicht sterben.«

Schweigend lagen wir da. Ich nickte ein. Später kam Lilly herein. Ich machte ihr Platz auf dem Sofa, aber sie ging in den Schlafraum.

Wir warteten bis zum späten Nachmittag, lagen still und ohne ein Wort zu sagen in dem Hitzesarg.

»Wir sollten gehen«, sagte ich, »wenn wir morgen früh bei dem Kennpunkt sein wollen.«

Ein heftiger Wind ging, als wir zum Luftschiff zurückmarschierten, die Böen schleuderten uns Sand ins Gesicht.

Lilly reichte mir das Thermalsegel, und ich breitete es über dem Schiff aus. »Das hast du sehr gut gemacht«, sagte ich. Das Luftloch hatte fast genau dieselbe Größe wie das vorherige.

Lilly gab keine Antwort. Sie ließ sich auf den Boden des Gefährts fallen und zog die Decke über sich, um sich vor der Sonne zu schützen.

Als der Ballon voll heißer Luft war, stieg ich ein und stieß dabei Lilly zufällig in die Seite. Sie schoss unter der Decke hervor und hatte eine furchtbare Hustenattacke. Als sie die Hand vom Mund nahm, war Blut daran. Und ich sah auch frische, rote Tropfen aus ihren Kiemen hervorquellen. Sie legte sich wieder hin und zog abermals die Decke über sich.

Wir stiegen in die goldene Spätnachmittagshitze auf.

Heiße Winde peitschten, das Gefährt war durch die natürliche Schwingung des Thermalsegels schwieriger zu kontrollieren, und meine schmerzenden Arme brannten. Als ich mich umdrehte, um den in der Hitze zerschmolzenen Horizont abzusuchen, musste ich vor Schmerz aufschreien. Noch mehr weiße Punkte vor meinen Augen.

»Schon deine Kräfte«, sagte Leech. »Du kapierst es nicht, oder? Sie kommen jetzt nicht.«

»Wie meinst du das?«, fragte ich, dabei hatte ich den gleichen Gedanken gehabt.

»Warum sollten sie das tun?«, sagte Leech. »Wir führen Paul dorthin, wo er sowieso hinwill, richtig? Warum also sollte er uns nicht einfach beobachten und warten, bis wir dort ankommen?«

Ich verabscheute diesen Gedanken, denn ich spürte, dass er das letzte bisschen Entschlossenheit in mir zunichtemachte, das noch übrig war. »Bei dir klingt das, als ob wir gar nicht entkommen wären.«

»Ich weiß.« Leech begann zu zeichnen.

Ich flog weiter und versuchte einen Weg zu finden, diesen neu aufkommenden Zweifel im Keim zu ersticken. Immer wieder suchte ich den Horizont ab, fand dort aber keine Antwort.

11

Trostlos. Der Bergsee, wo ich mit Lük geübt hatte, war ruhig, die Atlantische Stadt dunkel. Das Morgenlicht war trübe, die Sonne unbeweglich, als ob die Welt erstarrt wäre.

Dann änderte sich die Umgebung … Plötzlich war es die aschebedeckte Mondlandschaft außerhalb der Höhlen im Hub nach dem Feuer. Ich stand zwischen toten Bäumen. Sie sahen aus wie Tiergerippe, die gleich wieder lebendig würden, um sich mit morschem Knarren niederzubeugen und mich mit ihren geschwärzten Spießen zu durchbohren.

»Owen!« Ich drehte mich um und sah Mom oben auf dem Felsvorsprung. Sie hielt sich die Hände vor den Mund. »Owen!« Sie klang verzweifelt. Verängstigt.

»Psst.«

Dann wurde es dunkel, nur ein einzelner Lichtschein warf Schatten. Ich schob die Decke zurück, setzte mich auf und schaute mich in einem kleinen Schlafzimmer um. Die Eltern schliefen in einem Bett, das an der gegenüberliegenden Wand stand. Ich lag in dem oberen Stockbett. War ich im Hub? Nein, ich war auf der Jacht auf dem ausgetrockneten See. Die Stimme war von unten gekommen.

Ich schaute über den Bettrand. Ein kleines Gesicht blickte zur mir hoch. »Owen, lass uns nachsehen.« Ein kleiner Junge mit weit geöffneten, glänzenden Augen.

»Isaac, nein«, sagte ich zu ihm. »Mom hat gesagt, wir sollen hierbleiben. Außerdem wäre Leech wütend auf uns.«

»Ich will den Schnee sehen«, sagte Isaac in einem Tonfall, als wollte er Weihnachtsgeschenke auspacken. Er trug einen Schlafanzug mit Froschmotiv. Er hatte die gleichen Sommersprossen wie Leech auf seiner kleinen Nase.

»Das ist kein Schnee«, flüsterte ich. »Das ist Asche, und sie könnte noch heiß sein.«

»Ich will das sehen.«

Ich sah zu Mom und Dad. Sie schliefen noch. Nachts atmete Dad nur mühsam, sogar damals schon. Das Schlafzimmer war die Jacht, aber es war auch das Hub, mein Gehirn vermischte die beiden Orte miteinander. *Es ist meine Aufgabe, auf ihn aufzupassen,* dachte ich. Doch dann klappte die Tür auf, und der kleine Isaac verschwand, außerdem hatte er nun lange, rote Haare …

Eine Hand schüttelte mich. Ich schlug die Augen auf und blickte in die Sterne. Die Spuren des Traums flogen mit der Brise davon.

Ich lag zusammengerollt im Bug des Luftschiffs. Leech hatte mich aufgeweckt, nun setzte er sich wieder hin. Auf seinem Gesicht lag der schwache, orangefarbene Schein der Batterieflamme. Bei Sonnenuntergang hatte ich ihm eine Flugstunde gegeben. Die Grundlagen hatte er verstanden, er konnte genug, um uns geradeaus zu fliegen.

»Wie spät ist es?«, fragte ich.

»Eins«, antwortete Leech. »Ich werde langsam müde. Du solltest mich ablösen.«

Kurz nachdem es dunkel geworden war, hatten wir fast die letzte Wasserflasche ausgetrunken, wir konnten es nicht länger aushalten; und wir hatten die letzte Packung synthetische Gemüse-Chips geteilt. Nun hatten wir noch einen einzigen Sojariegel und kauten auf den letzten trockenen Nudeln herum, aber es war schwer, sie aufzuweichen, wenn der Mund so ausgedörrt war.

Wir hatten beschlossen, bis zum Kennpunkt nicht mehr anzuhalten, es sei denn, wir fänden Anzeichen eines Stützpunkts mit Vorräten. Beim Kennpunkt ... nach dem Kennpunkt ... was würde dann geschehen? Und trotzdem schien es angesichts unserer Verfassung unsinnig, irgendwelche zusätzlichen Energien auf diese Gedanken zu verschwenden. Im Laufe des Nachmittags hatten wir alle Strahlenverbrennungen abbekommen, und nun war unsere Haut stellenweise rosa und mit Blasen übersät. Ich hatte eine auf der Schulter unter meinem Sweatshirt. Auf Leechs Bein war ein langer Streifen, der in der Mitte braun geworden war. Lilly hatte einen eiternden Fleck auf der Wange. Ich dachte, die kalte Nachtluft würde Erleichterung bringen, aber die Stellen brannten immer weiter.

Ich stand auf, jeder Muskel schmerzte, und wechselte den Platz mit Leech. Lilly schlief noch, ihr Gesicht war blass, ihre Lippen leicht lila, ihr Hals war beängstigend rot und braun.

»Ist sie überhaupt mal aufgewacht?«, fragte ich Leech, als er sich im Bug niederlegte und die rosafarbene Deck über sich zog.

»Nein. Ihr beide habt nur viel gestöhnt.«

Ich begann mich auf den Wind zu konzentrieren, versuchte, den richtigen Winkel zu finden, um die höchste Geschwindigkeit zu erreichen, aber dann spürte ich Leechs Blick auf mir. »Was ist?«

»Du hast im Schlaf den Namen meines Bruders gesagt.«

»Tut mir leid.«

»Das muss es nicht, es ist nur unheimlich. Erzähl mir, was du geträumt hast.«

Ich versuchte mich zu erinnern. »Ich weiß es nicht so recht. Ich hatte diesen merkwürdigen Traum, wo ich wieder im Hub war, ungefähr zurzeit des dreijährigen Feuers. Hast du davon gehört, als du in Eden gewohnt hast?«

»Ja«, antwortete Leech. »Davon habe ich gehört.«

»Jedenfalls war ich da, doch dann war ich im Traum auf dem Boot, das wir heute gefunden haben, und dein Bruder war dort, und es schien, als ob er mein Bruder oder so etwas wäre. Dann wechselte es wieder zu dem anderen Traum, den ich oft habe, wo ich am Morgen nach dem Feuer draußen bin, in der Asche, und da ist dieses Mädchen, das in der Asche versinkt ... Ich weiß nicht ... nur so zusammengeträumtes Zeug, denke ich.«

»Hast du oft so merkwürdige Träume?«, fragte Leech. Ich spürte, dass er mich eindringlich betrachtete.

»Ich weiß nicht, soweit ich mich erinnere, eigentlich nicht.« Ich versuchte, mich zu entsinnen. Während meiner Zeit im Ferienlager hatte ich ständig an akutem Schlafmangel gelitten. Vielleicht hatte ich einige Träume von der Sirene und den dunklen Gewässern gehabt, aber das war auch alles. Und davor ... Ich konnte mich nicht wirklich an etwas erinnern. Und über mein Leben im Hub nachzudenken schien, als ob ich versuchen würde, durch ein kleines vernebeltes Fenster zu schauen. »Ich denke, erst seit Kurzem«, sagte ich. »Ich nehme mal an, dass nach dem, was wir durchgemacht haben, ein paar merkwürdige Träume nicht wirklich eine Überraschung sind. Wieso?«

Leech antwortete nicht. Ich hörte, wie er Luft holte, als ob er gleich etwas sagen wollte.

Aber bevor er das tun konnte, erregte ein heller Blitz unsere Aufmerksamkeit. Er kam von Westen, von irgendwo zwischen uns und den Rocky Mountains, deren vom Mondlicht beschienene Gipfel gerade in der Ferne sichtbar geworden waren. Noch mehr Blitze folgten in schneller Abfolge.

Das Donnern erreichte uns und schüttelte das Gefährt durch.

»Trockengewitter?«, fragte Leech.

»Das glaube ich nicht.« Das schnelle Aufleuchten erinnerte mich an die Explosion damals in Eden, als die Nomaden als Ablenkungsmanöver die Türen gesprengt hatten. »Da wird vermutlich gekämpft.«

Die Blitze wurden heller, das Donnergrollen tiefer. Das Gewitter kam aus einem einige Kilometer entfernt liegenden Tal.

Etwas sauste über uns durch die Luft. Ein schrilles, schnelles Geräusch. Wir blickten nach oben und sahen einen Schatten vorbeiziehen, der nur im glitzernden Mondlicht zu erkennen war.

»So ein Mist, das ist eine Kampfdrohne«, sagte Leech. Das Flugzeug verschwand in der Dunkelheit, aber dann erleuchteten zwei Feuerstrahlen seine Flugbahn am Himmel, Lichtstrahlen schossen in hohem Bogen daraus hervor und verschwanden schließlich im Tal.

Und dann erst ertönte die größte Explosion.

Ein weiterer Strahl heulte über unsere Köpfe hinweg. Das Feuer in der Ferne wurde größer. Ich senkte unsere Flughöhe und steuerte weiter gen Süden.

»Hey, ich will sehen, was da oben abgeht«, drängte Leech.

»Ich auch, aber ich möchte nicht gesehen werden … oder abgeknallt.«

Etwas im Luftschiff begann zu piepsen.

»Hoppla.« Leech drehte sich schnell um und griff nach dem Subnetz-Computerpad. Ein grünes Licht blitzte auf der Oberseite auf. Er drückte einen Knopf, und der Laut verstummte, der Bildschirm erhellte sich.

»Was ist los?«, sagte Lilly matt. Sie klang, als ob man ihre Stimmbänder mit Klebstoff und Sand überzogen hätte.

»Wir haben gerade eine Subnetz-Zone erreicht«, sagte Leech.

Noch mehr Donner und Explosionen erschütterten das Gefährt.

»Und das da?« Lilly setzte sich auf und starrte auf die Blitze.

»Wir wissen es nicht sicher. Halt die mal«, sagte ich und reichte Lilly die Segelleinen. Dann drehte ich mich zu Leech. »Gib mir mal das Pad.«

»Warum?«, fragte Leech, gab es mir aber sogleich.

Ich tippte darauf und fand das Video-Chat-Symbol. »Ich rufe meinen Dad an.« Ich scrollte durch die verschiedenen Adressrubriken und stieß auf Yellowstone Hub.

»Mach das nicht«, sagte Leech. »Eden wird das überwachen.«

»Das ist mir egal.« Ich hatte wieder dieses Gefühl, als ob ich in Verbindung treten müsste und das hier meine einzige Chance wäre. »Mach dir keinen Kopf«, sagte ich. »Ich habe eine Idee.«

Ich fand ein Menü mit Telefonnummern vom Hub und scrollte über die Links für die Büros in der geothermischen Fabrik. Ich wusste nicht genau, welcher Tag gerade war … aber es bestand die Möglichkeit, dass Dad arbeitete, vor allem weil ich nicht da war. Und wenn Eden erwartete, dass ich ihn anrief, würden sie wahrscheinlich unser Telefon zu Hause überwachen.

Ich tippte auf *Verbinden*. Ein schmaler waagerechter Balken füllte und leerte sich immer wieder von Neuem. Eine Nachricht erschien: *Die Videoverbindung ist nicht verfügbar.* Dann erklang ein Piepsen, und es klickte, als jemand am anderen Ende den Anruf entgegennahm.

»Hallo?« Die Verbindung war schlecht, es gab jede Menge Störungen.

»Hi!«, rief ich. »Ich möchte mit Darren Parker sprechen.«

Als die Verbindung stabiler wurde, konnte man eine Menge Geräusche hören, Schleifen und Surren von der Arbeit der geothermischen Station. Es klang furchtbar, schlimmer noch, als ich es aus der Zeit, während der Dad immerzu Nachtschichten schieben musste, in Erinnerung hatte.

»Hallo?«, fragte die männliche Stimme wieder.

»Hat Darren Parker heute Nacht Schicht?«

»Da… Sie gesa…? Wie war d… Nach…?«

»Der Name ist Darren Parker«, sagte ich langsam. »Ich … ich bin nicht sicher, ob er heute Nacht arbeitet, aber ich bin sein Sohn, Owen, und ich habe eine Nachricht für ihn.«

»…arker?«

»Darren Parker.«

Ich hörte Stimmen, der Mann, mit dem ich sprach, musste sich an jemand anderen gewandt haben. »… glaubst du? Verbinde ihn mit … Was soll ich ihm also sagen?«

»Sie werden uns verpfeifen«, warnte Leech.

Aber ich musste es weiter versuchen. »Wenn er nicht da ist, kann ich eine Nachricht für ihn hinterlassen?«

»Hör mal, Junge, das wird schwierig, d…«

Plötzlich dröhnte ein kreischendes, schrilles Aufheulen aus dem Pad.

… ITTE SCHIESSEN SIE NICHT! WIR SIND EINE REGISTRIERTE GRUPPE NOMADEN! ICH WIEDERHOLE: BITTE SCHIESSEN SIE NICHT! WIR SIND NICHT VERANTWORTLICH FÜR DIE ÜBERFÄLLE AUF DAS CHEYENNE-DEPOT! WIR SIND EINE REGISTRIERTE NOMANDENGRUPPE, NUMMER SECHSHUNDERTSIEBENUNDACHTZIG B. ICH WIEDERHOLE …«

»Das ist ein Notfall-Rundruf auf allen Frequenzen«, sagte Leech.

»Da«, sagte Lilly.

Endlich war der Blick in das weite Tal frei, das vollkommen in flackerndes Flammenlicht und helle Gewehr- und Raketenfeuerpfeile getaucht war. Verschiedene Fahrzeuge schlängelten sich auf einer sandigen Straße durch die Talsohle auf uns zu. Ich konnte die schräg im Wind liegenden Strandsegler und eine Kolonne elektrischer Waggons erkennen. Hinter den Fahrzeugen, in nördlicher Richtung, brannte ein Lager. Zelte in Flammen, die wie Feuervögel im Wind flatterten. Silhouetten krabbelten chaotisch durcheinander.

Drei schwere Transporthubschrauber schwebten in der Luft, trieben in dem Nachthimmel, als ob er aus Wasser wäre. Sie wurden von Nomaden beschossen, die auf der steilen, steinigen Talseite standen. Die Hubschrauber konterten mit einer Flut von Salven. »Das sind eindeutig Waffen der AKF«, sagte Leech. »Die ganze Palette des Sturmangriffs.«

Ein helles Licht stieg in großem Bogen von der Hügelseite auf und streifte einen der Transporthubschrauber. Rauch quoll aus seiner Seite, er drehte ab und landete auf dem Talboden.

»ICH WIEDERHOLE: WIR SIND NICHT VERANTWORTLICH FÜR DIE ÜBERFALLE AUF DAS CHEYENNE-DEPOT. WIR SIND EINE REGISTRIERTE GRUPPE VON NOMADEN. BITTE, WIR WAREN ES NICHT! DORT UNTEN SIND UNBEWAFFNETE FAMILIEN! SIE ...«

Über uns heulte eine weitere Kampfdrohne auf, und neue Raketen gingen auf den Berghang nieder. Die Explosionen donnerten, die Flammen vereinigten sich zu einem Feuersturm, der sich in einer Rauchwand auflöste. Der Lärm der Schießerei verhallte in gelegentlichem Knallen.

Ich steuerte das Schiff weiter nach Süden. Bevor wir aus dem Tal heraus waren und der Kampf außer Sicht, beobachteten wir, wie einer der Hubschrauber die Spitze der fliehenden Karawane unter ihm anvisierte, dann den ersten Strandsegler zerstörte und sich schließlich hinabsenkte, als die anderen Fahrzeuge zum Stehen kamen.

Dann waren wir zurück in der Dunkelheit, das Echo einiger letzter Schüsse in unserem Rücken.

Ich dachte an die, denen wir in Eden begegnet waren. Es war unwahrscheinlich, dass Robard, der die Rettungsaktion geleitet hatte, bei dieser Gruppe gewesen war, aber es würden andere wild zusammengewürfelte Sippen sein, die versuchten, sich mit ihren wenigen Möglichkeiten eine Existenz zu erkämpfen.

»Das Subnetz-Signal ist verschwunden«, sagte Leech und inspizierte das Computerpad. »Diese Nomadengruppe muss eine mobile Zone gehabt haben, aber ... aus und vorbei.«

»Was ist das Cheyenne-Depot?«, fragte Lilly.

»Keine Ahnung«, antwortete Leech.

»Ich glaube, etwas Militärisches«, sagte ich. Das klang richtig. »Vielleicht ein Luftstützpunkt der AKF-Truppen.«

»Diese Wilden müssen etwas getroffen haben, was für die gute alte Föderation sehr wertvoll ist, um so einen Kugelhagel abzubekommen, besonders so weit südlich von der Grenze«, sagte Leech.

»Was sie auch getan haben ...« Lilly hielt inne und hustete schwer. »Sie so abzuschlachten war nicht die richtige Reaktion.«

Während ich das Gefährt weiter in der Luft hielt, fühlte ich meine Anspannung. Es war nicht nur das Gemetzel. Ich hatte meine Chance vertan, mit Dad zu sprechen. Und das vergrößerte meine Unruhe. Ich wusste nicht einmal, warum das so wichtig für mich war. Ich hatte ihn ja auch nicht kontaktiert, als ich im Ferienlager gewesen war, aber ich wurde das Gefühl einfach nicht los, dass ich es jetzt unbedingt tun musste.

Wir flogen weiter schweigend durch die leere Dunkelheit, nur ab und zu erklang Lillys schmerzhaftes Husten.

12

Im ersten Tageslicht zeigten sich die hohen grauen Gipfel der Rocky Mountains um uns herum. Ich hatte die Flughöhe stetig gesteigert, hinauf in dünnere, kältere Luft. Der Wind pfiff zwischen den Gipfeln hindurch und schoss hinunter in die Täler. Immer wieder musste ich, während wir aufstiegen, gegen den Wind kreuzen.

Früher hatte ich einmal Fotos gesehen, wie diese jetzt nackten braunen Berge ausgesehen hatten: mit Bäumen gesäumt, von Schnee bedeckt und von einer Gletscherkette umrandet. Das alles war nun verschwunden. Da waren nur emporragende Steingipfel und Talsohlen voller Trümmer. Irgendein kränkliches, gelbes Gras hatte eine Nische zum Überleben gefunden. Während wir in die Höhe stiegen und den Hauptwegen der Bergtäler wie Adern zurück zum Herzen folgten, sah ich die geschlängelte Spur von Gabelböcken auf einem Schotterhang und sogar ein bis auf die Knochen abgemagertes Trio, das die Hufe in den Schotter grub und dabei leicht klirrende Geräusche machte, als würde man zerbrochenes Glas zusammenkehren.

»Links«, sagte Leech. In ungefähr einer halben Stunde würde die Sonne aufgehen. Ein paar Sterne schienen noch am Himmel. Leech hatte sich an einem orangefarbenen Stern orientiert, von dem er sagte, es sei Venus. Ständig überprüfte er seine Karten. »Okay, wir folgen diesem Tal in Richtung Südwesten bis zu dem Bergsattel dort.« Er deutete auf ein flaches V hoch oben. »Wenn wir dort drüber sind, dann haben wir's, glaube ich.« Er überprüfte seine letzte Zeichnung. »Da muss ein Plateau sein, vielleicht mit einer Schlucht. Das ist so merkwürdig …«, fügte er hinzu. »Ich habe das Gefühl, ich war hier schon mal.«

Leech tippte mit dem Stift gegen das Papier. »Aber ich kann immer noch nicht erkennen, was dahinter liegt.«

Lilly hustete kraftlos. Schweiß glänzte auf ihrer Stirn, und das glühende Rot an den Kiemenrändern hatte sich wie ein Kragen um ihren Hals gelegt.

Ich ließ das Schiff noch höher steigen. Vor uns befand sich ein riesiges, steinernes Gesicht, und ich musste kreisend aufsteigen, um darüber hinwegzufliegen. Bald befanden wir uns parallel zu den höchsten Gipfeln, die weite, blaue heraufdämmernde Welt fiel nach allen Richtungen ab. Die Luft war dünn. Ich atmete tiefer ein als zuvor, bekam aber weniger Sauerstoff.

Wir flogen zu dem Bergsattel und erreichten ein Amphitheater, das von fünf zerklüfteten Gipfeln gesäumt war. Die Mulde dazwischen war eine sanfte Rundung, die sich in ein V-förmiges Tal hinunterneigte.

»Dort«, sagte Leech und zeigte nach unten.

Eine kleine Schlucht verlief im Zickzack durch die Mulde; sie war nicht viel mehr als ein feiner Riss in der Erdschale. Zu Beginn war sie nur ein trichterförmiger Felssturz, dann folgte die Schlucht der Neigung der Mulde.

Wir näherten uns dem Boden. »Dort drinnen kann ich nicht fliegen«, sagte ich. Die Schlucht war kaum zehn Meter breit und ohne die Genauigkeit des Vortex-Motors könnte ich das niemals bewerkstelligen.

»Dann gehen wir zu Fuß, oder?«, fragte Leech.

Ich drosselte die Flamme, bis sie fast erloschen war, und wir steuerten auf den steinigen Hang zu. Das Gefährt landete im Schatten des am nächsten gelegenen Gipfels, und ich hoffte, dass Lilly dort vor der Sonne geschützt wäre.

»Lilly«, sagte ich leise. »Wir sind bald wieder da. Ruh dich weiter aus.«

»Nnn.« Der Laut war furchtbar schwach.

Ich drehte mich wieder zu Leech um. Er sah zu Lilly, und echte Besorgnis lag in seinem Blick. »Ich weiß«, sagte er, als würde er meine Gedanken lesen. »Wir müssen uns beeilen.«

»Ja.«

Leech nahm sein Skizzenbuch, das Computerpad und seine Boccia-Kugel-Waffe. Ich ließ das Küchenmesser mit dem weißen Griff in eine Gürtelschlaufe meiner Shorts gleiten. Wir hüpften aus dem Gefährt und überquerten den kahlen Schotterhang, der zum Eingang der Schlucht führte. Hier und dort klammerten sich dornige weiße Pflanzen an den Hang, wie Kakteen, aber mit filzigen Fingern. Als wir uns dem Felssturz näherten, huschte etwas über die Gesteinsbrocken. Ich erspähte eine graue Eidechse, etwa so groß wie meine Hand, mit weißen Streifen. Das Tier hielt inne, taxierte uns und sauste dann außer Sichtweite.

Wir schlitterten den Felssturz hinunter, landeten im kühlen Schatten und kletterten dann zwischen großen Brocken weiter nach unten. Die Schlucht verflachte zu einem glatten, gebogenen Korridor. Die Luft roch leicht süßlich. Unter einigen Felsüberhängen sah ich tatsächlich Moosflecken und Anhäufungen grüner Pflanzen.

Wir gingen ungefähr hundert Meter. Dann tauchten Malereien an den Wänden auf, Felszeichnungen von schmächtigen, gekrümmten Figuren, wie man sie auf einigen Felsen im Hub finden konnte, gezeichnet von den Ureinwohnern Amerikas. Ich sah Jäger rennen, Tiere, Formen wie Vögel, alle in Dunkelrot und Schwarz dargestellt.

Die Wände unter den Malereien wurden uneben, und da gab es auch Steinritzungen. Teilweise wurden sie von den Bildern überdeckt, als ob die Ritzungen älter waren. Es waren quadratische Entwürfe mit Symbolen, die wie Kacheln angeordnet waren. Sie waren verwittert, an den Ecken geglättet oder abgeschlagen, und einige Teile waren abgebröckelt, aber ich konnte Schlangen, Vögel, Spinnen und dann noch ein paar andere Formen wie Sterne oder brutale Gesichter mit rechteckigen Augen und langen Hakennasen, großen Mündern und gefletschten Zähnen ausmachen. Da war auch noch ein Bild von einem Mammut und eines von einer großen Katze, die auf einer Schildkröte saß.

Mein Blick fiel auf ein Bild, das mich innehalten ließ: eine Figur, offenbar eine Frau, die über dem Boden schwebte. Spitze Linien entsprangen ihrer Brust, die mich an Lichtstrahlen erinnerten, und ich fühlte die seltsame Gewissheit, dass dies hier meine Sirene war.

Wir bogen um eine Kurve, und zu beiden Seiten öffnete sich die Schlucht, deren obere Ränder nur einen schmalen Lichtschnörkel hoch über uns bildeten, aber die Wände darunter formten einen Bogen, sodass wir in einer Art unterirdischem Kuppelraum standen. Zu unserer Rechten beschrieb eine Halbkugel einen Bogen über einem tiefen, mit Steinen ausgekleideten Loch. Die Steine sahen so aus, als ob dort einmal Wasser gewesen wäre. Zu unserer Linken …

»Mensch«, sagte Leech.

In der linken Hälfte des Raums befand sich eine kleine, steinerne Stadt. Rechteckige Gebäude, zwei oder drei Stockwerke hoch, gebaut aus weich aussehenden, hellbraunen Steinblöcken, die sich fast bis zur Decke reckten. Manche hatten Leitern an der Seite. Es gab sogar kleine Fenster. In der Mitte stand ein rundes Gebäude.

»Sieht aus wie von den Anasazi«, sagte ich und erinnerte mich an die Fotos aus den Geschichtsbüchern in der Schule. »Das ist vielleicht tausend Jahre alt.«

Die Stadt war so ruhig, so still, dass ich ein schwaches Rauschen in meinen Ohren hören konnte, vielleicht war das mein Blut. Etwas an diesem Schweigen, an diesem Ort, gab mir das Gefühl, dass noch jemand hier war. Eine uralte Präsenz, als hätten Jahrtausende in Wirklichkeit nur wenige Sekunden gedauert. In mir stieg das verwirrende Gefühl auf, dass ich unendlich groß und gleichzeitig unglaublich klein war. Als ob ich alles und nichts wäre.

»Ich hab so ein komisches Gefühl«, flüsterte Leech.

»Ich auch«, sagte ich. »Wie ist denn deins?«

»Da ist dieses Ziehen«, sagte er, »als ob ich einen Magneten in mir hätte.«

Ich kannte das Gefühl, ich hatte es unterhalb von Eden gehabt. »Bleib dran.«

Leech nickte. Ich merkte, dass seine Beine zuckten, dann wanderte ein vibrierender Schauer über seinen Körper, und er schloss die Augen.

»Ich war auch nervös«, sagte ich in der Hoffnung, dass er sich dann besser fühlen würde, »als ich von dem Magneten angezogen wurde, um die Schädelkammer zu öffnen.«

Leech sah mich zornig an. »Ich bin nicht nervös«,

fauchte er. »Das ist die Kryo-Krankheit.« Seine Stimme bebte, als er das aussprach. »Verflucht …«

Ich sah, dass er wieder zitterte. Er spannte die Hände zu Fäusten, um das Zittern zu kontrollieren. »Grr!«, knurrte er und sprang einige Male auf und ab. »Okay, mir geht's gut. Lass uns gehen.« Sein ganzer Körper bebte immer noch, als er vorausging.

Wir kletterten über eine Steinmauer und überquerten einen schmalen Felsvorsprung vor den ersten Häusern. Ich spähte durch kleine Türen in schattige Räume. Drinnen befanden sich etliche Gegenstände, Töpferwaren und Holzobjekte, alles war übersichtlich angeordnet, als würden die Bewohner gleich wieder zurückkommen. Der Ort erinnerte mich an die Städte, die wir überflogen hatten, sie wirkten wie Ausstellungsstücke im Museum. Zu irgendeinem Zeitpunkt, vielleicht auch wegen des Wassers, waren diese Menschen fortgegangen und wurden Geschichte.

Wir stiegen einige quietschende Leitern hinauf und schoben uns über einen schmalen Felsvorsprung, von wo aus man einen Blick in die Höhle hatte. »Diese Leute waren entweder sehr klein oder sie waren Spinnen«, sagte Leech. Wir erreichten den Rundbau in der Mitte. »Dort gehen wir rein.«

Da es keine Türen gab, hob ich ihn an der Wand hoch, und er kletterte zur Spitze. »Das ist es«, sagte er. Er reichte mir die Hand und half mir hinauf.

Eine Leiter führte durch eine runde Öffnung in die Dunkelheit. Wir stiegen hinunter und befanden uns in einem schattigen Raum. In der Mitte war eine verrußte Feuerstelle, an den Wänden häuften sich Töpferwaren. Dort hingen auch Tücher, Streifenmuster in verblasstem Rot und Braun und Weiß.

»Glaubst du, wir sind die Ersten hier, seit die Anasazi fortgegangen sind?«, fragte Leech.

»Sieht so aus.« Das Gefühl, die Zeit sei unendlich und doch nur ein Augenblick, wuchs.

Leech schaute sich um. »Und jetzt?«

Ich spähte durch die Düsternis. »Da.« Ich deutete auf das Tuch an der Wand hinter Leech. Es war gestreift, aber in der Mitte befand sich ein sechseckiges, weißes Feld und darin war eine geometrische Version des Atlantissymbols eingewebt, das ich schon einmal gesehen hatte.

»Hey«, sagte Leech, »das schon wieder.« Er ging hin und zog das Tuch zur Seite. »Ahh ... Mist.«

Ich duckte mich und schaute an ihm vorbei. In die Wand war ein dreieckiger Vorraum eingelassen, in dem sich noch etwas befand, das ich bereits kannte: Eine Vertiefung in Form einer Hand voller winziger, weißer Nägel.

»Deine Nummer, Navigator«, sagte ich zu ihm.

Leech holte tief Luft. »Dieses Mal sollte es wirklich meine sein«, sagte er und spannte die Hand an.

»Wird es«, sagte ich.

Er legte seine zitternde Handfläche in die Vertiefung und drückte zu. »Auauuu ...«, stöhnte er. Einige Augenblicke lang hielt er die Hand schwer atmend daraufgepresst, dann zog er sie mit einem Ruck zurück. Seine Blutstropfen liefen an den feinen Nägeln hinab.

»Es ist nichts passiert«, sagte er.

»Es dauert einen Moment«, erwiderte ich. Das heruntergelaufene Blut sickerte in die Vertiefung.

Die Wände begannen zu grollen. Staub vernebelte die Sicht. Ein lautes Knirschen erklang wie von einem steinernen Zahnrad, und ein Stück der Wand öffnete sich langsam. Es glitt zur Decke, und dann war es still. Leech zog das Computerpad von seiner Hüfte und schaltete den Bildschirm an. Er atmete tief durch, duckte sich und ging hinein.

In dem schwachen Licht war ein kleiner, runder Raum zu erkennen. In der Mitte stand ein hüfthoher Sockel. Ich hatte überlegt, ob wir Leechs Schädel finden würden, aber stattdessen sahen wir dort eine Art Instrument liegen, das wie Metall schimmerte.

Leech ging eilig darauf zu. »Ja«, sagte er.

»Was ist das?«, fragte ich, als ich neben ihn trat. Das Instrument glänzte, als ob es neu wäre. Es schien aus dem gleichen makellosen Kupfer hergestellt worden zu sein wie die Instrumente in dem Luftschiff. In der Mitte war ein Zylinder, von vier Metallbögen umgeben, wie Winkelmesser, zwei horizontale und zwei vertikale. Auf jedem Bogen befand sich ein kleiner Schieber, der mit einem roten Kristall verziert war.

»Es ist wie ein Sextant, aber ich glaube, da steckt noch mehr dahinter.« Vorsichtig nahm Leech das Instrument in die Hand. Er drehte sanft daran, und mit einem Klick sprang es auf. Im gleichen Moment krachte es laut und der Sockel zerbröckelte in winzige Stücke, die über den Boden kullerten.

Dort, wo sich der Sockel befunden hatte, war nun eine Obsidiankugel, wie wir sie schon in dem Kartenraum in Eden gesehen hatten. Leech legte seine Hand darauf. Ein schwaches, rotes Licht begann darin zu glühen, wie das sich langsam öffnende Auge eines Dämons. Als es größer wurde, verfärbte es sich von Rot über Gelb zu Weiß. Das Licht war so hell, dass wir blinzeln mussten. Lichtstrahlen wie Nadelstiche schossen daraus hervor.

Eine Karte des Nachthimmels erschien auf den runden Wänden um uns herum. Am Fuß der Wand verlief eine schwarze Linie. Es sah aus, als sollte das das Land darstellen, mit weißen, schneebedeckten Gipfeln. Als das Licht stärker wurde, konnte man die Sterne nicht mehr zählen. Über unseren Köpfen befand sich die Milchstraße. Das Bild versetzte uns an einen hochgelegenen Ort, die Welt fiel nach allen Richtungen ab, als ob wir auf einer Bergspitze stünden. Alle Sterne waren weiß, bis auf einen sehr großen goldenen und einen kleineren rötlichen.

»Mars und Venus«, sagte Leech. »Komm, leg deine Hand auf den Globus.«

Das tat ich, und der Globus blieb erleuchtet, als Leech die Hände wegzog und wieder den Sextanten nahm. »Also, diese beiden Skalen mit den Kristallen dienen zur Ausrichtung auf Mars und Venus. Und mit dieser hier korrigiert man die Polbewegung …« Er hielt den Sextanten an sein Auge, sah zur Venus, dann zum Mars, dann drehte er sich langsam im Kreis und richtete ihn nach oben und nach unten. »Und dieser letzte Schieber ist für … Okay, ich hab's verstanden.«

»Was?«

»Er regelt die Präzession.«

»Von was?«

»Die Präzession der Tagundnachtgleiche«, sagte Leech. »Die Erde ist nicht vollkommen rund, die Erdachse vollführt im Laufe der Zeit eine Kreiselbewegung. Es dauert so um die 26 000 Jahre, um einmal herumzukommen, und dadurch verändert sich die exakte Lage der Sterne am Himmel. Diese Karte stammt aus der Zeit der Atlanter, ist ungefähr 10 000 Jahre alt, und das macht einen Unterschied …«, Leech tippte an seine Stirn, »von 138 Grad.«

Er bewegte die Schieber hin und her. »Wenn ich das dementsprechend korrigiere, kann ich den Nachthimmel so sehen, wie sie das getan haben.«

»Okay«, sagte ich, »das ist so ziemlich das Abgefahrenste, was ich je gehört habe.«

Leech grinste. »Das soll wahrscheinlich ein Kompliment sein.«

»Stimmt.«

»Hier.« Er reichte mir den Sextanten und zog sein Notizbuch aus der Tasche. »Wenn wir die Karte gemäß dem ›Wann‹ berichtigen, können wir das ›Wo‹ ausmachen.« Er begann zu zeichnen.

»Das Wo?«, fragte ich.

»Das ist nicht die Ansicht von hier aus, hier in den Bergen, wo wir jetzt sind«, sagte Leech und schaute sich um. »Das ist irgendwo anders. Und da müssen wir hin … Verflucht!«

Heftig schüttelte er seine Hand. Dann schloss er die Augen und atmete tief durch.

»Du schaffst das«, sagte ich zu ihm.

»Pah«, murmelte er, fügte aber nichts Sarkastisches hinzu. »Wo auch immer dieser Ort liegt, dort müssen wir als Nächstes hin. Bis jetzt kann ich nur sagen, dass das im Süden ist. Weit im Süden, jedenfalls von hier aus gesehen. Ich werde das Wichtigste aufzeichnen, den Rest finde ich dann auf dem Weg heraus.«

»Glaubt du, dass sich dort der Pinsel der Götter befindet?«, fragte ich.

»Wahrscheinlich eher mein Schädel.« Er zeichnete noch einige Minuten weiter, während ich auf den Himmel aus der Vorzeit starrte. »Okay, ich hab's.« Er steckte das Notizbuch fort und stand auf. Ich gab ihm das Instrument zurück. »Das ist genial«, sagte er. Er hielt den

Sextanten, als ob er sein Lieblingsspielzeug wäre. »Endlich.« Es war das Glücklichste, was ich ihn je hatte sagen hören.

Ich zog meine Hand von dem Globus zurück. Das Leuchten wurde schwächer. Bald waren wir wieder von Dunkelheit umgeben. Wir schlichen uns aus dem Anasazi-Raum und kletterten aus der Schlucht heraus. Als ich mich auf die Felsbrocken hochzog, hatte ich wieder weiße Flecken vor den Augen und auch Kopfschmerzen, und weil wir so hoch in den Bergen waren, rang ich nach Luft, mein Körper war vollkommen ausgetrocknet, und ich hatte schrecklichen Hunger.

Schließlich kamen wir wieder ans Tageslicht. Die Sonne hatte gerade den Grat der Talmulde erreicht. Als wir oben anlangten, reckte ich den Hals und suchte das Luftschiff. Fast erwartete ich, dass es wieder verschwunden wäre. Doch da war es, es lag immer noch im Schatten, und drinnen konnte ich Lillys zusammengekrümmte Silhouette erkennen.

Ich trat einen Schritt nach vorn und wurde von einer plötzlichen Bewegung aufgeschreckt. Ich hielt inne und sah mich nach einer weiteren Eidechse um. Mir wurde schwindelig, meine Schläfen pochten vor Schmerz, vor meinen Augen verschwamm alles.

Dann hörte ich ein Geräusch im Wind … tief und vibrierend. Ich zuckte zusammen und versuchte, die Kopfschmerzen zu vertreiben. Das Geräusch kam aus mehr als einer Richtung, hallte zwischen den Bergspitzen wider und steigerte sich zu einem unbestreitbar elektrischen Ton …

»Komm mit!«, schrie ich zu Leech und versuchte, mit meinen wackeligen Beinen über das Geröll zu laufen.

Aber der Boden begann sich zu bewegen.

Soldaten tauchten auf, sie hatten hinter Felsen versteckt gewartet. Gewehre wurden auf uns gerichtet. Sie waren überall, in hellgrauen Uniformen und weißen Strahlenabwehrmasken mit bernsteinfarben getönten Sehschlitzen. Eine Gruppe von ihnen erschien beim Luftschiff. Einer packte die schlafende Lilly unter den Achseln und zerrte sie hoch, als drei Hubschrauber über den Bergwänden auftauchten.

»Hallo, Jungs.«

13

»Ich danke euch aufrichtig dafür, dass ihr diesen Ort gefunden und den Spiegelsextanten geborgen habt. Nun ist noch ein Mythos Wirklichkeit geworden.«

Pauls Stimme wurde übertragen. Schnell fand ich die Quelle: Ein Trupp hielt einen kleinen schwarzen Lautsprecher in die Höhe, als ob diese Truppen Roboter wären und Paul ihr Puppenspieler.

Und vielleicht war er auch meiner, denn nun war es so offensichtlich, wie dumm wir gewesen waren. Leech hatte recht gehabt. Paul hatte uns beobachtet und abgewartet. Er hatte sich von uns den Weg weisen lassen, und wir hatten für ihn das Instrument gefunden, das er brauchte, um nach Atlantis zu kommen. Unsere ganze Kraft, unsere ganze Mühe, unser Blut und alles, was wir durchgemacht hatten, schien bedeutungslos, denn nun waren wir hier, gefangen.

»Wisst ihr, was mich erstaunt?«, fragte Paul, als ob wir hier zu einem philosophischen Gespräch versammelt wären. »Die Atlanter haben bereits vor zehntausend Jahren das Wissen besessen, dieses Gerät anzufertigen, mit dem man die Präzession und die Polbewegung korrigieren kann, was zu der Frage führt: Wie lange hatten sie bereits die Weltmeere befahren, bevor sie den Sextanten erfunden haben? Die Schlussfolgerungen sind verblüffend, aber auf dem Weg werden wir mehr als genug Zeit haben, um das alles zu besprechen. Da ist

Essen und Wasser für euch in den Hubschraubern, wir haben noch eine weite Reise vor uns.« Ich bildete mir ein, sein Lächeln zu hören.

»Du wirst mich töten müssen«, murmelte Leech. Er trat einen Schritt zurück und bahnte sich einen Weg den Pfad in die Schlucht hinunter. Den Sextanten hielt er fest an seine Brust gedrückt.

Paul seufzte, ein Zischen drang aus seinem Mikrofon. »Gut«, sagte er. »Erschießt ihn. Wir brauchen ihn nicht.«

Der Soldat, der uns am nächsten stand, sank auf ein Knie und hob sein Gewehr.

»Nein!«, schrie Leech und taumelte rückwärts, aber er stolperte, vielleicht war die Kryo-Krankheit daran schuld, oder der Flüssigkeitsmangel oder der Schock darüber, dass Paul es so einfach darauf ankommen ließ.

Ich wollte zu ihm … wollte etwas tun …

Da war ein Leuchten.

Aber es kam nicht aus dem Gewehr des Soldaten. Es kam überhaupt nicht vom Boden, und auch nicht von den Hubschraubern. Ein glühender Energiestoß fuhr durch meinen Körper, verbrannte meine Füße und blendete mich stark. Als ich aufsah, waren der Soldat, der sein Gewehr auf Leech gerichtet hatte, und die anderen in seiner Nähe … verschwunden. Nein, nicht verschwunden, aber sie lagen flach auf dem Boden. Die gesamte Umgebung war zu einem schwarzen Haufen geschmolzenen Gesteins verbrannt, es zischte und rauchte.

Alle blickten sich verstört um.

Wieder schlug der Blitz ein. Dieses Mal konnte ich es sehen: das rein weiße Energiebündel, das vom wolkenlosen Himmel herabfuhr, als ob es von einem zornigen

Gott fortgeschleudert worden war. Eine Gruppe Soldaten rechts von mir ging in Flammen auf. Ein anderer Blitzschlag ließ einen der Hubschrauber explodieren, und tausend brennende Blechteile fielen auf die Erde.

Die Soldaten verstreuten sich, einige nahmen eine Verteidigungshaltung ein und richteten ihre Gewehre gen Himmel, ohne genau zu wissen, worauf sie zielen sollten. Andere liefen einfach davon. Noch mehr Blitze fuhren auf die Erde nieder. Der Geruch von verbrannten Kleidern und geschmolzenem Gestein hing in der Luft.

Mir wurde klar, dass uns jemand half und dass wir von hier fortkommen mussten. »Komm!«, rief ich Leech zu.

Wir rannten zu unserem Gefährt. In meinem Kopf explodierten Sterne, und wie schon zuvor setzte ein hämmernder Schmerz ein. Meine Beinmuskeln fühlten sich steif an, ich konnte mich kaum bewegen. Der Krampf löste ein brennendes Gefühl aus und tat höllisch weh. Doch ich lief weiter, während um uns herum Blitze auf die Erde niederprasselten.

Die zwei Soldaten, die Lilly festgehalten hatten, waren Schutz suchend fortgelaufen. Sie hing bewegungslos über der Seitenwand. Ich sprang auf das Schiff, um sie wieder hineinzuziehen.

Wieder schlug ein Blitz ein, dann noch einer.

Töne hatten ihre Bedeutung verloren. Die zwei übrig gebliebenen Hubschrauber brummten wie hysterische Insekten. Einige Soldaten bellten Befehle, andere schrien panisch herum. Ein paar von ihnen, die in der Nähe der Explosionen verletzt, aber nicht getötet worden waren, schrien laut vor Schmerz. Gewehre wurden sinnlos in den Himmel abgefeuert. Und überall war dieses Zischen und das Knistern versengter Erde.

Ich hörte ein Stöhnen und als ich mich umdrehte, sah ich, wie ein Soldat Leech am Arm packte. Leech gab einen kehligen Laut von sich, der mit Worten nicht zu beschreiben war. Seine freie Hand schleuderte die Schlinge mit der Boccia-Kugel. Durch den Schlag lockerte sich der Griff um Leechs Arm, er fuhr herum, der Ausdruck auf seinem Gesicht war brutal, und schwang wieder die Kugel.

Den Aufprall konnte ich nicht sehen, denn ein Arm schloss sich um meinen Hals. Ein zerfetzter grauer Ärmel und mit Blasen bedeckte Haut. *Sie wollten Leech erschießen,* dachte ich, während ich mit der Hand nach dem Messer an meinem Gürtel tastete, *und sie werden auch mich töten, sobald sie mit mir fertig sind. Leech hat recht, ich muss* – meine Finger umklammerten den Messergriff –, *ich muss kämpfen! Entweder sie oder ich.* Ich spürte einen Adrenalinstoß durch meinen Körper rauschen. Wie ein Superheld befreite ich mich aus dem Griff des Soldaten, drehte mich halb zur Seite und rammte das Messer heftig nach hinten. Ich spürte, wie es auf etwas traf, gegen Widerstand ankämpfte und dann durch Kleidung und Haut hindurchdrang. Der Soldat stöhnte laut auf, als ich ihn abschüttelte, das blutige Messer in der Hand …

Das bluttropfende Messer in der Hand.

Der Soldat taumelte rückwärts, Blut quoll aus seinem Bauch. Ich musste uns von hier fortbringen. Hektisch drehte ich den Brenner auf die höchste Stufe. Ich verbrannte mir die Hand an der größer werdenden Flamme, aber ich biss die Zähne zusammen und machte weiter.

Leech sprang herein, den Sextanten unter einen Arm geklemmt, seine Waffe in der anderen. Ich sah seinen Angreifer schwankend aufstehen, aber er fasste sich nur ans Gesicht, wo Leechs zweiter Schwung ihm das Nasenbein gebrochen hatte.

Das Luftschiff begann in die Höhe zu steigen.

»Schneller«, rief Leech.

»Ich versuch's ja!«

Das Gefährt taumelte. Schwarz behandschuhte Hände packten die Seitenwand und zerrten uns nach unten. Ich schwang das Messer in der Hand, fuhr mit der Klinge über die Finger und spürte, wie das Metall über die Knochen fuhr. Der Soldat schrie auf, seine Hände ließen die Wand los, und wir waren endlich in der Luft.

Ich dachte nicht weiter nach und warf das Messer einfach auf den Boden, versuchte, die in dieser Talmulde herumwirbelnden Winde zu berechnen und meinen hämmernden Schädel wieder klar zu bekommen.

Wir stiegen aus der Rauchwolke schwelender Hubschraubertrümmer und verbrannter Leichen auf, und ich fing eine starke Windböe. Der Wind strömte nach Süden, folgte der Spur der Schlucht durch das enge Tal. Das war der beste Weg nach draußen. Ich brachte das Gefährt in den Kurvenflug, und wir machten einen Satz nach vorn, die Segel blähten sich auf, meine wunden Arme fühlten sich an, als ob sie jeden Moment aus den Achseln gerissen würden.

»Was ist los?«, krächzte Lilly. »Eden?«

»Bleib unten«, sagte ich und versuchte, ruhig zu klingen. »Alles in Ordnung.«

Leech hielt hinter uns Ausschau. »Wir müssen schneller werden!«

Ich blickte zurück und sah, dass zwei Hubschrauber unsere Verfolgung aufnahmen. Einer der Hubschrauber wurde beinahe von der nächsten Blitzexplosion getroffen.

Ich trat vergeblich das Pedal durch. »Schneller geht's nicht!« Ohne den Vortex-Motor hatten wir keine Chance, unseren Verfolgern zu entkommen. Zweimal knallte es laut, dann ein reißendes Geräusch. Als ich hinaufsah, konnte ich mehrere Kugellöcher im Thermalsegel ausmachen. Noch mehr Knallen. Gewehrkugeln rissen die Segel auf. Der Wind drang heulend durch die Löcher, und wir verloren an Geschwindigkeit.

Und plötzlich begriff ich, dass dies genügte, damit wir ihnen in die Hände fielen.

»Tu was!«, schrie Leech.

»Ich kann nicht!«

Noch mehr Gewehrkugeln rissen Löcher in das Thermalsegel, der Wind pfiff durch die Öffnungen und zerrte die Stofffetzen weit auseinander. Wir wurden langsamer. Wir sanken.

Unser Schwung würde reichen, um durch das enge Tal zu kommen … aber wir fielen immer schneller hinab. Ständig wechselte ich die Querlage und versuchte, ein kleineres Angriffsziel zu bieten. Etliche Gewehrschüsse trafen die Unterseite des Gefährts und drangen durch das Holz. Beinahe wurden Lilly und ich getroffen. Das Luftschiff begann zu beben. Die Schüsse hatten den Kiel abgeschlagen. Wir taumelten nach rechts und verloren den Kurs auf das Tal, stattdessen steuerten wir auf die daneben gelegene Felswand zu. Falls wir nicht vorher auf den Boden der Talmulde stürzten.

»Wir schaffen es nicht!«, schrie ich.

Plötzlich kreischte in der Nähe eine gedämpfte elektronische Stimme los.

Leech holte den Subnetzcomputer hervor.

»Hier spricht die Heliad-Kommandozentrale. Seid ihr da? Over.«

Leech tippte hektisch auf den Bildschirm. »Ja! Wir sind hier!«

»Owen!«, sagte eine Stimme. »Ich bin Arlo. Ich sitze in der Kommandozentrale von Desenna. Wir können euch auf Gamma sehen und sind bereit, euch mit Energie zum Laden eures Vortex-Motors zu versorgen. Macht euch keine Sorgen, die Explosion wird schwächer sein als bei unseren Angriffen auf Eden.«

Energie laden ... meinem Gehirn fiel es schwer zu folgen. Er meinte die Blitzschläge. »Okay!«, schrie ich. »Was muss ich machen?«

»Wir behalten eure Postion fest im Auge, ihr müsst einfach immer geradeaus steuern und das Gefährt in eine stabile Lage bringen. Gebt uns Bescheid, wenn ihr so weit seid, und wir liefern euch die Ladung.«

»Wovon redet er?«, fragte Leech.

»Wir werden gleich noch einmal vom Blitz getroffen«, sagte ich. Aber es würde schwierig werden, das Gefährt auf geradem Kurs zu halten. Wir wackelten, hatten schwere Schlagseite und verloren weiter an Höhe. Die Löcher im Thermalsegel waren größer geworden, und die beschädigten Segel hatten nicht mehr die nötige Kraft.

Ich richtete das Gefährt so gut es ging auf. »Okay!«, rief ich, aber im gleichen Moment knallten wir zur Seite und schaukelten hin und her.

»Wartet ...« Aber schon jagte ein Kribbeln durch meinen Körper und weiße Blitze schlugen in die vordere Steuerbordseite des Gefährts ein, Holzstücke flogen durch die Luft, ein Teil des Rumpfs ging in Flammen auf und riss uns mit aller Kraft in die Tiefe.

»War das genug?«, fragte Arlo.

»Nein, wir brauchen noch einen Blitzschlag!«

Immer noch wurden unsere Segel von Kugeln zerlöchert. Als ein Blitz einen der uns folgenden Hubschrauber traf, kam es zu einer gefährlichen Explosion. Aber der letzte Hubschrauber wich schnell aus, beschleunigte und blieb uns auf den Fersen.

Ich bot meine ganze Kraft auf, um das Schiff wieder aufzurichten. Jetzt war es noch schwieriger geworden. Eine Segelleine rutschte mir aus der verschwitzten Hand. Meine Arme waren so furchtbar müde. »Halt das!«, rief ich zu Leech. »Komm her und zieh es dort entlang!« Ich deutete mit meinem Kinn in eine Richtung.

Leech fuchtelte mit den Armen und versuchte nach der Segelleine zu greifen, als uns erneuter Kugelhagel traf. Eine der drei Leinen, die das Thermalsegel hielten, riss. Die anderen beiden konnten den Ballon kaum halten. Wenn wir den verloren, befänden wir uns im freien Fall auf die darunter gelegenen Felsen.

Das Gefährt bebte, und Leech fiel auf mich drauf, dann stand er auf und zerrte an der Segelleine. Das war der Moment, in dem wir geradeaus flogen …

»Jetzt!«, schrie ich.

Energie stürzte vom Himmel und kanalisierte sich im Mast, der glühend rot wurde, als die Ladung durch ihn hindurchschoss. Doch auch der Mast war inzwischen beschädigt, die Energie sauste unkontrolliert herunter, und Funken blitzten auf. Eine Flamme schoss in den Thermalballon, der sofort Feuer fing.

Gerade in diesem Augenblick ging mir auf, was als Nächstes passieren würde. »Pass auf …«, aber die tönerne Wärmezelle explodierte schon. Ich hörte, wie Scherben sich in das Holz bohrten und scheppernd vom Mast zu Boden fielen. Ich wandte den Kopf und machte mich auf brennenden Schmerz gefasst, aber den fühlte ich nur am Bein. Ich drehte mich wieder um und sah, dass die Wärmezelle von der Energie fortgesprengt und alle Bruchstücke über die Steuerbordseite geflogen waren. Ich hatte nichts abbekommen, Lilly auch nicht …

Aber Leech. Er war zusammengesackt, der Kopf lag in seinen Armen, seine Haut war mit Blut bespritzt. Und er hatte die Segelleine losgelassen, sodass wir vom Kurs abwichen und auf die Talwand zusteuerten …

Schließlich hörte ich das schrille Heulen, als der Quecksilber-Vortex-Motor zum Leben erwachte und seine wunderschöne blaue Drehung wiederaufnahm. Die übrig gebliebenen Stücke der Wärmezelle fielen in den Motor hinein und schmolzen in weißen Feuerwirbeln.

Der Thermalballon stand in Flammen. Ich zog an einer versengten Leine, die immer noch die brennenden Ballonreste hielt. Meine Finger schmerzten höllisch, aber das verkohlte Seil löste sich ab. Der Ballon flatterte hinter uns davon, ein feuriger Dämon, dem der letzte Hubschrauber scharf ausweichen musste.

Ich presste meine Füße auf die Pedale und der Vortex-Motor kreischte auf. Die Kraft der Beschleunigung stieß mich zurück. Doch wir steuerten immer noch auf die Wand neben dem Tal zu.

»Gib mir deine Leine!«, rief ich zu Leech hinüber, aber er rührte sich nicht. Ich schob meine Hand zwischen seiner Brust und seinen Armen durch und griff nach dem Seil.

Die Wand kam näher. Meine Finger umschlossen das Seil, zerrten es hervor und spannten das Segel …

Wir schossen durch das Tal, der Rumpf des Gefährts zerschellte beinahe an den Felsen, und dann sausten wir bei laut aufheulender Beschleunigung aus dem Gebirgskessel hinaus.

Als ich mich umblickte, sah ich den letzten Hubschrauber durch die Felslücke stürzen, aber dann drehte er scharf ab und flog zurück in die Talmulde.

Beinahe wäre er von einer neuen Blitzexplosion getroffen worden, die dann an den steinigen Hängen explodierte. Ich beobachtete, wie der Hubschrauber verschwand und begriff: Genau wie damals in Eden West konnten sie uns nicht bei laufendem Vortex-Motor abschießen, denn dann würden wir alle beim Absturz sterben. Den Thermalballon außer Kraft zu setzen und somit den langsamen Abstieg zu bewirken war ihre einzige Möglichkeit gewesen. Und im Augenblick brauchte Paul uns noch lebend, oder etwa nicht? Nur dass er bereit gewesen war, Leech zu erschießen ... Vielleicht hatte er geblufft. So oder so sah es danach aus, dass wir, zumindest für den Moment, noch einmal entkommen waren.

Ich griff eine Decke und erstickte damit die Flammen auf der verkohlten Seite des Gefährts. Dann flog ich ein breites Tal entlang, immer auf die verlassene Ödnis zu.

»Sieht so aus, als hättet ihr es geschafft«, sagte Arlo. Der Computer lag auf dem Boden. »Wenn ihr einen Kurs Südost bei sechzig Grad halten könnt, haben wir ein Rendezvous.«

»Warte einen Moment!«, rief ich. Ein Rendezvous mit Heliad ... Wollten wir das überhaupt? Ich schaute zu Leech. Er hatte seinen Kopf noch immer vergraben. »Hey«, sagte ich und rüttelte an seiner Schulter.

Er grunzte etwas Unverständliches und schlug meine Hand beiseite. Als er das tat, sah ich das Blut auf seinem Unterarm.

»Geht es dir gut?«, fragte ich.

Langsam hob Leech seinen Kopf und nahm seine Hände fort. Es war möglich, dass zwischen dem Blut und der zerfetzten Haut und den hervorragenden Batteriesplittern noch eines seiner Augen war, ein weißes Flackern auf rotem Grund.

Doch der Rest … war nur ein Haufen Blut und Fleisch.

»Ich kann nicht sehen«, flüsterte er. Seine Hände tasteten suchend umher. Eine umschloss den Sextanten, hielt ihn fest umklammert, und doch war er für ihn jetzt nutzlos, und wir waren nutzlos ohne unseren Navigator.

Es sei denn …

»Okay«, rief ich dem Computerpad zu. »Wir kommen. Ich kann keinen genauen Kurs bestimmen, aber ich kann Richtung Südosten steuern, zumindest ungefähr.«

»Leg dich hin«, sagte ich zu Leech. »Ich bringe uns zu Heliad.«

»Gefährlich …«, murmelte er. »Wir wissen nicht …«

»Ich weiß«, sagte ich. Ich sah von ihm zu Lilly, die bewusstlos mit ihren entzündeten Kiemen am Boden lag. »Aber wir werden sterben, wenn wir es nicht machen.«

Leech nickte leicht. »Es tut sehr weh.« Er fiel auf dem Boden des Gefährts in sich zusammen und legte die Arme schützend über die Augen.

»Wir werden im Hafen von Houston auf euch warten«, sagte Arlo. »Das größte Lichtbündel am Horizont. Das könnt ihr nicht verfehlen.«

»Verstanden.«

»Wir haben ein geheimes Lager mit Wasser und Essen für euch eingerichtet, ungefähr fünfzig Kilometer von eurer jetzigen Position entfernt. Ihr werdet auf eine alte Autobahn treffen, dort gibt es einen Rastplatz und eine Tankstelle. Die Vorräte sind auf dem Dach, in der nordwestlichen Ecke.«

»Wir brauchen medizinische Versorgung«, sagte ich.

»Mach dir keine Sorgen. Wir schicken euch ein ganzes Team. Dr. Keller persönlich leitet das Projekt. Wir machen uns gleich auf den Weg. Bis dann, Owen.«

Der Computer wurde dunkel.

Ich steuerte das Luftschiff in Richtung Südosten und trat das Vortex-Pedal bis auf den Boden durch. Sobald wir die Berge hinter uns gelassen hatten, umgab uns wieder die Hitze der Wüste. Das Gefährt bockte und vibrierte, stolperte durch die Luft, genauso kaputt und geschlagen wie der Rest von uns, aber mit dem Vortex waren wir zumindest wieder schnell.

Eine halbe Stunde später landete ich auf dem Dach der staubigen Tankstelle und holte eine dicke, silberne Kühltasche an Bord. Vorsichtig flößte ich Lilly durch ihre rissigen Lippen etwas Wasser ein und half Leech, eine Flasche auszutrinken. Als auch ich einige Schlucke der eisigen Flüssigkeit nahm, würgte ich fast an ihrer Vollkommenheit, ihrem kalten Leben.

In der Tasche war auch Obst: etwas Grünes und Längliches. Ich säuberte mein Messer von Eden-Blut und versuchte, nicht an dieses Gefühl, dieses Geräusch, als ich es vorher benutzt hatte, zu denken; dann schnitt ich durch die grüne Schale – die wie Haut Widerstand leistete – und fand drinnen leichtes, süßes Fruchtfleisch.

»Papaya.« Leech stöhnte, als er probierte, das Fruchtstück in der einen Hand und den Sextanten immer noch im festen Griff der anderen. Er zitterte am ganzen Körper. Das Blut auf seinen Augen war zu einer dicken, schwarzen Kruste getrocknet. Ich fragte mich, ob er jemals wieder würde sehen können.

Es gab auch Cracker und Käse. Ich musste mich ermahnen, langsam zu essen, mich erst einmal mit dem Obst zu begnügen und den Rest für später aufzuheben.

Während ich aß, warf ich einen Blick über die Mauer der Tankstelle, dorthin, wo der Lieferant dieser Kühltasche auch eine frische Leiche vom Dach über die leeren Zapfsäulen gehängt hatte. Auf dem Boden unter der Leiche hatte sich eine Blutlache gebildet. Noch eine Warnung: Hütet euch vor Heliad …

Und genau da wollten wir hin.

Ich startete das Gefährt wieder, und wir flogen über das Ödland auf die Küste zu. Die ganze Zeit über schwiegen wir, die Sonne brannte erbarmungslos auf uns nieder. Ich deckte Leech und Lilly vollkommen mit unseren zwei Decken zu, dann kauerte ich mich, so gut ich konnte, in mein Sweatshirt, doch das alles würde uns nicht vor der Strahlung schützen. Das Brennen auf meinen Schultern und meiner Kopfhaut wurde stärker. Auch meine Beine brannten. Der Schmerz wuchs, aber mein Körper war zu mitgenommen, um das überhaupt zu bemerken. Die ganze Zeit über versuchte ich, nicht nachzudenken, einfach nur durch den Taumel aus Verletzungen und Kopfschmerzen und blendendem Licht hindurchzustarren, meine verkrampften Muskeln an Ort und Stelle zu halten, um zu fliegen, dem Horizont entgegen, in der Hoffnung, ich würde uns bis dorthin bringen …

In ein Land, das blutige Geschichten schrieb, wo Freiwillige im Dienste der Sonnengöttin bereit waren zu sterben. Ein Kult, der Eden gestürzt hatte, der über mächtige Himmelsblitze verfügte und Pauls Truppen überwältigte …

Später, als die Sonne gnädigerweise unterging und die Sterne am Himmel leuchteten, war es dieser Gedanke an Heliad-Sieben, der mich erkennen ließ, warum ein nervöses Summen in mir lauter wurde, je näher wir Houston kamen, auch wenn das Sicherheit und Versorgung für Lilly bedeutete, und Hilfe für Leech – und ein Treffen mit unserem dritten Gefährten.

Früher hatte ich gedacht, Paul und Eden hätten sich wie Götter verhalten. Die Sirene hatte mich gewarnt, ich solle mich vor den Göttern und ihren Grausamkeiten in Acht nehmen. Nun begaben wir uns freiwillig in die Hände einer anderen Gottheit, der Gütigen Mutter von Heliad-Sieben. Beide bestimmten über Leben und Tod, Eden in Geheimlaboren, Heliad draußen in der strahlenden Sonne. Und beide wollten uns. Aber während ich allzu gut wusste, was Paul mit uns vorhatte, war vollkommen ungewiss, was dieses nächste dunkle Ufer für uns bereithielt.

TEIL II

Ruhe in Frieden. Strahle froh und frei.
Du hast deine Aufgabe erfüllt; nun feiern wir deine Befreiung.
Und während wir dir die Freiheit schenken,
wisse, du wirst göttlich sein,
Göttlich in deiner Freiheit, ein Sieger über die Angst.

– AUS DEM STERBERITUAL VON HELIAD-SIEBEN

14

Der Morgen graute bereits, als ich die Lichter von Houston am Horizont schimmern sah. Die ganze Nacht waren wir schweigend durch die Kälte geflogen, Leech und Lilly hatten still dagelegen, nur einmal waren sie aufgewacht; wir hatten den gesamten Käse und das Brot gegessen, dabei aber kaum gesprochen. Lilly hatte nur wenige Bissen zu sich nehmen können.

Während dieser letzten Stunden hatte ich an fast gar nichts gedacht, mein Gehirn hatte sich in einem halb bewussten, benommenen Schlummer befunden, wohingegen mein strahlenverbrannter Körper vor Schmerzen zitterte. Ich behielt die Sterne fest im Blick, achtete darauf, dass das blaue Licht des Vortex-Motors hell leuchtete, und fraß die Kilometer, in dem Wunsch, so weit wie möglich von all den Grausamkeiten, die wir in den vergangenen drei Tagen gesehen hatten, fortzukommen.

Houston hatte ein kleines, funktionierendes Stromnetz. In den Gebäuden nahe der neuen Küste brannten schwach ein paar Lichter. Wo es keinen Strom gab, flackerten Feuer hinter Hochhausfenstern, in Gassen, eine Welt aus Silhouetten und Schatten.

Die Luft war feucht, ein merkwürdiges, nasses Gefühl auf der Haut, sehr viel stickiger als in Eden. Der Himmel war lila und grau, der Horizont von Nebelwolken durchzogen, ein verschwommenes Bild, auf dem die Farben verlaufen waren. Darunter lag das sich kräuselnde, weite Meer, auf dessen Oberfläche sich der Himmel spiegelte. Der Seegang erzeugte kleine Lichtblitze. Näher zur Küste bildete sich weiße Gischt auf den Spitzen der sich brechenden Wellen. Sie krachten ans Ufer, gegen hohe Trümmerhaufen, die Überbleibsel von Häusern und Gebäuden. Direkt vor der Küste konnte ich die Reste eines Gebäudes aus dem Wasser ragen sehen. Ich nahm einen säuerlichen Geruch und einen salzigen Geschmack sowie ein sanftes Rauschen wahr.

Ich hatte das Meer noch niemals zuvor gesehen. Nur auf Bildern. Es schien so mysteriös, rätselhaft und geheimnisumwoben, und obwohl ich froh war, es endlich zu sehen, zu wissen, dass wir es hierher geschafft hatten, ließ mich der Anblick auch erschaudern. Es war ein großes Gefühl des Unbekannten, so wie ich es in der Stadt der Anasazi erlebt hatte, die Erkenntnis, dass ich sehr klein und die Welt sehr groß war.

Am Ufer gab es drei lange, hölzerne Stege. Auf dem mittleren begannen zwei Fackeln Halbkreise in die Luft zu malen. Ein Signal, um uns hereinzulotsen.

Ich flog auf das Wasser hinaus und machte dann einen großen Bogen zum Steg zurück. Der Mann mit den Fackeln stand neben einem großen Schiff. Es war breit und quadratisch und schwamm auf zwei schmalen Rümpfen. Jeder Rumpf hatte einen Mast, obwohl ich keine eingeholten Segel sah, auch keinen Baum. Besatzungsmitglieder waren eifrig mit dem Verladen von Vorräten beschäftigt. Mit einem leicht dumpfen Aufprall landete ich das Gefährt auf dem Steg und konnte endlich die Segelleinen loslassen. Meine Finger konnte ich kaum mehr bewegen, sie blieben zu einem Klauengriff gebogen. Die Handinnenflächen waren rot und weiß gestreift. Blasen waren aufgeplatzt, aus denen Blut getreten war, dann hatte sich Schorf gebildet, und schließlich waren die wunden Stellen wieder aufgerissen.

»Wo sind wir?«, fragte Leech leise. Er lag immer noch am Boden und hielt sich den Arm über die Augen.

»In den Hafenanlagen von Houston«, antwortete ich. Ich drehte mich zu Lilly um und tätschelte ihr die Schulter. »Lilly, wir haben's geschafft.«

Sie antwortete nicht. Ich konnte ihre Atembewegung unter der Decke sehen, der einzige Hinweis, dass sie noch am Leben war.

»Willkommen«, sagte der Mann, der uns hereingewunken hatte. Er löschte die Fackeln in einem Metalleimer mit Wasser und legte sie dann auf den Steg. Als er wieder vor uns stand, hob er die rechte Hand und spreizte die Finger. Der kleine Finger fehlte. »Ich bin Arlo, Kapitän der *Solara* und Assistent von Dr. Keller. Du musst Owen sein.«

Er war groß und schlank, hatte lockige, schwarze Haare und unbewegliche Gesichtszüge. Er trug eine kleine, runde Brille und einen kurzen Bart. Seine Haut war gebräunt, die Nase rot. Auf dem Kopf und den Ohren waren dunkle Flecken von zu viel Sonne zu erkennen. Sein Hemd mochte einmal weiß gewesen sein, seine Stiefel waren nicht zugeschnürt. Er sah aus wie jemand, der seine Jugend in Bibliotheken und Klassenzimmern verbracht hatte, und die zweite Hälfte seines Lebens mit harter Arbeit im Freien, aber auch wie ein Zeitreisender aus einer Epoche, bevor der Aufenthalt im Freien gefährlich geworden war.

»Hi«, sagte ich.

»Wir sind froh, dass ihr heil hier angekommen seid«, sagte Arlo. »Scheint, als ob ihr ganz schön was erlebt habt in den letzten Tagen.«

»Ja«, sagte ich.

Arlo sah zu Lilly und Leech. »Wir werden uns um die beiden kümmern.« Über die Schulter rief er: »Serena! Wir brauchen die Ärzte!«

»Geht klar.« Eine junge Frau mit kurzen Haaren in schwarzem, kleidartigem Shirt und Hose eilte die Gangway zum Schiff hinauf.

Ich stand auf, meine Beine schmerzten und drohten einzusacken.

»Hier.« Arlo packte meinen Arm und half mir heraus.

»Danke.« Als er nach unseren Taschen griff, bemerkte ich ein ungewöhnliches Tattoo hinten auf seinem Hals. Es sah aus wie ein Vogel, dessen Gesicht kantig und bedrohlich wirkte.

Wolkenverhangenes Dämmerlicht spiegelte sich auf den Gebäuden wider. An den Seitenwänden zahlreicher Bauten hingen Dekorationen, Metallskulpturen, die wie kantige, wütende Gesichter mit Hakennasen aussahen. Eine war eine große Version des Vogels auf Arlos Tattoo. Die Skulptur sah aus wie ein Geier und thronte auf einer Kirchturmspitze, seine rechteckigen Flügel weit ausgestreckt, als ob er damit Heliads Einflussbereich abstecken wollte.

»Das ist Chaac«, sagte Arlo, der meinem Blick gefolgt war, »unser Schutzgeist.«

Serena kehrte mit drei anderen, einer Frau und zwei Männern, zurück. Sie trugen schwarze Uniformen und rote Bänder um den linken Arm.

»Was ist mit ihnen passiert?«, fragte Serena. Zwei Ärzte hoben Lilly hoch und legten sie auf eine Trage. Der andere Arzt half Leech aufzustehen.

»Wir sind alle dehydriert«, sagte ich, »wahrscheinlich haben wir auch eine Strahlenvergiftung. Leech wurde auf unserer Flucht von Splittern getroffen. Lilly wurde mit Kurare-Neutoxin vergiftet, aber wir haben sie dazu gebracht, dass sie alles erbricht.«

»Kurare? Da ist sicher noch ein Rest in ihrem Blutkreislauf«, sagte Serena. Sie musterte mich und holte dann eine Metalltube hervor, aus der sie ein hellblaues Gel in ihre Hand presste. »Das hilft gegen deine Strahlenverbrennungen.« Sie tupfte das Gel behutsam auf die Stellen. »Wir tragen noch mehr auf, wenn du dich ausgeruht hast.«

»Schau dir mal ihren Hals an«, sagte einer der Ärzte und hob Lillys Kinn an.

»Das sind ihre Kiemen«, sagte ich.

Die Gruppe warf sich bedeutsame Blicke zu. »Kiemen?«, fragte Arlo.

»Ja«, sagte ich. »Auch etwas, das uns in Eden passiert ist.«

Eine Stimme war aus der Nähe zu hören. »Mach dir keine Sorgen, Serena. Damit hatten wir gerechnet.«

Arlo sah zu der Gangway hin, drückte die Schultern durch und rief: »Alle ehren die Gütige Mutter!«

Sie war schlank, groß und trug einen langen, schwarzen Mantel über einem strahlungsabweisenden Pullover, Jeans und hohe, schwarze Stiefel. Ihr Haar war grau mit einigen dunklen Strähnen. Sie hatte einen energischen Gang, und auf den ersten Blick wirkte sie eher wie jemand von Eden Corporation oder vom Regierungsrat des Hub, nicht wie eine Religionsführerin.

»Owen, ich bin Victoria Keller.« Sie blieb vor mir stehen und streckte mir die Hand hin. Wir schüttelten uns die Hand, ihre Haut war kalt, ihre Hand knochig, aber nicht zerbrechlich. »Es ist mir eine Ehre, dich zu treffen«, sagte sie. »Ich habe schon eine Menge über dich gehört.«

»Hi«, sagte ich. »Danke für die Rettung da draußen.«

»Das war das Mindeste, was wir tun konnten.« Sie lächelte, inspizierte mich, und mir fiel etwas ein, das Dr. Maria einmal in Eden, oben auf den Klippen, zu mir gesagt hatte: Keller sei genauso verrückt wie Paul …

Doch im Gegensatz zu Pauls Augen funkelten Victorias hell und lebendig. Ihr Blick war durchdringend; wenn sie einen anschaute, dann hatte das einen Grund. »Was in Gambler's Fall passiert ist, tut mir so leid für euch. Diese Verräter, die versucht haben, euch an Eden auszuliefern …« Victoria schaute seufzend zum Himmel. »Der Gedanke daran macht mich wirklich krank. Ihr müsst wissen, wir hatten überhaupt keine Ahnung, was sie vorhatten.«

»Okay«, erwiderte ich, denn mir fiel nicht ein, was ich sonst sagen konnte.

»Jedenfalls bin ich froh, dass wir euch gestern helfen konnten. Hat euch unser Trockengewitter gefallen?«

»Was war das?«

»Die Kraft von Tona«, antwortete sie. »Tatsächlich stammt sie von hoch fliegenden Angriffsdrohnen. Die haben wir von der chinesischen Volksgemeinschaft gekauft. Normalerweise würde ich das nicht verraten. Mein Volk glaubt, diese Kraft sei Teil der Magie von Heliad, und obwohl ich denke, dass sie die Wahrheit bis zu einem gewissen Grad ahnen, finden sie meine Erklärungen immer noch amüsanter. Aber du und ich, wir werden uns offen über eine Reihe von Dingen unterhalten müssen, also fangen wir am besten gleich jetzt damit an, ehrlich zueinander zu sein.«

»Sollen wir sie auf die Krankenstation bringen?«, fragte Serena.

»Sofort«, erwiderte Victoria. »Owen, du kommst mit mir, wenn du magst. Fertig?«

»Klar doch.«

»Ich bringe eure Taschen in eure Unterkünfte«, sagte Arlo.

»Was passiert damit?« Ich deutete auf das Luftschiff.

»Wir werden es aufs Deck bringen«, sagte Victoria. »Arlo, kümmerst du dich bitte darum?«

»Natürlich.«

»Wunderbar. Bitte sag allen, dass wir so bald wie möglich ablegen.« Sie wandte sich wieder zur Gangway. »Wir glauben nicht, dass Paul jetzt gleich wieder einen Angriff starten wird, aber je weniger Chancen wir ihm bieten, desto besser.«

Ich folgte Victoria in Richtung Gangway zwischen zwei Reihen Menschen hindurch. Zu meiner Linken wurden Vorräte aus dem Schiffsrumpf ausgeladen: Bananenkisten und Bohnen und zwei Käfige mit bulligen schwarzen Tieren darin, die ich für die Tapire hielt, von denen Harvey und Lucinda gesprochen hatten. Zu meiner Rechten stand eine Reihe Menschen mit Säcken über der Schulter oder neben sich am Boden.

Der Mann an der Spitze trat auf einen kleinen Tisch zu, wo zwei weitere schwarz gekleidete Frauen saßen. Er streckte seine rechte Hand vor und legte sie darauf. Mir fiel auf, dass die Hand zitterte. Auf dem Tisch war ein kleiner Apparat, ein schmales Rechteck mit einer großen Rasierklinge oben und einer halbkreisförmigen Vertiefung im Sockel. Der Mann legte seinen kleinen Finger in die Vertiefung.

Der Arzt langte zu ihm hinüber und schnallte einen Riemen über sein Handgelenk. »Bist du bereit?«

Der Mann nickte.

Die Ärztin legte ihre Hand oben auf den Apparat und drückte fest nach unten. Ein furchtbares, knirschendes Geräusch war zu hören. Die zweite Ärztin legte den abgetrennten kleinen Finger in ein weißes Tuch, beugte sich dann vor und kauterisierte die Wunde mit einer kleinen, pistolenförmigen Fackel.

Der Riemen wurde gelockert, und die erste Ärztin legte einen Verband um den Fingerstumpf an. »Ein strahlendes Leben wünsche ich dir«, sagte sie freundlich. Der Mann nickte und wandte sich schwer atmend zur Gangway. Die nächste Person in der Reihe, eine Frau, die ihre Ellbogen fest umklammert hielt, trat nervös vor.

Benommen drehte ich mich um und bemerkte, dass Victoria kurz vor der Gangway stehen geblieben war. Sie schien das Finger-Ritual gar nicht zu bemerken, ihr Blick blieb an der Vorratsreihe hängen.

»Ist sie das?«, fragte Victoria.

Ein Mädchen näherte sich. Zwei Männer eskortierten sie, jeder hatte eine Hand auf ihre Schulter gelegt. Sie nickten.

»Du bist Aralene.« Victorias Stimme wurde weich, mütterlich.

Das Mädchen starrte ins Leere. Aralenes Handgelenke waren mit weißem Stoff verbunden. Sie war hager, ihr Gesicht wirkte eingefallen. Sie trug einen zerfetzten strahlungsabweisenden Pullover und Jeans, ihr Haar war fettig und ausgeblichen. Sie war viel zu dünn, die Knochen stachen unter ihrer Kleidung hervor. Unter den Augen hatte sie tiefe, schwarze Ringe, die Wange zierte eine lilafarbene Prellung. An den Seiten der weißen Verbände um ihre Handgelenke konnte ich schwarze, verschorfte Linien sehen. Schnitte. Ich hörte sie zu sich selbst murmeln: »Ich werde die Magie sein, das Göttliche ist in mir, ich bin göttlich, ich bin …«

»Aralene«, sagte Victoria noch einmal.

Das Mädchen hörte auf zu sprechen. Seine Augen wanderten langsam hoch zu Victoria.

»Hallo, junge Dame.«

»Hi«, sagte Aralene, dann war sie mucksmäuschenstill.

Victoria streckte den Arm aus und legte zwei Finger auf die Stirn des Mädchens. »Du musst dich vor nichts mehr fürchten«, sagte sie. »Du bist nun bei Heliad. Wir werden dir zu einem strahlenden Leben verhelfen. Es wird keine Dunkelheit mehr geben.«

Aralene nickte, als ob sie sich selbst davon überzeugen wollte. »Das Göttliche in mir.«

»Ja«, sagte Victoria. »Das Göttliche in dir. Es ist immer noch da. Wir werden dich befreien.«

Aralene lächelte, aber dann verzog sie den Mund, und Tränen quollen aus ihren Augen. Sie flüsterte: »Ich danke Ihnen.«

Victoria nahm das schmutzige, zerbrechliche Mädchen in die Arme und strich ihm mit der Hand über den Rücken. Dann trat sie zurück und hielt es auf Armeslänge von sich fern. »Ein strahlendes Leben«, sagte sie.

Wieder nickte Aralene. »Ein strahlendes Leben.« Sie drehte sich um, und während sie weiter zum Unterdeck des Schiffs ging, nahm sie ihren Sprechgesang wieder auf. »Ich bin die Magie, das Göttliche ist in mir …«

Victoria wandte sich mir zu. »Es ist sehr schwierig, draußen in der Welt zu leben«, sagte sie, als wir die Gangway hinaufgingen.

»Hat sie versucht, sich umzubringen?«, fragte ich.

»Ja.« Victoria warf einen Blick auf Houston. »Ich fühle

mich gezwungen zu helfen. Ich habe schon in den Fünfziger Jahren in der AKF angefangen, als Psychiaterin zu arbeiten. Hast du gewusst, dass die Selbstmordrate in der Welt vor der Großen Flut, in den guten, alten Zeiten des Wohlstands, bei einer von zehntausend Personen lag? Zu jedem Fall kamen noch zehn dazu, die es versuchten. Das klingt nicht nach viel, aber man muss bedenken, dass es damals zehn Milliarden Menschen gab. Das macht mehr als eine Million Selbstmorde, und mehr als zehn Millionen Versuche. Während der Großen Flut sind diese Zahlen tatsächlich gesunken, der Überlebensinstinkt der Menschen hat sich durchgesetzt, aber jetzt, in der Zeit danach, sind die Raten wieder viel höher. Manche Schätzungen liegen bei eins zu zweitausend. Doch du weißt genauso gut wie ich: Da draußen gibt es nur wenig Hoffnung, oder?«

»Ja.« Ich dachte an die Selbstmorde im Hub. Man nannte sie Höhlenfieber. Die Menschen konnten die ständige Dunkelheit nicht ertragen, die Angst, das Gefühl, dass es niemals wieder besser werden würde.

»Es ist sehr nett, das Mädchen aufzunehmen und sie zu behandeln«, sagte ich.

Victoria sah mich an. »Ich bin gespannt, was du sagst, wenn wir in Desenna sind. Aber so viel kann ich dir verraten: Ich weiß nicht, was du über Heliad-Sieben gehört hast, aber unsere Raten an klinischer Depression oder Nervenkrankheit sind wesentlich niedriger als die in irgendeiner anderen Bürgerschaft auf diesem kaputten Planeten. Menschen wie die kleine Aralene kommen zu uns, weil sie Hilfe brauchen. Das ist das Mindeste, was wir tun können.«

»Oh«, sagte ich. »Ich glaube, die Menschen oben im Norden erzählen so einige Geschichten.«

»Davon habe ich gehört. Todeskult, Kannibalismus, alles Mögliche. Aber ich kann dir versichern: Wir sind zwar eine außergewöhnliche Gemeinschaft, aber nicht die Wilden, als die man uns darstellt. Letzten Endes sind wir nur ein Volk, das angesichts des Zustands unserer Umwelt nach den besten Lebensmöglichkeiten sucht. Kein großer Unterschied zu anderen Religionen.«

Das klang vernünftig. Victoria machte jedenfalls nicht den Eindruck einer verrückten Führerin eines Todeskults. »Die aufgehängten Leichen sind ganz schön gruselig«, bemerkte ich.

»Gewiss«, sagte Victoria. »Das sollen sie auch sein. Eine Sache habe ich gelernt: Obwohl wir in Wirklichkeit nicht gewälttätig und Furcht einflößend sind, ist es manchmal hilfreich, so zu *scheinen*, um unsere Leute und Ressourcen zu schützen.«

Wir kamen auf das große Hauptdeck. Der Achterbereich war erhöht, dort befanden sich die Kontrollpulte unter einer silbernen Überdachung. Ich sah, wie Leech und Lilly ins Unterdeck gebracht wurden. Victoria führte mich zum Bug, wo wir uns an eine Metallreling lehnten. Mir fiel auf, dass Victoria noch beide kleinen Finger hatte.

Unten auf dem Steg befestigten Arlo und zwei andere Männer Taue an meinem Gefährt. Ein Kran hob es in die Höhe.

Ich hörte einen seltsamen, schrillen Ruf und beobachtete, wie ein grau-weißer Vogel an mir vorüberzog. Er flog über die Hafenanlagen und die Holz- und Trümmerhaufen am Strand und landete bei anderen seiner Art.

»Das ist eine Möwe«, sagte Victoria. »Einer der kräftigsten Vögel, die es gibt. Unsere ganze Zerstörungswut konnte ihnen nichts anhaben.«

Ich schaute über die Schiffsspitze auf das graue, leicht gekräuselte Meer hinaus. Der Anblick einer so weiten, bewegten Fläche verwirrte mich. Mir fiel auf, dass das Wasser trübe war, es sah aus wie Gummi; auf der Oberfläche bildete sich ein Strudel aus Öl und anderen Chemikalien. Ein infizierter Ozean. Der Himmel war inzwischen hell geworden, die Sonne musste bereits aufgegangen sein, und doch hing am Horizont ein dunstiger Nebel in Blau, Grau und Weiß. Die Feuchtigkeit in der Luft fühlte sich wie Fingerspitzen auf der Haut an.

»Du siehst das Meer zum ersten Mal, stimmt's?« fragte Victoria.

»Ja«, antwortete ich.

»Früher einmal war das Meer die Quelle großartiger Dichtung«, sagte sie, »aber als es sich erhob und die Küsten wie ein hirnloses Monster verschlang, lernten die Menschen, es zu fürchten. Ich finde es immer noch wunderschön.«

»Letzter Aufruf zum Einsteigen«, rief Arlo unten. Mein Gefährt landete mit einem dumpfen Aufprall hinter uns auf dem Deck.

»Das ist eine tolle Maschine«, sagte Victoria. »Ich habe nur die Radierungen von atlantischen Luftschiffen gesehen, die wir in Eden Nord gefunden haben. Dieser Antigravitationsantrieb beruht auf einer Technologie, die wir nicht einmal verstehen, und ist doch älter als alles, was wir wissen.«

»Sie sind in Eden Nord gewesen?«, fragte ich.

»Natürlich«, antwortete Victoria. »Du weißt vielleicht schon, dass ich, bevor ich die Gütige Mutter wurde, die Direktorin von Eden Süd war. Das Pendant zu Paul. Na ja, ich sollte lieber sagen, ich hatte die gleiche Position wie Paul. Ansonsten möchte ich lieber nicht mit ihm gleichgesetzt werden.«

»Das ist gut«, sagte ich, aber die Vorstellung machte mich immer noch nervös.

»Mach dir keine Sorgen, Owen«, sagte Victoria. »Ich arbeite nicht mit Eden zusammen. Sie würden mich liebend gern in die Knie zwingen. Aber wichtiger noch, ich bin ganz anders als sie. Wenn wir erst in Desenna sind, werden wir Zeit haben, darüber zu sprechen. Aber ich kann dir versichern, es ist mein oberstes Ziel, dafür zu sorgen, dass Paul und sein Projekt Elysion scheitern. Du kannst ganz beruhigt sein.« Sie tätschelte meinen Rücken. »Ich muss mich noch um einiges kümmern, wenn wir auslaufen. Wenn du in deine Unterkunft möchtest, frag die Mannschaft nach Arlo.«

»Einverstanden«, sagte ich. »Und danke noch einmal.«

Victoria lächelte, und im Gegensatz zu so vielen falschen Lächeln von Paul schien dieses echt und freundlich zu sein. »Keine Ursache.« Eilig schritt sie zur Deckmitte zurück und rief der Mannschaft im Laufen etwas zu.

Ich beobachtete, wie sie fortging, und einen Moment lang hatte ich das Gefühl, einen sicheren Hafen erreicht zu haben.

An Deck wurde es voll, Menschen hetzten lärmend hin und her.

Die Mannschaft war nicht groß, wirkte aber zäh; viele hatten verfilzte Haare, die Männer Bärte, einige sogar Dreadlocks. Die hellhäutigen unter ihnen hatten einen Sonnenbrand, alle sahen aus, als hätten sie sich zu lange der Sonne ausgesetzt; manche hatten sogar die dunklen Verfärbungen von Strahlenschäden, einige der älteren Mannschaftsmitglieder sogar kahle Stellen auf dem

Kopf. Ihr Umgangston war rau, mit vielen Kraftausdrücken durchsetzt. Verglichen mit Pauls Leuten in Eden hätte Kellers Volk nicht unterschiedlicher sein können. Sie waren auch anders als die Menschen im Hub. Diese Menschen hatten keine Angst vor der Welt, und die Narben auf ihrer Haut bewiesen ihren Mut.

»Ablegen!«, hörte ich Arlo vom Achterdeck rufen.

Unter meinen Füßen rumpelte es, und das Schiff begann abzulegen. Der Zwillingsrumpf reichte wie zwei Klingen ins Wasser. Die ersten paar Hundert Meter polterten Trümmer gegen die Schiffswände: verrottete Mauerstücke, Pfosten und Balken und glitschiger Müll, vom Wasser aufgedunsen.

Dann waren wir auf dem offenen Meer, dessen Farbe immer noch grau und ölig war und nach verbranntem Benzin roch. Langsam stiegen wir große Wogen hinauf und hinunter, und ich musste mich an der Reling festhalten, denn ich verlor mein Gleichgewichtsgefühl.

Der warme Wind brannte auf meinem Gesicht, und jedes Mal wenn ich mir die trockenen Lippen ableckte, schmeckte ich das Salz in der Luft. Die neblige Wolkendecke verzog sich, und die Sonne strahlte durch einen weißen, diesigen Himmel auf uns herab. Ich musste blinzeln, um sehen zu können. Die Gebäude von Houston verschwanden aus unserem Blickfeld. Vor uns erstreckte sich der gewaltige, ferne Horizont. Ich erinnerte mich an meine Idee, einfach fortzuschwimmen und mit Lilly zusammen eine verborgene Ecke des Meeres zu finden. Nun begriff ich, dass ich nicht bedacht hatte, wie groß und leer das Meer in Wirklichkeit war.

»Macht das Solarsegel bereit«, rief Arlo.

Ein großes, goldenes Tuch wurde über uns ausgerollt und zwischen zwei Masten gespannt. Ein Mannschaftsmitglied fing die dreieckige Spitze des Segels auf und zog sie zurück bis zu einer Stange auf dem Achterdeck, wo er sie befestigte, sodass über uns ein riesiges, schimmerndes Dreieck entstand. Das Material des Segels war transparent mit goldenen Fäden und schützte auch etwas vor der Sonne.

Doch selbst in diesem Schatten zerfloss alles in der sengenden Hitze. Ich spürte, wie mir schwindelig wurde, und sah mich nach Arlo um. Ein Mannschaftsmitglied zeigte mir, wo er auf dem Achterdeck stand.

Er führte mich eine schmale Treppe hinunter, dann einen engen Flur entlang zu einer kleinen Kabine. In dem dreieckigen Raum gab es ein Stockbett und eine Hängematte. Neben einem Bullauge stand ein kleiner Tisch mit einem Wasserkrug, einer Obstschale und Crackern. Ich kippte ein Glas hinunter und aß ein paar Cracker, bevor ich mich schließlich auf das untere Stockbett legte.

Das Bett war kaputt, und ich sank unwillkürlich in die Mitte.

Fast augenblicklich schlief ich ein. Ich hatte keine Träume, an die ich mich später erinnern konnte, nur Dunkelheit und endlich Ruhe.

15

Ich erwachte irgendwann am helllichten Tag. Durch das Bullauge sah ich nur bräunliches, öliges Meerwasser und blassen blauen Himmel mit feinen Schleierwolken.

Der ganze Körper tat mir weh. Arme und Schultern waren verspannt, meine Beine wie Gummi, aber das konnte auch an dem ständigen Auf und Ab um mich herum liegen. Kurz dachte ich daran, mich einfach wieder hinzulegen, aber ich wollte sehen, wie es Lilly und Leech ging.

Neben der Kabine fand ich ein Bad. Dort gab es ein Waschbecken mit einem kleinen Pumpwasserhahn. Als ich mir Gesicht und Hände wusch, kamen dabei sehr viel Schmutz und auch getrocknetes Blut runter. Durch die Berührung mit Wasser begann ein Schnitt auf meiner Wange erneut zu brennen, den ich schon vollkommen vergessen hatte. Ich fuhr mit dem Finger die schmale Linie bis zu meinem Ohr nach. Wann war das gewesen? Dann erinnerte ich mich: Die Verletzung stammte noch aus Eden, als wir auf der Flucht zum ersten Mal versucht hatten, den Vortex-Motor anzuwerfen. Ich hätte später in den Bergen daran denken sollen, dann hätte ich Leech warnen können, bevor es zu spät war.

Im Spiegel untersuchte ich den Schnitt und die Strahlenverbrennungen auf Kopf und Armen und entdeckte auch eine neue Stelle auf meiner linken Schulter. Die Haut wurde braun und faltig, ekliger, rosafarbener Eiter trat hervor, aber das blaue Gel hatte den Schmerz gelindert. Als ich noch im Hub lebte, hatte ich Angst davor, verletzt zu werden, Schnitte und Prellungen abzubekommen. Nun hatte ich mehr davon, als ich zählen konnte.

Ich lief den engen Flur entlang nach oben, fragte herum und fand schließlich die Krankenstation. Der Raum war klein und voll: ein Hauptgang mit schmalen Feldbetten an der Wand. Lilly und Leech lagen einander gegenüber.

»Hallo.« Serena kam auf mich zu, als ich eintrat. »Deinen Freunden geht es gut. Ich habe ihnen Flüssigkeit zugeführt und ihre Wunde behandelt. Tut dir irgendwo was weh?«

»Eine Wunde auf der Schulter. Die Strahlenverbrennungen sind besser geworden.«

»Lass mich mal nachsehen.« Ich setzte mich auf ein Bett und zog vorsichtig mein Shirt aus. »Eins nach dem anderen«, sagte sie. »Zuerst checke ich dich durch.« Sie begann, eine Blutdruckmanschette um meinen Arm zu legen, und mir fiel auf, dass sie schwarz lackierte Fingernägel hatte. Es schien ein seltsamer Zufall zu sein, eine Kleinigkeit, aber dennoch ... »Die Ärztin in Camp Eden hatte solche Nägel«, sagte ich.

»Maria«, sagte Serena. »Eine Freundin von mir. Wir waren zusammen in der Ausbildung in Desenna.« Sie seufzte. »Bist du dabei gewesen, als sie gestorben ist?«

»Ja«, sagte ich. »Sie hat versucht, die Aufmerksamkeit von uns abzulenken. Und sie hat uns Vorräte gegeben. Wenn sie nicht gewesen wäre, hätte unsere Flucht aus Eden womöglich nie geklappt.«

Serena schniefte. »Sie war tough. Und sie war die Erste, die sich freiwillig für diesen Posten als Geheimagentin gemeldet hat. Sie wusste, wie gefährlich es war.«

»Sie hat sich um mich gekümmert«, sagte ich. Seit wir aus Eden geflohen waren, hatte ich keine Gelegenheit gehabt, an Maria zu denken. Nun fühlte ich die Anspannung. Ich sah sie vor mir oben auf der Leiter, wie sie auf die Hubschrauber schoss, nur um dann selbst von Kugeln durchlöchert zu werden.

»Nun ja«, sagte Serena, »du bist es wert. Zumindest haben sie das in Desenna gesagt.«

»Das weiß ich nicht so genau«, sagte ich, »aber danke.«

Serena befestigte einen Verband an meiner Schulter, dann trug sie noch mehr von dem blauen Gel auf meine Verbrennungen auf. »Die Infektion ist nicht so schlimm, und ich habe schon üblere Strahlenschäden gesehen. Und es gibt keine Anzeichen für eine Strahlenvergiftung, also wirst du bald wieder okay sein.« Sie lächelte mich an. »Danke, dass du mir das mit Maria erzählt hast. Sie lebt in deiner Mission weiter.«

Ich fühlte eine Last auf meinen Schultern. Zuerst die Juniorbetreuer, jetzt Dr. Maria ... Die Liste der Menschen, die Opfer für uns brachten, wurde länger. Ich fragte mich, ob ich für all das bereit war, ob ich diesen Erwartungen gerecht werden würde, aber ihr Opfer machte unsere Aufgabe auch wichtig. Denn es ging nicht mehr nur um mich allein, auch nicht um uns Drei, es betraf alle Menschen.

Als Serena in eine andere Ecke des Raumes ging, trat ich vorsichtig an Lillys Bett und setzte mich auf die Kante. Sie bewegte sich. Die Bandagen um ihren Hals sahen feucht aus. Ein Infusionsbeutel hing neben ihrem Bett, von dem aus ein Schlauch zu ihrem Arm führte. Sie sah aus, wie ich auch ausgesehen hatte, nachdem ich ertrunken war. Man hatte ihr das Gesicht gewaschen, und trotz der dunklen Ringe unter den Augen und dem Schnitt auf ihrem Kinn sah sie wunderschön und zerbrechlich aus, engelsgleich, so wie auf dem Steg in Eden, als ich sie zum ersten Mal gesehen hatte. Das Herz zog sich mir zusammen.

»Hey«, sagte ich und nahme ihre Hand. »Ich bin's, Owen.«

»Hey«, flüsterte sie schwach

»Sie sollte nicht viel sprechen«, erklang Serenas Stimme aus der Nähe.

»Entschuldigung«, sagte ich. »Ruh dich aus.«

»Wir lassen uns treiben …«, sagte sie leise.

»Ja, wir sind auf einem Boot, wir fahren nach Desenna.«

»Nein, wir treiben auf der Musik umher. Hörst du sie?« Ihr Kopf wiegte sich vor und zurück, als ob sie eine Melodie hören würde.

»Ich …« Sie konnte nicht vollständig wach sein. »Ruh dich einfach aus«, sagte ich.

»Wunderschöne Musik«, flüsterte Lilly. »Da singt jemand so ein hübsches Lied …« Ihr Gesicht verlor jeden Ausdruck, als sie wieder in tiefen Schlaf fiel.

»Sie redet unaufhörlich von dieser Musik.« Ich drehte mich um und sah, dass Leech sich aufgesetzt hatte. Sein linkes Auge war dick verbunden. Das rechte war unter der geröteten Schwellung kaum zu erkennen, aber zumindest schien es noch da zu sein. Der Sextant hing an einem dünnen Band um seinen Hals.

Ich ging zu ihm hinüber. »Ich glaube, sie ist einfach weggetreten. Wie geht es dir?«

»Sie haben mir etwas gegen die Schmerzen gegeben, aber … ich bin kein Navigator mehr, wenn ich nicht sehen kann.«

»Deine Augen werden heilen«, sagte ich.

»Ha«, spottete Leech. »Eins vielleicht. Irgendwann einmal. Lustigerweise könnte ich, wären wir noch in Eden, bionische Ersatzaugen kriegen, so wie Paul. Aber ich habe das Augenlicht ja nur verloren, weil wir von da fort sind. Ich bin ein echter Pechvogel.«

»Qi-An«, sagte ich.

»Was?«

»Das ist die atlantische Idee vom Gleichgewicht aller Dinge. Es hat was mit Harmonie zu tun.«

Leech zuckte die Achseln. »Super. Na ja, ich weiß nicht, ob das Qi oder An oder sonst was ist, aber in jedem Fall ist es echt mies.« Er starrte zu einem Bullauge. »Hast du irgendeine Ahnung, was passiert, wenn wir in Desenna sind?«

»Nicht wirklich. Ich habe ein wenig mit Dr. Keller geredet. Sie scheint nett zu sein. Ich glaube, im Moment sind wir in Sicherheit.«

»Ich frage mich nur, wann dieser Moment endet ...« Leech legte den Kopf aufs Kissen zurück. Als er sein Auge schloss, verkrampfte sich sein Gesicht, und seine Hände zitterten wieder. Er schien zu spüren, dass ich ihn beobachtete, und sagte: »Ja, das wird auch immer schlimmer.«

»Tut mir leid«, sagte ich. »Ruh dich ordentlich aus.«

»Sicher doch«, sagte Leech.

Ich verließ die Krankenstation und dachte daran, nach oben aufs Deck zu gehen, aber als ich den Flur entlanglief, stolperte ich. Das Auf und Ab des Wassers machte mich schwindelig. Und ich war immer noch erschöpft, also ging ich zu meiner Kajüte zurück und legte mich hin. Ich versuchte, noch ein paar Bissen Banane zu mir zu nehmen, aber mir wurde nur schlecht davon. Dann schlief ich ein.

Dieses Mal hatte ich Träume.

Sie begannen auf der Krankenstation der *Solara,* nur dass ich der Patient war. Lilly war mich besuchen gekommen. Sie und mein Dad standen nebeneinander, rangen die Hände, starrten mich mit angsterfülltem Blick an.

»Was ist denn?«, fragte ich sie. Ich schaute an mir herunter, meine Arme waren schwarz gestreift, als hätte jemand die Adern darauf nachgemalt. Nur dass meine Haut grau war und durchsichtig und die Adern darunter waren wirklich schwarz. So viel wusste ich: Schwarzes Blut, Pandemie vier, darüber hatten Harvey und Lucinda und Leech geredet. Im Traum wusste ich auch, dass die schwarzen Adern ein spätes Stadium bedeuteten. Endstadium.

»Das Einzige, was wir noch tun können, ist nachzusehen, was hier drin ist.« Paul erschien auf der anderen Bettseite, er trug keine Brille, seine Augen machten ein elektronisches, klickendes Geräusch. Seine Finger im blauen Handschuh sanken in mein Fleisch. Es tat nicht weh. Die ganze Hand verschwand in meinem Oberkörper und mir wurde klar, dass er durch die Narbe meines Zwerchfellbruchs mit dem Arm bis zum Ellbogen in mich eindrang. Die Beule, die seine suchende Hand verursachte, wanderte durch meinen Bauch und spannte die Haut. Ich konnte seine Finger zwischen meinen Organen fühlen.

Plötzlich fühlte ich noch etwas Anderes. Auf meiner Wange. Für mich war das Gefühl alt, uralt, ein leichter Druck und eine Bewegung. Ein Daumen beschrieb im Uhrzeigersinn einen Kreis auf meiner Haut. »Alles wird gut, Liebling.«

Ich drehte mich um und sah meine Mutter dicht

neben mir sitzen. Ihre Augen waren feucht, ihr Mund zitterte, und ich kannte das Gefühl dieses Kreisens ihres Daumens, ich kannte es so gut …

»Wir werden wieder zusammen sein«, sagte sie. »Das verspreche ich.«

»Jetzt haben wir's.« Pauls Hand schob sich weiter nach oben, drängte an meiner Lunge vorbei, und dann durchfuhr mich ein stechender Schmerz, als Paul nach meinem Herzen griff.

»Ich muss das hier nur abschalten«, sagte Paul. Er drückte zu, verhinderte, dass mein Herz weiterschlug …

Ich schoss im Bett hoch. Meine Hände suchten die Zwerchfellbruchnarbe, an der Stelle spürte ich ein leichtes Pochen, als ob der Traum eine alte Wunde erneut aufgerissen hätte. Ich atmete schwer und schwitzte am ganzen Körper. Meine Hände zitterten. Was hatten diese Träume zu bedeuten?

Ich holte mir Wasser. Draußen war es kühler geworden, das Meer war jetzt lilafarben und silbern. Durch den Traum war ich auf den Gedanken gekommen, meinen Dad zu kontaktieren. Ich überlegte, ob es auf dem Schiff einen Gammalink geben könnte. Ich ging nach oben an Deck, um nachzuschauen, wo die anderen waren.

Die Sonne ging langsam unter, sie wurde runder, ein orangefarbener Ball, der in grauen Nebelschleiern versank. Orange-, rosa- und lilafarbene Strahlen, die sich in hohen Schleierwolken spiegelten und auf die glatte Oberfläche des gallertartigen Wassers geworfen wurden.

Ich erblickte Arlo mit zwei anderen Männern neben meinem Gefährt. Einer der Männer drinnen wurde von dem Schein des Vortex-Motors erhellt. Er trug eine Schweißermaske und hielt eine Lötlampe an den Knick im Mast. Ich ging zu ihnen hinüber.

»Hallo, Owen«, sagte Arlo. »Wir haben den Schaden an deinem Gefährt untersucht. Die Segel können wir leicht flicken, es sieht so aus, als wäre der krumme Mast das größte Problem. Wir biegen den gerade, sodass ihr heute Abend wieder fliegen könnt.«

»Heute Abend?«

»Victoria wird es dir erklären«, sagte Arlo. »Ich soll dich auch zu ihr bringen.«

Wir ließen die beiden Männer weiter den Mast repariern und kletterten zum Achterdeck hinauf, wo Victoria am Steuerpult stand. Das Solarsegel war wieder eingerollt worden, und wir glitten langsam dahin.

»Hi, Owen«, sagte Victoria. »Hast du dich etwas ausgeruht?«

»Ja, danke«, sagte ich, obwohl ich mich eher innerlich zerrissen als ausgeruht fühlte. »Habt ihr vielleicht einen Gammalink? Ich würde gern meinen Dad kontaktieren.«

»Das wäre schön«, sagte Victoria mit einem Seufzer, »aber so leid es mir tut, nein. Die Nördliche Föderation blockiert uns, wir können das Gamma-Netzwerk nicht benutzen. Das ist eine der vielen Sanktionen gegen mich. In seltenen Fällen schaffen wir es, uns einzuhacken, aber das war's dann auch schon. Für die Menschen in Desenna ist das größtenteils ein Segen, aber du kannst jetzt – so leid es mir auch tut – keinerlei Kontakt zu deinem Vater herstellen. Wenn es uns gelingt, eine Verbindung aufzubauen, gebe ich dir Bescheid.« Sie zeigte nach vorn. »Jetzt aber willst du sicher das hier sehen.«

Das Land war inzwischen weit entfernt, eine schwarze wellenförmig verlaufende Küstenlinie hinter dem lilafarbenen Meer.

»Schön langsam, bitte«, sagte Victoria. Der Mann neben ihr beobachtete den Monitor und schob kleine Regler am Bildschirm rauf und runter. Das Bild zeigte die Unterwassertopografie, meist nur schnörkelige Höhenlinien, aber wir näherten uns einer Anzahl von gleichmäßigen geometrischen Formen.

»Es ist Ebbe«, sagte Victoria, »daher wollte ich euch auf dem Weg diese faszinierenden Attraktionen unter Wasser zeigen.« Sie zeigte zur Steuerbordseite. »Hier liegen die Tempel der alten Könige.«

Die Sonne war in den Wolkenfeldern versunken, und die Welt kühlte auf lavendelfarbene und blaue Schattierungen herunter. Ich suchte die Düsterkeit ab, und dann sah ich eine große, rechteckige Form aus dem Wasser ragen. Sie war schmal und lang, vielleicht fünfzig Meter, mit gebogenen Enden. Einige Teile fehlten. Das meiste wirkte grau, doch an einigen Stellen schien noch die verblasste, goldene Farbe durch.

»Du musst die andere Seite sehen, damit du meinen Witz verstehst«, fügte Victoria hinzu.

Wir steuerten um das Rechteck herum, und ich blickte zurück. In riesigen Metallbuchstaben stand ein Schriftzug quer über der Mauer:

HOTEL MAYAN GOLD

»Ist das ein Badeort?«, fragte ich.

»Ja, diesen Teil von Yucatán nannte man früher die Mayan Riviera. Ein traumhafter Badeort reihte sich an den nächsten, kilometerlang nur Vergnügungsorte für Menschen mit zu viel Geld und Zeit und zu wenig Seele. Sie kamen hierher, um dick zu werden und ihr Leben zu verschlafen. Die Könige der Welt vor der Großen Flut. Viele ihrer Nachfahren leben wahrscheinlich jetzt in Eden.«

Kurz vor dem Hafen schlugen Wellen an die Ruine eines weiteren Gebäudes, von dem noch ein wenig seines Grasdachs übrig geblieben war.

»Bevor dieser Ort hier untergegangen ist, wurde er von starken Hurrikanen heimgesucht. Wütende Wirbelstürme. Inzwischen haben wir eine Zeit des Monsuns mit langen, heftigen Regenfällen, die schreckliche Überschwemmungen zur Folge haben. Der ganze Regen aus den trockenen Gebieten der Erde muss wohl irgendwo runtergehen, nehme ich an. Okay, hier kommt das Tollste.«

Ein neues Bauwerk erhob sich aus Dunst und Schatten. Es hatte die Form einer Pyramide und war aus riesigen Steinblöcken erbaut. Ein gewaltiges Schild stand auf der Spitze, die Buchstaben wurden von Metallträgern gehalten. Wahrscheinlich waren sie früher einmal hell erleuchtet gewesen, aber inzwischen bedeckte sie der Vogeldreck aus mehreren Jahrzehnten:

ATLANTIS

»Ich habe gelesen«, sagte Victoria, »dass dieses Hotel wie eine versunkene Stadt war. Die Zimmer hatten Fenster zu Aquarien, eine skandalöse Meerjungfrauen-Show, ein Einkaufszentrum, wo man zu den Geschäften hinschwimmen konnte. Solche Sachen. Totale Dekadenz.«

Wir fuhren noch an anderen versunkenen Gebäuden vorbei. Bei manchen staute sich Treibgut. An einer Stelle saß ein ganzes Haus schief auf dem Dach eines anderen Gebäudes.

»Südlich von hier«, sagte Victoria, »befand sich früher ein Ökotourismus-Park. Dort ging man hin, um Tiere anzuschauen und mit der Seilrutsche zu fahren. Stell dir das mal vor: Dieselben Menschen, die sich selbst in der Großen Flut versenkt haben, hatten auch Ökotourismus. Ich finde die Idee wunderbar, dass Menschen mehrere Tausend Kilometer mit dem Flugzeug fliegen, um mit einer Seilrutsche über betäubte Tiere in Käfigen hinwegzugleiten und dann Hamburger und Eiskrem zu essen, und sich dabei die ganze Zeit auf die Schulter klopfen, weil sie sich so umweltfreundlich verhalten.«

»Da ist unser Zuhause«, sagte Victoria. »Ich muss jetzt das richtige Gesicht für die Menschen aufsetzen. Ich warne dich, Owen, du musst dich auf einen kleinen Schock bei unser Ankunft heute Abend gefasst machen. Ich werde ein bisschen eine Show abziehen. Und ich hoffe, ihr macht mit.«

»Was sollen wir tun?«, fragte ich.

»Also, im Grunde ist es ganz einfach. Nachdem wir angelegt haben, hätte ich gern, dass ihr, du und die anderen Atlanter, nach Desenna fliegt und mich oben auf dem Tempel von Tulana trefft. Das mag vielleicht etwas merkwürdig klingen, aber es passt zu dem Mythos, den wir zu eurer Rückkehr erfunden haben.«

»Ich weiß, das Epos der Drei. Eure … diese Leute in Gambler's Fall haben mir davon erzählt.«

»Richtig.« Ein Ausdruck von Abscheu glitt über Victorias Gesicht. »Na gut, immerhin haben sie euch einmal die Wahrheit gesagt. Mein Volk erwartet eure Rückkehr. Das ist ein wichtiger Augenblick, aber trotzdem möchte ich nicht, dass du denkst, wir wollten euch hier nur als Marionetten benutzen.«

Daran hatte ich noch gar nicht gedacht, aber da sie es schon erwähnte – waren wir für sie etwas anderes als Marionetten?

»Ich meine, ich bin eine«, bestätigte Victoria, »in gewisser Hinsicht. Damit will ich wohl sagen, dass jetzt unsere offene Partnerschaft beginnt. Ich möchte euch helfen, und ich brauche eure Hilfe. Nach heute Abend wird euch das einleuchten, aber dieser erste Schritt braucht einen Vertrauensvorschuss von eurer Seite. Wärt ihr bereit, das zu tun? Dann sehen wir weiter.«

Ich war nicht sicher, wie ich das verstehen sollte. Einerseits wollte ich auf keinen Fall der Spielball von jemand anderem sein. Davon hatte ich dank Paul für den Rest meines Lebens mehr als genug. Und ich erinnerte mich an das, was die Sirene zu mir damals in der Schädelkammer über die Bedeutung, beide Seiten der Dinge zu sehen, gesagt hatte. Hier stand ich wieder vor der Frage: Was würde Victoria tun, wenn ich Nein sagte?

Aber andererseits ließ die Art und Weise, wie Victoria über die Dinge sprach, sie vielleicht nicht harmlos erscheinen, aber es schien doch einen Versuch wert. Sie hatte uns vor Paul gerettet. Es sah ganz danach aus, als würde ich ihr diesen Gefallen schulden.

»Okay«, sagte ich.

»Ausgezeichnet.« Victoria lächelte. »Arlo wird euch alles Weitere erklären, wenn wir anlegen. Und ich werde euch in ungefähr einer halben Stunde sehen. Bitte urteilt nicht vorschnell über das, was ihr seht. Die Menschen in Desenna sind ein freies Volk. Ich erzwinge nichts von alldem. Meint ihr, ihr könntet offen dafür sein?«

»Sicher.« Ich fragte mich, was sie mit *alldem* meinte.

Victoria wandte sich an Arlo. »Und pass auf, dass *sie* tut, was man ihr sagt.«

»Das werde ich.«

Victoria kletterte die Leiter hinunter und verschwand unter Deck.

Die Lichter vor uns waren größer geworden. Ich konnte

ein Stück Land ausmachen, eine Steilküste aus zerklüftetem, schwarzem Vulkanstein, auf der große Gebäude standen. Sie wurden von einigen wenigen gedämpften, gelben Flutlichtern erleuchtet, und dann säumten Fackeln die Dächer. Die Gebäude, die ich sehen konnte, waren aus großen Steinblöcken erbaut, und im Zentrum stand eine riesige Pyramide mit einem Flachdach. Obwohl rund um diese Pyramide Fackeln statt gespenstischer weißer Lichter leuchteten, konnte ich die Ähnlichkeit zu der nicht leugnen, die ich in meiner Vision mit Lük gesehen hatte, wo die ursprünglichen Drei geopfert worden waren.

Dahinter schienen noch mehr Lichter im Nebel, als ob es da noch einen sehr viel größeren Bereich der Stadt gäbe, den wir nicht sehen konnten.

Wir erreichten den Hafen am Fuße der Steilküste. Mannschaftsmitglieder rannten umher, warfen und befestigten Taue. Eine Zickzackleiter führte die schwarze Felswand zu den Steinbauten am Rand hinauf, wo eine Reihe von Menschen auf einem großen Balkon unsere Ankunft beobachteten.

»Okay«, sagte Arlo. »Gehen wir zu eurem Schiff.«

Serena kam gleichzeitig mit uns beim Gefährt an. Sie führte Leech am Arm. »Wir sind da«, sagte sie zu ihm.

»Hey«, sagte ich zu Leech.

Er wandte sich meiner Stimme zu. »Also, ich habe gehört, du hast zugestimmt, dass wir bei der großen Show mitmachen.« Er klang nicht sehr glücklich darüber.

»Ja.« Ich schaute mich um. »Ich bin nicht sicher, ob wir eine Wahl haben, aber ich glaube, es ist okay. Wo ist Lilly?«

»Oh«, sagte Serena, »Ms. Keller sagte, es ginge nur um euch beide. Ich dachte, sie wäre keine … hm …«

»Stimmt«, sagte ich. »Sie ist keine.«

»Alle bereit?« Victoria war aufgetaucht. Ihre Haare hatte sie fest auf dem Kopf zusammengebunden. Mantel und Stiefel hatte sie gegen ein purpurrotes Gewand mit Goldborte getauscht; begleitet wurde sie nun von einer Gruppe Assistenten in schlichten, weißen Gewändern.

»Ja«, sagte Arlo. Er sah auf seine Uhr. »Wir warten nur noch auf ...«

»Hier bin ich!«

Drüben bei der Gangway herrschte Aufregung. Jemand kam aufs Schiff gelaufen, und die Mannschaft schien sehr bedacht darauf, aus dem Weg zu gehen.

Ein Mädchen stürmte aufs Deck. Sie war größer als ich und trug einen langen, glänzenden silbernen Mantel, der bis zu ihren schwarzen Stiefeln reichte. Ihr blondes Haar war zum Zopf geflochten, der ihr über die Schulter hing. Sie kam auf uns zu, und ihr Auftreten hatte etwas Unmittelbares, als ob sie glaubte, alle Aufmerksamkeit würde ihr allein gehören.

»Hallo, Kids«, sagte sie Kaugummi kauend und blieb neben uns stehen. »Wie geht's so?«

Niemand von uns antwortete.

Das Mädchen kaute weiter auf seinem Kaugummi herum. Ihre jadegrünen Augen flitzten auf und ab und inspizierten uns genau. »Mom, sind sie das wirklich?«

Victoria blieb oben auf der Gangway stehen. »Sie sind es wirklich, und sie haben mehr durchgemacht, als du in deinem ganzen bisherigen Leben, also würde ich das jetzt mal sein lassen.« Victoria sah mich an. »Das ist Heliad. Und ich bin nicht ihre echte Mutter.« Sie drehte sich um und ging vom Schiff runter.

»Du bist die Mutter aller!«, rief Heliad ihr hinterher.

»Die Gütige und Weise Mutter! Die Bestimmerin unseres Schicksals! Der Lemming, der uns in den Untergang führt!« Grinsend drehte sich Heliad wieder zu uns um. »Sie hasst es, wenn ich auf ihrer Religion so herumhacke. Also …«

Sie machte einen Schritt an mir vorbei auf das Gefährt zu. »Wie kann ich das fliegen?«

»Du fliegst?« Ich kam nicht ganz mit. Einerseits hatte ich das Gefühl, sie schon jetzt zu hassen, weil sie sich so wichtig nahm und dachte, sie könnte sagen, was immer sie wollte. Ich konnte ihre Ausstrahlung spüren: Sie kam direkt auf einen zu, es war eine Herausforderung zu versuchen, sich mit ihr gleichzustellen. Sie hatte so eine Art, die mich stets in einem unbedachten Moment erwischte, und ich hasste es, wieder in mein altes Ich zurückzufallen, unsicher, was ich tun oder sagen sollte.

Gleichzeitig hatte sie etwas absolut Hinreißendes an sich, das konnte ich nicht leugnen. Wie sie meine Sinne beherrschte, nach Blumen und Zitrus duftete; ihre Gestalt und ihre Bewegungen waren anziehend, all das wollte ich gar nicht wahrnehmen, aber es war, als ob die Techniker wieder da wären, Schalter anknipsten und verkündeten: »Da kommt eine attraktive weibliche Person angerauscht!«

Und dann war da noch das seltsame Gefühl, dass ich sie *kannte*. Zwar war das definitiv nicht der Fall, aber ich hatte den Eindruck, ich hätte sie schon einmal gesehen, und dieses Gefühl war alt, als ob ich sie aus der Vergangenheit kennen würde, der atlantischen Vergangenheit. Alles zusammen genommen fühlte ich mich wie paralysiert.

»Hey, mach mal langsam, du Sonnenbonbon«, sagte Leech, der glücklicherweise nicht mein Problem zu haben schien. Vielleicht weil er sie nicht sehen konnte. »Owen fliegt.« Ich wunderte mich, wie Leech das fertigbrachte: Wie er so schnell wieder dieser aufgeblasene, kaltschnäuzige Typ sein konnte, der er auch im Ferienlager gewesen war. Obendrein kannte ich ihn jetzt besser und wusste, wie sein Leben ausgesehen hatte, welche dunklen Gefühle ihn bewegten. Ich wünschte, ich könnte in Momenten wie diesem hier mehr wie er sein.

Heliad sah mich genau an. »Tut er das?«

»Er ist wirklich ein toller Pilot«, sagte Arlo. »Er ist Edens Streitkräften schon zweimal entkommen.«

Diese Einschätzung meiner Flugkünste überraschte mich. Ich hatte mein Können nicht für überragend gehalten, eher hatte es gerade zum Überleben gereicht.

Dennoch war ich einverstanden, und Heliad schien beeindruckt. »Gut, gewiss doch, du fliegst also.« Sie wandte sich an Leech. »Und was machst du so? Fiese Kommentare?«

»Ich navigiere«, sagte Leech und dann berührte er den Verband über seinem Auge. »Zumindest habe ich das getan.«

Sie musterte Leech von oben bis unten. »Und du wirst Leech genannt. Ich werde nicht fragen, wieso du den Namen eines Blutsaugers trägst. Mich könnt ihr Sieben nennen. Heliad klingt so lächerlich. Hat irgendwas mit den alten Griechen oder so zu tun. Aber ehrlich gesagt: Mom hat sich für diese ganze Religionssache sowieso nur die Rosinen rausgepickt.«

»Sieben …«, warnte Arlo.

»Was ist denn?« Sie verdrehte die Augen. »Komm schon, Arly, du weißt, dass das die Wahrheit ist. Heliad ist die Tochter des Gottes Helios«, sagte sie zu Leech und mir. »Sieben bezieht sich auf die siebte Sonne in der

Mythologie der Azteken; Tulana ist nur eine Abwandlung von Tollan, auch das ist mesoamerikanisch, und Chaac war früher der Regengott, aber Mom meinte, ein Geier würde besser passen. Und dann noch Desenna ... Wollt ihr wissen, wo sie diesen brillanten Einfall her hat?« Die Antwort wartete sie gar nicht erst ab. »Das war der Name ihres Laborpartners in der Schule. Das ist kein Witz.«

Wir standen alle nur da und hörten ihr zu, und Sieben lächelte und genoss ihren Auftritt. »Hier sind wir also.« Sie zeigte auf jeden von uns. »Owen, der Aeronaut, Leech, der Navigator, und ich, die mysthische Verbindung zur Atlantischen Seele, oder so was in der Art.« Sie streckte ihre Hand aus. »Hand drauf, Team!« Sie packte Leechs Hand und legte sie auf ihre.

Ich hatte meine Hand noch nicht auf sie zubewegt, da rief sie schon: »Auf drei ... eins, zwei ... Atlanter!« Sie warf die Hand in die Luft, dann schaute sie mich an und lachte. »Ich warte niemals bis drei. Entschuldige. Das war blöd.«

»Ziemlich«, brachte ich heraus.

Im Augenwinkel nahm ich eine Bewegung wahr und sah zwei Ärzte mit Lilly auf einer Trage zur Gangway gehen.

»Wartet.« Ich steuerte auf sie zu.

»Wer ist das?«, fragte Sieben hinter mir.

»Lilly«, gab ich über die Schulter zurück. Ich war bei der Trage angelangt und streichelte Lillys Hand. »Hey.«

Lillys Augen flackerten.

»Wie geht es dir?«, fragte ich.

»Ich hör mir die Musik an ...« Ihre Stimme war nur ein schwaches Flüstern. »Kannst ...« Sie verstummte, nur ein Pfeifen und Rasseln kam ihr über die Lippen. Ich beugte mich zu ihr hin. »Kannst du sie schon hören?«, fragte sie.

»Nein«, antwortete ich, »eigentlich nicht.«

»Sie klingt wie das wunderschönste Lied, das du je gehört hast«, sagte sie. Dann lächelte sie und schwieg.

Ich strich mit dem Finger über ihre Wange, was sie nicht zu bemerken schien. Eine Welle der Angst um sie erfasste mich. Und ich fühlte mich schuldig, weil ich mich von Sieben so hatte beeindrucken lassen.

»Ich komme später zu dir«, sagte ich. Lilly antwortete nicht, sie summte nur vor sich hin. Die Ärzte trugen sie die Gangway hinunter, und ich kehrte zum Luftschiff zurück.

»Also, was soll das?«, fragte Sieben und blickte über meine Schulter. »Eigentlich sollten es nur drei Atlanter sein.« Ihr Lächeln war ein kleines bisschen schmaler geworden.

»Sie ist Owens Freundin«, sagte Leech.

Siebens Gesicht hellte sich auf. »Ohh! Owen, der edle Ritter, rettet das Burgfräulein und bringt sie mit.«

»Nein, so ist es eigentlich nicht …«, sagte ich.

»Sie ist hübsch.« Sieben hielt die Hand hoch. »Komm, klatsch ab. Flieger schnappt sich eine heiße Braut.«

Ich begann meine Hand zu heben, aber dann hielt ich in der Bewegung inne. »Sie gehört zum Team«, sagte ich.

Sieben hob die Augenbrauen. »Gut, dann könnte ich eifersüchtig werden.«

»Ich kotze«, sagte Leech und tat so, als ob er sich den Mund abwischen würde. »Habe ich gerade gekotzt? Ich kann nicht sehen.«

»Okay«, sagte Arlo. »Ihr solltet jetzt am besten los. Owen, du musst ein wenig gen Osten fliegen und dann die Position halten. Wenn ihr über der Stadt reinkommt, ertönt eine Sirene. Flieg auf Tulana zu. Das ist die große Pyramide, du kannst sie nicht verfehlen. Lande direkt auf der Plattform links neben dem Platz, wo die Gütige Mutter sitzt.«

»Verstanden.«

»Es ist Zeit für die Show«, sagte Sieben. Sie zog den Reißverschluss ihres Mantels auf und begann, ihn auszuziehen. Nackte Schultern und ein fließendes weißes Kleid kamen zum Vorschein. Um den Hals und an den Handgelenken trug sie Goldschmuck. Sie holte eine funkelnde Tiara aus der Manteltasche und setzte sie sich auf den Kopf, dann warf sie den Mantel in das Gefährt und machte einen leichten Knicks. »Gefalle ich euch? Die offizielle Uniform der Tochter der Sonne.« Sie starrte mich an. »Ist schon in Ordnung, wenn du alles genau überprüfst.«

»Du siehst gut aus«, sagte ich und ließ sie nicht aus den Augen. Es war nicht leicht, gegen den Instinkt anzukämpfen …

»Igitt.« Sieben seufzte. »Du bist so ritterlich!«

»Ich werde dich untersuchen«, sagte Leech, »aber dafür muss ich meine Hände benutzen.«

»Mmm, ich glaube, so langsam weiß ich, woher dein Spitzname kommt.« Sieben betrat das Luftschiff.

Leech suchte mit den Händen nach der Seitenwand und kletterte ihr hinterher. »Bist du in diesem Outfit aus dem Ozean hierhergeschwommen?«, fragte er. Wieder einmal war ich erstaunt, wie er immer noch coole Sprüche klopfen konnte.

»Genau in diesem«, sagte Sieben grinsend. »Nur wenn es nass ist, wird es durchsichtig.«

»Dafür bin ich dir so dankbar«, sagte Leech.

Ich stieg aufs Schiff, aber Sieben saß auf dem Platz,

wo ich sein sollte. »Dort sitze ich«, sagte ich stockend, »zum Fliegen.« Jeder Satz aus meinem Mund klang so dumm und einfältig!

Sie rutschte gerade so zur Seite, dass ich mich hinsetzen konnte und unsere Hüften sich berührten. Ich griff nach den Segelleinen und bemerkte, dass sie mich mit ihren Edelsteinaugen und einem breiten Grinsen ansah. »Kannst du mir das beibringen? Bitte, bitte? Knoten und Taue kann ich gut.«

»Vielleicht später«, sagte ich und fragte mich ehrlich, wie ich damit umgehen sollte.

»Okay«, sagte Arlo und trat vom Gefährt zurück. »Wir sehen euch dann in Desenna.«

Plötzlich war Sieben genau neben meinem Ohr. »Entspann dich, Flieger.« Ihr Ton hatte sich verändert. »Das hier ist nur Show: Sieh die Prinzessin tanzen und flirten.«

»Oh«, sagte ich. »Das ist … gut zu wissen.«

»Du gehörst jetzt auch zum Königtum«, sagte Sieben wie eine Verschwörerin, »und das sind die ersten beiden Regeln. Erstens, wenn die Menschen wollen, dass du eine Gottheit bist, dann sei es, auch wenn du dich wie ein Hochstapler fühlst. Zweitens, wenn Regel eins in dir das Gefühl auslöst, du könntest sterben, denk dran: Es könnte schlimmer sein. Du könntest wie jeder andere sein. Also, spiel mit, alle sind glücklich, und wir kommen hier raus.« Sie wandte sich von mir ab und wurde wieder zur Göttin. »Wow!«, rief sie. »Legen wir los!«

Ich warf den Vortex-Motor an, und wir stiegen kreisend vom Boot auf und flogen hinaus über das schwarze Wasser. Der Himmel war dunkel, nur ein paar Sterne waren undeutlich in der feuchten Luft zu erkennen.

Ich brachte das Gefährt auf die Höhe der Gebäude an der Steilküste und steuerte gen Osten, so wie Arlo es mir gesagt hatte. Als wir weiter aufstiegen, konnte ich das Straßennetz der Stadt sehen. Ich ging auf Position, und wir schwebten dorthin. Das Geschrei einer Menschenmenge hallte in der Ferne.

»Das ist cool«, sagte Sieben. Es klang leiser, mehr nach der echten Sieben als nach der Göttin.

Endlich hatte ich das Gefühl, ihr ohne besondere Vorsicht antworten zu können. »Ja«, sagte ich. »Fliegen ist eine der coolen Sachen.«

Vor uns erhob sich eine Mauer oberhalb der Meeresklippen, die zackige Silhouette der Häuser lag gegenüber. Darunter krachten Wellen gegen die Felsen. Auf der Mauer standen in regelmäßigen Abständen Fackeln. Und in den Zwischenräumen hingen Körper über der Mauer. In der Dunkelheit konnte ich nicht sehen, wie alt sie waren, aber es waren sehr viele, und die Reihe der Körper reichte in beide Richtungen. Das war eine große Stadt. Eine lange Mauer. Wie viele Körper mussten da hängen?

Und wieder fragte ich mich, ob wir das wirklich tun sollten. Hier und jetzt, an der dunklen Küste von Heliad-Sieben, war unser letzte Chance, umzudrehen und wegzulaufen ...

Doch wohin sollten wir gehen? Wir brauchten Leechs Augen. Und außerdem war Lilly schon in der Stadt.

Ein tiefes, langes Signal ertönte.

»Seid ihr bereit?«, fragte ich.

»Aber sicher doch«, antwortete Sieben.

»Wie du willst«, sagte Leech. »Sag mir, wie es dort aussieht.«

Ich trat auf die Pedale, und wir flogen nach Desenna hinein.

16

Wir flogen über die Mauer und über einen Boulevard, gesäumt von niedrigen Betongebäuden mit Blechdächern. Die Straße lag im Dunkeln. Licht schien weiter vorn.

Arlos Männer hatten an dem Mast gute Arbeit geleistet. Das Luftschiff war immer noch etwas instabil wegen der Schäden an Kiel und Rumpf, aber es flog in jedem Fall besser als vorher.

Ich erspähte die Hauptpyramide, ein massives Bauwerk, das sich über alle anderen Gebäude erhob und der Pyramide aus meinem Schädeltraum sehr ähnlich war. Victoria musste sie nach dem Vorbild, das sie aus Eden Nord kannte, gebaut haben. Breite Treppen führten an der Vorderseite und auch an den anderen Seiten in die Höhe. Die Rückseite ging in ein langes, quadratisches Gebäude über, das an die Steilwand grenzte. Vor der Pyramide erstreckte sich ein großer Platz, der von kunstvoll gemeißelten Gebäuden mit Säulen und Türmen umgeben war, auf dem sich gerade Tausende Menschen befanden. Ich fühlte mich, als wären wir durch die Zeit zurück in eine uralte Vergangenheit gereist, nur die riesigen Bildschirme, die an den Seitenwänden der Pyramide montiert waren, damit die Menge sehen konnte, was oben geschah, erinnerten an das Jetzt.

Die Gebäude unter uns waren einige Stockwerke hoch

und hatten hölzerne Dachterrassen. Überall standen Menschen, alle schauten zu uns hinauf, deuteten auf das Gefährt und winkten.

»Regel Nummer drei«, sagte Sieben und lehnte sich aus dem Gefährt, »immer den Untertanen zuwinken. Darauf sind sie ganz heiß.«

»Wie viele Regeln gibt es?«, fragte Leech.

»Ich weiß nicht«, sagte Sieben. »Ich denke sie mir aus, wie wir sie brauchen.«

Als wir auf den großen, Hunderte Meter breiten Hauptplatz zuschwebten, hoben wilde Jubelschreie an, die Menschen rissen die Arme in die Höhe, schwenkten Schilder und bliesen Signalhörner. Bei dem Lärm und dem Anblick lief mir ein Schauer über den Rücken.

»Sind das so viele Menschen, wie ich glaube?«, fragte Leech.

»Ja«, sagte ich leise.

»Wow!«, rief Sieben und winkte voller Begeisterung. »Also *das* ist wirklich mal ein Auftritt. Liebt uns, ihr Dummköpfe!«, sagte sie.

Die Menschenmenge war ein einziger Wirbel aus Bewegung und rauschendem Lärm. Als wir näher kamen, konnte ich hören, dass eine Geschichte erzählt wurde. Eine Lautsprecherstimme dröhnte über den Platz. Es klang ein bisschen wie Spanisch. Farbige Lichter flackerten im Wechsel um die Pyramide herum auf. Ein Licht zeichnete die Umrisse einer riesigen Schlange, ein anderes eine Schildkröte. Sie bewegten sich wie Wellen, die über die Steine rollten. Bilder von Feuer und Stürmen erschienen auf den Bildschirmen.

Eine heiße Windbö kam auf, und ich hörte ein elektrisches Zischen. Ein Blitzstrahl sauste hernieder und traf einen Metallpfosten hinten auf dem Dach der flachen

Pyramide. Zugleich loderten Flammen auf allen Häuserdächern rund um den Platz auf.

Der Wind rüttelte am Gefährt, und ich musste uns wieder auf Kurs bringen. »Was war das?«

»Ein Teil des Spektakels«, antwortete Sieben gelangweilt. »Das ist der Entstehungsmythos von Heliad-Sieben. Wie das Wasser anstieg und die Erde in die Dunkelheit geworfen wurde – das ist die Große Flut – und die Menschen dazu gebracht wurden, in einer falschen Realität unter einer Kuppel zu leben. Aber dann hörte die Gütige Mutter die Stimmen unserer Vorfahren und führte alle Menschen zum Licht. Und als sie das tat, wurde die Göttin Heliad von Tona als Glaubensbeweis zur Erde gesandt. Und sie – das bin ich – war die Vorbotin, dass die Drei zurückkehren würden, um der Menschheit Frieden und Eintracht zu bringen.«

»Dann sind wir Teil der großen Geschichte«, sagte Leech.

»Wir sind die *Stars*«, sagte Sieben, »aber vergesst nicht: Victoria ist die Regisseurin.«

Ich flog weiter geradeaus und über die Pyramide, dann machte ich einen großen Bogen zurück, kreiste über der Menschenmenge, die daraufhin in lautes Geschrei ausbrach, bevor ich schließlich auf dem breiten, flachen Pyramidendach zwischen brennenden Fackeln landete.

Uns gegenüber saß Victoria in einem riesigen, goldenen Stuhl, die Assistenten an den Seiten – nur dass die Gestalt dort nicht mehr Victoria war. Sie trug wieder das purpurrote Gewand, aber jetzt waren zudem noch Gesicht und Hände in einem leuchtenden Grün angemalt. An den Fingern steckten Goldringe, und auf dem Kopf trug sie einen fächerartigen Schmuck, der wohl die

Sonne darstellen sollte. Das jadegrüne Gesicht verlieh dem Weiß ihrer Augen ein unheimliches Leuchten. Sieben hatte sie die Regisseurin dieser Show genannt … und zum ersten Mal, seit ich sie kennengelernt hatte, fragte ich mich voller Sorge, wer oder was sie in Wirklichkeit war.

Wir stiegen aus dem Gefährt, und ein hünenhafter Mann geleitete uns zum vorderen Teil der Plattform. Auch er trug ein purpurrotes Gewand. Seine Haare hingen ihm bis in die breite Stirn, in der Hand hielt er ein imposantes, schwarzes Messer. Es schien aus Obsidian zu sein und hatte eine grob gezackte Klinge. Der Mann ging hinter uns her, und ich erinnerte mich an den ersten Traum aus dem Schädel: Die drei in Weiß gekleidet, die Kehlen wurden ihnen durchgeschnitten … Was genau wurde hier gespielt?

»Wie geht's, Mica?«, fragte Sieben den großen Mann. Sie schien nicht weiter beunruhigt.

»Miss Sieben«, erwiderte er durch den Lärm. Er nickte ihr höflich zu.

Wir standen in einer Reihe nebeneinander und blickten auf das Meer wild jubelnder Menschen. In unserem Rücken blies der Wind vom Ozean her.

Mica schwang die Arme hoch über dem Kopf, und eine Woge der Stille breitete sich über den Menschen aus. Es war unheimlich, wie schnell das geschah, ein Schweigen hallte nach, als ob diese vielen Menschen nur ein einzelner Organismus wären.

Das Schweigen hielt an …

»Und die Erinnerung sank herab«, rief Victoria, ihre Stimme hallte über den Platz, »in Schiffen aus blauem Licht!«

Die Menge explodierte. Ich konnte einzelne Menschen aufspringen und sich umarmen sehen. Konfetti wirbelte in der Luft.

Mica hob noch einmal die Hände. Schweigen.

Ich fühlte Haare auf meiner Haut und bemerkte Sieben neben meinem Ohr. »Das kann noch eine Weile dauern.«

»Habt keine Furcht, dass die Götter euch verlassen!«, rief Victoria. »Habt keine Angst vor den Gerüchten über die Aufsteigenden Sterne! Denn die Götter haben unser Flehen erhört! Die Götter sind zu uns nach Hause gekommen! Und wir werden wieder in Eintracht leben, so wie unsere Vorfahren! Wir werden ein freies Leben im Licht führen!«

Das musste das Schlüsselwort gewesen sein, denn plötzlich riefen Tausende Menschen:

»EIN STRAHLENDES LEBEN!«

Wieder war Sieben ganz nah bei meinem Ohr. »Tolle kleine Fanatiker, oder?«, sagte sie leise. Ich schaute zu Mica, der einige Meter hinter uns stand. Er sah Sieben missbilligend an, aber dann wandte er den Blick ab.

»Die Drei sind zurückgekehrt, damit sich die Prophezeiung erfüllen kann!«, dröhnte Victoria. Sie klang wirklich überzeugend, eine Anführerin der Massen. »Die Drei werden das Herz heilen!«

Noch mehr Jubelrufe. Micas Hände. Schweigen.

»Damit sie diese Reise unternehmen können, müssen die Drei mit dem Göttlichen genährt werden!«

»DAS GÖTTLICHE IN UNS ALLEN!«, erwiderte die Menge. Als dieser Ruf erklang, hörte ich Weinen und Schluchzen, klitzekleine Echos verloren sich in der Weite unter uns.

»Das Göttliche brennt in uns! Es ist unsere Gabe, unser Schatz. Es ist das, was wir geben können! Wir führen ein strahlendes Leben im Glanz der Welt, wir fürchten uns nicht, und dann geben wir den Göttern das Göttliche, das wir in uns gefunden haben, zurück, dass sich der Kreislauf fortsetzen möge!«

»WIR GEBEN DAS GÖTTLICHE!«

Ein Geräusch hallte über den Platz. Zuerst dachte ich, es sei eine Maschine, aber dann erkannte ich, dass es ein menschliches Geräusch war. Die Menge unter uns gab eine Art einstimmiges Stöhnen von sich, ein *Mmmm*-Geräusch. Die einzelne Note hatte tausend Stufen und klang wie eine Million Insekten oder wie ein Urton, der Klang der Natur oder der Schöpfung selbst.

»Mmmmmmmmmmmmmmmm ...«, brummten die Menschen.

»Macht euch für das Feuerwerk bereit«, sagte Sieben.

Nun erklang eine Stimmer hinter uns. »Das Göttliche in mir, das Göttliche in mir, ich gebe ... ich gebe ...«

»Mann«, sagte Leech, »was ist da los?«

Ich drehte mich um, weil ich glaubte, die Stimme erkannt zu haben. Zwei purpurn gekleidete Frauen führten ein Mädchen auf das Dach der Pyramide, ein ganz in Weiß gekleidetes Mädchen. *Wie in meiner Schädelvision,* durchfuhr es mich wieder, aber dann erkannte ich, dass das Mädchen kein Gewand, sondern einen dieser weißen Overalls mit dem Heliad-Symbol auf der Brust trug, die ich in den Gefrierschränken in Gambler's Fall gesehen hatte. Eine Freiwillige.

Und ich kannte sie. Aralene. Das selbstmordgefährdete Mädchen aus dem Hafen von Houston. Man hatte sie gesäubert, ihre Haare glänzten. Ihr Gesicht war in einem funkelnden Silberton angemalt, sodass sie wie ein Roboter glitzerte, nur hatte sie dunkelrote Lippen und etwas Lila um ihre Augen. Die Frauen führten sie, aber sie wehrte sich nicht. Sie hatte die Augen weit aufgerissen, die Arme über Kreuz, die Handgelenke waren nicht mehr verbunden. Sie rieb sich die Oberarme, als ob ihr kalt wäre, nur langsamer und mit Nachdruck.

Sie schlurfte vorwärts, wie in Trance bewegten sich ihre nackten Füße auf dem Steinboden. »Ich bin das Göttliche, ich bin das Göttliche«, wiederholte sie, und ich sah sie mit großen Augen lächeln. Die Iris ihrer Augen schien förmlich zwischen Himmel und Menschen hin und her zu schießen, als ob die Welt eine Überraschung und ein Wunder wäre, fast als könnte sie, anders als der Rest von uns, etwas Magisches sehen. Als sie sich auf die Mitte der Plattform zubewegte, sah ich, dass etwas herausgerollt worden war. Es war ein kleines Steinquadrat, einen Meter breit. An der Seite waren Lederschlaufen befestigt und in der Mitte befand sich eine Vertiefung.

Und ja, ich wusste, was das war, und doch konnte mein Gehirn das nicht begreifen. *Menschen wie die kleine Aralene hier, sie kommen zu uns, weil sie Hilfe brauchen,* hatte Victoria gesagt. *Das ist das Mindeste, was wir tun können.*

Das Brummen unter uns wurde lauter. »MMMMMMM MMMMMM …« Der Ton wurde höher und lauter.

»Ich werde göttlich sein, das Göttliche ist in mir …« Aralenes Augen schossen umher, als ob ihr Blick in der Luft umherschwirrenden Geistern folgen würde. Ihre Hände rieben schneller an den Armen. Ihr Kopf zuckte, die Brust hob und senkte sich.

Die Frauen geleiteten sie zum dem Steinpodest und drehten dann ihr Gesicht zur Menge. Ihre Augen wirbelten wild umher, als ob sich die Augäpfel gelöst hätten. Sie lächelte mit weit geöffnetem Mund. Es sah nicht richtig aus, es sah nicht gesund aus …

Und dann legten sie sie sanft mit dem Rücken auf das Podest. Immer noch rieb sie sich die Arme, aber jetzt packte eine der purpurn gekleideten Frauen ihre Handgelenke, drückte sie nach unten und schnallte die Manschetten darum.

»MMMMMMMMMMMMMMMMMMMMMM ...«

Victoria stand auf.

Mica ging um sie herum an Aralenes Seite, sodass er ins Publikum blickte.

»Das Göttliche in uns ist das, was wir geben können!«, rief Victoria. »Niemand kann uns daran hindern, frei zu sein, in welcher Form wir auch immer das wünschen! Wir sind freie Menschen! Unsere Seelen sind frei!«

»MMMMMMMMMMMMMMM ...«

Micas Hände hoben sich, er hielt das enorme Messer, und ich konnte die rauen, gezackten Kanten sehen. Die Klinge zeigte auf Aralenes Brust. Dies würde kein medizinischer Einschnitt sein wie bei Anna. Es gab keine Elektroden und Pumpen.

»Ich bin das Göttliche!«, schrie Aralene nun mit stockender Stimme und verstörtem Blick, und ich wusste nicht, ob darin Glück lag oder Angst oder beides. Die Frauen hielten sie fest, eine an den Schultern, die andere die Beine.

»Sie glaubt, dass sie das will«, sagte Sieben. »Vielleicht tut sie das auch. So oder so ...«

Ich starrte Aralene an, wie sie immerzu vor sich hin sang und dabei die Augen verdrehte. »Ich bin das Göttliche!«

»Wir geben das Göttliche freiwillig!«

»MMMMMMMMMM ....«

Ich fühlte, wie Sieben ihre Hand in meine gleiten ließ und sie drückte. Ich sah sie an. »Mach dich bereit«, sagte sie mit todernstem Ausdruck in den Augen. Ich drückte ihre Hand nicht, aber ich zog meine auch nicht weg.

»MMMMMMMM … RAH!« Die Menge wurde stumm.

Das Messer sauste herab.

Knochen knirschten, das Geräusch von Zerreißen.

Aralene schrie – aber ihr Schrei erstarb.

Mica, vornübergebeugt, Ellbogen und Schulter bewegten sich auf und ab … sägten …

Aralenes zusammengekrümmter Körper.

Ich kann das nicht mitansehen, ich kann nicht …

Es war das Labor unterhalb von Eden. Doch anstatt unter der Erde versteckt zu sein, waren wir oben auf einem Gebäude, für alle Welt zu sehen.

Mit einem Publikum.

Wie konnte das hier passieren?

Das Messer verrichtete seine Arbeit … Micas Hand fischte in ihrem Körper, bahnte sich einen Weg vorbei an …

»MMMMMMMMMMM … RAH!«, schwoll der Gesang der Menge an.

Die Hand, die zupackte …

Nein, das kann man einem Menschen nicht antun.

Das musste falsch sein. Wie konnte es nicht falsch sein?

Schließlich, Mica hatte sich aufgerichtet, tauchte seine Hand auf.

Als er sie in die Höhe hielt – Blut tropfte an seinem Arm herunter und das Organ glitzerte im Licht –, brach die Menge in ekstatischen Jubel aus, wie rasend begannen die Menschen zu hüpfen und zu tanzen, als ob das ihre Nahrung wäre, das Blut, der Tod.

Victoria stand da und ging dann zu dem Podest. Der

Körper eines Mädchens, deren Name Aralene gewesen war, ein trauriges Mädchen aus Texas, das Hilfe brauchte … für den Himmel entblößt. Kein Mädchen mehr.

Die zwei Assistentinnen lösten die Manschetten von den Handgelenken und trugen den schlaffen Körper fort.

Mica legte das Herz in die Vertiefung.

Victoria legte ihre Hand darauf. Sie hob die Hand und öffnete sie, alles blutrot.

Und ich begann vornüber zu fallen. In den letzten Tagen hatte ich Dinge gesehen, die ich mir niemals hätte vorstellen können, Dinge, die ich nicht zu fürchten gewagt hätte, aber das hier …

Hüte dich vor den Göttern und ihren Grausamkeiten.

Hüte dich vor dem hier.

17

Große, weiße Flecken vor meinen Augen ... ich verlor die Kontrolle über meine Füße ...

Sieben drückte meine Hand noch fester und lehnte ihre Schulter an meine. »Alles okay, Flieger«, sagte sie sanft in mein Ohr. »Ich habe dir doch gesagt, du sollst dich bereit machen. Denk dran, das alles ist nur eine Show.«

»Das war keine Show«, flüsterte ich zurück. »Da ist ein Mädchen gestorben.«

»Das war es auch«, sagte Sieben.

»Alle begrüßen die Drei!«, rief Victoria. Und ich bemerkte, dass sie mir direkt in die Augen blickte.

Ich schaute weg.

Die Menge explodierte noch einmal, und dann war es vorbei. Unten auf dem Platz begann eine Trommel zu schlagen und den Lärm der aufgeregten Stimmen zu übertönen.

»Komm schon«, sagte Sieben. Wir verließen die Plattform und stiegen eine Hintertreppe hinab. Sie führte durch einen Gang mit Steinwänden, der keine Decke hatte und stattdessen zum Nachthimmel offen war. Während wir den Gang entlangliefen, spürte ich eine salzige Brise auf meinem Gesicht, ein einfaches Lebensgefühl, und ich atmete tief durch. Ich musste meine Fassung wiedergewinnen, herausfinden, wo wir hineingeraten waren, und doch konnte ich an nichts anderes denken als an das, was ich eben gesehen hatte.

Am Fuße der Treppe hielten wir an. Victoria, die die kleine Prozession anführte, war bis zur Wand gegangen. Ich sah, wie sie eine Hand fest auf einen der glatten, symmetrischen Steinblöcke drückte. So blieb sie einen Moment stehen, dann zog sie die Hand fort und ging weiter.

Als wir vorbeigingen, erkannte ich, dass sie einen blutigen Handabdruck hinterlassen hatte. Den ganzen Gang entlang befand sich auf jedem Steinblock ein ähnlicher Abdruck einer roten Hand. Es waren Hunderte.

Wir gingen durch gläserne Doppeltüren. Der nächste Gang hatte auch noch Steinmauern, aber der Boden war braun gefliest, und über uns war eine moderne Decke mit weißen Lampen.

Victoria hielt an der Tür an und wandte sich an Mica. »Bring sie in meine Räume«, sagte sie. »Ich werde in Kürze dort sein.«

Zusammen mit ihren Assistentinnen ging sie durch die Tür. Mica drehte sich zu uns um. »Hier entlang.«

Wir gingen den Gang bis zum Ende und stiegen dann eine Wendeltreppe hoch, deren Spirale immer enger wurde, als würde sie in einen Turm führen. Ich folgte Micas breiter Gestalt. Er roch nach Schweiß und etwas Saurem, und ich fragte mich, ob das Aralenes Blut war. Niemand sprach, als wir uns nach oben schlängelten.

Wir gelangten zu einer schweren Metalltür, und Mica führte uns in einen runden Raum mit Steinwänden und Holzfußboden. Kühle, feuchte Luft, in der eine Spur von Rauch hing, wehte durch vier große, gewölbte Fensteröffnungen. In der Mitte stand ein antik aussehender Holzschreibtisch mit zwei Lederstühlen davor. Ich wusste, wo ich beinahe genau die gleiche Einrichtung schon einmal gesehen hatte: in Pauls Büro.

Draußen glitzerte Desenna im Nachtlicht, eine Welt aus Feuer und Rauch und Stimmenwirrwarr, das sprühende Leben in der tropischen Dunkelheit. Die Hauptpyramide lag rechts von uns, dahinter das schwarze Meer. Vor uns und nach Süden zog sich die Stadt wie ein flimmernder Teppich hin. Für etwa einen halben Kilometer schien es Strom zu geben, dahinter leuchtete Feuerschein.

»Sie wird gleich kommen«, sagte Mica und ließ uns allein.

Ich ging zu der Wand und lehnte mich hinaus, um die Stadt anzusehen.

»Hm …« Es war Leech. Sieben hatte ihn zum Fenster geführt. »Ich glaube, ich bin froh, dass ich nicht sehen konnte, was gerade passiert ist.«

»Ja«, sagte ich. Ich schaute zu Sieben. »Also, laufen wir irgendwie Gefahr, dass das auch mit uns passiert?«

Sie schüttelte den Kopf. »Nein, das ist nur die Show für die Massen. Das macht die Menschen glücklich.«

»Glücklich«, sagte ich immer noch fassungslos. »Dieses Mädchen … ihr Gesicht. Es schien, als ob sie begeistert wäre, dort zu sein. Als ob sie getötet werden wollte.«

»Sie stand unter Drogen«, sagte Sieben.

»Meinst du das im Ernst?«, fragte ich.

»Gedopt und zerhackt«, sagte Sieben, »so wie die Gütige Mutter es am liebsten mag.«

»Das stimmt nicht ganz.« Victoria kam herein, sie trug erneut den schwarzen Mantel und Stiefel, ihr Gesicht hatte seine natürliche Farbe wieder. Eine schwacher Rest von Jadegrün war unter einem ihrer Augen zurückgeblieben. Es schien, als ob diese Person auf der Bühne jemand vollkommen anderes gewesen war.

»Jeder Freiwillige bekommt eine Substanz, die wir *Shine* nennen. Sie wird aus Psilocybin und Opium hergestellt. *Shine* nimmt die Angst und betäubt die Schmerzen der Befreiung.«

»Dann bekommen die Menschen also gar nicht mit, was passiert?«, fragte ich.

»Letzten Endes, nein. Aber bevor sie die Substanz einnehmen, wissen sie, was sie gewählt haben«, sagte Victoria. »Du hast das Mädchen heute in Houston gesehen.«

»Sie hieß Aralene«, sagte ich, weil ich es wichtig fand, weil wir ihr das schuldig waren.

»Ich weiß, wie sie hieß«, sagte Victoria. »Und ich weiß, dass Aralene wusste, was sie tat. Das Medikament hat ihr nur geholfen, gelassen zu bleiben. Offensichtlich – und egal, wie der Wunsch eines Menschen aussieht – ist der Körper eine einfache Maschine, die vermeiden will, zerstört zu werden, aber der Körper weiß nicht immer, was am besten ist. Der Körper will seine Gene erhalten, um jeden Preis, aber das heißt noch nicht, dass diese Gene es auch wert sind.«

Ich fand, dass Victoria nun sehr nach Paul klang, vielleicht war das auch der Grund, warum ich sie jetzt duzte. »Wie kannst du für jemand anderen so eine Wahl treffen?«, fragte ich.

»Ich treffe die Wahl nicht, Owen«, erwiderte Victoria leicht enttäuscht. »Ich habe das Mädchen nicht zur Selbstmörderin gemacht. Die Welt macht das. Die Natur macht das.«

»Böse Natur«, sagte Sieben, als ob sie einen Hund schimpfen würde.

Victoria bemerkte die Unsicherheit in meinem Gesicht. »Ich habe dir schon gesagt«, begann sie, »dass du mir erst mal ein paar Dinge glauben musst, bevor wir Gelegenheit haben, offen miteinander zu sprechen.«

Ich zuckte die Achseln. »Also?« Ich wusste nicht, was ich sonst sagen sollte. Ein Teil von mir war enttäuscht, ein anderer hatte Angst, etwas zu sagen, das mich jenem schwarzen Messer ausliefern könnte.

»Sieh mal«, sagte Victoria, »Aralene hatte dreimal versucht, sich umzubringen. Es ist nicht mehr so wie früher. Wenn du nicht das Glück hast, in der Föderation zu leben, oder in einem Teil von Eden, gibt es keine Psychiater oder Psychologen oder stimmungsaufhellende Pharmaka mehr. Aber abgesehen davon, sogar vor hundert Jahren, wenn man die Depressionen dieses Mädchens mit Medikamenten behandelt und ihr endlose Therapiestunden verordnet hätte, vielleicht hätte sie dann gelebt, aber was für ein Leben wäre das gewesen?«

»Okay«, sagte ich. Ich verstand, was sie sagen wollte … vielleicht, aber ich war noch sehr weit davon entfernt zu meinen, dass diese Ansicht das rechtfertigte, was wir gerade gesehen hatten.

»Aralene wollte sterben«, fuhr Victoria fort. »Mag sein, dass sie auch glücklich sein wollte, aber das war für sie nicht vorgesehen. Depression ist eine Krankheit. Sie hat chemische Ursachen. Es ist nicht ihr *Fehler*. Sie war einfach so gemacht, ein Werk der Natur, die sich durch Versuch und Irrtum verwirklicht. Und ich glaube, wenn sie ihr Leiden beenden wollte, dann sollte sie die Möglichkeit dazu bekommen, und diese Wahl sollte respektiert werden. Also, anstatt Aralene in einer dunklen Ecke der Welt verbluten und allein sterben zu lassen, feiern wir diesen göttlichen Funken in ihr, den wir der Natur übergeben, wenn wir wieder Energie in den großen Kreislauf speisen, für eine bessere Zukunft. Und dabei ehren wir auch noch Tausende Menschen, die Aralenes Befreiung feiern.«

»Du meinst, die jubeln, wenn sie aufgeschnitten wird«, sagte ich. »Was hat das mit *Glorie* zu tun? Selbst wenn sie sterben wollte, wieso muss das so viele Menschen faszinieren? Wie kann das richtig sein?«

»Berechtigter Einwand«, sagte Victoria, »aber diese eine Sache *ist* immer noch genauso wie früher. Die Menschen wollen Spektakel. Die Menschen brauchen Magie. Die Menschen müssen an etwas glauben. Und wenn du auf die Menschheitsgeschichte zurückblickst, brauchen die Menschen auch Blut.

In erfolgreichen Gesellschaften fallen diese Bedürfnisse zusammen. Denk nur an all die Kriege im Laufe der Geschichte und nenn mir einen, der nicht aus Mordlust begonnen wurde. Es gab immer noch eine andere Lösung, aber letztlich hat die nie gezählt. Kriege, Völkermorde, Hexenjagden ... Etwas in der menschlichen Kreatur *braucht* das Töten, das Blut, um zu wachsen, um Einigkeit zu spüren.

Nun«, fuhr Victoria fort, »ich habe nicht die Waffen, um mit irgendjemandem einen Krieg zu beginnen. Ich kann meinem Volk nicht einmal so einfache Vergnügungen wie Fernsehen bieten, wegen der Sanktionen. Aber ich habe eine Bevölkerung, die keinen Zugang zu moderner medizinischer Versorgung hat. Weißt du, wie viel Krankheit und Traurigkeit wir sehen? Und wir können nichts dagegen tun. Wir können Krebserkrankungen mit Metastasen nicht operieren. Wir können den grauen Star nicht behandeln. Wir können nicht gegen all die Seuchen impfen, und wir können ihnen ganz gewiss nicht helfen, wenn sie an schweren Depressionen leiden.«

»Also hast du sie davon überzeugt zu sterben«, sagte ich.

»Ich habe sie davon überzeugt, dass das Leben kurz ist und brutal, dass es aber dennoch ruhmreich sein kann. In dieser neuen Welt können wir uns entweder unter einer Kuppel oder im Untergrund oder in Strahlenschutzschichten verstecken und verzweifelt versuchen, so lange wie möglich zu leben. Oder wir können ein strahlendes Leben haben, und wenn unsere Zeit kommt, kehren wir mutig durch das Messer zur Natur zurück. Wir alle sterben eines Tages, Owen, und hier draußen, am Rand der Welt, ist unser Tod eines der wenigen Dinge, die wir kontrollieren können. Wir können nach und nach verfallen, von einem Virus oder von der Traurigkeit aufgefressen werden. Oder wir können unser eigener Herr sein.«

»Wie viele Menschen hast du getötet?«, fragte ich.

»Befreit«, schaltete sich Sieben ein.

Victoria seufzte. »Ich selbst nur so viele wie diese Handabdrücke, die du gesehen hast. Die meisten Menschen wählen nicht die Zeremonie, die du heute Abend gesehen hast. Ich würde niemals Menschen, die durch Masern Fünf behindert sind oder Hautkrebs in einem späten Stadium haben, auf die Bühne bringen. In solchen Fällen entscheiden wir uns für eine ruhige Feier im Krankenhaus. Sieben hat die schon mitgemacht: Sie vollführt die Sterberituale. Die sind ganz schön.«

»Ja, meine liebste Beschäftigung«, sagte Sieben sarkastisch.

»Wir benötigen nur wenige öffentliche Vorstellungen, um die Menschen weiter zu begeistern und sie daran zu erinnern, dass wir schwach sind, dass wir während unserer kurzen Lebenszeit freundlich zueinander sein müssen und eine Gemeinschaft bilden.«

»Das ist eine verdrehte Logik«, sagte ich. »Gemeinschaft, die auf Töten beruht.«

»Eigentlich nicht«, sagte Victoria. »Das Gefühl, das die die Menschen heute hier bewegt hat, ist sehr stark. Es ist menschlich, es ist animalisch, es ist göttlich. Wir erinnern uns daran, dass wir Teil der Natur sind. Wir bringen ein Opfer, um die Mehrheit zu retten, um Ressourcen für die Jungen und Gesunden zu sichern, damit unsere Spezies sich weiterentwickeln kann. Das macht Angst, aber ist es nicht auch sehr mutig?

Die Menschen waren schuld an der Großen Flut. Aus reiner Selbstsucht haben wir mehr als die Hälfte aller Arten vernichtet. Wir haben das Ökosystem wie ein Gummiband gedehnt, und dann ist es zurückgeschnellt. Im Laufe der Geschichte ist das seit der Zeit der Atlanter immer wieder passiert, Aufstieg und Fall. Dieses Mal, sage ich, sollten wir etwas anderes probieren und im Gleichgewicht bleiben. Wir sollten wieder ein Teil der Natur werden, anstatt sie zu beherrschen. Seht ihr nicht, wie würdevoll das ist? Das sind keine Kriegsverbrecher und Diebe, die wir hier präsentieren und töten ...«

»Die bringst du einfach im Keller des Gerichtsgebäudes um«, sagte Sieben.

Victoria zuckte die Achseln. »Richtig. Wir haben schließlich keine Mittel, um ein Gefängnis zu unterhalten. Aber was die Freiwilligen betrifft, erfüllen wir unsere Aufgabe, bis die Natur ihre erfüllt und sie zu sich holt. Damit helfen wir der Selektion. Je mehr von uns leben und sterben, je mehr Generationen, desto größer sind die Chancen, dass es eines Tages ein Kind geben wird, dass nicht länger von der Sonne verbrannt wird oder Strahlenschäden davonträgt, und dann wird die Menschheit sich an diese Zukunft anpassen. Möglich, dass unsere Generation den nächsten Aufstieg der Menschheit nicht erlebt, sondern eher die danach.«

»Scheint ja ganz schön hoffnungslos zu sein in der Zwischenzeit«, sagte Leech. »Zu wissen, dass man dazu verdammt ist, jung zu sterben.«

»Niemand muss hierbleiben«, sagte Victoria. »Als ich uns aus Eden Süd herausgeführt habe, sind viele Menschen in andere Teile der Welt abgewandert. Das ist in Ordnung. Aber die anderen haben sich entschieden, hier zu sein, weil sie die Welt mit offenen Augen sehen. Sie erkennen die Realität, und sie möchten ihr lieber ins Gesicht sehen.«

»Aber«, sagte ich, »in Eden Süd gab es alles, was euch jetzt fehlt: medizinische Einrichtungen, Sonnenschutz. Also warum habt ihr rebelliert?«

Victorias Augen schienen aufzuleuchten, als ich das sagte. »Das ist ganz einfach, Owen. Weil Eden Süd eine Lüge war.«

»Du meinst, die künstliche Sonne und der künstliche Himmel und das alles.«

»All das, sicher«, sagte Victoria, »aber ich meine die echte Lüge, die gesamte Grundlage für alle vier Eden.« Sie ging durch den Raum zu ihrem Schreibtisch. »Hier ist meine Frage an euch«, sagte sie, während sie die oberste Schublade aufschloss. »Was ist der Zweck der Eden-Kuppeln?«

»Welcher?«, fragte Leech. »Den Zweck, von dem sie in der Öffentlichkeit reden oder Projekt Elysion?«

Victoria wühlte in der Schublade herum. »Erzähl mir von beiden.«

»Also«, sagte ich, »ich vermute, sie behaupten, unter den Kuppeln könne man sicher leben.«

»Zumindest die, die es sich leisten können«, fügte Leech hinzu.

»Aber in Wirklichkeit beabsichtigen sie, alles über Atlantis herauszufinden«, sagte ich, »und die *Brocha*, den Pinsel der Götter zu finden, bevor die Kuppeln nicht mehr funktionieren.«

»Und warum wollen sie den Pinsel der Götter finden?«, fragte Victoria. Was auch immer sie gesucht hatte, sie hatte es gefunden und kam wieder zu uns.

»Na ja, um die Menschen zu retten ...«

Victoria unterbrach mich. »Und genau das ist gelogen. Oder zumindest zum Teil.«

Sie blieb vor uns stehen und hielt einen kleinen, schwarzen Zylinder in die Höhe. Sie knipste einen Schalter an, und ein lilafarbenes Licht leuchtete von einem Ende. »Sie wollen nicht alle ihre Leute retten«, sagte sie.

Sie streckte ihre rechte Hand mit der Innenfläche nach oben aus und zielte mit dem Licht auf den kleinen Finger, der jedem anderen in Desenna fehlte. Das Licht drang durch die Haut wie ein Röntgenstrahl, durch Fleisch und Muskeln. In diesem Lichtkreis konnte man direkt auf ihre Knochen sehen. Sie waren von einem schimmernden Lilaton umrandet.

Und auf dem Mittelknochen von Victorias kleinem Finger konnten wir eine Reihe von schwarzen Linien sehen.

»Was macht sie?«, fragte Leech.

»Sie zeigt uns den Strichcode auf ihrem Fingerknochen«, sagte ich.

»Das ist ein Zugangscode, den jeder von der Eden Corporation Auserwählte bekommt«, sagte Victoria.

»Die Einzigen, die wirklich gerettet werden«, fügte ich hinzu.

»Ja«, stimmte Victoria zu, »und in ganz Eden Süd mit einer Bevölkerung von zweihundertfünfzigtausend Menschen … Ratet mal, wie viele Auserwählte es gab.«

»Nur dich?«, sagte Leech.

»Ha.« Victoria kicherte. »Nein, dreihundert. Kaum mehr als ein Prozent.«

Victoria knipste das Licht wieder aus und ging zum Fenster. Mit der Hand deutete sie auf Desenna. »All diese Menschen hier«, sagte sie, »haben niemals zu Edens Plan gehört.« Ihre Stimme wurde leise. »Damit konnte ich nicht leben. Also habe ich es ihnen gesagt und ihnen die Kuppelintegritätsdaten gezeigt … und wir haben uns anders entschieden.«

Mein anfängliches Entsetzen über das Opfer war verblasst, und jetzt wusste ich nicht, was ich fühlte. Angst, aber auch Ehrfurcht.

»Das ist ziemlich knallhart«, sagte Leech. Er schien das alles definitiv positiv zu finden.

»Ja, Superhelden-Mom«, sagte Sieben, dieses Mal aber weniger sarkastisch als vorher.

»Jeder hackt sich den kleinen Finger ab, um … Gemeinsamkeit zu demonstrieren?«, fragte ich.

»Genau.«

»Aber du hast dir deinen nicht abgehackt.«

Victoria lächelte. »Wenn ich das getan hätte, wäre ich nicht in der Lage gewesen, euch das hier jetzt zu zeigen, oder? Ein Führer muss auf alle Möglichkeiten vorbereitet sein. Nun fragt ihr euch bestimmt, wie ihr da reinpasst …«

Während sie weitersprach, dachte ich über das nach, was sie gerade gesagt hatte. Ihre Antwort war nicht vollständig gewesen.

»Für Paul«, sagte Victoria gerade, »seid ihr ein Mittel zum Zweck. Hier seid ihr eine andere Art der Hoffnung. Ihr habt von dem Epos der Drei gehört.«

»Ja.«

»Ein Teil davon befindet sich in dem Tempel unter Eden Süd. Ich zeige es euch, wenn wir morgen dorthin gehen. Ich habe diesen Teil des Epos dazu benutzt, einen Mythos zu kreieren, über die Drei, die eines Tages zurückkehren. Ich hatte das Gefühl, dass das passieren würde, nachdem ich entdeckt hatte, dass wir eine geeignete Kandidatin in den Kryo-Anlagen von Eden Süd hatten, unsere liebe Sieben.«

»Ich Glückliche«, sagte Sieben.

»Immer so dankbar«, sagte Victoria. »Während meiner Revolte haben wir die meiste Technologie in Eden ausgeschaltet, aber das Sicherheitssystem für die Kryo-Anlagen habe ich laufen lassen.«

»Stopp mal«, sagte Leech. »Das hast du getan?«

Ich dachte, er würde ihr von Isaac erzählen, aber als Victoria sich mit den Worten »Ja, warum fragst du?« an ihn wandte, antwortete er: »Nur neugierig.« Hier war wieder Leech, der sich nicht in die Karten schauen ließ. Sein Instinkt hatte ihn in Gambler's Fall nicht getrogen.

»Ich habe die Prophezeiung, dass Heliad eines Tages zur Erde zurückkehrt, verkündet«, sprach Victoria weiter, »und nach der Revolte habe ich eine Weile gewartet, bis wir das Meiste von Desenna aufgebaut hatten und die Menschen anfingen, sich nach etwas Neuem zu sehnen. Dann habe ich Sieben aufgeweckt, und sie hat den Schädel gefunden, das hat die Menschen wirklich begeistert. Es hat ihnen eine Hoffnung gegeben, die größer war als sie selbst. Dass die zukünftigen Generationen ein besseres Leben haben würden. Ihr seid der zweite Teil davon.«

»Wie sollen wir deinem Volk ein besseres Leben bringen?«, fragte ich.

»Das habt ihr schon«, sagte Victoria. »Was ihr von jetzt an tut, ist unwichtig. Dass ihr wirklich gekommen seid und in Verbindung mit den alten Mythen steht, genügt als Beweis für die enormen Kräfte, die im Leben wirken. Das schafft ein Gefühl von Einheit, als ob wir mit etwas Größerem, etwas Göttlichem verbunden wären. Ihr würdet staunen, wie stark das ist.«

Ich dachte an Harvey und Lucinda und Ripley. Für sie alle war das Gefühl nicht stark genug gewesen. Ich fragte mich, ob es noch andere gab, die so wie sie fühlten, die uns an Paul ausliefern würden, wenn sie die Chance hätten. »Also interessiert es hier niemanden, ob wir den Pinsel der Götter finden oder nicht?«, fragte ich.

»Für die Menschen hier ist wichtig, was für mich wichtig ist: dass wir Paul und sein Projekt stoppen, ihn daran hindern, den Pinsel der Götter zu finden, damit er ihn nur zur Rettung seiner kostbaren Auserwählten nutzt. Dafür bin ich bereit, euch zu helfen. Und das ist der andere Grund, warum ich euch hierhergebracht habe.«

Es klopfte an der Tür.

»Entschuldigt bitte«, sagte Victoria. »Mica weiß, dass er mich nur stören darf, wenn es wirklich wichtig ist. Ja, bitte!«

Mica trat ein.

»Entschuldigung, Mutter«, sprach er sie mit ihrer offiziellen Bezeichnung an. »Wir haben Besuch, den ich …« Er warf Victoria einen sonderbaren Blick zu. »Kann ich dich draußen sprechen?«

»Einverstanden«, sagte Victoria unsicher. »Ich bin gleich wieder da.« Sie ging hinaus.

Wir drei schwiegen eine Weile und dachten über das nach, was Victoria gesagt hatte. Ich sah zu Sieben, die neben dem Fenster stand und auf die Stadt hinausblickte. »Können wir ihr trauen?«

Sieben zuckte die Achseln. »Du kannst darauf vertrauen, dass sie die Wahrheit sagt. Ich bin schon etwas länger hier und bin ziemlich sicher, dass sie an die Sache hier wirklich glaubt. Sie glaubt an uns.«

»Ich suche immer noch nach dem Haken an der Sache«, sagte Leech.

»Du findest also nicht, dass Menschenopfer ein Haken sind?«, sagte ich.

Leech antwortete nicht, und die Tür öffnete sich. Victoria kam herein und blickte mich fest an. »Owen«, sagte sie, »wir haben ... unerwarteten Besuch.«

Mica trat ein, gefolgt von einer Frau. Sie hatte lange, braune Haare mit grauen Strähnen, die von einer bunten Haarspange zusammengehalten wurden, trug ein leuchtend blaues Kleid und hatte einen Rüschenschal um den Hals geschlungen. Sie zitterte, nervös spielte sie mit ihren Händen herum.

Und vollkommen ohne Warnung fühlte ich etwas in mir fortgleiten und Platz machen, als ob mir der Boden unter den Füßen weggezogen wurde.

Ich kannte die Frau.

Ihre Augen waren feucht. Ich wusste, dass sie schon immer genau so ausgesehen hatten.

Die Kluft öffnete sich, und Erinnerungen flogen wie wild flatternde Federmäuse herauf, wie aus den tiefen Höhlen unter dem Hub bei Sonnenuntergang ... aber nein.

Das konnte nicht sein.
Mein Gehirn spielte mir wieder mal einen Streich …
»Owen«, sagte sie leise.
»Mom?«

18

Ich ging auf sie zu. Es konnte nicht sein, und doch erlangte ich mit jedem Schritt mehr Gewissheit, dass nach acht Jahren und so vielen Fragen und schmerzenden Gedanken und dem ganzen Schweigen …

»Owen, Liebling!«

Da stand sie vor mir und sah immer noch aus wie früher, oder älter – sie musste älter aussehen, mehr Falten im Gesicht, die Haut gebräunt und ledrig, verglichen mit dem hellen unterirdischen Teint, den ich kannte –, aber ihre Augen waren noch immer dieselben, braun und feucht. Früher fand ich, dass sie immer so aussah, als hätte sie entweder gerade geweint oder würde es gleich tun. Aber die Augen waren auch groß und strahlend und verrieten immer genau ihre Gefühle. Auch daran erinnerte ich mich gut, dass Nina, meine Mutter, niemals verbergen konnte, was sie fühlte, selbst wenn ich es gar nicht wissen wollte.

Ich schlang meine Arme um sie.

Ich hatte sie größer in Erinnerung, aber jetzt, nach all den Jahren, waren wir gleich groß. Sie hatte ihr Kinn an meiner Schulter vergraben, sie war schmaler als ich, fast hatte ich das Gefühl, ich wäre der Erwachsene. Ihre Hände fuhren unentwegt über meinen Rücken. Mein Gesicht dicht an ihren Haaren nahm ich ihren Geruch wahr, und dieser Duft rief tief in mir ein Gefühl hervor, das sich beharrlich nach oben schlängelte, ein Gefühl von Vertrautheit, das mich beinahe zum Weinen brachte. Ich kannte diesen Geruch, diesen salzigen, pudrigen Duft. Das war das Hub, das war mein Zuhause, meine Kindheit, etwas, von dem ich gar nicht wusste, dass ich es verloren hatte, das ich aber seit Langem vermisste, und hier war es, erneut ein Teil von mir, die Lücke schloss sich, und ich fühlte mich …

Ganz.

»Oh, Liebling«, flüsterte sie in mein Ohr. »Ich kann nicht glauben, dass du es wirklich bist. Ich …« Ich spürte ihre Tränen auf meinem Hals. »Ich habe dich dort oben gesehen und dachte, das kann nicht sein, du konntest unmöglich hier sein, ganz zu schweigen davon, dass du« – sie ging auf Abstand und sah mich mit glänzenden Augen an – »einer der Drei bist! Ich, ich kann das gar nicht fassen.«

Ich schaute sie an und wusste nicht, was ich sagen sollte. Ich zitterte vor Erregung, glücklich und auch verwirrt, erleichtert, aber irgendwie auch verloren. Wieder überkam mich das Gefühl, von allem losgelöst zu sein, als würde ich haltlos in der Realität umhertreiben. Schließlich fielen mir ein paar Worte ein. Ich hatte keine Ahnung, was ich zuerst sagen sollte. Heraus kam: »Was machst du hier?«

Nina strich mit der Hand über mein Gesicht. »Ich lebe hier. Ich … es tut mir leid, dass ich dich das nie habe wissen lassen. Das wollte ich, nur … es richtig zu machen, zum richtigen Zeitpunkt …«

»Aber …« Ich wunderte mich: *Was wäre so schwierig daran gewesen, mir einfach zu sagen: Hey Owen, ich bin in Desenna?* Ich verstand nicht, was daran so schwierig war. Aber das sagte ich nicht.

»Owen …« Als ich mich umdrehte, fiel mir auf, dass

Victoria uns aufmerksam beobachtete und ihr Misstrauen nicht zu verstecken suchte. »Das ist deine Mutter?«, fragte sie mich todernst. Und mir kam ein sonderbarer Gedanke: *Bin ich sicher, dass sie es ist?* Ich warf wieder einen Blick auf sie, nahm das neue Bild von ihr in mir auf und versuchte es mit meinen Erinnerungen abzugleichen, aber die stammten von einem siebenjährigen Jungen ... Was für Erinnerungen waren das überhaupt? Ich suchte in meinem Gedächtnis. Ein paar flüchtige Eindrücke von unserer Wohnung im Hub, einmal, als sie mich von der Schule abgeholt hatte und mit mir durch die Höhlen nach Hause lief. Die lebendigste Erinnerung war die Nacht des dreijährigen Feuers, die ich vor Kurzem wieder durchlebt hatte ...

Für einen Moment verschwamm alles in meinem Kopf. Wieder verlor ich das Zeitgefühl, als ob ich nicht wüsste, wo genau in meinem Leben ich mich befand. War ich hier in Desenna? War ich wieder ein Kind im Hub? Alles Bisherige war mir schon zu viel gewesen, nun kam noch mehr.

»Owen? Wo warst du, Schatz?« Mom streckte den Arm nach mir aus. Sie nahm mein Kinn in ihre Hand, drückte den Daumen gegen meine Wange und begann, im Uhrzeigersinn einen Kreis zu beschreiben.

Und vertrauter noch als der Geruch oder ihr Aussehen war mir diese Berührung ...

»Ja.« Ich sah erst Mom an, dann Victoria. »Das ist sie. Das ist meine Mutter.«

»Faszinierend«, sagte Victoria. Mica reichte Victoria eine kleine, schwarze Mappe und nickte. Victoria schlug sie auf. »Es steht alles in deinen Papieren. Du scheinst eine gute Ärztin in unserem Krankenhaus zu sein, Nina, schon seit einigen Jahren, seit du hierhergekommen bist ...«

»Aus dem Yellowstone Hub«, sagte Nina. »Zuerst in einer Ärztekarawane und dann mit einer Nomadenschar.«

»Natürlich«, sagte Victoria. »Und hier steht, dass du in der Avenida de Rata wohnst?«

»Ja, das ist« – Nina warf mir einen kurzen Blick zu – »die Wohnung von meinem Partner. Emiliano. Er wartet draußen.«

»Ich werde seine Dokumente überprüfen«, sagte Mica und ging nach draußen.

Partner? Emiliano? Das bereitete mir Sorgen.

»Mutter, ich ...« Mom zögerte. »Ich weiß, dass Owen dein Gast ist, aber wir wollten fragen, ob er bei uns bleiben kann?« Sie sah mich hoffnungsvoll an. »Wenn das in Ordnung ist. Ich kenne unsere Lehre und weiß, dass die Drei nicht lange hier sein werden. Und ich würde die Zeit gern nutzen.«

Victorias Gesichtsausdruck blieb undurchdringlich. »Wir müssten Wachen an eurem Haus aufstellen, angesichts von Owens Bedeutung.«

»Das ist absolut in Ordnung«, erwiderte Mom.

»Dann soll Owen entscheiden«, sagte Victoria.

Ich fragte mich, was ich mir wünschte. Irgendwie wollte ich mit Mom mitgehen, aber ich hatte auch das Gefühl, dass ich Zeit brauchte, alles zu verarbeiten. In meinem Kopf schwirrten so viele neue und verrückte Dinge, dass ich das Bedürfnis verspürte, mein Gehirn abzuschalten, damit sich die Aufregung legte. Und überhaupt, wieso sollte ich bei ihr leben? Nur weil ich auf wundersame Weise aufgetaucht war, musste sie ja keine große Wiedervereinigung bekommen.

Trotz alldem hörte ich mich sagen: »Ja.«

»Also gut«, sagte Victoria. »Ich nehme an, auch das ist der Wille der Götter.«

»Wunderbar, und vielen Dank, Mutter.« Mom machte eine schnelle Bewegung, fuhr mit zwei Fingern vom Nasenbein zu den Lippen und tippte sich dann aufs Herz.

Victoria nickte. »Owen, ich möchte, dass du morgen früh wieder herkommst.«

»Na, dann ist ja der ganze Spaß, den *ich* für heute Nacht geplant habe, im Eimer«, sagte Sieben.

Ihre Worte erinnerten mich an etwas: »Wo ist Lilly? Ich möchte sehen, wie es ihr geht.«

»Sie ist im Krankenhaus auf der anderen Seite vom Platz«, sagte Victoria.

»Ich bringe Leech dorthin«, sagte Sieben. »Wenn du mitkommen willst …«

Ich wandte mich an Mom und wollte sie fast um Erlaubnis fragen, doch dann fiel mir ein, dass ich das nicht tun musste, und sagte stattdessen: »Wo kann ich dich finden?«

»Da ist ein Springbrunnen auf dem Platz. Ich warte dort auf dich.«

»Okay«, sagte ich und zögerte erneut, weil ich nicht sicher war, ob ich meine Mutter zum Abschied umarmen sollte oder …

Mom schien meine Verlegenheit zu spüren und wandte sich zum Gehen. »Mach deinen Besuch, ich sehe dich dann draußen.« Sie verließ den Raum, und ich starrte auf die Tür. Fast zweifelte ich, ob das Wiedersehen mit ihr wirklich geschehen war.

»Komm schon.« Sieben schlug mit der Hand auf meine Schulter und durchbrach meine Trance.

Sie hielt Leech am Arm, führte uns verschiedene

Gänge entlang und dann über eine Steinbrücke, die den Tempel mit dem Krankenhaus verband.

»Das muss wirklich schwer für dich sein«, sagte Sieben zu mir.

»Mehr als nur das.« Ich wusste selbst kaum, was ich davon halten sollte.

»Ist sie so, wie du dich an sie erinnerst?«, fragte Leech.

»Ja, ich meine, zumindest glaube ich das. Ich habe das Gefühl, dass ich gerade gar nichts mehr weiß.«

Wir stiegen eine Treppe hinauf und liefen dann einen langen Flur entlang. Nach all dem Gerede über Opfer und Tod war ich froh, dass das hier, wie auf der *Solara*, nach einem normalen, wenn auch sehr einfachen Krankenhaus aussah.

Lilly lag allein in einem Zimmer. Wir drei blieben in der Tür stehen und spähten hinein. Das Zimmer war dunkel. Ich trat ein. Ein Infusionsbeutel hing neben ihrem Bett, und ich hörte ihr heiseres Atmen.

Ich ging zu ihr hin. »Lilly«, sagte ich leise. Sie gab keine Antwort, und ich wollte sie nicht aufwecken. Ich streichelte ihren Arm, fühlte, wie sie atmete, und trat dann in Richtung Tür zurück. Es schien ihr ganz gut zu gehen, und sie war in Sicherheit, niemand würde sie gleich aufschlitzen oder etwas in der Art.

»Also«, sagte Sieben, als sie Lilly näher ansah, »sie hat Kiemen. Was bedeutet das – ist sie irgendwie ... fast wie eine von uns?«

»In Eden West gab es einige Kinder, die Kiemen bekommen haben«, sagte ich. »Hat denn niemand hier welche?«

»Nur ich«, antwortete Sieben. Sie fuhr sich mit den Fingern über den Hals. Ich sah die Einschnitte ihrer

Kiemen. »Immerhin bin ich die Einzige, die schon unten bei dem Tempel gewesen ist.«

»Unser Ferienlager war genau über einem Tempel«, sagte Leech. »Wir glauben, dass die Kiemen den Kindern durch die Nähe dazu gewachsen sind.«

»Das könnte sein. Eden Süd ist einige Kilometer entfernt.« Sieben deutete mit dem Kinn zu Lilly. »Also … ich möchte ja keine unangenehme Frage stellen, aber … glaubt ihr, sie wird mit uns auf die Reise gehen? Ich meine, ich mag Partys ja, und auch ein bisschen Konkurrenz« – sie versetzte mir einen gespielten Knuff –, »aber das Gefährt, das ihr habt, ist eher für drei Personen ausgelegt, oder?«

»Ich bin sicher, wir passen alle rein«, sagte ich.

»Lilly gehört zum Team«, sagte Leech.

»Entspannt euch, Gentlemen, ich versteh schon«, sagte Sieben. »Ich habe nur laut gedacht … Ich habe gehört, dass sich ihre Kiemen auf eurer Reise hierher entzündet haben, ganz zu schweigen davon, dass man sie vergiften wollte. Ich frage mich nur, ob es wirklich gut für unsere Mission ist, eine Nicht-Göttin dabeizuhaben. Könnte das nicht … riskant sein?«

Ich seufzte.

»Ihr solltet darüber nachdenken«, sagte Sieben. »Ja?«

»Ja«, stimmte ich zu und hoffte, Sieben würde die Sache nicht weiter vertiefen.

Das tat sie nicht. »Stoff zum Nachdenken.« Sie entfernte sich von der Tür. »Komm, Leech, wir bringen dich ins Bett, damit Sieben noch ausgehen und etwas göttlichen Spaß haben kann. Gute Nacht, Flieger.«

»Bis dann.« Ich sah noch einmal zu Lillys dunkler Gestalt. Siebens Frage klang immer noch in meinem Ohr, und ich hasste mich dafür, dass auch ich schon denselben Gedanken gehabt hatte. Ich versuchte, ihn mit aller Kraft zu vertreiben, und machte mich auf den Weg nach draußen.

Auf dem Platz pulsierte immer noch das Leben, Menschen waren in angeregte Gespräche vertieft. An den Seiten der mit Kopfsteinen gepflasterten Fläche reihten sich Restaurants, deren Tische alle draußen standen. Der Geruch von gebratenem Fleisch und Rauch erfüllte die Luft. Der Unterschied zu der geschlossenen Stille im Hub hätte nicht größer sein können.

Ich entdeckte Mom an dem von Fackeln erleuchteten Springbrunnen in der Mitte. Sie saß neben einem großen Mann. Als ich zu ihnen kam, standen sie beide auf.

»Da bist du ja«, sagte Mom. »Das ist Emiliano.«

»Hey, Owen«, sagte er. Er war klein und hatte dunkle Haut, ein kantiges Gesicht und breite Schultern. Sein Lächeln war strahlend, er zeigte seine weißen Zähne, was sicherlich als attraktiv galt, mich aber sofort ärgerte. »Es ist klasse, dich kennenzulernen.« Er hielt mir die Hand hin. »Welch ein Geschenk, dass du hierhergekommen bist.«

Ich wollte die Hand nicht schütteln, tat es aber trotzdem. Ich würde nicht kindisch reagieren, als ob ich mit der Situation nicht umgehen könnte.

»Nina«, sagte Emiliano, »ich muss mich jetzt mit meinen Cousins treffen. Aber ihr beide habt euch sicher eine Menge zu erzählen?«

»Okay«, erwiderte Mom. »Viel Spaß, Emil!«

Emiliano beugte sich vor, und sie küssten sich. Ich schaute weg, weil es mich ärgerte und weil ich dachte, *Emil?* Sie war meine Mutter, und sie vergab Spitznamen wie ein Mädchen im Sommerlager. Plötzlich fragte ich mich, ob sie das alles hier vielleicht wirklich so empfunden hatte, nachdem sie die Schwierigkeiten in ihrer Familie hinter sich gelassen hatte. War alles sorgenfrei und ein großer Spaß gewesen? Aber dann fühlte ich auch das genaue Gegenteil, keinen Groll, sondern Freude darüber, dass sie da war. Meine Mutter! Meine Gefühle hätten nicht gegensätzlicher sein können.

Während wir den Platz überquerten, sprachen wir nur wenig. Ich wusste nicht, was ich sagen sollte. Je mehr Zeit verging, desto unglaublicher schien unsere Begegnung, und doch auch vollkommen normal. Ich ging neben meiner Mutter, als wären wir niemals getrennt gewesen.

»Du siehst groß und stark aus«, sagte Mom.

»Vermutlich«, war alles, was mir einfiel.

»Du hast bestimmt Hunger«, sagte Mom. »Möchtest du etwas von einem der Stände haben?«

»Ja, gern.«

Wir blieben bei einem kleinen Metallkarren stehen, wo ein Verkäufer Fleischscheiben von einer Keule auf einem Spieß schnitt und es dann in einen weichen Fladen gewickelt servierte. »Wahrscheinlich hast du noch nie etwas von Tapirfleisch gehört, aber du solltest es probieren. Es schmeckt köstlich.«

»Hm«, sagte ich und musste an den Walmart-Supermarkt denken. »In Ordnung.«

Mom bezahlte mit einer Art Holzmünze, und wir gingen weiter über den Platz. Der erste Bissen des kräftigen Fleischs erinnerte mich allzu sehr an Gambler's Fall, doch es gelang mir, den Gedanken abzuschütteln und weiterzuessen.

Während wir dahinschlenderten, erkannten mich einige Menschen aus der Menge wieder. Sie zeigten mit dem Finger auf mich und flüsterten sich etwas zu, und ab und an machten sie diese Bewegung mit den zwei Fingern, wie Mom gegenüber Victoria.

»Du bedeutest den Menschen sehr viel«, sagte Mom.

»Das habe ich gehört«, sagte ich. »Es ist schwer, sich daran zu gewöhnen.«

»Das Epos der Drei ist so etwas wie unser Schöpfungsmythos«, sagte Mom. »Es ist die Grundlage für so viel in unserer Lebensart.«

»Du klingst, als würdest du wirklich daran glauben«, sagte ich. Ich konnte mich nicht erinnern, dass wir im Hub besonders religiös gewesen waren. Auf jeden Fall nicht, nachdem sie gegangen war. Dad und ich waren niemals in eine der Kirchen gegangen, und ich war ziemlich sicher, dass wir das mit Mom zusammen auch nicht gemacht hatten. Im Hub war das nichts Besonderes. Dort gab es genauso viele Nichtgläubige wie Gläubige. Hier hingegen schien der Glaube an Heliad eine Bedingung zu sein.

»Ich glaube nicht an alles«, sagte Mom. »Ich glaube nicht, dass die Trockengewitter tatsächlich Gottesfeuer sind. Aber ich finde, das hier ist eine schöne Art zu leben, wenn man bedenkt, wie es um die Welt steht.«

Ich erwiderte nichts, aber ich fand, dass etwas Wahres an ihren Worten war.

»Also, wie ist es dir ergangen?«, fragte Mom. »Die Frage klingt vermutlich dumm, nach allem, was passiert ist.«

Ich wusste nicht, was ich antworten sollte. Wie es mir heute ging? In den letzten zwei Wochen? Den vergangenen acht Jahren? Aber ich verstand, dass sie versuchte, Interesse zu zeigen. »Im Hub war es eigentlich immer noch so, wie du es noch kennst. Das Leben lief einfach weiter, bis ich nach Camp Eden kam und diese ganze Atlantisgeschichte begann.«

»Wow«, sagte Mom. »Ich bin froh, dass es dir im Hub gut ging.«

»Ich denke ja«, sagte ich, aber dann konnte ich mich nicht zurückhalten. »Es ging mir nicht wirklich *gut*. Ich meine, man muss dort für ein normales Leben immer kämpfen, ganz besonders mit Dads Lungenproblemen.«

»Ist es immer noch so schlimm?«, fragte sie.

»Ja«, sagte ich und fragte mich, was sie wohl erwartet hatte – dass er auf wundersame Weise gesund würde? »Die Lungenprobleme sind jetzt wahrscheinlich noch größer als zu deiner Zeit. Ich weiß gar nicht mehr, wie schlimm das damals war.«

Mom seufzte. »Die Lungen waren stark angegriffen. Ich nehme an, es war sehr schwer für ihn.«

Schwer für ihn? Gern hätte ich *Sicher!* gesagt, hielt mich aber zurück: »Du meinst, mich allein aufzuziehen?«

»Ja, vermutlich meinte ich das.«

»Ich mache eine Menge zu Hause«, sagte ich. *Die Dinge, die eine Mutter erledigen sollte.*

»Du bist nicht mehr der kleine Junge, den ich kannte«, sagte Mom. »Damit hätte ich wahrscheinlich rechnen müssen.«

Schweigend verließen wir den Hauptplatz und gingen eine ruhige Straße mit unebenem Kopfsteinpflaster hinunter. Die Geschäfte hatten schon geschlossen, die Holztüren waren verriegelt.

Ich spürte, wie angespannt meine Nerven waren. Es war Zeit, die Frage zu stellen, die ich stellen musste. Ich aß das Sandwich auf, und wartete, bis wir einen Häuserblock weitergegangen waren, bis ich schließlich sagte: »Warum bist du weggegangen?«

Mom blieb stehen. Sie schaute in den rauchverhangenen nächtlichen Himmel hinauf. »Na ja, also … ich vermute, ich hätte auf diese Frage vorbereitet sein sollen ... Ich war nur ...« Sie seufzte. »Ich war unglücklich, Owen. Ich musste herausfinden, wer ich war. Ich musste einen Platz finden, wo ich hingehörte.«

Meine nächste Frage schloss sich gleich an, fast als hätte ich auf diesen Moment gewartet. Vielleicht war es auch so. »Lag es an uns?«

»Meine Güte, nein«, sagte sie, aber dabei schaute sie zur Seite. »Ich wünschte, ich könnte dir irgendwie beweisen, dass es auf keinen Fall deine Schuld war. Als du ein kleiner Junge warst, habe ich dich oft angesehen und bei mir gedacht: Verdammt, Nina, wie kann es sein, dass du nicht glücklich bist? Er ist so wunderschön, absolut perfekt. Aber etwas hat mir gefehlt. Nicht die Liebe zu dir, aber ... ich war nicht mit mir selbst glücklich. Und deshalb fühlte ich mich wie eine schreckliche Versagerin. Ich habe geglaubt, wenn ich nicht glücklich sein konnte, wäre es mit mir schlimmer für dich als ohne mich.«

Ich wusste nicht, ob ich ihr das glaubte. Das Thema war heiß, stickig wie die Luft. »Also«, sagte ich, »dann lag es an Dad?«

»Eigentlich nicht, nein. Ich meine, wir haben uns nicht besonders gut verstanden, aber ich glaube, er hat sich Mühe mit mir gegeben, auf seine Art zumindest. Wir haben sehr jung geheiratet, weißt du. Und dann, es war so schwer, im Hub zu leben, so dunkel und einsam. Ich musste immerzu kämpfen. Ich konnte einfach nicht ...« Sie fing an zu weinen. »Ich konnte nicht glücklich werden. Früher dachte ich, ich würde wie das Mädchen heute Abend auf dem Altar enden, nur damit der Schmerz endlich aufhört ...« Sie atmete tief durch. »Aber nachdem ich eine Zeit lang hier war, ging es mir endlich besser.

Etwas an diesem Ort, der Kultur, den Menschen, an Emiliano und der Sonne, ich weiß, dass das dumm klingt, oh, die Sonne … und etwas an mir war anders. Ich musste erwachsen werden. Dann erst habe ich mich vollständig gefühlt. Ein echter Mensch. Das war eine große Erleichterung für mich.«

Diese Antwort wog schwer, sie war wie eine verschlossene Truhe, die ich tief in mir einsinken lassen musste, und dann würde ich hinunterschwimmen und alles durchstöbern. Das ganze Gespräch glich einer Unterwasserwelt, und ich war den seltsamen Strömungen hoffnungslos ausgeliefert, ich sank und trieb gleichzeitig dahin, und ohne Kiemen musste ich auch die Luft anhalten.

Was Mom da sagte, erinnerte mich an das Gefühl, das Lilly und die Juniorbetreuer in mir ausgelöst hatten. Diese Welt hatte sich so richtig angefühlt, als könnte ich endlich ich selbst sein. Abgesehen von dem Teil, wo Mom mich verlassen musste, um sich selbst zu finden. »Aber«, sagte ich, »als du dieses Glück gefunden hattest, wieso hast du uns nichts … gesagt? Uns nicht mitgeteilt, wo du warst?«

»Na ja, ich weiß auch nicht …« Sie wischte sich die Tränen aus dem Gesicht. »Ich wollte das tun, aber ich habe mich auch sehr geschämt. Ich fühlte mich schuldig und … ich dachte, da du dich ja schon an das Leben ohne mich gewöhnt hattest, wäre es besser, ich bliebe verschwunden.«

Was sie sagte, tat mir sehr weh, und gleichzeitig machte es mich wütend. Ich war kurz davor zu schreien und überlegte kurz, ob ich das einfach tun sollte. Doch ich hielt mich zurück. »Wir haben uns niemals daran gewöhnt, dass du nicht mehr da warst, Mom.«

Mom begann wieder zu weinen. Sie nickte. »Jetzt verstehe ich das.«

Sie blieb stehen. »Hier wohnen wir.«

Wir standen vor einem dreistöckigen Wohnhaus. Die Zementwände waren blau gestrichen, und vorne gab es einen schlichten Holzvorbau. Sie nahm die ersten Treppenstufen, aber ich blieb auf der Straße stehen.

»Owen?«

Ich senkte den Blick und überlegte, dass ich wohl beleidigt wirkte, aber irgendwie war ich am Boden festgewachsen, meine Gefühle waren ein einziges Durcheinander. So lange hatte ich nicht an meine Mutter gedacht, und jetzt erst, hier mit ihr, begriff ich, wie sehr ich sie vermisst hatte, wie sehr mir eine Mutter gefehlt hatte, aber gleichzeitig erfüllten mich ihre Worte mit tiefer Verzweiflung. Trotz allem, was sie sagte, lag in ihren Worten eine Wahrheit, vor der ich mich immer gefürchtet hatte: Sie musste von uns fortgehen, um glücklich zu werden.

Wie sollte ich mich dabei fühlen? Sollte ich glücklich darüber sein, dass sie dieses Leben hier gefunden hatte, glücklich darüber, dass sie glücklich war, wenn dieses Leben mich und Dad ausschloss? Ich wusste nicht, ob ich damit umgehen konnte. Fast wünschte ich, ich hätte sie überhaupt nie gefunden.

»Ich weiß, dass das schwer ist«, sagte Mom. »Das wollte ich nicht. Ich … also, ich wusste ja nicht, dass du dort oben sein würdest. Aber als ich dich dort sah, mein Liebling …«

Ich wollte sie nicht ansehen, aber dann tat ich es doch.

»Ich verstehe, dass ich mich die ganzen Jahre über getäuscht habe«, sagte sie. »Ich habe dich so sehr vermisst,

Owen, und ich hätte dich wissen lassen sollen, wo ich war. Es tut mir so leid, ich verstehe das jetzt und denke, dass ich sehr dumm war.«

Sie hatte es gesagt. Sich entschuldigt. Aber änderte das etwas? Ich blieb immer noch auf der Straße stehen.

»Kommst du bitte rein?«

Ich dachte daran zu gehen. Zurück zum Tempel. Wenn ich mit in ihre Wohnung ging, erfüllte ich ihren Wunsch, ich akzeptierte, dass sie uns verlassen hatte, ich war bereit, ihr zu vergeben … Aber ich erkannte, dass ich wieder eine Mutter haben wollte – obwohl ich ihr Verhalten nicht okay fand und obwohl ich nicht sicher war, ob ich ihr vergeben würde, ob ich das überhaupt konnte. Zumindest wollte ich wissen, wie es sich anfühlte.

»In Ordnung«, sagte ich und stieg die Treppe hoch.

Die Wohnung war klein, eine schmale Küche mit Elektrogeräten, eine Sitzgruppe mit Kissen auf dem Fußboden um einen runden Tisch herum, dann noch ein Bad und zwei kleine Schlafzimmer. Eine riesige Holzschnitzerei von Chaac breitete ihre Flügel über die gesamte Wand aus.

Mom richtete mir ein Bett im zweiten Schlafzimmer auf einer schmalen Grasmatratze am Boden. Sie gab mir eine weiche, graue Hose und ein T-Shirt von Emiliano und nahm meine Sachen, Shorts, T-Shirt und Sweatshirt, um sie zu waschen. Ich nahm Emilianos Sachen, obwohl ich das merkwürdig fand; aber letztlich war das alles sehr merkwürdig. »Möchtest du noch etwas essen? Emil wird bald nach Hause kommen.«

»Nein«, sagte ich. »Ich glaube, ich gehe ins Bett. Das war ein langer Tag, eine lange Woche … das alles.«

»Natürlich, also, ich kann es kaum abwarten, dich morgen früh zu sehen.« Sie lächelte mich hoffnungsvoll an.

Ich versuchte, ihr Lächeln zu erwidern. »Ja.«

Ich ging ins Bad und dann legte ich mich auf die Matratze. Mom kam herein, kniete sich neben mich und half mir, ein weißes Moskitonetz auszubreiten, das von der Decke herabhing.

»Jetzt haben wir's«, sagte sie und küsste mich auf die Stirn. Das Gefühl war so sonderbar, als wäre ich in der Zeit zurückgereist, zum Hub. »Gute Nacht, mein Junge«, sagte sie und beschrieb mit dem Daumen noch einen Kreis auf meiner Wange. Dann ließ sie mich im Dunkeln allein.

Das Zimmer hatte eine Fensteröffnung mit Holzjalousien. Das gelbe Licht von der Straße warf schräge Linien auf meinen Körper und an die Wand. Von draußen drangen Geräusche zu mir, Menschen gingen miteinander plaudernd die Straße entlang.

Ich fragte mich, ob Sieben irgendwo da draußen war. Und ich fragte mich kurz, wie sie sich für mich interessieren konnte. Dann schob ich den Gedanken beiseite und überlegte, wie es wohl Lilly ging.

Ich fragte mich, wie es meinem Vater ging, so weit weg, und was er wohl denken würde, wenn er wüsste, dass ich bei Mom war. Wäre er glücklich, dass ich sie gefunden hatte? Oder würde es ihn beunruhigen? Er hatte immer zu verbergen versucht, wie sehr er sie vermisste, wie sehr es ihn schmerzte, dass sie weggegangen war ... Ich fragte mich, ob man ihm gesagt hatte, dass ich ihn angerufen hatte, oder was Eden ihm womöglich erzählt hatte.

Letztlich lag ich noch stundenlang wach, lange nachdem Emiliano nach Hause gekommen war und ich gehört hatte, wie er und Mom zu Bett gingen, lange, nachdem die Geräusche auf der Straße verstummt waren.

Ich lag dort, und in Gedanken war ich in Desenna; ich war in Eden West; ich war im Hub; ich war in der Atlantischen Stadt; ich war auf meinem Luftschiff und flog über die öde Landschaft, und keiner dieser Orte fühlte sich wie ein Zuhause an, nirgendwo schien ich dazuzugehören. Als wäre ich aus der Welt gefallen, als würde ich mit dem Wind dahintreiben; und sogar hier, in der Wohnung meiner Mutter, war ich noch nicht angekommen. Wenn überhaupt, fühlte ich mich noch losgelöster als je zuvor.

19

Irgendwann fiel ich in einen unruhigen Schlaf. Wieder sah ich im Traum das rothaarige Mädchen in dem Frosch-Schlafanzug, das bis zu den Hüften in der Asche stand. Dieses Mal war ihre Haut grau durchscheinend mit dunklen Adern darunter, genau wie meine in dem Traum, den ich auf der *Solara* gehabt hatte. Schwarzes Blut hieß die Krankheit. Das Mädchen sank weiter in die Asche. Dann das Krankenhaus, Mom saß neben mir, Paul sah zu Boden. Nur dieses Mal hielt er das riesige schwarze Messer in der Hand, die gezackte Klinge glitzerte im fahlen Laborlicht, das wie das Kellerlicht in Eden wirkte. »Das hier muss raus«, sagte er, lehnte sich über mich und begann zu sägen …

Ich erwachte bei schwachem Licht. Das Moskitonetz. Helle Sonnenstrahlen brachen durch die Jalousie. Die Luft roch irgendwie nach Schweiß und dem frisch gemähten Gras im Ferienlager, ein Geruch nach Leben. Draußen sangen Vögel. Auf der Straße schepperte und brummte es. Aus der Küche drang ein Zischen und ein strenger, würziger Duft.

Ich stand auf und fand meine sauberen Sachen zusammengelegt am Bettende. Ich konnte mich nicht erinnern, wann meine Kleidung zuletzt zusammengelegt worden waren. Im Hub hatten meine wenigen Anziehsachen stets über der Bettkante gehangen. Zu so etwas wie Kleidung zusammenlegen waren Dad und ich nie gekommen. Es gab einfach zu viel anderes in der Wohnung zu tun.

Ich zog mich an und ging ins Bad. Dort sah ich mir meine Schulter an. Auf der Wunde hatte sich Schorf gebildet. Die rote, entzündete Stelle war fast verschwunden. Es tat immer noch weh, aber nicht mehr so schlimm.

Mom saß an dem niedrigen Holztisch, verteilte Gabeln und Tassen mit einem weiß-grünen Saft. Sie trug einen langen Rock mit Blumenmuster und eine hellblaue, ärmellose Bluse. Die Haare hatte sie hochgesteckt, und ich konnte ihre Ohrringe sehen. Auch das passte zu meiner Erinnerung an sie – wie sie sich immer schick machte, sogar zu Hause, als wollte sie jeden Moment für einen besonderen Anlass bereit sein.

»Da bist du ja«, sagte sie. »Also, du hast wirklich lange geschlafen.«

»Tatsächlich?«, sagte ich und rieb mir die Augen. Ich fühlte mich gar nicht ausgeschlafen.

»Es ist fast elf Uhr vormittags«, sagte Mom. »Aus dir ist ein richtiger Teenager geworden!«

»Vermutlich«, sagte ich und dachte: *Ich habe so lange geschlafen, weil ich seit mehr als einer Woche um mein Leben laufe.* Kurz überlegte ich, ob ich ihr das sagen sollte, aber dann fiel mir auf, dass ihre Finger beim Verteilen der Gabeln zitterten. Ich verkniff mir den Kommentar und setzte mich mit überkreuzten Beinen an den Tisch.

Mom setzte sich mir gegenüber. »Ich kann immer noch nicht glauben, dass du hier bist, dass du einer … Wirklich, *das* Epos der Drei. Du bist ein Teil davon, Owen. Das ist … unfassbar.«

»Ich habe nur versucht zu überleben«, sagte ich. »Weißt du, du bist auch ein Teil davon. Meine atlantischen Gene stammen entweder von dir oder von Dad.«

»Huh«, sagte Mom. »Ich hätte mein Leben niemals für so wichtig gehalten, dass ich den zukünftigen Retter der Welt großziehe und all das.«

Wieder stieg Verärgerung in mir auf: *Du hast mich eigentlich nicht großgezogen.*

Mom schien zu merken, wie das klang, denn sie wechselte das Thema. »Emil bereitet gerade ein Gericht aus dieser Region zu, das es schon lange vor der Großen Flut gab. Es heißt *motuleños*.«

»Leicht variiert«, rief Emiliano vom Herd herüber. Er trug eine weiße Schürze über seiner schwarzen Sanitäterkluft.

Dann brachte er uns zwei dampfende Teller. »Möweneier, Reistortillas, keine Erbsen und kein Käse, aber sonst ist es sehr ähnlich. Wir haben ziemliches Glück mit den Lebensmitteln hier, verglichen mit den meisten anderen Gegenden.«

Emiliano stellte den Teller vor mir ab. Ich hatte noch nie ein echtes Ei gegessen. Das Gericht schwamm in einer roten Soße. Ich nahm einen Bissen, und in meinem Mund brannten Salz und Gewürze wie Feuer. Ich nippte an dem Saft und verzog den Mund.

»Sauer, nicht wahr?«, sagte Mom. »Das sind echte Limetten. Wir haben eine Sorte gezüchtet, die hier gut wächst.«

»Lecker«, sagte ich. Das alles schmeckte erschreckend echt verglichen mit dem Essen im Norden, sogar dem in Eden.

Emiliano setzte sich. »Du bist auch Arzt?«, fragte ich.

»Ja«, sagte er. »Meist arbeite ich in der Dermatologie.«

»Das sieht man doch, oder?«, sagte Mom und schob mir stolz ihre Schulter entgegen. »Sieh nur, wie toll meine Haut aussieht.«

Ich fand nicht, dass ihre Haut gut aussah. Sie war stark gebräunt, mit unzähligen Sommersprossen so groß wie Kieselsteine auf der Schulter. Viele davon waren dunkel, fast schwarz: die Art Leberflecken, die man beobachten sollte, weil dabei Gefahr für Hautkrebs bestand. »Ich habe gehört, dass ihr euch nicht vor der Sonne versteckt«, sagte ich.

»Das ist richtig«, sagte Emiliano. »Eine der wichtigsten Lehren von Heliad-Sieben besagt, dass man im Freien leben soll. Deshalb haben wir die falsche Realität der Eden-Kuppeln verlassen, um im Glanz des echten Lichts zu leben. Es schenkt uns schließlich das Leben.«

»Ja, das habe ich schon gehört«, sagte ich und blickte wieder zu Moms Schulter. »Also bleibt ihr einfach cool, wenn ihr eine Strahlenvergiftung oder so was bekommt?«

»Wenn das passiert«, sagte Mom und schaute lächelnd zu Emiliano, »dann soll es so sein.«

Ich fühlte, wie sich mein ganzer Körper verkrampfte. Ich wusste nicht, ob es der Gedanke an Moms Tod war oder die Vorstellung, dass sie sich nicht vor der Sonne schützen würde, oder weil all das hier so anders war als meine Kindheit im Hub, und doch schien es, als wünschte sie sich meine Zustimmung.

»Also«, sagte ich zu Emiliano, »wenn ihr keine Krankheiten behandelt, was tut ihr Ärzte dann?«

»Oh, es gibt eine Menge zu tun. Wir können gebrochene Knochen schienen, Schnitt- und Schürfwunden versorgen und leichte Infektionen. Doch die eigentliche Pflege sollten wir in die Hände der Natur legen.«

»Das ist wunderschön, wenn du mal darüber nachdenkst«, sagte Mom.

Ich *dachte* darüber nach und fühlte meinen Puls in

die Höhe schnellen. »Also«, sagte ich, »wenn jemand zu krank ist, richtig kaputt, dann tötet ihr ihn einfach?«

Bei diesen Worten zuckte Emiliano zusammen. »Das ist kein *Töten*. In der Klinik machen wir das sehr friedlich. Jeder weiß, wie egoistisch es ist, das eigene Leben zu verlängern und die Ressourcen aller Menschen aufzubrauchen.«

Ich wandte mich an Mom. »Wenn also die Sonnenflecken auf deiner Schulter schlimmer werden und du krank wirst, würdest du dich umbringen – entschuldige, *befreien*.«

Mom seufzte. »Owen …« Sie warf mir wieder einen Blick zu, an den ich mich auch nach so vielen Jahren noch erinnerte: als ob sie enttäuscht wäre; die Form ihrer Lippen verriet mir, dass sie mich nicht hierhaben wollte, wenn ich ihr das perfekte Frühstück mit ihrem Freund im Paradies verdarb. Vielleicht wünschte sie sich, ich wäre nicht hergekommen, dass sie noch immer der Freigeist wäre, der mich verlassen hatte. »Ich erinnere mich an das Hub«, sagte sie. »Immer musste man sich im Dunkeln verstecken. Es ist besser hier im Licht, hier haben wir ein strahlendes Leben. Es ist das Risiko wert.«

Mein nächster Gedanke schoss einfach so aus mir raus. »Also, in *deiner* Welt … wenn mein Dad hier all diese Beschwerden vom Schimmelpilz und vom Staub bekäme, würde man ihn nicht behandeln. Kein Atemgerät, kein Luftbefeuchter, stimmt's?«

Mom verzog noch mehr das Gesicht. Nun war es ihr definitiv peinlich, dass ich da war.

»Also«, sagte Emiliano, »einige dieser Dinge können wir gar nicht bekommen.«

»Dann wäre er jetzt schon tot«, sagte ich. »Er wäre an seinem Schleim erstickt, oder ihr hättet ihn befreit.«

»Wahrscheinlich«, sagte Emiliano. »Wenn sein Zustand ernst wäre.«

Ich stand auf und ging zur Tür. »Sein Zustand ist ernst.«

»Owen, warte …«, rief Mom.

Ich fuhr herum. »Und nachdem ihr meinen Dad habt sterben lassen, wer würde sich um sein Kind kümmern? Nicht seine Mutter, denn die ist abgehauen, um einen Ort zum Glücklichsein zu finden!«

»Das ist nicht …«

Doch ich war schon an der Haustür.

»Wo gehst du hin?«

Ich blieb stehen. Meine Gefühle waren wie die Wellen in Houston, wild schlugen sie gegen die Trümmer tief in mir versunkener Erinnerungen. Ich fühlte mich schlecht, wegen dem, was ich gesagt hatte, und doch spürte ich auch, dass ich das hatte sagen müssen. »Ich kann jetzt nicht hierblieben«, sagte ich. »Ich gehe zu meinen Leuten.«

»Okay … es tut mir leid, dass das so hart für dich ist. Ich … ich liebe dich.« Mom machte eine Bewegung, als ob sie einen Kuss von ihren Lippen in die Finger nehmen und ihn mir dann zuwerfen würde. »Fang ihn auf«, sagte sie.

Ohne nachzudenken hob ich eine Hand und fing den Kuss nahe an meinem Gesicht, und etwas an dieser Bewegung, als ob meine Muskeln eine Erinnerung besäßen, löste ein tiefes, verloren geglaubtes Gefühl in mir aus. Ich hatte diese Geste früher schon gemacht, wir hatten das schon gemacht, vor vielen Jahren, eine Geste der Liebe, auf die ich so lange verzichtet hatte. Ich wollte schreien und fortgehen oder zu ihr laufen und sie umarmen.

Aber ich fing nur den Kuss auf und öffnete die Tür. »Tschüss«, sagte ich.

Draußen brannten die Sonnenstrahlen wie Flammen auf meinem Gesicht. Auf den Stufen blieb ich stehen und atmete tief durch. Die zwei vor dem Haus aufgestellten Wachposten sahen mich an.

»Hey, Flieger.«

Sieben saß im Schatten neben der Treppe, den Rücken an die Wand gelehnt, die Beine ausgestreckt. Sie trug ein weißes Wickelkleid mit langen Ärmeln. Ein Blumenmuster in leuchtenden Farben war in den Saum gewebt, und wurzelähnliche Linien kringelten sich von den Blumen zur Bauchmitte, wo sie eine aufwändige Blumenversion des Heliad-Sieben-Symbols umgaben. Die hochgesteckten Haare waren unter einem gewebten Hut verborgen, der ihr Gesicht vor der Sonne schützte. Die langen Beine hatte sie überkreuzt und auf ihrem Schoß lag eine kleine, gewebte Schultertasche. Ihr Gesicht war perfekt geschminkt und schimmerte wie feines Porzellan. Sie trug diese Retro-Sonnenbrille mit goldenen Bügeln und trank lilafarbene Limonade aus einer verkratzten Glasflasche, von der Kondenswasser tropfte.

»Hey«, sagte ich. Ich hüpfte die Stufen hinunter und ging zu ihr hin. »Was machst du hier?«

Sie nahm einen Schluck von der Limonade und rülpste dann. »Die Gute Mutter hat mich geschickt, dich zu holen. In der Zentrale beobachten sie, wie irgendetwas vom Himmel runterkommt, das wir sehen sollen. Offenbar ist es wichtig.« Sie streckte die Hand aus, als wartete sie darauf, dass ich sie ergriff. Ich nahm sie, und sie zog sich hoch. Als sie aufstand, stieß sie gegen mich. Ich trat einen Schritt zurück.

»Entschuldige«, sagte sie, aber es schien ihr nicht wirklich leidzutun.

Dann rieb sie sich den Kopf. »Oooh«, sagte sie. »Ich hasse den Morgen.« Sie trank noch einmal von der Limonade. »Ich wollte das hier ausgetrunken haben, bevor ich dich abhole.« Sie deutete mit dem Kopf zur Wohnung meiner Mutter. »Wie hast du geschlafen?«

»Nicht gut«, sagte ich. »Und du?«

»Ha. Ich bin lange mit meinen Freunden ausgegangen. Es gibt da diesen Club, Chaac's Cove, da gehen wir tanzen. Das hat Spaß gemacht, aber nun muss ich dafür bezahlen. So ist das Leben einer Göttin. Übrigens erwarten alle, dass du heute Abend mitkommst.«

»Ich tanze nicht. Ich meine, ich habe noch nie …«

»Du wirst tanzen«, sagte Sieben mit einem Lächeln. Wir gingen die Straße hinauf. »Also, wie ist es bei deiner Mutter gelaufen? Ich habe dich gehört, du warst laut. Ärger beim großen Wiedersehen?«

Ich zuckte die Achseln. »Vermutlich, ja. Es ist schon seltsam. Ich habe mich etwas aufgeregt, als wir über diese Befreiungssache geredet haben.«

Sieben lächelte schuldbewusst. »Ein strahlendes Leben!« Sie streckte die Faust dem Himmel entgegen. »Ja, das ist so eine Sache.« Wir gingen nebeneinander her, und ihr Arm sank auf meine Schulter. Ich wandte den Kopf und dachte: *Ihr Arm sollte nicht auf meiner Schulter liegen.* Hatte ich nicht eine Freundin? Und das war Lilly, oder? Andererseits konnten sich Freunde sehr wohl umarmen, und Sieben und ich würden Freunde werden müssen, nicht wahr? Vielleicht war ein Arm um die Schulter keine große Sache für Sieben. Also ließ ich ihren Arm dort liegen und versuchte, die Alarmglocken in meinem Kopf zu ignorieren.

Die Menschen blickten uns nach, als wir die enge Straße entlang und dann über den Platz schlenderten. Mir fiel auch auf, dass die zwei Wachen, die vor Moms Haus gestanden hatten, uns in einigem Abstand folgten.

Auf dem Hauptplatz war Markt, es herrschte reges Treiben, Menschen gingen zwischen den Standreihen, wo Stoffmarkisen Schatten spendeten, hin und her. Da waren junge und alte Menschen mit unterschiedlichen Hautfarben und Gesichtern, die so anders aussahen, als die, die ich aus dem Hub oder Eden kannte. Und alle liefen draußen in der strahlenden, sengenden Sonne herum, ließen sich, offenbar ohne Angst, Kopf, Schultern und Arme verbrennen.

»Es ist heiß«, sagte ich und betrachtete meine vom Sweatshirt bedeckten Arme. Dort, wo ich Strahlenverbrennungen hatte, kribbelte die Haut.

»Sengende Hitze«, sagte Sieben. »Man gewöhnt sich nie wirklich daran.« Sie zog ihren Arm fort, strich den langen Kleiderärmel glatt und richtete ihren Hut.

»Warum führst du kein strahlendes Leben?«, fragte ich.

Sieben lächelte. »Ich soll mir die Haut wegbrennen lassen? Nein, danke.« Sie schaute sich um. »Ein strahlendes Leben zu führen, sich die Finger abhacken zu lassen und jung zu sterben, mag ja für Idioten ganz gut sein«, sagte sie, »aber nicht für mich. Ich habe diesen Ort nicht gewählt. Ich bin nur das reizende Mädchen, das in einen Turm gesperrt wurde.«

»Wie meinst du das?«

»Ich meine, ich habe nicht darum gebeten, aufgeweckt und in ein großes Hoffnungssymbol verwandelt zu werden. Zum Teufel noch mal, ich habe nicht mal darum gebeten, als Kryo eingefroren zu werden.«

»Deine Eltern?«, fragte ich.

Sieben schüttelte den Kopf. »Nicht mal die. Sie waren schon tot.«

»Was ist passiert?«

Sieben schwieg kurz, bevor sie schließlich sagte: »Während der Großen Flut haben wir in Buenos Aires gelebt. Mein Dad hat in der Finanzwirtschaft gearbeitet, und ich bin in New York aufgewachsen, aber wir sind viel gereist. Du hast wahrscheinlich in der Schule davon gehört, was in Buenos Aires passiert ist.«

»Ich glaube nicht«, sagte ich.

»Also, die Lage war schon ziemlich schlecht, Überschwemmungen und Stürme, aber dann schlug die Seuche Schwarzes Blut zu, und die Bedingungen waren so schlecht, dass das Virus mutierte und superbösartig wurde und zweimal so tödlich wie zuvor. Das Militär stellte das ganze Land unter Quarantäne. Niemand kam herein. Niemand konnte hinaus. Fünf Millionen Menschen, und alle sind gestorben ... meine Eltern, meine Brüder. Alle ... bis auf mich.«

»Wie hast du überlebt?«, fragte ich. »Warte, lass mich raten. Eden Corporation hat dich gefunden.«

»Stimmt«, sagte Sieben. »Ich war das Gegenstück zu ihren gefrorenen Körpern. Sie hatten vor, meine ganze Familie aus Buenos Aires rauszuholen, aber dann kam das mit der Mutation und der Quarantäne. Wir wurden alle krank. Eines Nachts kamen sie«, sagte Sieben, »wir waren in einem Gruppenhospiz. Dort bekam jede Familie einen Raum, um gemeinsam zu sterben. Es war spät, mein jüngerer Bruder war schon tot, und mein Dad atmete kaum noch. Auch meine Mutter war schon beinahe gestorben ... und dieser Soldatentrupp, alle in Schwarz mit goldenen Visieren wie Roboter, kam hereingestürmt.

Sie haben mich gefragt, ob ich mit ihnen gehen wolle. Ich wollte nicht, aber ich wollte auch nicht sterben. Also habe ich Ja gesagt. Ich bin sicher, sie hätten mich sowieso mitgenommen. Sie brachten mich zu einem Hubschrauber, und ich weiß noch, wie ich eines dieser Visiere anblickte und dann …«

Sieben blickte sich um. »Dann wache ich in einem Bett in Desenna auf, fünfundzwanzig Jahre später, und ich bin Heliad, die Tochter der Sonne. Einfach so.«

»Das tut mir leid«, sagte ich. »Das ist echt bitter.«

»Anderen geht es noch schlechter«, sagte Sieben.

»Wie hast du früher geheißen?«

»Ha«, sagte sie, aber sie lächelte nicht dabei. »Das ist unwichtig.« Sie blieb abrupt stehen. »Hast du Hunger? Ich schon. Und du willst sicher auch was.« Sie zog mich über die Straße zu einem Marktstand hinüber, von dem Rauch aufstieg.

Eine Frau im roten Kleid und zwei kleine Jungen brieten flache, braune Fladen in einer schwarzen Pfanne. Darunter führten rote Schläuche zu einer Solarbatterie.

Sieben sprach zu der Frau in dem Spanisch, das ich schon am Vorabend gehört hatte. Sie lächelte liebenswürdig, ihr perfekt geschminktes Gesicht und die Sonnenbrille waren die Maske einer Göttin, hinter der sich die echte Person, die ich soeben kennengelernt hatte, verbarg. Die Jungen gaben eifrig Bohnen und ein orangefarbenes Gemüse in die Mitte der Fladen und legten sie dann zu einem Dreick zusammen. Die Frau nahm die Fladen schnell aus der Pfanne, legte sie auf ein Blatt und reichte sie uns.

»Müssen wir bezahlen?«, fragte ich.

»Niemals, das ist Regel Nummer vier«, antwortete Sieben und nahm der Frau das Essen ab. »Für einen Gott wäre es eine Beleidigung, bezahlen zu müssen. Die Menschen glauben, sie gewinnen unsere Gunst mit ihren Geschenken.«

Die Frau und die Kinder grüßten uns mit der Zwei-Finger-Bewegung. Sieben nickte, als wäre sie das schon gewohnt.

Sie reichte mir eines der Dreiecke, und wir gingen weiter. »Kakao und Eddo-Kuchen«, sagte sie.

Der Kuchen war trocken, aber lecker, eine Mischung aus süßer Schokolade und einem Hauch Gemüse.

»Also, bist du wütend?«, fragte ich, während wir weiter über den Platz auf die Pyramide zugingen. »So wie in Eden auf Victoria? Das hier war nicht deine Entscheidung.«

»Ich werde schon mal stinkig«, sagte Sieben, »aber weißt du, wenn ich die Wahl habe, entweder tot oder eine Göttin zu sein, dann nehme ich die Göttin.«

»Aber was hast du dann gemeint, als du gestern Abend gesagt hast, du hättest das Gefühl, du könntest bald sterben?«

Sieben sah mich direkt an. »Ooh, der Junge kann sich wichtige Details merken, die Damen werden schwach.«

»Im Ernst«, sagte ich und speicherte schon mal diese augenscheinliche Fähigkeit von mir im Kopf ab.

Sieben seufzte. »Wahrscheinlich wünsche ich mir manchmal, es hätte eine dritte Möglichkeit gegeben.«

»Was denn zum Beispiel?«

»Ich weiß nicht, vielleicht einfach ein Mädchen in der Nördlichen Föderation zu sein. Weißt du, auf Helsinki Island wohnen und ein normales Leben haben: Schule, Abschluss, Universität. Danach ein Praktikum in einem Büro, für den Beamtenapparat arbeiten, eine Papierschieberin in einem vernünftigen Kostüm und schrecklichen Schuhen. Vielleicht hätte ich einen süßen Jungen im Büro auf einer Firmenfeier kennengelernt. Vielleicht wäre ich einfach ganz normal. Anonym. Kein strahlendes Leben. Das wäre schön.«

»Vielleicht kannst du ja ganz normal sein, wenn wir unser Schicksal als Atlanter erfüllt haben«, sagte ich.

»Ha, vielleicht, ja«, sagte Sieben. Sie klang nicht überzeugt. »Wenn ich hier rauskomme, bin ich zufrieden. Für die Zwischenzeit, denke ich, ist das hier meine Freikarte. Ich sollte tot sein und bin es nicht. Ich bin eine Göttin, und hier ist mein Bonus.« Sie schlang ihren Arm unter meinen. »Ich habe jetzt auch noch einen Gott, mit dem ich zusammen rumhängen kann.«

»Du meinst Leech?«, sagte ich und hoffte, es würde wie ein Witz klingen. Ich fragte mich auch, ob ihr Arm dort immer noch rein freundschaftliche Absichten hegte.

»Ja, sexy Leech.« Sieben warf mir ein schiefes Lächeln zu. Dann zog sie ihren Arm zurück.

Wir gingen an zwei älteren Männern vorbei, die in der Sonne saßen, an eine Hauswand gelehnt. Ihre Haut war ledrig, verbrannt und mit schwarzen Flecken übersät, aus denen eine gelbe Flüssigkeit quoll. Einer der beiden zeigte auf uns und streckte die Hand aus, aber der andere packte den Arm und zog ihn weg.

»Betteln ist verboten«, sagte Sieben. Sie betrachtete die beiden einen Moment lang, dann griff sie nach dem Rest von meinem Fladen. »Hast du was dagegen?« Sie flitzte zu den beiden hinüber und gab ihnen unsere Reste. Als sie zurückkam, sagte sie: »Das ist die Aufgabe einer Göttin. Die beiden machen es eh nicht mehr lange. So wie ihre Verletzungen riechen, würde ich sagen, maximal noch eine Woche.«

»Das war nett von dir«, sagte ich.

Sieben zuckte die Achseln. »Du musst alles tun, was du kannst, und dabei zumindest vorgeben, dass das alles einen Sinn hat.«

Wir überquerten den großen Platz. Die Hauptpyramide sah bei Tageslicht noch beeindruckender aus, weil erst dann ihre enorme Größe im Vergleich zu allen anderen Gebäuden ins Auge fiel, gestochen scharfe Kanten, die in den blauen Himmel ragten.

Rechts von uns zog eine Gruppe Arbeiter eine neue Hauswand hoch und wuchtete massive Steinblöcke auf einer langen, schrägen Holzrampe nach oben. Andere Männer bearbeiteten die Steine mit Schleifrädern und Feilen. Ich sah, dass einige von ihnen Gesichter meißelten.

»Das sieht so aus wie die Stadt, in der die Drei gestorben sind«, sagte Sieben.

»Du hast das gesehen?«

»Ja«, antwortete Sieben, »die Vision mit der Pyramide und dem Aschehimmel, die Drei stehen in einer Reihe und jedem wird die Kehle durchgeschnitten.«

Sie rieb sich am Hals. »Ich fühlte mich wie das Mädchen, das da starb.«

»Und ich wie der Junge«, sagte ich. »Aber ja, stimmt, ich habe das genauso gefühlt wie du.«

»Und diese irren Priester mit ihren Messern … Das muss so traurig gewesen sein, nicht nur dass sie starben, sondern sie wussten ja auch, dass ihre Welt zerbrach, dass die Menschen, die sie liebten, litten …«

»Alles durch unser Tun«, sagte ich und musste an Lüks Worte im Schädel denken. »Es ist schön, endlich jemanden zu haben, der auch die ganze Geschichte kennt«, räumte ich ein.

»Ich weiß«, sagte Sieben. »Jeder hier ist so: *Ja, Atlantis!*

und am liebsten würde ich sagen: *Haltet den Mund,* ihr habt keine Ahnung, wie es in Wirklichkeit ist.« Sie fuhr mit der Hand über meinen Arm. »Ich bin eine einsame Göttin gewesen.«

»Ha«, sagte ich und spürte, wie ich rot wurde. Ich musste zugeben, dass ich Sieben nicht mehr so nervig fand wie am Anfang. Sie verstand unsere Rolle in dieser Sache weitaus besser als Leech. Und wenn ich mich fragte, ob ich sie attraktiv fand ... also, da hatte sich meine Meinung definitiv geändert, zu ihren Gunsten. Ganz zu schweigen von der Tatsache, dass Sieben mir zeigte, dass sie *mich* attraktiv fand ...

Das alles erinnerte mich daran, dass ich Lilly besuchen *sollte,* ich sollte mit ihr reden, zusammen sein, bevor diese neuen Gedanken sich weiterspannen ... vielleicht sogar in die Richtung, die Victoria für uns vorgesehen hatte, welche auch immer das war.

Wir betraten die Pyramide und gingen durch einige Gänge bis zu einer Metalltür. Sieben drückte auf den Knopf neben der Tür und aktivierte einen kleinen Lautsprecher. Sie identifizierte sich, und die Türflügel öffneten sich.

Alle Gänge in der Pyramide waren aus Stein und schwach beleuchtet, aber der Raum, den wir jetzt betraten, war hell und weiß. An den Wänden standen Computerschaltpulte, nicht auf demselben technologischen Stand wie die in Eden, aber auf den Bildschirmen sah man Ansichten des Meeres, wahrscheinlich Radaraufnahmen, und auch noch einige Kameraaufnahmen.

In dem Raum herrschte reges Treiben, Menschen liefen eilig hin und her.

»Komm schon«, sagte Sieben. Sie führte mich durch die Menge, blieb genau vor einem der uniformierten

Wachposten stehen und schlang ihre Arme um seine breiten Schultern.

»Nico«, sagte Sieben liebevoll. »High five!«

Die meisten Mädchen würden Nico auf jeden Fall für einen guten Fang halten.

Er blickte Sieben an, sah sich dann aber schnell im Raum um, ob ihn jemand beobachtete.

»Oh, entschuldige bitte«, sagte Sieben, zog ihren Arm fort, lächelte dabei aber bösartig. »Ich hab's vergessen, nicht in der Öffentlichkeit.«

»Hallo, Sieben«, sagte Nico. Er war etwas älter, vielleicht zwanzig, und steckte in einer schmucken marineblauen Uniform. Die meisten Arbeiter in dem Raum trugen braune Militäruniformen. Nico lächelte Sieben zaghaft an, blickte dann aber wieder auf einen Computer in seiner Hand. »Entschuldige mich«, sagte er. »Wir haben viel vor.«

»Das habe ich schon gehört«, sagte Sieben. »Kannst du uns noch etwas darüber verraten?«

Man konnte Nico ansehen, dass er sich unwohl fühlte. »Du weißt doch, das darf ich nicht«, sagte er. Einen Moment lang sah er mich an und schien die Stirn zu runzeln, dann wandte er schnell den Blick von mir, als ob ich ihm den Rang abgelaufen hätte.

Sieben seufzte schmollend. »Okay. Wofür bist du überhaupt gut?«

»Ich …«

Sie schlug ihm zum Spaß auf die Schulter. »Ich mache nur Spaß. Kannst du mir sagen, wo die Ehrwürdige Mutter ist?«

»Sie ist draußen«, antwortete Nico.

»Danke, Süßer«, erwiderte Sieben. Sie stupste ihn auf die Nase und drehte sich dann zu mir um. »Komm mit.«

Wir gingen durch eine Glasschiebetür auf einen gemauerten Balkon, der über die Steilküste oberhalb der Hafenanlagen hinausragte. Auf dem Meer schimmerte der Schlick in Regenbogenfarben bis zum Horizont und zog sich wie eine Gummischlange dahin.

»War das dein Freund?«, fragte ich, um einen gleichgültigen Tonfall bemüht. *Es IST dir gleichgültig, oder?*, fragte ich mich.

»Nee«, sagte Sieben. »Er ist ein Freund, und ich bin ein Flirt. Ich mag ihn, und er möchte wahrscheinlich mehr, aber das ist auch alles.« Sieben sah mich genau an. »Wieso? Bist du eifersüchtig?«

»Natürlich nicht.« Ich hatte ihn vielleicht von Kopf bis Fuß gemustert, als ich ihn vorhin sah, aber das war auch alles.

Wir fanden Victoria an der Mauer. Sie schaute aufs Meer hinaus.

»Was geht ab, liebste Mami?«, fragte Sieben, während sie sich über die Brüstung lehnte und nach unten schaute.

»Dort unten kommen Verwundete an«, sagte Victoria mit fester Stimme.

Unten legte ein Schiff neben der *Solara* an. Schwarzer Rauch stieg auf. Die Gangway wurde quietschend ausgefahren, und Menschen in abgerissener Kleidung schlurften vom Schiff, dahinter folgten einige Tragbahren.

»Hier entlang.« Victoria ging mit uns zu einer Metalltreppe, die das Kliff hinunterführte.

»Wer sind diese Leute?«, fragte ich.

»Nomaden«, gab Victoria über die Schulter zur Antwort. »Sie gehörten zu einer registrierten Gruppe, mit denen wir regelmäßig Handel treiben. Vor drei Tagen wurden sie im Tennessee Moor von den Truppen der AKF angegriffen. Fünfundsiebzig Männer, Frauen und

Kinder wurden niedergemetzelt. Diese wenigen dort konnten als Einzige entkommen.«

»Wir haben auch so etwas gesehen«, sagte ich, »oben in Colorado. Die Nomaden haben versucht, der AKF begreiflich zu machen, dass sie für irgendwas nicht verantworlich waren, das ... äh ...«

»Den Überfall auf das Cheyenne-Depot«, vollendete Victoria meinen Satz.

»Ja, das war's.«

Wir erreichten den Hafen. Die Verwundeten waren auf Grüppchen um die Tragbahren verteilt. Frauen und Kinder, auch einige Männer, alle hatten Schnittwunden, Abschürfungen, Verbrennungen. Ich sah ein zerquetschtes Bein, eine fehlende Hand. Die Kinder waren entweder totenstill oder sie weinten. Serena und die anderen Ärzte huschten zwischen den Verletzten hin und her.

Victoria beugte sich über einen bewusstlosen Mann auf einer Trage. Sein Gesicht war unter dem Verband kaum zu sehen, und auf der Stirn und am Ohr war der weiße Stoff blutgetränkt. Sie rief nach einem Arzt. »Wenn er Angehörige hat, biete ihnen die Befreiung an. Sag ihnen, dass wir ihn von seinem Leiden erlösen können, aber das ist auch alles.«

Sie wandte sich um, und ich sah einen Ausdruck von Schmerz auf ihrem Gesicht. Es wunderte mich, dass der Anblick dieser Verwundeten diesselbe Frau, die gestern noch ihre Hand auf das blutende Herz eines sterbenden Mädchens gelegt hatte, so aus der Fassung brachte.

»Dreckskerl«, sagte Victoria leise.

»Wer?«, fragte ich.

»Dein alter Freund Paul. Er steckt hinter alldem hier.

Diese Menschen hier versuchen nur, sich irgendwie über Wasser zu halten, aber stattdessen sind sie Opfer seines Ehrgeizes geworden.«

Ich hörte Schreie. Zwei Kinder, ungefähr zehn Jahre alt, knieten neben einer schwer verletzten Frau.

»Cheyenne-Depot ist ein Militärstützpunkt, oder?«, fragte ich.

»Es ist das größte Atommülllager in ganz Nordamerika«, erwiderte Victoria.

»Du redest von Bomben?«

»Die Atomsprengköpfe wurden vor hundert Jahren demontiert«, sagte Victoria. »Die Länder der Nördlichen Föderation haben offensichtlich immer noch Atombomben an ihren wichtigsten Stützpunkten, aber das in Cheyenne gelagerte Uran kann leicht wieder zu Waffen verarbeitet werden. Berichten zufolge wurde das Depot letzte Woche von einem Nomaden-Einsatzkommando angegriffen, dem es gelungen ist, die Wachen zu überlisten, eine unbekannte Menge an Atommaterial zu stehlen und zu fliehen, bevor die Truppen der AKF vor Ort waren.«

»Warum sollten Nomaden Uran stehlen?«, fragte ich. »Wollen sie eine Bombe bauen?«

»Das ist der Punkt«, sagte Victoria. »Deshalb können es nicht Nomaden gewesen sein. Ich glaube, eine Truppe der Eden Corporation hat es wie einen Nomadenangriff aussehen lassen. Und nun hat die AKF die Nomaden als Terroristen gebrandmarkt. Auf der Suche nach dem gestohlenen Material bringen sie jede Gruppe zur Strecke, die sie finden können, und jagen die Menschen zum Teufel.«

»In dem Bericht, den wir gesehen haben, hat Paul über den Abbau von Uran gesprochen«, sagte ich. »Er hat nicht gesagt, wo das stattfindet oder wofür sie das Uran verwenden wollen.«

»Ich denke, das liegt auf der Hand«, murmelte Victoria. Sie starrte auf die vielen verletzten Menschen. »Hör mal, wir müssen unsere Tour zum Tempel auf morgen früh verschieben. Ich muss hier weitermachen. Tut mir leid, aber ich kann mich jetzt nicht weiter unterhalten.«

Sie drehte sich weg, ging zu der aufgewühlten Menge zurück und sprach mit Serena, während mehr und mehr Verwundete das Schiff verließen.

Eine Zeit lang blieb ich stehen und suchte nach einer Möglichkeit zu helfen, aber es gab nichts, was ich tun konnte. Sieben kniete neben dem Mann mit dem verbundenen Gesicht. Auf seine Wange war ein F für Freiwilliger aufgemalt. Neben Sieben stand eine Frau, die einen weinenden Jungen in den Armen hielt.

Sieben sah zu mir hoch, als ich neben sie trat. Ihr Blick war ernst, sie sah mitgenommen aus. »Möchtest du mir helfen, das Sterberitual zu vollziehen?«, fragte sie mit Grabesstimme.

Mein erster Impuls war, Nein zu sagen. Ich wollte fort von all diesen Toten, aber dann musste ich an meine Mutter denken, die vor allem, was sie nicht ertragen konnte, weggelaufen war. Die Frau und der Junge sahen zu mir auf, und ich erinnerte mich, dass ich einer ihrer Götter war. Ich würde nicht weggehen, wenn sie mich brauchten. »Sicher.«

Ich kniete mich Sieben gegenüber. Der von Prellungen und Verbrennungen verunstaltete Körper des Mannes war zwischen uns. Sieben streckte ihre Hände vor, und ich nahm sie in meine.

Sie nickte mir zu und schloss ihre Augen. Dann sprach sie:

»Ruhe in Frieden. Strahle froh und frei.
Du hast deine Aufgabe erfüllt; nun feiern wir deine Befreiung.
Und wenn wir dich befreien, wisse, dass du göttlich sein wirst,
Göttlich in deiner Freiheit, ein Sieger über die Angst.«

Sieben ließ meine Hände los. Sie wühlte in ihrer Schultertasche und holte eine kleine Glasflasche hervor. Sie zog eine Tropfpipette mit einer leuchtend grünen Flüssigkeit heraus und presste sie in den Mund des Mannes. »Mach ein fröhliches Gesicht«, sagte sie zu mir und blickte zu der Frau. »Das wird seine Schmerzen lindern.«

»Danke«, flüsterte die Frau.

Sie und der Junge knieten sich nun neben den Mann, als Sieben und ich aufstanden und zurücktraten. Der Ausdruck auf Siebens Gesicht war hitzig. Sie biss sich auf die Lippe. Jetzt erkannte ich den Unterschied. Der Tod ging Victoria und Sieben sehr wohl nahe, wenn er nicht geplant war. Wenn sie ihn nicht kontrollieren konnten. Diese Menschen hatten keine Chance gehabt. Paul hatte sie ihnen genommen.

Sieben und ich vollzogen noch dreimal das Sterberitual. Wir knieten über den Sterbenden und hielten uns an den Händen, und beim dritten Mal kannte ich den Wortlaut und sprach mit ihr zusammen. Unsere Worte hörten sich in ihrem gemeinsamen Rhythmus kraftvoll an, sie brachten den weinenden Familien einen Moment des Friedens und der Ruhe.

Die Angehörigen dankten uns, sie umarmten uns, und ich spürte, wie die ersten beiden Regeln von Sieben wirkten. Ich war ein Gott, und das war gut, hilfreich; und doch erschütterte mich der Schmerz dieser Welt, das Gewicht des Todes, tief. Hier waren noch mehr Menschen für die

Liste derjenigen, die dank unserer Mission weiterlebten, wenn wir Erfolg haben würden.

»Ich hab's kapiert«, sagte ich zu Sieben, während ich beobachtete, wie der letzte geschundene Körper aus dem Hafen getragen wurde. »Das hier ist wichtig. Wir bedeuten den Menschen etwas.«

»Für dich ist das neu«, sagte Sieben. »Wenn du einige Tausend Mal das Sterberitual vollzogen hast, dann verflüchtigt sich das Gefühl.«

»Schön und gut. Aber es gibt mir das Gefühl, dass unsere Mission umso wichtiger ist, dass ich alles tun werde, was nötig ist, um Paul aufzuhalten.«

Sieben schwieg, sie starrte aufs Meer hinaus, die Arme um ihren Körper geschlungen. »Es zieht mich an, ich würde gern schwimmen.«

»Was?«

Ihr Blick schnellte zurück, Sieben hatte wieder die Maske der Göttin aufgesetzt. »Victoria hat gesagt, dass wir heute nicht zum Schädel gehen, das heißt, wir haben den Tag frei. Und ich für meinen Teil würde gern den Rest des Tages ohne einen weiteren Gedanken an all das hier verbringen.«

»Okay«, sagte ich, fügte dann aber hinzu: »Wir sollten den anderen Bescheid sagen.«

Sieben verdrehte die Augen. »Flunsch. Klar doch, trommeln wir die Clique zusammen.«

20

Wir gingen hinüber zum Krankenhaus. »Ich hole Leech«, sagte Sieben. »Du gehst zu Lilly.«

Im Flur trennten wir uns. Vor der Tür zu Lillys Zimmer hielt ich inne. Von drinnen waren Stimmen zu hören.

»Wir waren letztes Wochenende draußen in Banff.« Es war eine männliche Stimme. »Da sind immer noch Schlammflächen, wo früher das Columbia Eisfeld war. Man versinkt geradezu im Matsch. Diese Gletschermineralе sind gut für die Gelenke deiner Mutter.«

Eine Frau: »Nach ein paar Stunden dort konnte ich mich fast vollständig bewegen.«

Niemand sagte mehr etwas, nur das Rauschen einer Videokassette war zu hören.

Ich öffnete die Tür einen Spalt und spähte in den Raum. Leicht diesige Sonnenstrahlen fielen durch ein großes Fenster herein. Lilly saß aufrecht im Bett. Sie hatte immer noch die Kleider an, in denen sie hergekommen war, obwohl es aussah, als wären sie gewaschen worden. Ihre Kiemen waren unter weißen, mit einem durchsichtigen Material befestigten Verbänden verborgen.

Sie hatte das Subnetz-Pad bei sich. Ein schmaler silberner Stick steckte an der Seite.

»Trotz allem ist es teuer hierherzukommen«, sagte die männliche Stimme. »Ich weiß nicht, wie oft wir das noch machen können.«

Dann war es wieder eine Zeit lang still.

»Hey«, sagte ich leise.

Lilly schaute auf. Ihr Gesicht war sauber, die Haare gewaschen und gebürstet, aber ihre Augen waren geschwollen und nass. »Hey«, sagte sie im Flüsterton.

Ich ging zum Bett hinüber. »Was machst du da?«

Sie zeigte auf den Bildschirm, wo zwei ältere Erwachsene mit Falten und grauen Haaren uns anstarrten. Die Frau hatte mandelfarbene Haut und weiche Gesichtszüge und ähnelte Lilly sehr. Der Mann hatte Lillys himmelblaue Augen, hellere Haut und ein breites Gesicht.

»Gehen tut mir auch gut«, sagte Lillys Mutter. »Ich kann in der Nachbarschaft herumlaufen. Es wird zwar gesagt, man solle jetzt ständig Strahlenschutz tragen, aber ich frage mich, was das in meinem Fall noch nützt …« Sie verstummte.

Der Vater drehte sich weg, als würde er die Hand der Mutter aus dem Bild schieben.

Lilly hielt den Atem an, als sie eine neue Welle der Traurigkeit erfasste.

Das mussten die Video-Chats sein, die ihre Eltern ihr hinterlassen hatten. »Du siehst das zum ersten Mal«, sagte ich, weil ich mich an das erinnerte, was sie mir damals auf Tigerlilly-Island erzählt hatte.

Lilly nickte. »Die Videos sind aus dem Jahr 2073, fünfzehn Jahre nachdem ich eingefroren wurde.«

Lillys Eltern schauten ein wenig zur Seite, als ob sie nicht wüssten, wo die Kamera steht.

»Sie wussten nie, was sie sagen sollten«, sagte Lilly. »Im Plaudern waren sie nie gut. Das weiß ich noch aus meiner Kindheit.« Sie lachte leise. »Sie sehen so alt aus.« Dann streckte sie die Hand aus. Fand meine. Zog mich leicht zu sich hin. »Setz dich.«

Ich setzte mich neben sie auf das Bett. Sie rutschte zur Seite, um Platz zu machen.

»Wir, hm«, begann ihr Vater, »wir haben endlich die Kiste bekommen, von der Volksgesellschaft. Gerade, als wir schon dachten, sie würde niemals kommen …« Er ging aus dem Bild.

»Oh Gott ….«, flüsterte Lilly.

»Es war nicht viel drin«, sagte ihr Vater. Ihre Mutter weinte. »Ein paar Kleidungsstücke, seine Armbanduhr, solche Dinge. Oh, und dann noch das hier.«

Ihr Vater hielt ein Foto hoch. Es zeigte einen Jungen, der ungefähr so alt war wie wir, groß und kräftig. Er hatte den Arm um ein spindeldürres Mädchen mit kurzem, schwarzem Haar gelegt, das dieselben großen Augen wie Lilly hatte.

Lilly schluchzte.

»Schau dir euch beide an«, sagte ihre Mutter. »So jung und hübsch. Wir haben uns immer gewünscht, dass er jetzt bei dir wäre, dort in Eden, aber …«

»Er hatte seinen eigenen Willen«, beendete ihr Vater den Satz. Er legte das Foto weg.

Lillys Eltern waren wieder still, fast als erwarteten sie, dass Lilly sprechen würde. Das Schweigen rauschte durch die Lautsprecher.

Lilly putzte sich die Nase.

»Wir hoffen, dass du glücklich bist und es dir gut geht, wenn du das hier bekommst«, sagte ihre Mutter. »Dass das Leben gut zu dir ist.«

Lilly lachte traurig. »Ja.«

»Wir lieben dich, Tigerlilly«, sagte ihre Mutter. »Wir lieben dich so sehr.«

»Okay …«, sagte ihr Vater. Auch seine Augen waren feucht. »Wir chatten bald wieder.«

Er streckte die Hand aus und schaltete die Kamera ab.

Lilly drehte die Bildschirmseite des Computerpads nach unten. »Ein Jahr später ist sie tot. Sie ist da schon halb tot, sie wollten es mir nur nicht sagen.«

»Kunststoffkrebs«, sagte ich.

»Ja. Den nächsten Chat machte mein Dad allein. Der ist so schrecklich, ich konnte ihn mir kaum ansehen. Zwei Jahre später stirbt auch er.« Sie seufzte und sagte zu sich: »Es ist so unfair.«

»Tut mir leid«, sagte ich. »Es ist traurig, dass sie gestorben sind. Es gibt zu viel Sterben auf der Welt.«

»Danke«, sagte Lilly. »Leech hat mir erzählt, dass deine Mutter hier ist. Wie kann das sein?«

»Das ist sehr seltsam«, sagte ich. »Ich meine, es ist schön.« Ich war froh, mit ihr darüber sprechen zu können, aber ich fühlte mich auch schlecht dabei. Schließlich war ich der Einzige von uns Dreien, der noch Eltern hatte. »Ich habe Glück. Aber es ist merkwürdig, weil sie uns verlassen hat, und deshalb weiß ich nicht ... Heute Morgen habe ich mich ziemlich danebenbenommen.«

Ich erzählte ihr von der Auseinandersetzung. »Es ist so komisch, nicht nur, dass ich sie nach so langer Zeit zum ersten Mal sehe«, sagte ich, »sondern auch, dass sie diesen neuen Freund hat und total in dieser Heliad-Sache aufgeht. Und ich weiß nicht, warum.«

»Sie ist nicht so, wie du sie in Erinnerung hast«, sagte Lilly.

»Doch, im Grunde schon«, sagte ich. »Große Auftritte hat sie von jeher geliebt. Und ich weiß noch, dass sie irgendwie immer ... flatterhaft war, auch als ich noch ein kleiner Junge war. Obwohl ich glaube, dass sie damit ihre Traurigkeit, oder was auch immer sie tief drinnen fühlte, überspielt hat. Aber wer weiß? Es ist so lange her. Ich glaube, ich nehme es ihr übel, dass sie uns verlassen hat. Wahrscheinlich bin ich schon seit Jahren stinkwütend auf sie. Und jetzt kommt es raus.«

»Ihr beide könnt darüber hinwegkommen«, sagte Lilly. »Vielleicht dauert es einfach eine Weile.« Sie schaute zurück auf den Computerbildschirm. »Eigentlich wollte ich die Chats niemals ansehen. Denn ich fühlte mich immer so schuldig, nach dem Motto: Warum soll ich leben dürfen, wenn sie gestorben sind? Besonders Anton. Er hat versucht, etwas anders zu machen, und er ist ertrunken. Aber ich bekam eine Freikarte für ein Leben in einer Traumwelt, in Eden.«

»Na ja, das war ja nicht deine Schuld«, sagte ich. »Das haben deine Eltern für dich entschieden. Und nun bist du draußen in der Welt und veränderst sie.« Als ich das sagte, begriff ich noch etwas anderes, und ich fühlte mich wie ein Idiot. »Deshalb warst du so sauer auf mich, als wir bei dem ausgetrockneten See waren. Du bist nicht nur meinetwegen mitgekommen – du hast das für dich getan, für sie.«

Lilly nickte.

»Hast du darum gelogen und behauptet, du hättest die Sirene gesehen?«, fragte ich.

»Ja«, antwortete sie. »Eigentlich wollte ich das nicht. Es war nur so, als ich dich getroffen habe, war es für mich genauso wichtig, abzuhauen wie dich besser kennenzulernen. Mit dir ging etwas vor sich, das keinem von uns sonst passierte, und ich musste herausfinden, was es war.«

»Das hört sich so an, als hättest du mich benutzt.«

Lilly verdrehte die Augen, aber sie lächelte dabei. »Nein, ich habe dich wirklich gemocht! Es ist nur … Ich habe schon ein paar Jungs getroffen, und am Anfang war es total super, aber sobald ich sie näher kennengelernt habe, war es irgendwie enttäuschend.« Ich fragte mich, ob sie von Evan sprach. »Aber mit dir war es anders, und ich wünschte so sehr, ich könnte diese Lüge zurücknehmen.«

»Das ist schon okay«, sagte ich. »Es ist wirklich keine große Sache. Und da draußen in der Wüste ... es war nicht meine Absicht, so zu tun, als ob es nur um mich ginge.«

Sie lächelte matt. »*Manchmal* musst auch du dich wie ein typischer Junge verhalten.«

»Ja ...« Ich lächelte zurück, doch plötzlich fühlte es sich gezwungen an. Ich war hier zusammen mit Lilly, wir kamen einander wieder näher, so wie ich es gehofft hatte, und doch dachte ich auch gleichzeitig an die Sterberituale, die ich mit Sieben vollzogen hatte und wie ich durch die atlantischen Visionen mit ihr verbunden war ... Ich versuchte, die Gedanken an Sieben zu verscheuchen und mich auf Lilly zu konzentrieren. »Ich bin froh, dass es dir besser geht«, sagte ich. »Das letzte Mal, als ich dich gesehen habe, warst du überhaupt nicht bei dir und hast die ganze Zeit von einer schönen Musik geredet, die du hörst.«

»Die vergangenen Tage waren sehr seltsam«, sagte Lilly. »Ich erinnere mich nicht mehr an viel, nachdem ich den Thermalballon fertig gemacht habe. Leech hat mir erzählt, was ich in der Zwischenzeit verpasst habe. Das klingt alles total verrückt.« Sie sah mich ernst an. »Kannst du das aushalten?«

»Mir geht's ganz gut.« Als sich unsere Blicke trafen, regte sich etwas tief in mir drin, und ich dachte: Nein, vergiss Sieben, auf das hier kommt es wirklich an. Und die Gedanken, die ich während unseres Nachtflugs gehabt hatte, stürzten wieder auf mich ein und verdrängten die letzten vierundzwanzig Stunden. Lilly. Natürlich hatten wir keine göttliche Verbindung, aber vielleicht verband uns etwas Größeres …

»Ich dachte, du würdest mich schon früher besuchen kommen.«

Die Bemerkung traf mich vollkommen unvorbereitet. Meine Gedanken rissen ruckartig ab. Lilly schaute weg. »Oh …«, sagte ich. »Na ja, ich war gestern Abend hier, aber da hast du geschlafen. Heute Morgen wollte ich eigentlich schon früher vorbeikommen, aber Sieben und ich waren …«

»Sieben«, sagte Lilly. »Aha.«

»Also, ja, wir mussten in die Zentrale«, sagte ich. »Es hat da dieses Massaker gegeben, Nomaden, und deshalb haben wir eine Sterbezeremonie vollzogen. Das ist ein kleines Ritual. Es ist …« Ich zögerte, denn ich machte mir Sorgen, wie das klingen würde, doch ich sprach es aus: »Es ist wirklich ziemlich bewegend. Wir bedeuten diesen Menschen eine Menge … es ist wichtig, das zu tun.«

»Du meinst damit euch«, sagte Lilly leise. »Die Drei.«

»Vermutlich, ja.«

»Leech hat gesagt, sie sei eine Nervensäge«, sagte Lilly, »vorsichtig ausgedrückt.«

»Ach, ich weiß nicht«, erwiderte ich. »Sie tut so, als wäre sie total tough, aber ich glaube, da steckt mehr dahinter. Letztlich ist es ihr wie uns ergangen, ihr Leben war wirklich nicht immer einfach.« Ich wusste, dass es so klang, als würde ich Sieben verteidigen. Vielleicht war es auch so.

Lillys starrer Blick war leer und abwesend. »Scheint so, als ob du sie schon ganz gut kennen würdest.«

»Ich habe das Gefühl, ja«, sagte ich. »Das ist auch eine komische Sache … Wir hatten die gleiche Schädelvision. Ich weiß, was sie durchgemacht hat.« Als ich das sagte, hatte ich ein schlechtes Gewissen.

»Das ist was Besonderes.« Lilly war wieder auf Distanz gegangen, so wie an dem ausgetrockneten See, nachdem meine Kiemen verschwunden waren.

»Es ist nur …«

»Kann ich dich etwas fragen?«

»Ja, klar.«

Lilly runzelte die Stirn. »Bist du sicher, dass Sieben das Medium ist? Oder ist das auch nur eine Rolle, die sie gern spielt?«

»Wow, wie wäre es mit einem fairen Prozess?«

Sieben stand in der Tür.

»Oh, hey«, sagte ich und stand von Lillys Bett auf, aber gleich darauf fragte ich mich, was ich Lilly damit signalisierte, oder was Sieben darüber dachte, dass ich auf Lillys Bett saß. Im Grunde hasste ich die ganze Verwirrung.

Sieben schien nichts davon zu bemerken. »Wie geht es denn Owens spezieller Reisebegleiterin?« Sie kam ins Zimmer. »Das war nur Spaß. Im Ernst, wir haben uns ja noch gar nicht begrüßt. Ich bin Sieben, die Tochter der Sonne und die dritte Atlanterin. Owen hat mir alles über dich erzählt: das tolle Mädchen aus dem Sommerlager. Also, ehrlich, wie geht es dir?«

Lilly warf Sieben einen Blick zu, nicht wütend, aber kalt. »Ich weiß, wer du bist.«

Sieben tat so, als würde sie peinlich berührt zur Seite schauen. »In Ordnung, dann … wie auch immer. Hat Flieger hier dir gesagt, dass wir schwimmen gehen?«

Lilly sah mich an und zog eine Augenbraue hoch. »Flieger?«

»Wir wollen zum Brunnen«, sagte Sieben, bevor ich etwas antworten konnte. »Das ist echt cool. Der Doktor sagt, dass sei auch gut für deine Kiemen. Davon wirst du gesund. Du brauchst keine Befreiung. War nur Spaß.«

»Reizend«, sagte Lilly. Ganz langsam musterte sie Sieben von oben bis unten. Dann sah sie zu mir. »Ich glaube, ich komme nicht mit. Ich will die Drei nicht bei ihrem Rendezvous stören.«

»Wie du willst«, sagte Sieben leichthin. »Ich bin bei Leech.« Sie ging aus dem Zimmer.

»Nun komm schon«, sagte ich zu Lilly »Du solltest mitkommen.«

Lilly saß nur da und biss sich auf die Lippe. Sie schloss die Augen und beugte ihren Kopf seitlich zum Fenster hin, als ob irgendetwas sie abgelenkt hätte.

»Hey …«, sagte ich.

Sie öffnete die Augen. »Entschuldige.« Ihr Blick war sonderbar. »Hast du … das gerade eben gehört?«

»Was gehört?«

»Die Musik«, sagte sie und starrte ins Leere.

»Hm, ich habe nur gehört, dass du gesagt hast, du kommst nicht mit schwimmen.«

Lilly schüttelte bedächtig den Kopf, als ob sie in Gedanken ganz woanders gewesen war. »Ja, nein … ich hab's ernst gemeint. Spiel du mit den Göttern. Ich … ich sollte mich ausruhen und mich um ein paar Sachen kümmern. Vielleicht komme ich später nach.« Sie starrte wieder aus dem Fenster.

»Was ist los mit dir?«, fragte ich.

»Kann ich noch nicht sagen«, antwortete sie.

Ich überlegte, was ich erwidern konnte. Die Distanz zwischen uns wog schwerer als je zuvor. »Es wird leichter mit Sieben, wenn du sie erst besser kennst«, unternahm ich einen Versuch.

Lilly lachte. »Owen, geh einfach. Ich bin müde.«

»Ich …« Ich glaubte ihr nicht, ich hasste es, mir ihre Ausflüchte anhören zu müssen, und doch kannte ich Lilly gut genug und wusste, sie würde ihre Meinung nicht ändern. »Gut. Dann bis später.«

Lilly antwortete nicht. Als ich das Zimmer verließ, wusste ich nicht, was ich fühlen sollte. Ich war frustriert, verwirrt, und zwischen uns baute sich langsam diese eigenartige Spannung auf, und ich konnte nichts dagegen tun.

»Ärger im Paradies?«, fragte Sieben, als ich das Zimmer betrat, wo Leech lag.

»Wo ist Lilly?«, fragte Leech, der gerade aus dem Bad kam. Sein linkes Auge war noch verbunden, aber das rechte sah schon viel besser aus. Zwar hatte er immer noch schwarze und rote Ringe um das Auge, aber es war abgeschwollen und man konnte wieder den Augapfel sehen. In der Hand hielt er den Sextanten. Als er ihn auf den Nachttisch legte, klapperte es. Ein Zittern fuhr durch seinen Arm.

»Sie hat gesagt, sie müsse noch was erledigen.«

Leech runzelte die Stirn. »Was hast du gemacht?«

»Ich habe gar nichts gemacht, oder … Ich weiß auch nicht! Irgendwas. Wie war's bei dir?«

»Besser, schlechter, alles«, sagte Leech. »Ich kann jetzt sehen, zumindest ein bisschen. Hier rauszukommen klingt nach einem guten Plan.«

Wir verließen das Gebäude.

»Kommt mit, Jungs«, sagte Sieben zu den zwei Wachen am Eingang, die uns auch vorher schon beschattet hatten.

Wir überquerten den Platz. Die Mittagssonne wurde intensiver, strahlte vom Kopfsteinplaster und von den Hauswänden ab.

Sieben führte uns durch schmale Straßen an den Stadtrand. Hier standen weniger Häuser, und zwischen den Grundstücken gab es Grünflächen mit dicken, alten Bäumen. Mir fiel auf, dass die Menschen in beiden Richtungen mit Handtüchern unterwegs waren, viele trugen Badekleidung. So viel Haut, die der Sonne ausgesetzt war. Und obwohl es viele verschiedene Hautfarben und -töne gab, auch ein paar Verfärbungen und Verbrennungen, sah niemand allzu schlecht aus. Ich fragte mich, ob die wirklich schwer von der Sonne Verbrannten schon tot waren. Um mich herum jedoch wurde viel gelacht, ich sah lächelnde, fröhliche Gesichter. Den Menschen ging es gut. Trotz der Sonne und des allgegenwärtigen Todes … oder vielleicht gerade deswegen. In jedem Fall sah man solche Gesichter im Hub nur selten. Und auch kaum in Eden West.

Die Luft war schwül und stickig, schlimmer noch als am Tag zuvor. Wir gingen durch ein schattiges Wäldchen mit tropischen Bäumen, an deren dicken Stämmen sich Kletterpflanzen rankten; breite Blätter bogen sich zu allen Seiten. Wir gelangten zu einer Biegung und gingen dann am Rand eines Lochs entlang, das etwa dreißig Meter breit war. Anscheinend war die Erde hier in einem perfekten Kreis eingesunken und hatte ein tiefes Loch geformt. Erde und Pflanzen hingen über die Kante, ein breiter Ring aus großen Blättern, ein Kaleidoskop aus Dreiecken und Grüntönen. Unter diesem Rand lag das Loch, das zum Teil von einem schmalen Felsvorsprung verdeckt wurde.

Das Loch war mindestens fünfzig Meter tief. Die Felswände wiesen ringsum braune und blassweiße Färbungen auf, es gab kleine Nischen und glatte Felsvorsprünge. An einigen Stellen waren die Wände schwarz vor Schimmel, an anderen glänzte smaragdgrünes Moos. Am Boden befand sich ein schokoladenbraunes und blaues Wasserbecken. Sonnenstrahlen erleuchteten die Hälfte der Wand und die Hälfte der Wasserfläche. Dünne Rankengewächse hingen wie nasses, braunes Haar von Bäumen und Büschen am oberen Rand herunter. Vom Wasser her stieg kühle Luft auf, ein sauberer, feuchter Duft, und die widerhallenden Stimmen der Schwimmer breiteten sich aus. Einige Schwimmer waren auf die Felsvorsprünge geklettert. Sie sprangen in hohem Bogen runter und tauchten ins sprudelnde Wasser ein, als ob sie die Realität durchbrechen und in eine andere Wirklichkeit reisen würden.

»Man nennt das Cenote«, sagte Sieben. »Die Maya haben hier Menschen und Babys hineingeworfen, als Opfergabe für die Götter.«

»Glauben die Menschen das auch von der Befreiung?«, fragte ich. »Opfer, um Chaac oder wen auch immer bei Laune zu halten?«

»Nee«, sagte Sieben. »Nicht jeder, dem man das Herz herausschneidet, wird tatsächlich das Wetter oder sonst was beeinflussen. Die Maya waren so verrückt, das zu glauben.«

»Nicht verrückt«, sagte Leech. »Nur verzweifelt, denke ich. Die Natur hat die ganze Zeit mit ihnen gespielt, und deshalb haben sie getan, was sie für richtig hielten, um mit einer brutalen Welt fertigzuwerden, die sich nicht um sie zu kümmern schien.«

»So in etwa wie jetzt«, sagte ich. Leech nickte bestätigend.

»Ich werde versuchen, nur ans schöne Schwimmen zu denken«, sagte Sieben, »und nicht an die Knochen toter Babys am Grund dieses Brunnens.«

Sie zeigte auf den Wasserfall. »In Desenna ist alles echt, bis auf das hier. Die Gütige Mutter hat Wasserrohre legen lassen. Und sie hat diesen Ort in ›Brunnen der Terra‹ umbenannt. Ein Ort, an dem die Erde uns versorgt, darauf wollte sie hinaus. Es gibt eine ganze Geschichte dazu: Sollte der Brunnen jemals austrocknen, würde dies bedeuten, dass die Terra uns verlassen hat und die ewige Dunkelheit über uns hereinbrechen wird … Gähn, gähn, gähn! Ich hab's ja schon gesagt, ich mag nur das mit dem Schwimmen.«

Wir kamen zu einer Treppe, die den Felsen hinabführte. Die Stufen waren braun gefliest und mit nassen Fußabdrücken bedeckt. Wir stiegen hinunter, das weiche Felsgestein bildete ein niedriges, unebenes Gewölbe über unseren Köpfen, als ob man das Gestein mit einem Löffel bearbeitet hätte. Ab und zu war eine Fensteröffnung in den Felsen gehauen worden, um Licht hereinzulassen.

Der tunnelartige Treppengang endete auf einer Plattform an der Felswand. Es gab drei breite Holzleitern, die ins Wasser und auch heraus führten. Einige Badende sprangen einfach hinein, und ihre Wasserbomben spritzten laut und dumpf.

In einer Ecke befand sich eine Gruppe älterer Menschen, denen einige Jüngere behilflich waren. Die Älteren schienen Schmerzen zu haben; mit dem Wasser linderten sie das Brennen ihrer zerstörten Haut, aber sie verhielten sich sehr ruhig, und man konnte sie inmitten des Gelächters und des Geschreis umhersausender Kinder leicht übersehen.

»Also, wollen wir?«, fragte Sieben. Sie trat an den Rand, setzte den Hut ab und begann ihr Haar zu lösen. Die Menschen auf der Plattform rutschten zur Seite, um für uns, die Götter unter ihnen, Platz zu machen. Unsere Bodyguards standen mit dem Rücken an die Felswand gelehnt.

Ich ging zum Rand vor und blickte hinunter. Unter der Wasseroberfläche schnellten Schatten hin und her, und ich erkannte, dass das wirklich kleine Fische waren. Die Idee, die ich in Eden gehabt hatte, kam mir wieder in den Sinn, eine Inselgruppe mit klarem Wasser zu finden, mit – aber was sollte das? Lilly war nicht hier … schon wieder nicht. Vielleicht sollte ich mich langsam lieber an den Gedanken gewöhnen.

»Kommst du, oder was ist?«, fragte Sieben. Ich schaute zu ihr hinüber, war aber nicht auf die Abmessungen ihres Bikins vorbereitet. Sie hatte die Hände in die Hüften gestemmt, und ihr jadegrüner Badeanzug sah mehr aus wie winzige, an bestimmte Stellen geklebte Dreiecke als ein richtiges Kleidungsstück. Der Anblick brannte sich in mein Gehirn, und ich riss meine Augen von dort fort, so schnell ich konnte.

»Das ist okay«, sagte Sieben. »Du kannst mich ruhig ansehen, solange du jetzt mit mir ins Wasser kommst!« Sie drehte sich um und hob demonstrativ die Arme in die Luft und drückte den Rücken durch, während sie zum Rand der Plattform ging. Sie wusste sehr gut, dass sie hier der Star war. Meine Augen folgten ihrer großen, kurvigen Gestalt und ihren superlangen Beinen, als sie nach vorn trat und einen eleganten Kopfsprung ins Wasser machte. Einige Menschen um uns herum fingen spontan an zu klatschen, als ob alles, was Sieben tat, Bewunderung verdiente.

»Ich hasse es, dass du zwei funktionierende Augen hast und ich nicht«, sagte Leech, während er sein Hemd auszog. Er ging zur Leiter und stieg vorsichtig ins Wasser hinab.

Ich zog mein Hemd aus. Sofort brannte die Sonne auf meinen Schultern, und meine Haut kribbelte. Ich ging zum Rand der Plattform.

»Nun komm schon, Flieger!« Sieben war schon in der Mitte des Wasserbeckens angelangt.

Ich dachte an die Sonne, an meinen Krampf, an Lilly ... und sprang doch hinein.

Das Wasser umschloss mich wie eine eisige Umarmung. Einen Moment lang war ich verwirrt, ich spürte den Drang, meine Lungen vollzupumpen und meine Kiemen einzusetzen, aber dann fiel mir ein, dass ich das nicht mehr tun konnte. Ich schoss zur Wasseroberfläche hinauf und schwamm zu Leech hinüber, der sich in der Nähe von einigen Kletterpflanzen mit Wassertreten die Zeit vertrieb. Dicke Pflanzenkordeln fielen bis ins Wasser herab und breiteten unter der Oberfläche kleine Sternregen aus feinen, braunen Haaren aus.

»Wo ist Sieben?«, fragte ich.

»Irgendwo unter uns«, sagte Leech.

»Wie geht es deinem Auge?«

»Gut. Der Verband hält gut. Ich glaube, ich werde das mal ausprobieren mit dem strahlenden Leben und so.«

Leech paddelte auf die Felswand zu, wo einige Kinder, jünger als wir, den Felsen hinaufkletterten, um von einem hohen Sims hinunterzuspringen. In unterschiedlichen Abständen gruben sie die Zehen in den Kalkstein und hielten sich mit den Händen in kleinen Löchern fest. Der Weg führte über dickes, graues Wurzelwerk, das sich an der Wand herunterrankte. Ein Junge rutschte aus und fiel unter höhnischem Gelächter seiner Freunde ins Wasser. Ich wandte mich ab, ließ mich auf dem Rücken im Wasser treiben, beobachtete die weiße Gischt des herabstürzenden Wassers und folgte mit den Augen den Wurzeln bis hinauf zu den grünen Büschen und Bäumen am Rand des Brunnens. Ein riesiger Baum mit weichen, biegsamen Ästen verdeckte den Blick in den Himmel. Wie lange diese Wurzeln wohl brauchten, um bis zum Wasser hier unten zu gelangen? Und woher wussten sie, dass hier unten Wasser war? Warum verbrachten sie Monate und Jahre mit dieser unendlich langen Reise? War das einfach Glaube? Oder zwang etwas in ihren Genen sie dazu? Konnte ein Baum das Wasser auf eine Art erspüren, die Menschen niemals verstehen würden?

»Wow!« Leech stand auf einem Felsenvorsprung. Er hielt sich eine Hand über den Verband und sprang mit einem lauten Klatschen ins Wasser. Auch ihm wurde für den Sprung applaudiert.

Ich fühlte ein Ziehen in der Seite, der dumme Krampf meldete sich wieder. Dann erspähte ich eine Felszunge im Schatten am Rand der Mauer und schwamm dorthin. Ich kletterte hinauf und setzte mich hin. Leech kam dazu.

»Das ist cool«, sagte er. »Ich bin nicht sicher, ob ich von hier wegfliegen will.«

»Ja«, sagte ich. Mit den Augen suchte ich das Wasser ab und entdeckte eine verschwommene Stelle, ähnlich dem Schimmern der Sirene, als Sieben im Wasser den Rand der Lichtflecken streifte. Sehnsucht überkam mich, als ich sie beobachtete und an die Nächte in Eden dachte, als das Wasser sich plötzlich für kurze Zeit nach Freiheit angefühlt hatte.

Sieben schoss auf uns zu und tauchte auf, sie blickte mich an und einen Moment lang bewegte sich ihr Mund, aber es kam kein Geräusch heraus, und ich konnte die rotgeränderten Öffnungen noch flattern sehen, wie bei einem Fisch. Sie stieß Luft aus und atmete tief durch.

»Also, wie kommt es, dass ihr keine Kiemen mehr habt?«, fragte sie. »Du siehst so aus, als hättest du mal welche gehabt, Flieger.«

»Meine sind schnell gewachsen und sofort wieder verschwunden«, sagte ich. »Ich glaube, weil ich meinen Schädel gefunden habe. Vielleicht verändern sich deine auch bald. Du musst nur aufpassen, dass du nicht gerade unter Wasser bist, wenn es passiert.«

»Er ist der Einzige, dem das passiert ist«, sagte Leech. »Meine haben zwei Jahre gebraucht, um zu wachsen und wieder zu verschwinden. Du hast erzählt, du wärst nicht oft in der Nähe des Schädels gewesen.«

»Nur einmal«, sagte Sieben. »Danach habe ich die Kiemen bekommen.«

»Vielleicht verschwinden sie, wenn wir morgen zu deinem Schädel gehen«, sagte Leech.

»Ja ...« Ein Schatten fiel über Siebens Gesicht. »Obwohl ich sie lustig finde ... Und sie bringen die Jungs wirklich zum Ausflippen, wenn wir küssen und ich das hier mache ...« Sie hielt die Luft an, blies die Backen auf und machte eine ruckartige Bewegung. Ihre Kiemen öffneten sich kurz, ein rotes Blitzen.

»Das bringt jeden Jungen zum Ausflippen«, sagte ich und war überrascht über den Anflug von Eifersucht, den diese unbekannten Jungen in mir auslösten.

»Dich aber nicht«, sagte Sieben. Ich merkte, dass ihre Augen auf mich gerichtet waren. »Du weißt genau, was das ist.«

»Natürlich, ja«, sagte ich und wusste im gleichen Moment, dass das keine coole Antwort gewesen war.

Sieben stemmte sich aus dem Brunnen hoch und stand dann über Leech und mir. Sie schüttelte den Kopf und bespritzte uns mit Wasser. »Könnt ihr etwas Platz für mich machen?«, fragte sie.

»Für tolle Mädchen machen wir immer Platz«, sagte Leech, und wieder wünschte ich mir, ich wäre so schlagfertig.

Leech und ich rutschten zur Seite. Als Sieben sich zwischen uns setzte, stieß sie mich mit der Hüfte an. Sie beugte sich vor und nahm ihre Haare auf dem Kopf zusammen.

»Cooles Tattoo«, sagte Leech, als er auf Siebens Rücken blickte.

»Ach ja, danke.«

»Lass mich mal sehen«, sagte ich.

Sieben drehte sich zu mir und zeigte ein Chaac-Tattoo mit eckigen Augen und einer Hakennase. »Ich habe das bekommen, um meine Kryo-Narbe zu verdecken«, sagte Sieben. »Wenn du Augen und Nase genau anguckst, kannst du die weiße Linie sehen.«

»Oh, ja.« Ich sah, was sie meinte. Eine horizontale Linie aus Narbengewebe, ungefähr zehn Zentimeter lang, verlief zwischen ihren Schulterblättern. Die schwarze Mittellinie eines jeden rechteckigen Auges und die obere Linie der quadratischen Nase verdeckten die Narbe.

»Meine ist auch so«, sagte Leech. Er drehte sich um und zeigte auf eine ähnlich verblasste Linie auf seinem Rücken.

Sieben deutete auf meine Bauchgegend. »Wo hast du deine Narbe her?«

»Oh«, sagte ich und blickte auf die kleine Narbe direkt

über meinen Shorts. »Da kann ich nicht mithalten. Ich hatte nur einen Zwerchfellbruch. Warum haben Kryos Narben?«

»An den Stellen waren die Schläuche«, antwortete Leech, »um die Organe und so auf das Einfrieren vorzubereiten.«

»Ah.« Das Labor unterhalb von Eden kam mir in den Sinn. »Also warum Chaac?«

»Er sammelt das Fleisch der Menschen«, sagte Sieben. »Wenn ein Körper nach der Befreiung nicht für den Mauerschutz gebraucht wird, bringen wir ihn hinaus aufs Meer und übergeben ihn dem Wasser, um die Energie der Natur zurückzuführen, damit der Körper wieder in den Kreislauf eingeht. Die Müllhaie lieben das Fleisch. Mutter wollte, dass ich ein Tattoo von Tona machen lasse, da er es ist, der die befreiten Seelen zu den Schilfrohrsümpfen von Tulana bringt. Das soll ein heiliger Akt sein, und das Sterberitual hilft, ihn zu erfüllen, aber ich glaube, wir sind alle nur Fleisch, und deshalb wollte ich Chaac auf meinem Rücken haben. Eine kleine Rebellion von einer Göttin.«

»Ist Tulana wie der Himmel?«, fragte Leech.

»Nein, eigentlich nicht. Es ist nicht das Paradies. Dort warten die Seelen auf ihre neue Bestimmung. Wie bei der Wiedergeburt. Also ist es mehr wie das Fegefeuer. Tatsächlich stellen etliche Künstler Tulana wie eine Art Kryo-Land dar.«

»Wie ist das?«, fragte ich.

»Leer«, sagte Leech, »mit sehr viel Weiß.«

»Und da ist noch dieser Traum«, sagte Sieben. Sie sah Leech an. »Erinnerst du dich an deinen Kryo-Traum?«

»Ja«, sagte Leech. »Seltsam war der.«

»Was ist das, dieser Kryo-Traum?«

»Wenn sie dich in den Kälteschlaf versetzen«, sagte Sieben, »dann friert dein Gehirn ein einzelnes Bild oder einen Moment ein, wie etwa den Traum, den du gehabt hast, als du da rein bist. Und dann bleibt das die einzige Sache in deinem Kopf für die ganze Zeit. Du denkst nicht wirklich daran, es ist mehr ein Eindruck, wie ein Brandzeichen.

Mein Traum handelte von diesem einen Tag in der Woche, bevor die Seuche ausbrach«, fuhr Sieben fort. »Ich war mit meiner ganzen Familie am Strand. Meine zwei Brüder und ich spielten in den Wellen, die Brandung war sehr hoch und Zane – das ist mein älterer Bruder – surfte und stürzte ziemlich heftig vom Brett. Er schlug auf die Rifffelsen und war ziemlich fertig, und wir mussten ihn aus dem Wasser fischen. Ich bin nicht sicher, warum es bei mir dieses Bild war. Vielleicht, weil es das letzte Mal war, dass wir zusammen Spaß hatten, oder weil es mir Angst machte oder beides. Wer weiß das schon.«

»Meiner war auch echt seltsam«, sagte Leech, aber er erzählte nichts weiter.

»Das Merkwürdigste aber ist«, sagte Sieben, »dass ich nicht einmal sicher bin, ob der Tag am Strand wirklich passiert war oder ob das nur ein Traum ist, den ich mir ausgedacht habe. Alles, was vor dem Kälteschlaf passiert ist, bleibt irgendwie verschwommen, weißt du?«

»Ja«, sagte Leech.

»Träume sind merkwürdig«, sagte ich. »Ich habe in letzter Zeit immer wieder einen, der echt irre ist.«

»Könnte sein, dass dein Gehirn dir etwas mitteilen will«, sagte Sieben. »Ich glaube, unsere Gehirne sind so wie dieser Brunnen.« Sie deutete mit dem Kinn zum Wasser. »Es gibt die Dinge an der Oberfläche, die das

Licht erreicht, aber dann gibt es noch das ganze Zeug in der Tiefe, das man nicht sieht. Ich glaube, Träume helfen uns manchmal, indem sie die Gedanken und Bilder herausfischen, die zu tief gesunken sind, die wir vergessen haben, um sie uns zu zeigen, aber sie können uns nicht sagen, was das alles bedeutet, es ist wie eine Collage, und wir müssen das Bild entschlüsseln.«

»Der Gedanke ist cool«, sagte ich. Ich dachte an meinen eigenen Traum: Wollte das Mädchen in der Asche mir etwas sagen? Wenn mein Gehirn eine Collage anfertigte, was versuchte es mir zu zeigen?

»In jedem Fall ist dieses Gequatsche über Träume dumm«, sagte Leech. »Ich gehe wieder zum Felsvorsprung.« Er ließ sich ins Wasser gleiten.

Einen Moment lang blieb ich neben Sieben sitzen. Sie war still, hatte die Knie an die Brust gezogen, löste ihre Frisur und flocht einen neuen Zopf.

»Was ist los?«, fragte ich sie.

»Entschuldige«, gab sie zurück. Sie starrte aufs Wasser, die Wellen spiegelten sich in ihren grünen Augen. »Ich rede nicht gern über den Kältschlaf, über früher, es macht mich traurig.«

»Wegen deiner Familie?«, fragte ich.

Sieben zuckte die Achseln. »Wenn du aus deiner Zeit, aus deinem Leben gerissen und vierzig Jahre später wieder hineingestopft wirst, begreifst du, dass du vollkommen unwichtig bist. Das zumindest hat die Gütige Mutter richtig verstanden. Jeder von uns ist nur ein winziger Teil der Natur. Wir sind geschaffen worden, um zu wachsen, uns zu vermehren und zu sterben. Solange wir leben, glauben wir, das wir das Wichtigste im gesamten Universum sind, aber im Grunde ist jeder von uns nur eine kleine Spitze auf einem Herzmonitor, einer von

Millionen Schlägen, kleine, flatternde Energieschübe, das ist alles.« Sie machte eine Handbewegung. »Das sind nur Ameisenhaufen, und wir sind die Ameisen, und jeder, der etwas anderes behauptet, lügt.« Ihre Augen blickten tief in die Quelle. »Hast du nicht auch manchmal solche Gedanken?«

»Manchmal«, antwortete ich, war aber nicht sicher, ob es wirklich so war. Ich verstand, was sie sagen wollte und ich hatte schon darüber nachgedacht – die Vorstellung, dass ich nur einer von Millionen Menschen war, die gelebt hatten und leben würden. Und wir waren nur ein Planet in einem riesigen Universum, aber … Ich dachte an die Sterberituale heute Morgen. »Ich weiß nicht, ob das Leben deshalb sinnlos ist«, sagte ich. »Ich glaube schon, dass es einen Sinn im Leben gibt. Ich bin nicht sicher, was genau das ist, aber ich habe das Gefühl, es müsste diesen Sinn geben.«

Sieben zuckte die Achseln. »Vielleicht für dich. Du hast eine Familie. Das ist deine Zeit. Hier sollst du deinen kleinen Punkt auf dem Monitor setzen, der führt zum nächsten und so weiter und so fort. Für mich gilt das alles nicht.«

»Komm schon«, sagte ich. »Was ist mit unserer atlantischen Mission?«

Sieben lachte leise. »Ja, das ist wahr. Das *ist* vermutlich schon was.«

»Etwas?«, sagte ich. »Das ist alles. Ich meine, denk doch mal drüber nach. Du hast einen Zweck zu erfüllen. Vielleicht ist im Grunde *das* hier dein Platz, und du sollst deinen Punkt hier auf dem Monitor machen. Vielleicht ist das kein Unfall, und all die Zufälle, die offenbar hierhergeführt haben, sind in Wirklichkeit Teil von einem großen Entwurf, einem Plan …« Die Gedanken überraschten mich selbst, als ich sie aussprach. Doch ich hatte das Gefühl, wirklich an das, was ich gesagt hatte, zu glauben. »Und du hast selbst gesagt, dass die atlantische Aufgabe besser ist als alle anderen Optionen.«

Sieben wandte ihren Blick endlich vom Wasser ab und zu mir. »Hör sich das einer an, du bist ja total inspiriert, klingst beinahe ... religiös. Als ob Atlanter zu sein wirklich eine göttliche Sache wäre.«

»Das weiß ich nicht«, sagte ich, »aber ich weiß, dass ich niemals das Gefühl gehabt habe zu zählen, oder dass irgendwas, das ich tat, wichtig wäre. Aber jetzt ... habe ich das Gefühl, dass es so sein könnte. Die Menschen glauben an uns, sie verlassen sich auf dich, auf mich und auf den hier.« Ich zeigte mit dem Daumen auf Leech. »Und nun müssen wir das alles nur noch vollbringen.« Ich mochte diese Gedanken. Vielleicht war es ein Teil meiner Aufgabe als Aeronaut, alle an Bord zu bekommen.

»Das ist schön, Flieger«, sagte Sieben. Sie klang beinahe müde, als sie das sagte, aber sie lächelte auch und legte ihre Hand in meine. Ich wunderte mich darüber – war das auch so ein Freundschaftsding? Aber dann sah ich eine Träne ihre Wange herunterkullern. Sie verzog keine Miene, sie blinzelte nur.

»Was gibt's?«

»Ich habe nicht damit gerechnet, dass jemand wie du auftaucht«, sagte Sieben. »Bei den Atlantern habe ich immer an stramme Wassermänner gedacht.« Sie lachte.

»Wieso das?«

Sie sah mich an. »Dann wäre ich sehr viel leichter damit zurechtgekommen.«

»Ha«, sagte ich, während mir ihre letzten Worte durch den Kopf schossen. Ich tat so, als würde ich meinen total schwachen Bizeps anspannen, aber dann zog Sieben mich zu sich hin, und als ich aufblickte, beugte sie sich vor, ihre Augen wurden größer, kamen auf mein Gesicht zu …

Ich hatte keine Zeit mehr, mich zu rühren … oder doch? Jedenfalls bewegte ich mich nicht. Dann hielt sie mein Gesicht mit beiden Händen. Ihre Nase strich über meine Wange, und ihre Lippen pressten sich auf meine …

Ich wich zurück. Das Ganze hatte nur einen winzigen Moment gedauert und ich fragte mich, ob das wirklich schon als Kuss zählte. Sieben ließ mich los und lächelte mich an, und da wusste ich, dass es ein Kuss gewesen war, ganz egal wie sehr ich davon überrascht worden war. Es wäre schließlich diese eine Sekunde geblieben, in der ich mich hätte rühren können.

Sie lächelte. »Entschuldige«, sagte sie.

»Oh, es ist …«, stotterte ich, »ich meine, nein, ich …«

»Dafür nicht«, sagte Sieben mit zusammengekniffenen Augen. »Aber hierfür.«

Sie schubste mich vom Felsen. Ich klatschte mit dem Rücken aufs Wasser, und dann sank ich unter. Ein zweites Aufklatschen und als ich die Augen öffnete, sah ich Sieben haarscharf an mir vorbei in die Dunkelheit schnellen.

Ich harrte einen Augenblick unter der Wasseroberfläche aus, irgendwie fassungslos, und versuchte, in meinen Kopf zu kriegen, was da eben passiert war und wie ich mich dabei fühlte: schockiert, erstaunt … aufgeregt?

Ich schoss zur Oberfläche hinauf, brach durch das Wasser an die Luft und hielt mein Gesicht in die Sonne. Die warme Helligkeit, das kühle Wasser und ein Wirbelsturm tief in mir, der Schauder auslöste und Gedanken und auch keine Gedanken. Das waren wirklich *viele*

Eindrücke, und sie verwirrten mich, und doch fühlte ich mich … lebendig.

Meine Augen gewöhnten sich an das helle Licht von oben, und ich sah Köpfe, die von einem Aussichtspunkt oben auf der Treppe zu uns herunterspähten. Hatten sie den Kuss der Götter gesehen? Fanden sie das in Ordnung?

Dort oben waren Gesichter jeden Alters, aber dann entdeckte ich eines, das mir bekannt vorkam …

Unsere Blicke trafen sich, aber dann drehte sie sich um und verschwand.

Lilly.

Mein Hochgefühl schwand, die stürmischen Emotionen gefroren plötzlich zu Eis und sperrten mich ein. Wie hatten Sieben und ich von da oben ausgesehen? Wusste sie, dass Sieben mich überrascht hatte?

Aber hatte sie das? Es wäre niemals passiert, wenn Lilly da gewesen wäre. War sie aber nicht. Sie hatte nicht bei mir sein wollen, und jemand anderes war an diese freie Stelle getreten, die durch die Distanz zwischen Lilly und mir entstanden war …

»Owen! Das musst du ausprobieren!« Ich erspähte Leech oben auf dem höchsten Vorsprung. Er sprang von der Kante und krachte donnernd ins Wasser.

Sieben kletterte gerade zu den Felsvorsprüngen hinauf. Sie blickte zu mir herunter und lächelte, als wäre nichts gewesen. »Komm schon, Flieger!«

Ich konnte hier unten bleiben, auf der Stelle treten und mir darüber Gedanken machen, was Lilly gesehen hatte und was sie dachte. Oder ich konnte sie suchen und ihr erklären oder …

»Mann …« Leech war plötzlich neben mir. »Mach mit und hab mal Spaß.«

»Ja.« Ich schwamm zu dem Felsvorsprung und begann hinter Leech hochzuklettern. Lilly würde ich später suchen, beschloss ich. Im Augenblick wollte ich mit meinem Team zusammenbleiben.

Ich kletterte hinauf, ich sprang hinunter, zuerst ungelenk, dann wurde es besser. Schließlich wagte ich sogar einen Kopfsprung. Wir klatschten füreinander und lachten, es gab keine tiefsinnigen Gespräche oder Überraschungsküsse mehr, nur unbeschwerte Stunden am Nachmittag. Ich dachte nicht mehr an das, was vor uns oder hinter uns lag, oder an Lilly oder an meine Mutter. Ich hatte nur Spaß daran, ein Gott beim Spielen zu sein.

21

Irgendwann verließen wir den Brunnen und wanderten über den Markt zum Hauptplatz. Wo wir hinkamen, trafen wir auf ehrfürchtige Blicke und Flüstern, die Drei spazierten zwischen der Menge umher. Die Menschen grüßten uns, boten uns Geschenke an, manchmal hielten unsere Wachen sie zurück; und je öfter das passierte, desto wohler fühlte ich mich dabei, denn ja, die Drei, das waren wir.

Leech hatte kein Problem, sich an seine neue Rolle zu gewöhnen. Er hatte sich an einem Marktstand von einem wirklich hübschen Mädchen küssen lassen, was eine Menge Ohs und Ahs hervorgerufen hatte. Sieben hatte den Markt in ihrem Wickelkleid betreten, aber als wir wieder herauskamen, hatte man ihr silberne Ohrringe, ein perlenverziertes Haarband und ein Goldarmband geschenkt.

Später hingen wir bei dem Springbrunnen in der Mitte des Platzes herum. Sieben erzählte uns von der Schule, von ihren Freunden, und ich hatte das Gefühl, dass das hier mein Team war. Ich stellte mir vor, wie wir zusammen nach Süden flogen … und erst, nachdem ich diesen Gedanken einige Minuten weitergesponnen hatte, fiel mir auf, dass Lilly nicht dabei gewesen war.

Die Sonne begann langsam unterzugehen, aber sie strahlte immer noch heiß. »Ah.« Leech hatte sich auf die Steinmauer des Springbrunnens gelegt. »Es spricht doch so einiges für diese Sonnensache.«

Ich trug noch immer mein Sweatshirt und verging beinahe vor Hitze. Schließlich zog ich es aus und ließ die Sonne auf meine Arme scheinen. Das Gefühl war komisch, fast als könnte ich die Strahlung durch den Stoff meines T-Shirts sickern spüren, durch meine Haut, meine Verbrennungen, und trotzdem fühlte ich mich von der Energie erleuchtet. Das war gefährlich, aber auch lebensnotwendig. »Ein strahlendes Leben«, sagte ich.

Sieben lächelte. »Er ist bekehrt.« Sie selbst trug immer noch das langärmelige Kleid und den Hut. Sie zwinkerte mir zu, doch bevor mir eine Antwort einfiel, spritzte Wasser auf sie. Sie fuhr zusammen und machte den Rücken krumm.

»Oh!« Blitzschnell drehte Sieben sich um. »Wenn du eine Wasserschlacht haben willst, die du auf jeden Fall *verlieren* wirst …«

Aber dann sahen wir beide, dass Leech sich aufgesetzt hatte und eine Hand mit der anderen umklammert hielt. Sein Arm zitterte heftig. »Verdammt«, sagte er, biss die Zähne zusammen und stampfte mit dem Fuß auf.

»Was fehlt dir?«, fragte Sieben.

»Das ist die Kryo-Krankheit«, erklärte ich. »Er war einer der ersten Menschen, die eingefroren wurden, noch bevor das Verfahren wirklich erprobt war.«

»Ist schon gu-ut«, sagte Leech. Er hatte die Arme um seinen Körper geschlungen, als ob ihm kalt wäre. Niemals zuvor hatte ich seine Stimme so zittern hören. Er atmete tief durch. »Gut.«

»Mensch, Leech«, sagte Sieben. »Das tut mir echt leid.«

Leech nickte. »Ich gehe ins Krankenhaus zurück und ruhe mich aus.« Er stand langsam auf. »Der Verband muss eh wieder gewechselt werden.« Unachtsam schlug er mit der Hand auf sein Auge. Es musste wehtun, aber er schien nichts zu spüren.

»Was ist mit dir, Owen?«, fragte Sieben. »Kommst du heute Abend mit mir mit? Meine Freunde wollen unbedingt den Jungen kennenlernen, der hinter der Legende steckt.«

»Ich ... ich sollte nach Hause gehen«, sagte ich. »Und mit meiner Mutter zu Abend essen. Heute Morgen habe ich ziemlich viel Stress gemacht.« Das stimmte nur zum Teil, in Wahrheit hatte ich für heute genug erlebt, mehr konnte ich nicht verarbeiten. Ich brauchte etwas Zeit, um zur Ruhe zu kommen.

»Also, buh«, sagte Sieben. »Das macht keinen Spaß.«

»Tut mir leid«, sagte ich. Ich stand auf. »Kommst du zurecht?«, fragte ich Leech.

»Sicher«, antwortete er, aber ich war nicht sicher, ob er es so auch meinte.

Ich ging zum Haus von Mom und Emiliano zurück. Auf dem Weg überlegte ich, wo Lilly war und was sie wohl über mich dachte. Wieder drängte es mich, nach ihr zu suchen, aber ich zögerte auch. Schließlich konnte sie genauso gut jederzeit zu mir kommen.

Mom war auf der hinteren Veranda. Sie saß in einem Korbsessel unter einem weißen Sonnenschirm und blätterte in einer kleinen Zeitung, die in der Regionalsprache verfasst war.

»Hey«, sagte ich. »Ich wusste nicht, ob du zu Hause wärst.«

»Oh, hey«, sagte sie mit einem Lächeln. »Ich hatte nur eine kurze Schicht in der Klinik. Ich habe gehofft, dass du wiederkommst. Nach heute Morgen habe ich Angst gehabt, ich würde dich bis zu deiner Abreise nicht mehr sehen.«

»Oh, nee«, sagte ich. »Das mit heute Morgen tut mir leid, ich war nur …« Ich suchte nach den richtigen Worten. Mir fiel nicht so wirklich was ein.

»Das ist in Ordnung, Owen, mach dir deswegen keine Sorgen.« Sie stand auf und zeigte auf den anderen Sessel neben ihrem. »Setz dich. Ich hole dir etwas zu trinken.«

»Klingt gut.«

Ich setzte mich und legte meine Füße auf das Geländer. Von der Veranda aus hatte man einen Blick auf schmale Gänge mit aufgereihten Wäscheleinen.

Mom kam mit zwei eisigen Gläsern von dem Limettengetränk zurück. »Prost«, sagte sie und hielt mir ihr Glas hin, während sie sich setzte. Wir stießen an.

»Hör mal«, sagte sie langsam. »Ich habe nachgedacht. Du hast alles Recht der Welt, sauer auf mich zu sein. Ich meine, richtig wütend, ehrlich. Ich war dir keine gute Mutter. Ich war dir überhaupt keine Mutter.«

Ich zuckte die Achseln. »Ich weiß nicht.« Ich war wieder angespannt, aber ich wollte auf keinen Fall wieder anfangen zu brüllen. Mom betrachtete mich aufmerksam. »Ich verstehe langsam, warum es dir hier gefällt«, sagte ich, »und warum du im Hub unglücklich warst. Ich weiß, dass das nicht mein Fehler war.«

»Das war es wirklich nicht«, sagte Mom, »und nein, ich war nicht glücklich, und es ist sehr lieb von dir, das zu sagen, aber ich habe doch sehr große Fehler gemacht. Du hättest etwas anderes verdient, Owen. Nun hoffe ich, du gibst mir die Chance, dir das zu beweisen.«

Ich fragte mich, ob ich dazu fähig war. Meinem Gefühl nach hatte ich immer noch das Recht, wütend zu sein ... und trotz allem, vielleicht konnte ich das Gefühl loslassen. Oder es zumindest versuchen. Ich würde nicht lange hier in Desenna sein, und wer wusste schon, was passieren würde, wenn ich weg war. Vielleicht waren das die einzigen Tage, die ich mit meiner Mutter hatte, und es schien unsinnig, sie mit Wut zu verschwenden. »Okay«, sagte ich.

»Hör dir mal selbst zu. Du bist ein viel besserer Mensch, als ich es je gewesen bin.« Mom rieb mir die Schulter. »Du hast nicht zufällig ...«, begann sie. »Na ja, ich habe kein Recht, das zu fragen, aber ... Du hast nicht zufällig daran gedacht hierzubleiben, oder?«

»Du meinst hier in Desenna?«, fragte ich. »Hier leben?«

»Vielleicht, ja? Ich meine, hier ist es besser als in Yellowstone. Auch für deinen Vater. Seine Lungen würden ihm weniger Probleme machen.« Sie warf mir einen Blick zu. »Nicht dass er und ich ... aber er könnte hier sein. Du könntest bei ihm leben, und ich ... ich wäre in deiner Nähe. Ich bin sicher, Mutter würde das erlauben. Schließlich bist du ein Gott.«

Ich spürte, wie mein Puls sich beschleunigte und sich ein Knoten in meinem Magen bildete. »Du meinst, wenn ich von der Reise zurück bin?«, sagte ich.

»Genau«, sagte Mom, »oder, ich weiß ja nicht ... Owen, diese Reise, die du machen sollst, die ist gefährlich, oder?«

»Ja«, sagte ich.

»Und du bist schon auf dem Weg hierher beinahe getötet worden. Ich weiß, das ist ein typischer Mutterspruch, aber ich finde es furchtbar, dich sofort aus den Augen lassen zu müssen, nachdem ich dich endlich wiedergefunden habe. Gibt es keinen anderen Weg? Könnte die Gütige Mutter nicht ein Team ihrer Leute nach Atlantis schicken, und du bleibst hier und leitest sie von der Zentrale aus an oder so?«

»Das weiß ich nicht«, sagte ich und merkte, wie ein Sturm von Gefühlen mich innerlich zu zerreißen begann – ich wollte bei Mom bleiben, aber schließlich war ich auch einer der Drei, und was würde Dad über all das denken? Schließlich hatte Mom uns verlassen, und ich hatte sie mein halbes Leben lang nicht gesehen. Was sollte ich davon halten?

Gleichzeitig hatte ich auch einen anderen Gedanken: Warum sollte Dad nicht hierherkommen können? Es war nicht so verrückt. Und die Luft würde ihm wahrscheinlich guttun. Da ich ein Gott war, konnte ich Victoria um einen Job für ihn bitten. Würde er das wollen? Würde er das für mich tun? Mom würde für mich nicht zum Hub zurückkehren. Aber sie war dort unglücklich gewesen, und vielleicht war das einfach das *Leben* ... Bäh! Ich konnte mir einfach nicht darüber klar werden! Aber ich konnte nicht abstreiten, dass ein Teil von mir die Idee hierzubleiben gut fand.

Aus der Küche drangen Geräusche. »Hallo?« Es war Emiliano.

Mom stand auf. Sie strich mir mit der Hand über den Kopf. »Danke für das Gespräch, Owen. Danke, dass du hier bist. Danke, dass du überhaupt darüber nachdenkst, deiner total chaotischen Mutter eine zweite Chance zu geben.«

»Klar doch«, sagte ich. Ich fühlte mich nicht mehr in der Lage, ganze Sätze zu formulieren, aus meinem Mund kam nur noch Gemurmel.

»Ich rufe dich dann zum Essen.« Sie ging nach drinnen.

Ich saß noch eine Weile draußen auf der Veranda und beobachtete, wie die letzte Nachmittagssonne die Kleider auf den Leinen beschien und die Schatten in den Durchgängen größer wurden. Irgendwo spielten ein paar Kinder mit einem Ball. Von einer anderen Seite drang leise Musik herüber. Über mir glänzte der blaue Himmel. Möwen kreisten in der Luft. Der Ostwind war salzig und roch schwach nach Öl.

Ich wusste nicht, was ich tun sollte. Ich wusste auch nicht, wie ich das wissen *konnte*.

Ich wollte immer noch wütend sein, mich weigern und nachtragend sein, und doch hatte ich auch das Gefühl, dass ich, obwohl ich einer der Drei war, die nach Hause gerufen worden waren, um den Planeten zu retten, hier in Desenna mein wahres Zuhause gefunden hatte. Und wenn es so war, was sollte ich dann mit diesem Gefühl anfangen?

Ich hatte keine Ahnung.

Ich wollte mit Lilly sprechen, oder vielleicht auch mit Sieben oder sogar mit Leech, aber letztlich folgte ich einem anderen Wunsch und blieb dort, um mit Mom und Emilano zu Abend zu essen.

Wir redeten über das Leben in Desenna, ich erzählte ihnen vom Leben im Hub und auch einiges aus Eden und danach, aber die gefährlichen Dinge ließ ich aus.

Später lachten wir über Emilianos verrückte Großeltern und Moms dickköpfige Cousine Paula, an die ich mich kaum noch erinnerte, die aber eine professionelle Höhlentaucherin gewesen war. Mom und Emiliano fragten mich, ob ich eine Freundin habe und ich sagte: *Ich weiß nicht*, und sie fragten, ob ich Sieben möge, und ich sagte: *Ich weiß nicht*, aber anstatt mir Sorgen darüber zu machen, wie kompliziert das alles war, nahm ich alles leicht und hatte einfach Spaß. Ein Abend, wie ihn auch jede andere normale Familie irgendwo, irgendwann, hätte haben können. Ein Abend, wie ich ihn vielleicht wieder haben konnte.

22

Ich wachte auf und schwamm durch das schokoladenbraune und blaue Wasser des Brunnens nach oben. Den runden Ausschnitt des Himmels über mir, tauchte ich aus dem Wasser auf …

Und fand mich in meinem Bett wieder. Eine dicke, heiße Flüssigkeit war in meinen Lungen, brannte in meiner Brust, ich ertrank. Nicht im Seewasser. Als ich an mir hinunterschaute, waren schwarze Blutstreifen auf meinen Armen.

Ich war wieder im Krankenhaus, das wie eine Mischung aus Lillys Zimmer und dem auf der *Solara* aussah.

Ein elektrisches Klicken. Ich wandte den Kopf und sah, wie es in meinem Bauch brodelte und die Bauchdecke sich dehnte. Paul war da, er hatte seine Faust in meine Zwerchfellnarbe gestoßen. »Ich hab's gleich.« Seine funkelnden Augen schwirrten umher.

Er zog seinen Arm aus meinem Bauch und war vom blauen Plastikhandschuh bis zum Ellbogen seines weißen Kittels mit Blut bedeckt. In der Hand hielt er ein Organ. »Das hier müssen wir wegbringen.«

Er reichte das Organ – es war dunkelrot, eine Niere? – an meine Mutter weiter. Sie stand neben ihm, trug ebenfalls einen weißen Kittel und hatte die Haare zusammengebunden. Vor dem Gesicht hatte sie einen durchsichtigen Plastikschutz. Sie nahm das Organ in beide Hände, und beugte sich mit einem reizenden Lächeln über mich: »Alles wird gut«, sagte sie. »Wir sind fast fertig, und dann wirst du dich an nichts mehr erinnern.« Sie streckte ihre blutbespritzte, blau überzogene Hand vor. Ihr Daumen berührte meine Wange, und während sie eine sanfte, kreisende Bewegung im Uhrzeigersinn machte, zählte sie die Sekunden …

Ja, Mom, dachte ich und glaubte ihr. *Alles wird gut. Wir sind jetzt zusammen. Wie du gesagt hast.*

Ein Flattern an der offenen Tür. Das Mädchen mit den roten Haaren. Irgendwie verließ ich das Krankenhaus und rannte ihr nach. Durch den Flur hinaus ans Tageslicht und bis zur Klippe.

Ich hatte wieder das Gefühl zu fliegen, und wir waren wieder in dem Aschemeer unter dem Aussichtspunkt der Caldera. Ich beugte mich vor und schaufelte verzweifelt in der grauen Masse, die wie Schnee oder Treibsand war, herum. Das Mädchen schien sehr tief eingesunken zu sein, zu tief, es steckte in einer Felsspalte mit schwarzen Wänden fest. Immer wieder versuchte ich, seine Hand zu greifen, kurz berührten sich unsere Finger; seine waren knochenweiß und meine grau durchscheinend. Meine Fingernägel waren verschwunden, die Haut war an diesen Stellen kristallisiert und durchsichtig wie ein Fenster. Am ganzen Körper waren meine Adern schwarz und geschwollen.

»Owen!«, schrie das Mädchen und wieder streckte ich die Hand nach ihm aus.

»Warte!«, schrie ich, aber sie sank immer tiefer ein.

Plötzlich waren da andere Hände, die an der Seite vom Loch gruben, das nun einzustürzen drohte. Als ich aufschaute, stand dort Sieben. »Hallo, Flieger«, sagte sie. Auch in ihrem Gesicht wirkten die schwarzen Adern wie ein Tattoo; ihre prallen Lippen waren rissig, eine schwarze Flüssigkeit tropfte von ihrem Kinn. Ihre Augen waren aschfahl und dunkel wie Öl – das Schwarz schien Sieben zu verschlucken.

Sie nahm meine Hände. Unsere beiden Hände, ein nicht zu entschlüsselndes Bild von Krankheitsmerkmalen.

»Wir sind verwandte Seelen«, sagte sie, »umherirrende Geister. Das weißt du.«

Ich versuchte zu antworten, aber die Regeln des Traums hatten sich plötzlich geändert, und ich konnte keinen Ton von mir geben.

»Komm schon, wir kommen zu spät.«

Rütteln.

»Sonst muss ich dich irgendwie anders wach kriegen.«

Ich öffnete die Augen.

Sieben kniete neben mir. Sie neigte sich über mich, ihr Gesicht nah an meinem, und lächelte. »Meine Güte, du schläfst wie ein Toter«, sagte sie, und dann lächelte sie. »Ich hätte alles mit dir machen können, und du hättest es wahrscheinlich gar nicht gemerkt. Na ja, vielleicht hättest du *etwas* gemerkt.«

»Hi.« Ich lächelte, während ich mich versicherte, dass ich noch zugedeckt war.

Sieben stand auf. Sie trug eine langärmelige, weiße Bluse, eine braune, bis zu den Waden aufgekrempelte Hose und Wandersandalen. »Mutter schickt mich, dich zu holen. Wir machen uns auf zum Tempel. Was hast du geträumt?«

Ich setzte mich auf. »Ich weiß nicht. Den komischen Traum, von dem ich dir gestern erzählt habe. Ich bin immer wieder im Hub, und da ist dieses Mädchen, und dieses Mal warst du auch dabei.«

»Oh, ich … und ein anderes Mädchen?« Sieben lächelte listig. »Du hast ja wirklich was Ungezogenes an dir.«

»So war es nicht.«

Sieben lachte. »Dann lass uns so tun, als ob. Ich warte draußen.« Sie ging aus dem Zimmer.

Ich zog mich an und folgte ihr. Mom war im Wohnzimmer.

»Hey«, sagte sie. »Viel Glück für heute. Gib mir Bescheid, was ihr macht, okay?« Sie blies einen Kuss zu mir hinüber. Ich fing ihn ohne nachzudenken auf und tat so, als ob ich ihn in meine Hosentasche stopfen würde.

»Und sei vorsichtig«, sagte sie.

»Ja, klar doch.« Ein Gedanke blitzte auf, wie merkwürdig dieses normale Verhältnis mit ihr doch war, als ob etwas daran nicht in Ordnung wäre. Aber es fühlte sich gut an. Neu, aber gut.

Sieben und ich gingen die Straße entlang. Es war ein heißer Tag mit hoher Luftfeuchtigkeit, die mir fremd war, am Himmel hingen weiße Dunstschleier. Mir brach der Schweiß aus, und meine Kleider klebten am Körper.

Auf dem Platz holten wir uns wieder diesen gebratenen Fladenkuchen, dann wandte sich Sieben der Pyramide zu.

»Ich dachte, wir gehen zum Tempel?«, fragte ich.

»Mom meinte, wir treffen uns zuerst in der Zentrale«, sagte Sieben. »Irgendwas kommt von oben runter.«

»Noch mehr Nomaden?«

»Nein, etwas anderes.«

In der Zentrale war es voll. Wir fanden Leech nahe dem Eingang. Alle dort blickten auf einen großen Bildschirm, der das Nördliche Nachrichtenprogramm zeigte. Zu sehen waren grobkörnige, blasse Bilder einer riesigen, verfallenen Stadt: Betongebäude, viele nur noch Ruinen, ragten über Wellblechdächer von Elendsvierteln hinaus. Im Vordergrund auf der Straße, rannten Menschen in Lumpen hin und her, viele hatten dunkle Haut und hielten Gewehre in den Händen. Am unteren Bildrand stand der Ortsname: Nord Lagos Präfektur, Coke-Sahel.

Gewehrschüsse waren zu hören. Die Handkamera schwenkte hin und her, dann glitten drei Hubschrauber über den Himmel und kreisten über einem entfernten Stadtteil.

»Diese Bilder wurden heute Morgen in den Slums von Nord Lagos aufgenommen. Offenbar handelt es sich um Hubschrauber der Eden Corporation.«

Aus den Hubschraubern wurden Taue heruntergelassen, dann folgten Soldaten mit goldenen Visieren.

»Es gibt nur wenige Informationen, aber Augenzeugenberichten zufolge hat eine Soldatentruppe mindestens einen, wenn nicht mehr Zivilisten gekidnappt, bevor sie wieder geflüchtet ist.«

»Zeigt jetzt noch den anderen Beitrag«, kam Victorias Anweisung aus der Mitte des Raums.

Der Bildschirm flackerte. Dieser Film zeigte wütende Demonstranten, die eine schmale, kaputte Straße mit Blechhütten entlangmarschierten. Zu beiden Seiten der Straße verliefen Abwasserkanäle mit braunem Wasser, über die dünne Holzbrücken führten. Die Menschen sahen schlecht ernährt aus, ausgemergelt, aber hinter ihnen in der Dämmerung schimmerte ein riesiges Coca-Cola-Schild in stolzen Neonfarben.

Sie riefen in unzähligen Sprachen wild durcheinander, aber alle zeigten mit den Fingern oder den Waffen anklagend gen Himmel und stachen ins Leere, als ob sie sichergehen wollten, dass die Kamera ihre Wut verstand.

Zwischen den vielen fremden Stimmen hörte ich einen englischen Satz heraus: »Sie bringen ihn zu den Aufsteigenden Sternen!«

»Die Aufsteigenden Sterne!«

In diesem Moment wurde die Standbildfunktion aktiviert.

Victoria wandte sich um, und alle Augen richteten sich sofort auf sie.

»Das ist das gesamte Material, das wir bis jetzt in die Hände bekommen konnten. Wir wissen, dass dieses Team der Eden Corporation um sieben Uhr morgens Ortszeit eine Razzia in Coke-Sahel durchgeführt hat. Inzwischen wurde bestätigt, dass ein Mann vermisst wird. Er ist ungefähr sechzehn Jahre alt.«

Pauls Bericht für den Vorstand fiel mir wieder ein. Es war um einen Hinweis in Coke-Sahel gegangen, dem sie nachgehen wollten …

Handelte es sich bei dem Sechzehnjährigen um eine weitere Versuchsperson? Aber warum sollten sie noch weitersuchen, wenn die Drei doch alle genau hier waren?

Arlos Stimme erklang aus einem nahe gelegenen Gammalink-Schaltpult. »Inzwischen haben wir weitere Neuigkeiten von den Nomaden. AKF Truppen haben mobilgemacht, und es gibt Berichte über Kämpfe an der Atlantikküste nahe den Sümpfen von Philadelphia. Reine Luftkämpfe, vielleicht kann die AKF das Eden-Team abfangen.«

»Gut, zumindest heißt das wohl, dass die AKF die Nomaden für kurze Zeit in Ruhe lassen wird«, sagte Victoria.

»Was hat Eden gesucht?«, fragte ich.

»Das wissen wir nicht genau«, sagte Victoria, »aber wie es scheint, sind Paul die Hände gebunden. Das ist unsere Chance. Während Paul gegen die AKF kämpft und Gerüchte im Keim zu ersticken versucht, können wir euch sicher auf eure Reise schicken, ohne dass er es mitbekommt.«

»Möchtest du den zeitlichen Ablauf beschleunigen?«, fragte Arlo.

Victoria nickte. »Lass uns die Abreise auf den frühen Morgen nach Nueva Luna verlegen.«

»Was ist das?«

»Das ist unsere Neumondfeier«, sagte Victoria.

»Es wäre am besten, gleich danach in der Morgendämmerung aufzubrechen. Die Drei sollen mit der Sonne im Rücken fortfliegen. Dieser Moment soll einen neuen Tag, ein neues Zeitalter kennzeichnen.« Victoria lächelte. »Das wird ein grandioser Auftritt.«

»Ich bin nicht sicher, ob wir unsere Abreise nach deiner Vorstellung von Theater inszenieren sollten, Mutter«, wandte Sieben ein.

»Das gibt uns genügend Zeit, um Pauls Vorgehen zu überwachen«, erwiderte Victoria mit scharfer Stimme. »Und wir können die Drohnen neu programmieren, um euren Abflug zu schützen, meine liebe Tochter.«

»Wann findet diese *Nueva-Luna*-Nummer statt?«, fragte Leech leise.

»Morgen Abend«, sagte Sieben.

»Okay, an euch alle«, sagte Victoria nun. »Ich möchte so viele Details wie möglich über diese Operation von

Eden bekommen.« Sie kam quer durch den Raum auf uns zu. »Und ich möchte, dass ein Plan für die Abreise der Drei entworfen wird. Und nun sollten wir uns auf den Weg zum Tempel machen. Wir treffen uns in fünf Minuten draußen.«

23

Draußen trafen wir auf Arlo und Victoria und vier bewaffnete Soldaten. Lilly war auch da.

»Was macht sie hier?«, fragte Sieben. Sie klang nicht so, als ob sie wirklich etwas dagegen hätte, aber Lillys Augen verengten sich zu Schlitzen. Ich fragte mich, ob sie diesen wütenden Blick auch auf mich richten würde, aber sie sah mich überhaupt nicht an.

»Lilly ist schon einmal in dem Tempel der Atlanter in Eden West gewesen«, sagte Victoria. »Ich finde es gut, jemand mit Erfahrung dabeizuhaben, damit uns nichts von dem entgeht, was es dort zu lernen gibt.«

Wir überquerten den Platz und gingen durch die Stadt. Immer wieder blieben Menschen stehen, um unseren kleinen Zug zu beobachten.

Ich lief an der Seite von Sieben. Lilly ging mit Leech ein kleines Stück voraus. Sie schienen miteinander zu reden, und ich hätte gern gewusst, worüber. Vielleicht über gestern? Oder war ihre Unterhaltung rein freundschaftlich? Leech schien Lilly näher zu sein, als ich es gerade war.

Sieben war still. Sie trug ihre goldene Sonnenbrille.

»Also«, sagte ich, »bald werden wir deinen Schädel sehen.«

»Ja.«

»Was hat er dir erzählt?«, fragte ich.

»Also«, sagte Sieben, »ich bin ja nur einmal kurz dort

unten gewesen. Hauptsächlich hat er von dieser Stadt in der Asche geredet, und dann kam es zu diesem Unglück, richtig? Wegen dieses Dings …«

»Der Pinsel der Götter«, sagte ich.

»Genau. Das war auch schon alles. Schätzungsweise wird mir dieses Mal mitgeteilt, wie ich wirklich zum Medium werde.« Sie lächelte. »Das sollte ich geschafft haben, bevor wir fortfliegen, richtig?«

»In Ordnung.« Victoria hielt die Gruppe an. Wir standen vor einem hohen Tor mit Wachtürmen zu beiden Seiten. »Wir leben hier zwar ein strahlendes Leben«, sagte sie, nahm einen Metallbehälter aus ihrer Schultertasche und drehte den Deckel ab, »aber unsere besondere Gruppe hier darf nicht an der panresistenten Malaria erkranken, daher cremt euch bitte hiermit ein.« Sie reichte die Flasche herum. Arlo brachte eine zweite in Umlauf.

»Die Mücken sind schrecklich hier draußen«, sagte Sieben. Ich beobachtete, wie sie eine glitschig aussehende, orangefarbene Schmiere auf Hals, Gesicht und Knöcheln verteilte. Sie reichte mir die Flasche, und ich cremte mich ein. Das Zeug roch so stark nach Zitronen und verbranntem Gummi, dass meine Nase zu kribbeln begann.

»Okay«, sagte Victoria. »Mehrere Patrouillen haben die Gegend kontrolliert, wir sollten in Sicherheit sein. Die Drohnen über der Zentrale sind jederzeit einsatzbereit.« Sie wandte sich zu dem Turm neben dem Tor. »Wir sind bereit.«

Mehrmals nacheinander war ein Klicken zu hören, dann öffnete sich die schwere Metalltür nach innen. Dahinter führte ein Weg mit Reifenspuren in einen tiefen Dschungel, der nur aus grünen Blättern und blauschwarzen Schatten bestand. Noch nie in meinem Leben hatte ich so viele Bäume gesehen.

Als wir durch das Tor traten, nahm ich einen metallischen Geruch wahr und hörte ein Summen. Ein toter Körper hing vom Tor herab, umgeben von einem Meer von Insekten. Ein sehr bunter Vogel saß auf der Schulter und zog heftig an einem Stück ledrigen Fleischs.

»Ich verstehe ja, dass diese Körper eine Warnung sein sollen«, sagte ich zu Sieben, »aber für wen eigentlich?«

»Draußen im Dschungel gibt es einige Volksstämme«, antwortete Sieben, »kleine Siedlungen. Aber die Mutter würde dir erzählen, dass immer die Gefahr besteht, eine stärkere Macht könnte unsere Nahrungsvorräte stehlen. Ich hingegen glaube, dass die Körper in erster Linie für die Menschen innerhalb von Desenna gedacht sind. Sie fühlen sich dann sicher, die Körper geben ihnen ein Gefühl von Macht.«

»Einige Glaubensanhänger sind überzeugt, dass es eine Ehre ist, dort zu hängen«, sagte Victoria, die alles mitangehört hatte. »Wenn dein Fleisch eine Mauer schmückt, dann schützt du so nach deinem Tod deine Familie.«

Die Gruppe lief dicht beieinander. Unsichtbare Vögel sangen in den Bäumen, trillerten wunderschöne, volle Töne mit kurzen Zwitscherlauten dazwischen wie ein Frage-und-Antwortspiel. In dem Blätterwerk flatterte etwas, Schatten flitzten hin und her. Ein Vogel mit einem langen Schwanz und einem Bauch wie aus blauem Edelstein, sprang auf ein breites Blatt vor mir. Er erinnerte mich an Eden, und ich überlegte, ob dieser Vogel wohl auch Kameras in sich hatte, oder mechanische Flügel, aber dann ließ er etwas Weißes auf das Blatt platschen und flog weiter.

Alle waren still. Die Luft war stickig, als würde sie uns vor dem Sprechen warnen. Meine Turnschuhe waren mit roter Erde beschmutzt. Wir kletterten eine Anhöhe hinauf. Der Weg wurde steil und steinig. Über uns erschien blauer Himmel; offenbar hatten wir einen Gipfelpunkt erreicht.

Und da lag Eden Süd.

Oder was von dem Tempel noch übrig war.

Er stand auf einer weiten Fläche. Die riesige Kuppel war mit Schlieren roter Erde und verbranntem Schwarz überzogen. Der Dschungel kroch an allen Seiten empor, einige Pflanzen rankten sich bis nach oben, wo sich ein riesiges Loch auftat. Der gesamte obere Teil der Kuppel, wo das Auge, die Überwachungsstation, gewesen wäre, war verschwunden, und auf einer Seite zogen sich lange, gezackte Risse bis zum Boden.

»Beeindruckend, nicht wahr?«, sagte Victoria. Ich wusste nicht, ob sie die Größe des Gebäudes meinte oder den Schaden, den sie offensichtlich angerichtet hatte. Das erste Mal, als ich Eden West gesehen hatte, kam mir in den Sinn: wie gewaltig der Anblick gewesen war, gleich einer Festung. Aber Eden Süd war eine Ruine. Es sah alt und vergessen aus.

Wir folgten dem Weg einen langen Hang hinunter. Der Dschungel war so undurchdringlich wie überall, aber ab und an erkannte ich eine geometrische Form in den Schatten, die in der Sonne glitzerten. Solarmodule, wie ich sie um Eden West herum hatte leuchten sehen.

Victoria zeigte auf die Kollektoren. »Beinahe einmal wöchentlich müssen wir die Dschungelpflanzen stutzen, damit sie noch Sonnenstrahlen auffangen können. Wir benötigen nur ein Drittel der Kollektoren für die Energie von Desenna. Ohne künstlichen Himmel ist das

Leben sehr viel einfacher. Solche Dinge verbrauchen unglaublich viel Energie.«

Wir gelangten zu der Mauer, die um die Kuppel verlief. Der Weg endete, wo einst eine schwere Doppeltür gestanden hatte, aber die war gesprengt worden, und die Überreste lagen zu allen Seiten im Dschungel verstreut. Ein einfaches Tor aus Metallstäben sicherte nun den Eingang. Es war mit riesigen Ketten und dicken Vorhängeschlössern verriegelt.

Arlo öffnete Schlösser und Ketten. Das Tor schwang auf, und als wir hindurchgingen, blieb Victoria an der Mauer stehen. »Ich will euch etwas zeigen«, rief sie zu uns herüber.

Wir gingen zu ihr, und sie deutete auf eine frei liegende Querverbindung der zehn Meter dicken Wand. »Seht ihr das?« Ihr Finger zeigte auf eine dunkle, solide wirkende Schicht zwischen einer Art Schaumisolierung. »Diese innere Schicht ist eine Bleiverbindung.«

»Damit hält man die Sonnenstrahlung ab«, meinte Leech.

»Das könnte man meinen. Seit Eden die Überfälle auf das Cheyenne-Depot ausgeführt hat, geht mir das nicht mehr aus dem Kopf. Ich hatte immer angenommen, dass das Blei zum Strahlenschutz dient, doch seit den Nachrichten von gestern frage ich mich, ob das alles nicht einem ganz anderen Zweck dient. Das hier ist das gleiche Material, das häufig auch in Atombunkern und Nuklearlaboren in der Nördlichen Föderation benutzt wird.«

»Du glaubst, das von Eden gestohlene Uran wird für Waffen verwendet?«

»Genau das glaube ich.«

»Aber was haben sie dann mit uns vor ...«, sagte Sieben, »einen Atomangriff?«

»Sie werden alle außerhalb der Kuppeln und die, die nicht mit ihrem Plan, den Pinsel der Götter zu aktivieren, einverstanden sind, mit Atomwaffen fertigmachen.«

»Aber was dann?«, fragte ich.

»Dann sitzen sie es aus. Die Kuppeln werden den Sonnenstrahlen nicht standhalten, aber man kann sie ausgezeichnet als Atombunker nutzen, oder während einer Art Eiszeit, die der Pinsel auslöst. Geologischen Berichten zufolge kam es, als die Atlanter den Pinsel in Gang setzten, erst zu katastrophalen Vulkanausbrüchen und dann zu einer kurzen Eiszeit. Die Kuppeln wären für jedes Szenario der sicherste Platz. Und wenn alles vorüber ist, treten die Menschen aus Eden als die alleinigen Herrscher der Welt auf.«

»Aber die Kuppeln brauchen Sonnenenergie für den Strom«, wandte Leech ein.

»Richtig«, erwiderte Victoria »Eden hat beträchtliche Batteriereserven und Erdgasgeneratoren. Wenn sie den Strom richtig rationieren, reicht das für Jahre.«

»Das ist ...«, begann ich, aber dann bemerkte ich Leechs Blick.

Ich schaute zu Lilly, aber sie war nicht bei der Gruppe. Sie stand ein paar Schritte entfernt und starrte ins Innere von Eden Süd. »Das ist Paul so ähnlich«, sagte ich. »Ich meine, das ist verrückt, aber ... er könnte so was tun.«

»Aber was ist mit den Auserwählten?«, fragte Leech. »Wir haben gehört, dass Eden einen Plan zum Verlassen der Kuppeln hat. Um nach Eden Central zu gehen.«

»Ich weiß nicht«, sagte Victoria, »Eden Central wurde erst entwickelt, als ich nicht mehr ... für sie gearbeitet habe. Vielleicht ist es ein Notfallplan, falls sie den Pinsel nicht finden.«

Das verwunderte mich. Pauls Bericht zufolge war Eden Central ein feststehender Teil des Plans.

»Also, wenn wir den Pinsel zuerst finden, was passiert dann?«, fragte Leech. »Wir aktivieren ihn nicht? Zerstören wir ihn? Bietet er der Menschheit nicht immer noch die Chance, sich zu regenerieren?«

»Ich kenne die Antwort ebensowenig«, sagte Victoria. »Die Lehren von Heliad-Sieben würden sagen, es wäre ein Fehler, den Pinsel zu aktivieren. Die Menschen müssen sich ändern, nicht die Erde.«

»Paul glaubt, wir sind die Erde, wir alle sind die Natur«, sagte Leech. »Demzufolge ist das Aktivieren des Pinsels etwas ganz ›Natürliches‹.«

»Ja, das würde Paul sagen«, meinte Victoria. »Letzten Endes ist all das älter als meine Religion, und ich bin nicht eine der Drei. Je besser ich euch kennenlerne, desto mehr traue ich euch zu, diese Entscheidung allein zu treffen. Deshalb wurdet ihr schließlich ausgewählt.« Sie warf Sieben einen Blick zu. »Na ja, ich weiß nicht, ob ich dir trauen kann.«

Sieben starrte sie an. »Danke auch.«

Wir gingen durch einen kurzen Tunnel und betraten die Kuppel. Ich hatte so etwas wie Camp Eden erwartet, oder auch das Reservat, aber vor uns lagen die Überreste von Eden Süd City. Die Gebäude standen zum größten Teil noch, hier und da war eine Mauer eingestürzt. Die meisten Häuser lagen in grauen Schatten, nur wenige glitzerten in den diesigen, weißen Sonnenstrahlen, die durch das Loch im Kuppeldach hereinfielen.

Die Gebäude waren aus grünlichem Glas und glatten Metallstreben in Trapezformen gefertigt, aber anders als die glänzende Perfektion von Eden West City, war hier alles mit rotem Staub und grünem und schwarzem Schimmel bedeckt. Riesige Kletterpflanzen hingen durch Deckenspalten herab and setzten ihren Weg an Gebäuden hinunter fort, wucherten über die Straßen und kletterten an anderen Häusern wieder in die Höhe. Bäume hatten auf Dächern Wurzeln geschlagen, in Mauerrissen und Fensterspalten. An manchen Gebäuden waren ganze Hauswände von Moos bewachsen, dort sprießten wieder neue Kletterpflanzen.

Das Schweigen dort war seltsam, eine leeres Echo der Kuppel, das dem Ort etwas Klaustrophobisches verlieh, obwohl er riesig groß war. Ohne den künstlichen Himmel, der die Decke unter Dunst verbarg, wirkte der Ort erstaunlich weitläufig, aber aufgrund der rostigen Träger und verbrannten Paneele auch wie ein Gefängnis.

Wir liefen eine Hauptstraße entlang und bahnten uns einen Weg durch Trümmer. Unter unseren Füßen knirschten die sechseckigen Bauelemente aus dunklem Glas. »Ist das eine SensaStraße?«, fragte ich Leech.

»Ja. Jeder Häuserblock hat mit dir geredet, während du die Straße entlanggelaufen bist, sie haben deine Stimmung anhand der Kraft deiner Schritte und deiner Körpertemperatur geschätzt – all so Zeug. Ich hab das nie richtig verstanden.« Er sprach leise mit gesenktem Kopf.

»Geht es dir gut?«, fragte ich.

»Sicher«, antwortete er und drehte sich dann abrupt weg.

Vögel sangen und flatterten durch den höhlenartigen Raum. Ich entdeckte einen Leguan, der sich auf einem kleinen Schuttberg am Rande der Straße sonnte. In vielen Türeingängen hingen dunkle Spinnennetze. Es war erstaunlich, wie schnell der Dschungel diesen Platz zurückerobert hatte. Ich dachte an die Städte auf unserem Flug nach Eden West, draußen in der Wüste, konserviert wie im Museum. Dieser Ort hier würde wohl in ein paar Jahren verschwunden sein, von der Natur verschlungen.

Nach zehn Minuten erreichten wir den See. Wie in Eden West gab es ein lang gezogenes Gewässer, das sich bis auf die andere Seite der Kuppel erstreckte, nur dass dieses grünlich war und voller Wasserpflanzen. Weit draußen auf dem Wasser ragte ein gigantisches weißes Stück Decke schräg in die Höhe. In der Mitte befanden sich die zerbrochenen Überreste des Auges, eine halb im Wasser liegende Kugel. Auf der Oberseite war eine Insel mit Pflanzen und Bäumen entstanden. Ein großer Vogel saß auf der obersten Spitze des heruntergefallenen Teils. Zu unserer Linken erhob sich schweigend das Aquinara.

Wir liefen am Rand des Sees entlang. Vor mir lag eine Steinpyramide. Sie glich der Pyramide in Desenna, aber sie war deutlich älter; für einen Moment hielt ich das für die Pyramide der Atlanter, wie die aus meinen Schädelerinnerungen, aber diese hier sah doch anders aus. Die Steine waren in flachen Schichten aufeinandergelegt, wie gestapelte Blöcke, die mit wachsender Höhe kleiner wurden. Der Bau war oben quadratisch, an jeder Seite führten Leitern hinauf. Um die Pyramide herum hatte man andere Gebäude errichtet, die zerbröckelnden Überreste hatte sich meist schon der Dschungel einverleibt. Die Szene hatte etwas von einer ungewöhnlichen Zeitreise.

»Victoria?«, rief Leech. Er deutete eine Straße hinunter. »Ist es das?«

Einige Blocks weiter stand ein merkwürdig geformtes

Haus, ungefähr zehn Stockwerke hoch, mit glatten, gewölbten Wänden. Im Gegensatz zu den anderen Häusern in der leeren Stadt leuchtete hier schwaches Licht hinter den Fenstern. Ich erkannte die Form. Es war eine Doppelhelix, die Form der DNA.

»Die Kryo-Anlage«, sagte Victoria. »Wieso?«

Nun verstand ich, warum Leech so still gewesen war. »Ich glaube, mein Bruder ist dort drin«, sagte er.

»Wirklich?«, sagte Victoria überrascht.

»Ich bin nicht vollkommen sicher«, antwortete Leech leise. »Paul hat das gesagt.«

»Es könnte stimmen«, sagte Victoria. »In der Zentrale in Desenna haben wir alle Unterlagen.«

»Und du hast gesagt …« Leech sprach langsam. »Die da drinnen leben noch, richtig?«

Victoria legte eine Hand auf seine Schulter. »Ja, das stimmt, aber …«

»Da brennt Licht«, sagte Leech.

Victoria seufzte. »Ja, ich habe die Stromversorgung für die Kryostase beibehalten, damit ich unsere liebe Sieben am Leben erhalten konnte. Ich hätte natürlich nur ihr System laufen lassen und alle anderen abschalten können, aber … Das ist komisch, während der gewaltsamen Revolte und des Umsturzes musste ich viele harte Entscheidungen über Menschenleben treffen. Ich habe eine Religion gegründet, die den Tod akzeptiert, aber … Diesen Menschen dort konnte ich nicht einfach den Stecker rausziehen.«

»Warum nicht?«, fragte ich.

»Jeder Mensch sollte die Wahl haben«, erwiderte Victoria. »Es ist eine Sache, Freiwilligen zu helfen, sich von dieser Welt zu befreien, aber eine vollkommen andere, fünfhundert Menschen, die geglaubt haben, sie werden wieder aufgeweckt, den Strom für den Kälteschlaf zu nehmen.«

Ich dachte wieder an das Labor unterhalb von Eden. Ich hatte diesen Kindern den Stecker rausgezogen … aber Anna hatte mich darum gebeten. Und die anderen, konnten die überhaupt noch eine Wahl treffen? Es hatte nicht danach ausgesehen, ich war überzeugt, das Richtige getan zu haben, aber wo verlief diese Grenze? Hatte ich Gott gespielt, als ich dachte, ich wüsste es besser?

»Und warum hast du sie nicht aufgeweckt?«, fragte Lilly. Sie klang zum ersten Mal seit Langem wieder wie sie selbst. »Du hast Sieben aufgeweckt.«

»Du musst gar nicht so glücklich klingen«, sagte Sieben sarkastisch.

Lilly schaute nicht zu ihr hin.

»Das ist das Problem«, sagte Victoria. »Vor zwei Jahren etwa hat hier ein heftiger Hurrikan gewütet. Die Stürme hier sind immer schlimm, aber dieser – wir haben ihn Atlacamani getauft, nach der atztekischen Göttin der Stürme. Ganz Desenna blieb ohne Strom, auch die Kryo-Anlage. Sie hatten mehr als fünf Stunden lang keinen Strom, das hat die Batteriereseven vollkommen aufgebraucht. Die Körper sind zwar nicht aufgetaut, aber der Stromausfall hat dazu geführt, dass die Gehirne nicht mehr ausreichend stimuliert wurden.«

»Willst du damit sagen, dass sie alle hirntot sind?«, fragte Leech.

»Ja, im Wesentlichen ist es das.«

»Was heißt im Wesentlichen?«, fragte er.

»Also«, sagte Victoria, »ich weiß nicht, wie gut ihr über den Kryo-Prozess informiert seid. Wenn eine Person eingefroren wird, fertigt man eine vollständige

Hirnwellensimulation an, eine Art Karte, die zeigt, wie genau dieses Gehirn arbeitet, um ein Backup aller Gedanken und Erinnerungen zu haben. Und falls es Komplikationen gibt, kann das Backup erneut geladen werden.«

»Erzähl ihnen auch noch von der anderen Sache, die du mit den Kryos da anstellen kannst«, sagte Sieben.

Victoria warf ihr einen schnellen Blick zu. »Unsere schöne Göttin spielt darauf an, dass einige Techniker aus Eden gelernt haben, die Hirnwellenaufzeichnungen gezielt zu manipulieren, obwohl das laut den Verträgen, die die Kryo-Personen abgeschlossen hatten, streng verboten war.«

»Was bedeutet das?«, fragte ich.

»Das bedeutet, dass sie deine Erinnerungen so verändern konnten, wie sie es brauchten«, sagte Sieben. »Die Mutter *garantiert,* dass sie das nicht mit mir getan hat.«

»Das habe ich gewiss nicht«, erwiderte Victoria barsch. »Das ist die Grenze, die ich nicht zu überschreiten bereit bin. Die Identität eines Menschen ist heilig. Ohne sie sind wir nichts. Aber andere haben nicht so gedacht wie ich.«

»Wann haben sie diese Grenze überschritten?«, fragte Lilly.

»Ich weiß nichts Konkretes«, sagte Victoria. »Aber ich weiß von einigen Fällen, in denen Kryos sich nicht freiwillig gemeldet haben. Das waren Menschen, die die Projektleiter als unerlässlich ansahen, die aber nicht mit Eden zusammenarbeiten wollten. Und später, als diese Menschen aus dem Kälteschlaf aufgewacht sind, hatten sie die Erinnerung, sie hätten sich freiwillig dafür entschieden, und ihre Familien wären mit allem einverstanden gewesen.«

»Du willst also damit sagen, dass unsere Erinnerungen Lügen sein könnten?«, sagte Leech mit düsterer Stimme. »Vielleicht wollte ich überhaupt nie ein Kryo sein …«

Victoria runzelte die Stirn. »Ich sage nur, dass das möglich ist. Aber ich habe keine Ahnung, ob das bei euch der Fall war. Andererseits gibt es nicht viel, was ich Paul nicht zutrauen würde.«

»Also, wie steht es mit einer Aktivierung des Hirnwellen-Backups?«, wollte Leech wissen.

Victoria lächelte traurig. »Als wir nach Atlacamani die Stromversorgung wiederhergestellt und die Anlage neu gestartet hatten, war das Sicherheitssystem neu eingestellt worden. Wir haben also die Hirnwellenpläne auf Lager, aber wir sind von den Programmen ausgeschlossen, die wir brauchen, um die Backups neu zu laden.«

»Ihr habt kein Passwort?«, fragte Leech.

»Es gibt mehrere Sicherheitsstufen, und nein, ich habe kein Passwort. Paul hat eins, genauso wie bestimmte Mitglieder des Programmierteams von dem Projekt, aber – na ja, ich kann sie schlecht fragen, oder? Arlo hat mit einem Team daran gearbeitet, aber selbst nach zwei Jahren sind wir nicht in der Lage, die Kodierung zu umgehen. Für den Moment ist die Kryo-Anlage ein Raum voller gefrorener Körper, nur dass niemand zu Hause ist.«

»Aber du könntest mir sagen«, bat Leech, »ob er da drin ist.«

Victoria nickte. »Ja. Wir werden das überprüfen, sobald wir wieder in Desenna sind, okay?«

»Danke«, sagte Leech.

Victoria setzte ihren Weg fort. »Zum Tempel geht es hier entlang.«

Leech blickte noch immer zu dem Gebäude in der Ferne. Er sah klein aus, wie er da stand, derselbe Junge mit hängenden Schultern und mageren Armen, der mich früher so wütend gemacht hatte. Ich trat neben ihn. »Hey«, sagte ich. »Tut mir leid.«

Er hatte die Arme über der Brust gekreuzt, hielt die Bizeps umfasst und zitterte. Aufgrund der Kryo-Krankheit schien er selbst in der schwülen Luft zu frieren. »Ist schon okay«, murmelte er. »Ich glaube, er ist da drin.«

»Ich bin sicher, Paul hat deine Erinnerungen nicht angerührt«, sagte ich, weil ich fand, dass das, was Leech über seine erste Begegnung mit Paul erzählt hatte, wahr klang. Aber wie konnte man sicher sein? Ich konnte mir das gar nicht vorstellen, der Gedanke, dass man seine Erinnerungen, seine ureigenste Identität in Zweifel zog.

Leech schüttelte den Kopf. »Mach dir keine Sorgen um mich«, sagte er. Er wandte sich zu mir und blickte mich ernst an; sein gutes Auge schien zu starren, als wäre er wütend, aber ich hatte endlich begriffen, dass das auch ein Ausdruck von Vertrauen war. »Kommst du mit, wenn ich dort hineingehe?«

»Oh«, sagte ich. Die Frage hatte ich nicht erwartet. Hieß das etwa, dass wir beide jetzt echte Freunde waren? Aber ich wusste, was ich antworten würde. »Ja. Auf jeden Fall.«

Er nickte, und wir gingen den anderen hinterher.

Lilly stand am Rand des Sees und starrte auf das Wasser. Eine Brise, die durch die kaputte Kuppel zog, wehte ihre Haare von der Schulter. Ich hörte ein Rascheln und erkannte, dass unter einer kleinen Mauer Wellen gegen dickes schwarzes Plastik schlugen – der künstliche Grund des Sees.

Mein erster Instinkt war, den Mund zu halten. Sie schien vollkommen weggetreten zu sein. Genau genommen klang es, als ob sie vor sich hin singen würde. Dann sah ich, dass die anderen weiter vorausgingen.

»Hey«, sagte ich. »Kommst du ...«

Sie drehte sich um, und ihr Blick war so abwesend, als würde sie aus einem fernen Tagtraum zurückkehren. Aber als sie mich sah, wurden ihren Augen hart. »Du musst dir um mich keine Sorgen machen. Du musst dich um andere Sachen kümmern. Und ich auch.« Sie bewegte sich in Richtung der Gruppe.

»Lilly ... Das gestern, das war nicht so, wie es aussah«, begann ich. Sie blieb nicht stehen. »Das hängt davon ab, was du glaubst, wie es ausgesehen hat.«

Ich fühlte, wie mein Mut sank und auch wieder diese Distanz zu ihr entstand. Konnte ich jetzt noch etwas wiedergutmachen? War es überhaupt einen Versuch wert?

Ich folgte ihr in einigem Abstand, während wir über ein weites, flaches Stück Land mit hohem Gras und Büschen auf die Pyramide zugingen. Früher war das wohl mal ein Park gewesen. Bänke und Statuen waren von Gras und Gestrüpp überwuchert.

Wir gelangten zu dem großen Gebäude und versammelten uns neben einer breiten Treppe, die zur Spitze führte. Die Pyramide war aus großen, grauen Steinen erbaut, die alle präzise ineinandergefugt waren. Eine steinerne Riesenschlange zierte die Stufen, die in einem gemeißelten Steinkopf am Fuß der Treppe endete, wo sie ihre Zunge in den Boden bohrte.

Arlo stand in einer Tür, die neben der Treppe in die Wand eingelassen war. Eine modern anmutende Stahltür mit einem Codeschloss – das war wieder so ein

Moment, in dem wir hinter die Kulissen von Eden schauten, nur dass diese Tür vollkommen verrostet war.

»Das hier war die Hauptpyramide von Chichén Itzá, eine traditionelle Stadt aus der späten Maya-Zeit«, sagte Victoria. »Die Maya waren herausragende Astronomen. Die Pyramide ist perfekt auf die Tagundnachtgleiche ausgerichtet. Sie ist über tausend Jahre alt, aber es ist nicht die erste Pyramide an diesem Ort. Sie wurde auf den Ruinen eines früheren Gebäudes errichtet, und unter dem liegt noch ein anderes: der ursprüngliche Tempel der Atlanter, der diesen Ort vor zehntausend Jahren geprägt hat.«

Victoria zeigte über das Feld, wo zwei hohe Mauern eine Art breiten Gang bildeten. »Die Maya haben dieses Gemäuer da für ein Ballspiel benutzt, aber ursprünglich war es für einen anderen Zweck bestimmt, den sie nie vermutet haben. Owen weiß, was es ist.«

Ich spürte, wie sich alle Augen auf mich richteten. Aber ich hatte keine Ahnung, was Victoria meinte. Doch als ich das Spielfeld genau betrachtete, erkannte ich, dass der Winkel möglichen Windströmungen entsprach, und wie die ringförmigen Steine, durch die der Ball geschossen werden musste, sich aneinanderreihten ... »Das war eine Landebahn. Für atlantische Schiffe, die viel größer als meins waren.«

Arlo tippte einen Code ein, und quietschend öffneten sich die Schlösser. Er drückte die knarzende Tür nach innen auf und ließ uns herein.

Der Durchgang war kühl und dunkel, schmal, ein Betonboden und eine gewölbte Decke. Wahrscheinlich hatte Eden den Tunnelgang gegraben. Arlo, Victoria und die Soldaten machten ihre Kopflampen an.

Der Gang führte geradewegs zur Mitte der Pyramide,

dann kreuzte er einen anderen, gerade verlaufenden Tunnel. Dieser Gang war wie die Außenwände aus Stein gemauert. Ein Bau der Maya. Wir mussten uns ducken, als wir dort entlangliefen. Staub und Schimmelpilz hingen in der Luft. Wir bogen nach links ab, einmal und noch einmal, beschrieben eine eckige, nach innen führende Spirale, bis wir zu einem kleinen Raum gelangten. Er war gerade so groß, dass wir dicht aneinandergedrängt alle darin Platz fanden. Die Decke reichte weit nach oben in die Dunkelheit, als ob wir uns am Grund eines Brunnens befinden würden. An den Wänden prangten noch mehr kantige Gesichter, düster und drohend.

»Tretet an die Wand zurück«, sagte Victoria.

Wir drängten uns hinten zusammen, und als die Kopflampen auf den Boden leuchteten, wurde ein runder Stein in der Mitte mit Löchern an den Rändern sichtbar. Arlo und ein weiterer Mann beugten sich darüber und begannen, den Stein unter Anstrengung anzuheben. Der Stein schabte, und die Männer musste ihn hin und her drehen. Er war einen halben Meter dick, und der Aufprall, als er schließlich umgekippt wurde, war so dumpf und schwer, dass die Wände zitterten.

»Da rein«, sagte Victoria. Sie setzte sich und ließ sich in das Loch hinabgleiten. Ihre Kopflampe strahlte einige gemeißelte Vertiefungen in der runden Wand an, eine Art Treppe. Sie stieg hinab und verschwand aus unserem Blickfeld.

Wir folgten ihr, ich kletterte hinter Sieben hinunter. Beim Zählen der Stufen geriet ich durcheinander. Vielleicht waren wir schon zehn Meter hinuntergestiegen, vielleicht auch mehr, als sich der Raum um mich vergrößerte.

»Es ist nicht hoch«, hörte ich Victoria sagen.

Ich ließ meine Füße in der Luft baumeln und ließ los. Eine Moment lang fiel ich und landete dann auf einem unebenen Boden, der steil nach unten abfiel. Mein Knöchel knickte um, und ich drohte hinunterzufallen, aber Leech hielt mich fest.

»Danke«, sagte ich.

»Klar doch.«

Ich blickte mich um, wir standen auf einem Hügel aus Felsbrocken. Der Hügel befand sich in einem großen, quadratischen Raum, der der Keller der Maya-Pyramide zu sein schien. Wir standen an der Außenseite der älteren Pyramide, als ob wir durch eine dieser Matroschkapuppen klettern würden, die kleiner und kleiner werden.

»Der Eingang ist unten«, sagte Victoria.

Die Decke aus riesigen Steinblöcken befand sich genau über unseren Köpfen. Mir war schleierhaft, wie sie dort oben befestigt waren, und plötzlich überwältigte mich ein Gefühl von Tiefe und auch Schwere, etwas Niederdrückendes, ein enormes Gewicht, das uns zerquetschen könnte, das uns zerquetschen *würde*. Sogar die Luft fühlte sich komprimiert an, ich konnte kaum tief durchatmen. Wir hatten Staub in den Augen, ein säuerlicher Geruch breitete sich aus, und man hörte Schritte über die losen Steine schlurfen, als einer nach dem anderen die Seite des alten Gebäudes hinunterschlitterte.

Wir landeten auf einem weichen Lehmboden und schoben uns die Maya-Wand entlang, den Blick auf den älteren Tempel gerichtet, bis Victorias Licht auf einen niedrigen, schmalen Eingang fiel.

Sie spähte hinein. »Eine kurze Fahrt durch die Hölle«,

sagte sie, »dann liegt ein Raum auf der anderen Seite.« Sie holte tief Luft und ging hinein.

»Mein Gott, wie ich das hier hasse«, murmelte Sieben und folgte dann Arlo und den anderen Männern.

»Nach dir«, sagte ich und gab Lilly einen Wink.

Sie ging den anderen nach, ohne auch nur zu antworten oder mich einmal anzuschauen. Meine Schuldgefühle verwandelten sich in reine Frustration. Wie sollte ich überhaupt noch mit ihr reden, wenn sie mir nicht die geringste Chance gab?

Der Tunnel war eng, drückte auf Kopf und Nacken. Ich schürfte mir die Schultern an den rauen Wänden auf, das Gefühl, eingeengt und zusammengedrückt zu werden, wurde unerträglich. Es drängte mich, die Arme auszubreiten, um mich zu treten, mich aufzurichten und gegen den Stein zu schlagen, um endlich Platz zu haben. Lieber hätte ich mich der Gefahr ausgesetzt, Tausende Meter in der Luft über dem Boden zu schweben, als das hier.

»Hey, geh weiter«, fuhr Leech mich von hinten an.

»Owen.« Victorias Lampe leuchtete von vorn auf mich. »Du bist beinahe da.«

Ich hielt die Luft an, hastete vorwärts und gelangte schließlich in einen kleinen, runden Raum.

»Okay«, flüsterte Victoria, als ob sie Angst hätte, dass schon ihre Stimme die Erde beben lassen könnte. »Es ist Zeit für Sieben, ihre Aufgabe zu erfüllen.«

In der gegenüberliegenden Wand befand sich eine dreieckige Vertiefung mit einem Handabdruck.

Der Schlüssel ist in dir. Die Stimme der Sirene überraschte mich. Ich schaute mich um, entdeckte aber nirgendwo ein blaues Licht. Merkwürdig. Es hatte sich wie sie angefühlt.

»Und was nun kommt, hasse ich noch mehr«, sagte Sieben. Sie trat zu dem Sockel, legte die Hand auf die Nadeln, warf Victoria einen missmutigen Blick zu und drückte zu. Ihr Atem beschleunigte sich, dann fauchte sie und zog schnell ihre Hand fort. Im Schein der Kopflampe sahen wir Blutstropfen an den Nadeln herunterlaufen.

Der ganze Raum bebte. Staub fiel in rauen Mengen von der Decke. Der Boden begann sich zu bewegen und zu drehen, er sank und verwandelte sich in eine Wendeltreppe, genau wie in meinem Tempel in Eden West.

Wir stiegen die Treppe hinab. Der Sockel war im Grunde das obere Teil einer Mittelsäule, um die sich die Stufen nach unten in einen weiten, offenen Raum herumwanden. Während wir hinuntergingen, fühlte ich dieses Zittern wieder in mir aufsteigen, das magnetische Summen einer Präsenz. Wir waren dem Schädel sehr nah. Ich hatte nicht mit dem Gefühl gerechnet, da es nicht mein Schädel war, aber es fühlte sich gut an. Mir war nicht aufgefallen, wie sehr ich das vermisst hatte.

Wir befanden uns in einem höhlenartigen Gang, der sich zu beiden Seiten erstreckte. Auf der einen Seite stand eine Reihe imposanter Steinsäulen, dahinter war eine Wand. Der Boden war mit einer dünnen Schicht salzigen Wassers bedeckt. Tropfen fielen mit einem Pling von oben herab, und das Geräusch hallte wider.

Victoria führte uns den Gang entlang, unsere Schritte platschten am Boden. Dann blieb sie vor einem Stück Wand zwischen zwei Säulen stehen. Wir versammelten uns, und ich erkannte in den Stein geritzte Symbole, Piktogramme und runde Formen, die Buchstaben glichen.

»Wow«, sagte Lilly, die mit weit aufgerissenen Augen auf die Wand starrte.

»Ist das eine Schrift?«, fragte ich.

»Die atlantische Schrift«, sagte Victoria. »Ich kann den Text Wort für Wort übersetzen, aber Sieben kann ihn lesen. Würdest du das bitte tun?«

»Sieh den Hunden zu, wie sie Kunststückchen vorführen«, sagte Sieben. Sie trat zur Wand und fuhr mit den Fingern über die Symbole.

»Nach dem Beben und der Flut«, las sie, »nachdem die Herren und ihre Kräfte von der hungrigen Erde verschlungen worden waren, fand eine Reise statt, durch die dunkle Ewigkeit, während die Welt heilte. Die Vertriebenen suchten eine neue Heimat, aber sie waren verloren, so verloren. Und als das Meer sich beruhigte und es still wurde auf dem Land und die Sterne es wagen konnten, wieder zu schauen, stieg die Erinnerung in Schiffen aus blauem Licht herab, um wieder aufzusteigen, in der Hoffnung, dieses Mal die Höhen der Herren zu erreichen, ohne deren Grausamkeiten wiederaufleben zu lassen.«

Mir fiel ein, was die Sirene damals zu mir gesagt hatte. »Was ist mit den Grausamkeiten gemeint?«, fragte ich.

»Ich glaube, die aus Atlantis Vertriebenen hielten den Pinsel der Götter für grausam«, sagte Victoria, »und das wollten sie niemals wieder erleben. Ich bin zu der Überzeugung gelangt, dass die Atlanter die Drei zu ihrem Schutz ersonnen hatten, um sicherzugehen, dass ihre Herren, oder andere zukünftige Führer, niemals wieder in der Lage wären, diese Fehler noch einmal zu begehen.«

Ich stellte mir die Priester auf der Pyramide vor, Lük und seine Partner waren bereit zu sterben … für eine

Sache. Es war ein neuer Gedanke, sie sich als Geheimbund vorzustellen, der einen verzweifelten Tod auf sich nahm, um die Erde zu retten.

»Warum zerstört man den Pinsel nicht einfach?«, fragte Leech.

»Ich glaube nicht, dass sie an ihn rangekommen sind«, antwortete Victoria. »Die Herren waren wie der König, der sich an seine Schätze klammert, oder wie Gollum aus der Zeit vor der Großen Flut, der den Ring nicht aufgeben kann, auch wenn er ihn in den Tod stürzt. Auch als die Welt um sie herum zerbrach, konnten sie ihre Technologie nicht aufgeben. Das zu tun war undenkbar. Das Denken der Herren ähnelt dem während der Großen Flut ... Und deshalb haben sich die Menschen einen anderen Ausweg gesucht.«

»Dann sind wir so was wie Rebellen«, sagte Leech.

»Das mag ich«, sagte Sieben.

»Steht da hinten noch mehr?« Lilly spähte auf die Wand, fast als würde sie Siebens Übersetzung misstrauen.

»Nein«, sagte Sieben. »Wieso, war das nicht genug?«

»Ach, nur so«, meinte Lilly. Sie bückte sich und schaute sich einige matte Ritzungen unterhalb der Schrift an.

»Ich glaube nicht, dass das irgendwas bedeutet«, sagte Sieben skeptisch.

»Du sicher nicht«, sagte Lilly. Sie zuckte die Achseln und wandte sich ab.

»Nachdem wir diese Botschaft entziffert hatten«, erzählte Victoria, »und uns über die Rollen der Drei und der Herren klar geworden waren, habe ich begriffen, dass auch ich gegen die Pläne von Eden rebellieren muss. Das Grauen würde von Neuem beginnen. Es war sonnenklar, dass Pauls Vorhaben in einer Tragödie enden würde. Und ich hatte auch das Gefühl, dass es noch ein anderes, besseres Leben auf dieser Welt geben müsste. Daraus ist dann Heliad entstanden.«

Sie drehte sich um. »Zum Navigationsraum geht es hier entlang.«

Alle bis auf Sieben folgten ihr. Sie starrte immer noch auf die Wand. »Was ist los?«, fragte ich sie.

»Deine Freundin benimmt sich ziemlich merkwürdig.« Wir beobachteten beide, wie Lilly sich von der Gruppe entfernte und im Raum umblickte. »Weißt du, was sie hat?«

»Nein«, gab ich zurück, »weniger als je zuvor.«

Wir schlossen zu den anderen auf und gelangten zu einem Gewölbeeingang auf der anderen Seite des breiten Gangs. Wir gingen hindurch und fanden den Navigationsraum. Er war größer als der, den wir in der Stadt der Anasazi gesehen hatten, er ähnelte dem in Eden West. Unter einer runden Kuppel thronte eine Obsidiankugel.

»Endlich«, sagte Leech. Er legte seine Hände auf die Kugel. In deren Inneren flammte Licht auf, und Sterne erwachten an den Wänden zum Leben. Leech hielt den Sextanten an sein gesundes Auge. »Die Schwellung ist gerade abgeklungen.« Langsam drehte er sich um die eigene Achse, dann ließ er den Sextanten sinken und bewegte die Juwelenskalen, danach blickte er wieder hindurch. »Damit hätte ich in dem Raum in Eden West viel mehr anfangen können.« Er griff in seine Hosentasche und zog sein Notizbuch hervor. »Kann ich etwas Licht bekommen?«

Leech setzte sich mit überkreuzten Beinen auf den Fußboden und begann zu zeichnen. Arlo leuchtete über seine Schulter. Ich bemerkte, dass Leechs Hand zitterte.

»Es wird eine Weile dauern«, sagte er, »aber ich kriege das hin.«

»Lasst uns zum Schädel gehen«, sagte Victoria zu dem Rest von uns.

Wir liefen wieder in den großen Gang. Victorias Lampe beleuchtete einen schmalen Eingang gegenüber den Säulen. Als wir uns durch die enge Öffnung quetschten, konnte ich das strahlende Weiß schon sehen, der Schädel erwartete Siebens Ankunft.

Wir drängten in die kleine Kammer, und dort war er, tot und doch so lebendig, auf unsere Frequenzen eingestellt und voll erleuchtet.

Als ich den Schädel ansah, überkam mich dasselbe magnetische Gefühl von Wärme und Gewissheit, das ich auch bei der Begegnung mit meinem eigenen gehabt hatte.

»Okay«, sagte Sieben. »Dann mal los.« Sie schloss die Augen und legte die Hände auf das Kristall. Lichtfunken sprangen um ihre Finger herum und schienen ihren Arm hinaufzukriechen, sodass sie leuchtete. So musste auch ich ausgesehen haben, als ich bei meinem Schädel war. Ihre Augenlider flatterten, und ihr Körper schien zu erstarren. Sie hatte sich aufgeladen.

Komm nach Hause, Rana.

Die Stimme sprach in meinem Kopf. Ich schaute mich um, suchte nach der Sirene, aber nein, das hier war eine andere Stimme. Sie war aus dem Schädel gekommen, aus dem strahlenden Licht hinter diesen hohlen Augen.

Diese Stimme war nicht für mich bestimmt, und doch … fühlte ich ein seltsames Verlangen, der Magnet zog mich an. Ich trat auf den Schädel zu.

»Owen?«, fragte Victoria.

Ich antwortete nicht. Ich war nicht sicher, aber ich legte meine Hände auf den kühlen weißen Stein.

Mit einem Satz erfasste auch mich das Licht, und ich verschwand in dem Weiß.

24

»Hallo.«

Im Kristallschädel gibt es keine Zeitrechnung. Es gibt ein Vorher, und es wird auch ein Nachher geben, aber innerhalb des elektrischen Kristallmediums wird nur das Jetzt wahrgenommen. Alle Dinge sind, sind gewesen und werden sein.

Ich stehe in einem großen Raum. Der Boden ist mit großen, glänzenden Steinen gefliest. Von der hohen Decke hängen Kupferschalen mit brennendem Feuer an Ketten herab und verbreiten ein warmes Licht. Links von mir befinden sich Räume und Gänge, so weit mein Auge reicht. Rechts von mir stehen Säulen, ähnlich denen draußen in der Schädelkammer, nur hier führen sie in die Nacht. Eine warme Brise weht herein, schlängelt sich um die Säulen und trägt das Raunen des Meeres herein.

Ein Mädchen sitzt vor mir, die Knie auf einem Kissen. Es ist weiß gekleidet und hat langes, schwarzes Haar. Ich habe es schon einmal gesehen. In der ersten Vision des Schädels, als ich mit ansehen musste, wie den Dreien die Kehle durchschnitten wurde. Ich erinnere mich an seine traurigen Augen, erschrocken, aber entschlossen, kurz bevor sein Bewusstsein übertragen wurde. Die Gesichtszüge des Mädchens gleichen denen von Lük: alt, aber beinahe könnte es meine Schwester sein, würde nicht ein zeitlicher Abgrund zwischen uns klaffen.

Aber das Mädchen ist nicht allein hier. Da ist noch jemand. Ein zweites Mädchen sitzt in derselben Position auf einem Kissen daneben. Dieses Mädchen schaut mich nicht an. Sie hat den Blick stur geradeaus gerichtet, und nun bemerke ich, dass Sieben neben mir steht. Sie hat die Augen geschlossen und die Hände auf die Hüften gestützt.

Ich schaue von einem atlantischen Mädchen zum anderen. Die beiden gleichen sich vollkommen. Das Mädchen vor Sieben ist still und schweigt. Und das andere Mädchen vor mir fängt an zu sprechen.

»Du bist im Inneren des Schädels«, sagt sie.

»Was mache ich hier?«, frage ich. »Bist du Rana?«

»Ja.«

Ich blicke zu ihrem schweigenden Zwilling. »Wer ist sie?«

Rana blickt sich in der Kammer um. »Hier sind nur du und ich.«

Ich wende mich um und berühre Siebens Schulter, sage »Hey«, aber meine Finger gehen durch sie hindurch. Sie bleibt weiter mit geschlossenen Augen stehen. Vielleicht hat jeder von uns seine eigene Verbindung zum Schädel, und in ihrem Kopf spricht Rana auch zu ihr. Doch ich frage mich: Warum passiert *mir* das? Ich bin nicht das Medium. Als Leech an meinen Schädel angeschlossen war, hat Lük nicht mit ihm gesprochen …

»Hier entlang.« Rana steht auf. Die Sandalen an ihren Füßen klacken auf den Steinen. »Das bist das Gedächtnis von Qi-An, das Gedächtnis der Ersten Menschen.«

»Ja«, sage ich.

»Du bist das atlantische Medium«, sagt sie zu mir.

»Nein, bin ich nicht«, erwidere ich, aber sie scheint nicht hinzuhören. Sie geht auf die Säulen zu. Sie wirkt wie ein Programm, das für mich abläuft, obwohl es eigentlich für Sieben bestimmt ist. Vielleicht hat sie mich mit Sieben verwechselt, aber wie ist das möglich? Mein Schädel war eindeutig nur für mich bestimmt gewesen.

Rana streckt eine Hand nach mir aus. »Du musst das Lied des Herzens hören, dann kannst auch du es singen. Komm mit, ich zeige es dir.«

Ich überlege, ob ich weggehen soll. Aber ich fühle mich zu ihr hingezogen, gezwungen, von ihr zu lernen, daher ergreife ich ihre Hand. Sie fühlt sich wie ein offenes Kabel an, heiß und vor Elektrizität prickelnd.

Sie führt mich zwischen den dicken Säulen durch den Raum.

Wir treten in die kühle, sternklare Nacht, die zehntausend Jahre zurück in der Vergangenheit liegt. Wir befinden uns in einem weitläufigen Innenhof. Ich bemerke, dass ich barfuß bin. Das Gras zwischen meinen Zehen fühlt sich weich an. Hellbraune Steingebäude, mit gemeißelten Figuren und Symbolen verziert, rahmen den Platz um uns ein. Das ist nicht die Stadt von Lük.

»Wo sind wir?«, frage ich.

»Das ist Tulana, die große Stadt gen Süden«, sagt Rana. Wie ein Luftzug schwebt sie zur Mitte des Platzes, zu einer Statue von einem Jaguar, der auf einer Schildkröte sitzt.

»Befindet sich hier das Herz der Terra?«, frage ich.

»Nein«, sagt Rana. Mondlicht fällt auf ihre Schultern. »Das ist früher«, sagt sie, »bevor die Herren versucht haben, die Terra zum Gehorsam zu zwingen, bevor sie Feuer und Asche entfesselten.«

»Die Grausamkeiten«, sage ich.

»Der Pinsel der Götter«, sagt Rana, und ich fühle ihre Geisterfinger durch meine Gedanken huschen. »So nennt ihr das doch.«

Lautes Gelächter erschallt, und nun erscheint eine Gruppe Kinder in dem Innenhof und läuft zur Mitte hin.

Sie bilden einen Kreis, fassen sich an den Händen, das älteste Mädchen steht in der Mitte. Ihre Haut ist fast schwarz, ihre Augen haben die Farbe von Lavendel. Während sich die jüngeren Kinder um sie im Kreis drehen, wird sie ruhig, streckt die Handflächen vor, und etwas Blaues beginnt in jedem Kind zu leuchten. Ein blasses Türkis, das dem Licht des Vortex-Motors ähnelt, aber auch der Sirene.

Das Mädchen beginnt zu schweben. Ihre Zehen zeigen nach unten, als sie den Boden verlässt und sich zehn Meter in die Luft erhebt, wo sie unter dem Jubel ihrer Freunde einen Salto vollführt. Dann beugt sie den Oberkörper vor wie beim Kopfsprung ins Wasser und schießt auf die anderen herab. Die Kinder kreischen und ducken sich. Das Mädchen macht eine Drehung, gerät ins Wanken und purzelt ins Gras. Die anderen lachen und laufen zu ihr hin. Das Mädchen lacht auch.

»Einst haben wir das Lied der Terra gehört, ihr Raunen war in jeder Faser unseres Daseins«, sagt Rana. »Wir waren im Gleichgewicht, Qi-An, und die Terra erlaubte uns, die komplizierten Harmonien des Universums kennenzulernen, die tiefen, spirituellen Frequenzen ihrer Seele.«

»Ihr konntet fliegen?«, frage ich. »Ich meine, wirklich fliegen?«

»Wir konnten mit Schwerkraft und Raum spielen, so wie ihr mit Wind und Wasser spielt. Es war ungezwungen, spirituell, persönlich. Spiele auf dem Hof ...«

Ranas Ton verdüstert sich. »Aber die Herren wollten mehr Kontrolle. Und mit der Kontrolle kamen Gesetze, und mit den Gesetzen kam Richtig und Falsch, die Idee von *Mehr* und *Besser*, und dort beginnt die Reise zu den Grausamkeiten. Qi und An trennen sich, sie sind zerbrochen. Wissenschaft und Ehrgeiz spalten sich von Magie und Sein. Die Herren gingen so weit, dass sie die Terra in einen Kristallkäfig einschlossen. Aber der Terra hat das nicht gefallen. Und als sie versucht haben, ihre ganze Kraft für die Wiedererschaffung der Erde zu nutzen, hat sie rebelliert, und die Grausamkeiten waren entfesselt.«

Rana streckt die Hand nach unten aus und reibt die Innenfläche auf dem Kopf der Schildkröte. Die Schildkröte und der Jaguar blicken nach Osten, zur Meeresenge hin.

»Die Schildkröte ist das Gleichgewicht, die Unterstützung, sie treibt sicher dahin, sodass der Jaguar springen kann. Der Jaguar wird springen, weil die Schildkröte nicht zufassen kann. Qi und An. Die Schildkröte ist sich bewusst, dass sie nicht springen kann. Der Jaguar ist sich bewusst, dass er nicht dahintreiben kann. Das ist das Gleichgewicht. Der eine kann nicht ohne den anderen sein. So müsst ihr sein.«

Rana dreht sich um und geht fort. Ich will ihr gerade folgen, als mir etwas ins Auge fällt. Ein Schatten. Ich drehe mich um. Ich bin sicher, dass ich etwas gesehen habe, eine dunkle Form zwischen den Säulen, dort, wo wir hergekommen sind. Sieben? Die Sirene? Ein paar Sekunden lang schaue ich noch in die Richtung, aber ich sehe nichts mehr.

»Hier entlang.« Rana geht in einen Gewölbegang. Ich beeile mich, ihr hinterherzukommen, und wir laufen über einen mit Bäumen gesäumten Weg zur Pyramide. Rana steigt die Treppen hinauf. Sie scheint zu schweben. Ich folge ihr. Jede Stufe ist fast einen Meter hoch, und schnell sind wir über den Bäumen, über den Dächern der Häuser, steigen hoch ins Mondlicht zu den Sternen.

Wir erreichen die Spitze der Pyramide, ein flaches Plateau. Dahinter liegt das Meer. Es braust im Nachtwind, donnert gegen die Felsen unter diesem Tempel. Rana blickt in die Ferne, die feuchte Brise zerzaust ihr Haar. Ich trete neben sie.

»Wenn du mit der Terra sprechen willst«, sagt sie, »musst du deine Seele zum Singen bringen.«

Rana öffnet den Mund, und ein ätherischer Ton erschallt; er klingt zu rein, als würde er nicht von Stimmbändern erzeugt, sondern von einer anderen inneren Energie. Der Ton scheint sich mit der Luft zu verbinden, verfängt sich in ihm und schnellt in alle Richtungen davon. Er ist überall. Und es gibt ein Lied dazu, fröhlich und traurig, beinahe bringt es mich zum Weinen, ein Gefühl, das mir normalerweise vollkommen fern ist, als würde es irgendwo tief in mir geöffnet.

Dann beginnt ein zweiter Ton in meinen Ohren zu summen, ein anderer Ton, höher, in perfekter Harmonie mit Ranas.

Und ein Licht scheint. Es wächst von einem Funken zu einer blauen Flamme, irgendwo unter dem Horizont. Die Terra singt ebenfalls.

Rana hält inne. »Zwischen den beiden Noten wirst du ihren Dialog hören, und du wirst mit ihr sprechen. Das ist nicht nur Sprache. Die Terra ist *Gefühl.*« Sie beginnt wieder zu singen. Die Terra antwortet. Am Horizont leuchtet blaues Feuer.

Ich überlege, ob ich ihr sagen soll, dass ich keinen Dialog vernehmen kann. Schließlich bin ich nicht das Medium …

Nur du kannst mich befreien.

Warte, das kann ich hören. War das die Terra? Hat sie zu mir gesprochen? Wie ist das möglich?

Rana hält noch einmal inne. »Hörst du die Stimme? Kannst du fühlen, wie du deine Seele zum Singen bringst?«

Ich denke daran, Nein zu sagen.

Nur du, Owen.

»Ja«, sage ich, denn obwohl ich nicht verstehe, warum, höre ich die Stimme.

Rana lächelt. Meine Antwort macht sie zufrieden. Sie hört auf zu singen, und als es am Horizont dunkel wird, dreht sie sich wieder zu mir um und berührt mein Brustbein. »Gut«, sagt sie.

Weiß beginnt an den Grenzen meines Blickfeldes aufzuflattern. Das Programm endet.

Aber da ist noch ein anderes Geräusch, scharrende Füße, irgendwo in der Nähe. Ich versuche meinen Kopf zu wenden. Dort im Schatten unten bei der Pyramide steht eine Person … aber das Weiß überstrahlt alles.

»Bist du sicher, dass niemand sonst hier ist?«, frage ich.

Rana verschwindet. »Nur wir können hier sein«, sagt sie.

Nur du, sagt die Terra, und ich denke, dass ich die Stimme kenne, aber ich bin auch sicher, dass noch etwas anderes in der Nähe lauert, irgendwo hinter mir …

Bevor ich mich umdrehen kann, löst sich alles in Weiß auf.

25

Ich fühlte die Welt auf meiner Haut und öffnete die Augen. Ich war wieder in der Schädelkammer. Meine Hände lagen noch immer auf dem Schädel. Ich zog sie zurück und bemerkte, dass alle mich ansahen.

»Was ist denn mit dir gerade passiert?« Das war Sieben. Sie blickte mich im Schein des Schädels an, als ob ich ein Außerirdischer wäre.

»Ich, hm, ich war da drin«, sagte ich und schüttelte das flimmernde Licht ab. »Ich habe dich gesehen. Wahrscheinlich hat der Schädel auch mit mir gesprochen, weil ich ähnliche Gene habe. Du weißt schon, was er gesagt hat, über Rana und die Terra und wie man ihr vorsingt. Du hast das auch gesehen, stimmt's?«

»Ja.« Sieben sah mich immer noch misstraurisch an. »Natürlich habe ich es gesehen, aber ... ich verstehe nicht, warum du das auch gesehen hast. Ich dachte, du hättest deinen Schädel schon gefunden.«

Ich zuckte die Achseln. »Habe ich auch.« Aber dann fiel mir die Stimme der Terra wieder ein. Sie hatte gesagt, ich sei der Einzige. Genau das hatte auch Paul vor ein paar Tagen gesagt ... Worum ging es eigentlich bei alldem? Langsam fragte ich mich, ob irgendetwas an mir anders war. Ob ich mich auch von Sieben und Leech unterschied. War das der Grund, warum ich die Sirene sehen konnte, und sie beide nicht? »Was hast du da über das Singen gesagt?«, fragte Victoria mich.

»Das Medium«, sagte ich und sah dann zu Sieben. »Du kannst es ihnen sagen.«

»Nein, mach du das.« Sie klang verärgert, dass ich die Botschaft auch gehört hatte.

»Also, Singen ist ihre Art, mit der Terra zu sprechen«, sagte ich zu Victoria, »durch dieses Lied. Und die Terra singt dann auch.«

»Was singst du?«, fragte Victoria. Ich konnte die Neugier in ihrer Stimme hören. Der Moment, als auch Pauls Stimme diesen Tonfall angenommen hatte, kam mir wieder in den Sinn. »Sind das Worte?«

»Nicht wirklich …« Ich blickte zu Sieben.

Sie schaute in die Höhe, als ob sie nach einer Erklärung suchte. »Das ist keine Musik, wie wir sie kennen«, sagte sie. »Ich fühle, dass sie nur … jetzt hier drin ist. In meinem Kopf. Und wenn wir nahe dran sind, werde ich wissen, was zu tun ist.«

»Faszinierend«, sagte Victoria. »Wir nehmen den Schädel mit rauf. Ihr werdet ihn auf der Reise brauchen.« Sie winkte zwei Männern zu, die den Schädel in eine Schaumfolie hüllten und ihn vorsichtig in eine gepolsterte Tasche gleiten ließen. »Jetzt schauen wir nach, was Leech gefunden hat.«

Als wir uns alle in Bewegung setzten, schaute ich mich noch einmal um. »Wo ist Lilly?«

»Sie ist verschwunden, als ihr beide im Schädel wart«, sagte Victoria. »Sie hat etwas vor sich hin gemurmelt. Etwas über … also, ich kann die Gefühle in eurem Alter nicht verstehen, aber ich vermute, ihr wisst, was ich meine.«

»Eifersucht«, sagte Sieben ernst und schlang ihren Arm um meinen. »Entschuldige.«

Ich bemerkte ihr leichtes Lächeln, aber ich erwiderte

es nicht. »Wie auch immer«, sagte ich nur, denn ich fühlte mich von dem Aufenthalt im Schädel erschöpft.

Aber ich fühlte mich auch wieder lebendig. Diese Verbindung war elektrisierend. Energie durchflutete mich, genauso wie bei meinem ersten Treffen mit Lük. »Fühlst du diese Stimmen?«, fragte ich Sieben.

»Ja, tu ich«, sagte Sieben. »Wie ist es für dich?«

»Wie ein Summen«, sagte ich. »Als ob wir ein Ton wären, der in einem unglaublichen Akkord erklingt.«

Sieben nickte, fügte dem aber nichts hinzu.

Wir kehrten in den Navigationsraum zurück. Leech war immer noch mit Zeichnen beschäftigt, oft hielt er inne, um die Hand auszuschütteln und die Finger auszustrecken.

»Wie läuft's?«, fragte ich.

»Ich hab's«, sagte er. »Endlich ... glaube ich zumindest. Ich gleiche die Positionen der Sterne auf dieser Karte mit dem ab, was wir im Sextantenraum gefunden haben. Ich bin fast fertig.«

»In der Zentrale haben wir ziemlich aktuelle Satellitenbilder«, sagte Victoria. »Wir können deine Karten anhand der Bilder überprüfen.«

Leech stand auf. »Das klingt gut.«

Wir standen im Dunkeln der Höhle, und plötzlich wurde das, was als Nächstes geschehen würde, Realität. »Das heißt also«, sagte ich zu Leech, »wir sind bereit für die Reise.«

»Die Drei, bereit aufzubrechen und das Herz der Terra zu verteidigen«, sagte Victoria. »Das ist ein bedeutsames Ereignis für mein Volk. Und ein noch größeres Unterfangen für euch.«

»Gewiss«, sagte ich, und ein Schauer lief mir den Rücken hinunter. Wenn wir Desenna verließen, würden wir wieder draußen in der Wildnis sein. Vor ein paar Tagen noch hätte ich niemals geglaubt, dass dieser Ort sich wie ein sicherer Hafen anfühlen würde.

Als wir uns wieder auf den Weg zu der Wendeltreppe machten, gingen wir an Lilly vorbei, die vor der Wand mit der Inschrift stand. Sie stand ganz still und summte leise vor sich hin, wie sie es schon oben am See getan hatte. Ich wollte etwas zu ihr sagen, aber die Situation war unangenehm, deshalb ging ich einfach weiter.

»Hey«, hörte ich Leech zu ihr sagen. »Kommst du?«

»Ja«, antwortete Lilly. »Ich hab mir das hier bloß noch mal angeschaut. Das war besser, als die Show da drinnen zu beobachten.«

»Unglaublich!«, sagte Sieben zu mir. »Wie die die Krallen ausfährt.«

Während wir den Tempel wieder verließen, merkte ich, dass ich richtig sauer auf Lilly war. Mehr als je zuvor. War es meine Schuld, dass der Schädel zu mir gesprochen hatte? Das gehörte zu meinem Schicksal, auch zu dem von Sieben, und ich fragte mich: Konnte Lilly wirklich verstehen, wie das war? Was all das bedeutete?

Es war später Nachmittag, als wir Eden Süd hinter uns gelassen hatten und wieder den Dschungelpfad nach Desenna zurückliefen. Leech ging mit Arlo voraus und erläuterte ihm verschiedene Aspekte seiner Zeichnungen. Arlo schien ernsthaft an Kartographie interessiert zu sein. Ich hörte, wie sie über Längen- und Breitengrade diskutierten. Auch Lilly ging vorne, zwischen Soldaten, aber sie schien mit niemanden zu reden.

»Weißt du von diesen Kindern, denen die Kehlen durchgeschnitten wurden?«, fragte Sieben mich.

»Du meinst unsere Atlanter?«

»Ja. Glaubst du, dass vielleicht wir diese Kinder *gewesen sind?* Ich meine, vor langer Zeit. Und jetzt sind wir wiedergeboren worden oder so was in der Art?«

»Das weiß ich nicht«, antwortete ich und überlegte. »Auf gewisse Weise schon, ja.«

»Vielleicht fühlen wir uns deshalb miteinander verbunden.«

Sie blickte mich an. »Deshalb fühlt es sich so *gut* an, in deiner Nähe zu sein. Weil wir uns schon vorher gekannt haben. Weil wir zusammen gestorben sind, und jetzt sind wir wieder hier. Herrje, Flieger, glaubst du, wir beide könnten ... na, du weißt schon ... damals zusammen gewesen sein?«

»Ha«, sagte ich und spürte, wie mich der Gedanke fast um den Verstand brachte. Dennoch hatte Sieben recht. Mit ihr zusammen spürte ich eine nie gekannte Leichtigkeit.

Als wir das Tor passierten, kam Leech auf mich zu. »Ich lasse meinen Verband wechseln, und dann arbeite ich wohl noch ein wenig an den Skizzen. Und du?«

»Er geht später mit mir in Chaac's Cove«, sagte Sieben und schaute mich direkt an. »Du kommst doch mit, oder? Unser letzter freier Abend vor der großen Mission. Du kannst nicht noch einmal Nein sagen.«

»Stimmt.« Ohne es zu beabsichtigen, warf ich Lilly einen Blick zu, vielleicht wollte ich wissen, ob sie mich ansah. Sie tat es nicht.

»Du kannst Lilly auch fragen«, sagte Sieben, die meinen Augen gefolgt war, »aber sie wird wahrscheinlich ablehnen.«

»Wahrscheinlich«, gab ich zurück.

»Du bist dabei?«, fragte Sieben Leech. »Ich habe nette Freunde.«

Leech setzte wieder sein schiefes Grinsen auf. »Heute Abend bekomme ich eine Augenklappe. Mögen deine Freunde Piraten?«

»Ja, ich glaube, ein Pirat könnte ihnen gefallen«, erwiderte Sieben. Sie setzte sich in Bewegung, die Augen fest auf mich gerichtet. »Sag Ja.«

»Okay«, sagte ich. »Aber jetzt gehe ich zum Abendessen nach Hause.«

»Dann habe ich genug Zeit, mich hübsch zu machen. Um acht am Springbrunnen auf dem Platz.«

»Bis dann«, sagte ich.

Sieben grinste. Sie sah richtig glücklich aus. »Abgemacht.«

26

Während ich die Straße zu Moms Haus entlanglief, fiel mir auf, dass ich gerade von Moms Wohnung als Zuhause gesprochen hatte. Ich fand den Gedanken beunruhigend, aber irgendwie auch wieder nicht.

Mom war nicht da, als ich die Wohnung betrat. Sie hatte mir eine Nachricht dagelassen, dass Emiliano und sie bis zum Abendessen in der Klinik sein würden.

Ich setzte mich auf die hintere Veranda, beobachtete die Wolken und bestimmte die Windrichtungen. Ich dachte an unsere Reise. Es wäre schön, wieder zu fliegen. Und ich dachte an diesen Anblick in Siebens Schädel. Dieses ferne Licht am Horizont, das Licht der Terra, und das Gefühl von einem Endpunkt, an den wir gelangen mussten. Die Vorstellung, auf dieses Licht zuzufliegen, war aufregend. Ich hatte das Gefühl, dass dort etwas auf uns wartete, eine große Antwort, was genau wusste ich nicht.

Mom und Emiliano kamen nach Hause. Wir aßen zu Abend und sprachen fast nur über ihre Zeit als Nomaden. Zuerst bekam ich von ihren Erzählungen schlechte Laune, aber ich beschloss, mich zu entspannen, nur hier im Jetzt zu sein, denn der Moment allein zählte. Qi-An.

Wir hatten viel Spaß, aßen und lachten miteinander. Wenn ich wieder fort wäre, konnte ich mir wieder Gedanken über meine Gefühle gegenüber Mom machen.

Die kurze Zeit, die noch blieb, würde ich einfach genießen.

»Das klingt, als ob du heute noch ein Date hättest«, sagte Mom, während wir das Geschirr abräumten.

Ich begriff, dass ich mich beim Essen mit Mom und Emiliano amüsiert hatte, um nicht über den Rest des Abends nachdenken oder reden zu müssen. »Wir sind nur Freunde«, sagte ich. »Leech kommt auch mit.« Mir war klar, wie diese beiden Sätze klangen.

»Deshalb kann es ja trotzdem ein Date sein«, fügte Emiliano hinzu.

»Ich weiß nicht«, sagte ich.

»Ich würde sagen, hab einfach Spaß«, sagte Mom. »Mach einfach mit.«

Mach einfach mit. Das hatte schon mal jemand zu mir gesagt, und der Gedanke schwirrte mir seit einiger Zeit im Kopf herum, denn wann machte man mit, und wann nicht? Dann fiel mir ein, wer das zu mir gesagt hatte ...

»Ich gehe jetzt gleich los«, sagte ich.

Die Luft draußen war kühl, die Sonne war gnädigerweise hinter einem nebligen Horizont verborgen. Ich hatte noch eine Stunde, bis ich Sieben treffen sollte, daher begab ich mich auf die Seite des Platzes, wo das Krankenhaus lag.

»Sie ist nicht hier«, berichtete mir eine Krankenschwester. »Ich glaube, sie ist zum Brunnen gegangen. Wir haben ihr gesagt, dass das nicht mehr nötig ist, aber sie ist trotzdem hin.«

Ich nahm die Straße aus der Stadt hinaus und musste an eine frühere Gelegenheit denken, bei der ich nach Lilly gesucht habe. In jener Nacht war sie wütend auf Evan gewesen. Wenn sie heute Abend auf jemanden wütend war, dann auf mich. Und irgendwie wollte ich sie einfach sich selbst überlassen, war einverstanden, dass die Distanz zwischen uns sich vergrößerte. Aber ich wollte sie auch finden und zumindest fragen, ob sie heute Abend nicht mitkommen wolle, obwohl sie höchstwahrscheinlich Nein sagen würde. Vielleicht musste ich auch versuchen, mit ihr über den Kuss zu reden.

In der Dämmerung war die Welt von Vogelgezwitscher durchdrungen; die Vögel trällerten, fragten mich *Warum?* Warum das alles. Besonders was Lilly und Sieben anging. Antworten kamen gezwitschert, aber ich hatte keine.

Als ich am Brunnen ankam, schaute ich hinunter in die tiefen Schatten, in das dunkle Wasser. Ein letztes Paar älterer Damen kletterte gerade aus dem Wasser.

Und Lilly war da, allein. Sie ließ sich auf dem Rücken treiben, in ihrem blaugrünen Badeanzug, ihre Haare schwammen im Wasser. Ich bat die zwei Wachen, die mir hinterhergekommen waren, oben zu warten. Leise stieg ich die Treppe hinunter und spähte um die Ecke. Sie war schon weit draußen, beim Wasserfall, wo sich die dicksten Pflanzen rankten. Ihre Arme ruderten langsam, ihre Füße ragten aus dem Wasser, und ihr Gesicht, Wimpern, Nase, Lippen ... und ich dachte, mein Gott, ihr Götter, Terra, hört alle zu, sie ist so schön, und dann fragte ich mich, ob ich das denn nicht schon vorher gewusst hatte.

Eine Flut von Erinnerungen brach über mich herein: Morgengrauen, damals in Eden, wir tauchen aus dem Wasser auf, nachdem wir die ganze Nacht gemeinsam verbracht haben, unsere Füße rascheln im Gras, Lilly drückt den Brownie in meinen Mund, wir erkunden das Schiffswrack ... Wie hatten wir uns nur so weit von diesen Momenten entfernen können? Wie konnte es sein, dass ich hier, zwanzig Meter von ihr entfernt, stand und es sich anfühlte, als ob uns Welten trennten? Mehr als alles andere wünschte ich mir, die Zeit zurückdrehen zu können, um herauszufinden, wie diese Distanz entstanden war. Ich wollte die unangenehmen Momente wiedergutmachen, ich wollte herausfinden, ob es an mir gelegen hatte, und wenn es so war, wollte ich mich an den Haaren ziehen und endlich nicht mehr so ein Idiot sein. Diese Distanz sollte nicht zwischen uns sein.

»Was machst du hier?«, rief Lilly.

Aber die Distanz war da. So klar und deutlich wie das Echo ihrer Stimme.

»Ich wollte sehen, wie es dir geht«, sagte ich.

»Ich dachte, du hättest große Pläne für heute Abend? Leech hat mir erzählt, dass ihr alle zusammen weggeht.«

»Ja, wir … Du könntest …«

»Wenn du mit mir reden willst, musst du herkommen. Ich muss noch eine Weile hier drinbleiben.« Es schien ihr vollkommen gleichgültig zu sein.

Ich dachte daran zu gehen. Ich hasste dieses Gefühl. Aber ich zog mein Shirt aus und kletterte die Leiter hinunter. Das eiskalte Wasser ließ mich zusammenzucken. Ich tauchte unter, öffnete meine Augen in dem Schokoladenblau und sah einige der kleinen, schwarzen Fische vorbeisausen.

Ich schwamm an die Oberfläche und machte mich auf den Weg zu Lilly. Der dumme Krampf meldete sich wieder, wie eine lauernde Spinne im Netz.

»Wie geht es dir?«, fragte ich, als ich bei ihr angelangt war.

»Ich lausche nur der Musik«, sagte sie; in ihren starr nach oben gerichteten Augen spiegelte sich der diesige Himmel wieder.

»Das hast du schon oft gesagt. Wirst du mir irgendwann erzählen, was du damit meinst?«

Sie öffnete den Mund, sagte dann aber nur: »Es ist nichts.«

Als sie nichts weiter hinzufügte, fragte ich: »Geht es deinen Kiemen schon besser?« Mir fiel auf, dass sie keinen Verband mehr hatte.

»Viel besser«, antwortete sie.

Wieder entstand eine Pause. Ich wusste nicht, was ich sagen sollte. Lilly starrte weiter in den Himmel, ihre Augen flackerten unruhig, fast rhythmisch, hin und her.

»Was machst du da?«, fragte ich.

»Du musst auf dem Rücken schwimmen, sonst kannst du es nicht sehen. Schau zum Wasserfall.«

»Okay.« Ich streckte meine Beine aus und ließ meinen Hinterkopf ins Wasser sinken. Unter dem rauen, ovalen Einlass zum Brunnen glitt ein schmales Rinnsal sanft schimmernd über ein Stück Moos. Dann wurde daraus ein kleiner Wasserwirbel, der frei herabfiel.

»Ich beobachte die Tropfen«, sagte Lilly. »Du musst einem einzelnen folgen und sehen, was auf der Hälfte des Weges passiert.«

Ich versuchte, mich auf einen Tropfen zu konzentrieren. Es dauerte einen Moment, bis es mir gelang, aber dann hatte ich sie im Blick. Jeder Tropfen schien ein silberner Sprenkel zu sein, der mehr dahinreiste, als dass er herunterfiel, als würde er ein Seil hinunterrutschen.

In der Mitte des Abstiegs dann schienen die Tropfen für einen Moment langsamer zu fallen, und ich konnte ihre Kristallform erkennen. Als ob die Zeit für sie langsamer verging. Die Tropfen schwebten, statt zu fallen, kleine, runde Kugeln, die sich wieder beschleunigten und verschwammen; und es war unmöglich zu sagen, welcher Tropfen wo zwischen all den Plings auf der Wasseroberfläche landete. »Du meinst, wie sie auf dem Weg nach unten langsamer werden?«, fragte ich.

Ich hörte Lilly seufzen. »Ja«, sagte sie leise. »Das ist wirklich cool.«

Ich fragte mich, warum sie so traurig klang. Aber im Grunde wusste ich es. Wir sahen dieselbe Besonderheit. Sie konnte die in der Zeit springenden Tropfen sehen. Sie zeigte sie mir. Wir betrachteten sie zusammen.

Ich wählte einen anderen Tropfen aus. Folgte ihm nach unten. Ich beobachtete, wie er die Zeit herausforderte und anmutig dahinschwebte, bevor er in den unendlichen Tümpel eintauchte.

Ich drehte mich zu Lilly. »Sieh mal, ich weiß, dass du diesen Kuss gestern gesehen hast, aber ich ...«

»Spar dir das, Owen. Ich versteh schon. Ich weiß, wie Sieben ist. Nicht weiter schwierig zu erkennen, wie sie ihre Krallen ausfährt. Und ich hab auch verstanden, dass ihr beide eine tiefere Verbindung zueinander habt.«

»Also, ja«, sagte ich. »Aber ich habe auch diese Distanz zwischen dir und mir gespürt und mich gefragt ...«

»Ich habe gehört, was du neulich Abend gesagt hast.«

»Was?«, sagte ich, aber ich wusste es, ich wusste zweifellos und eindeutig, was sie meinte, in dem Moment, in dem sie die Worte ausgesprochen hatte, als ob das, was ich vor zwei Tagen in Lillys Zimmer gesagt hatte, irgendwo tief in meinem Schuldgefühl geschlummert hatte, um nun zurückzuschlagen.

»Du meinst«, sagte ich langsam, »als ich Sieben erzählt habe, ich glaube, dass du nicht mit uns kommen wirst.«

»Genau«, sagte Lilly. »Und weißt du was? Du hast recht.«

»Warte, Lilly …«

»Nein, Owen, es ist richtig so. Ganz abgesehen von der Tatsache, dass im Schiff nicht genug Platz für uns vier ist, oder, ganz nebenbei gesagt, dass ich *sie* nicht leiden kann, hat Sieben sehr deutlich werden lassen, wie sie über mich denkt. Aber die Wahrheit ist, du kannst nicht jemanden mitnehmen, der nicht zum Team gehört, und du kannst mich nicht immerfort retten. Diese Rolle gefällt mir nicht.«

»Was willst du damit sagen?«, fragte ich. Ich hasste es, mir das anzuhören, am meisten hasste ich, dass ich mir das alles schon gedacht hatte.

»Ich sage, dass ich nicht mit dir kommen werde«, sagte Lilly leise.

»Aber …« Erst in diesem Augenblick begann ich wirklich darüber nachzudenken, und ich erkannte, dass ich das nicht wollte. »Du wolltest mir helfen. Für deine Familie, für die Kinder in Eden. Deshalb bist du mitgekommen.«

»Ich werde meinen eigenen Weg finden.«

»Lilly …« Plötzlich hatte ich einen Knoten im Hals. »Aber ich brauche d…«

»Hör auf.« Lilly atmete tief durch und schaute mich endlich direkt an. Ihre Augen waren groß und glänzend wie immer, das letzte Tageslicht spiegelte sich in einem Kranz aus Tränen. »Ich bin froh, dass du heute Abend hierhergekommen bist, denn ich möchte mich bei dir bedanken. Du hast mich hierhergebracht, durch Wüsten und über Berge, als du mich besser hättest zurücklassen sollen. Und ich habe dir niemals dafür gedankt.«

»Nein, du musst dich nicht …«

»*Danke*«, sagte Lilly, »dafür. Und jetzt gehst du zu

deinem Abend mit deinen Atlantern. Und morgen machst du dich zur Abreise bereit und fliegst fort und erfüllst deine Aufgabe. Um mich sollst du dir keine Sorgen mehr machen.«

Ich wollte mir ihr darüber diskutieren. Aber ich wusste bereits, dass es keine Diskussion mehr geben würde. »Natürlich werde ich an dich denken.«

»Lieber nicht.«

»Warum sagst du das? Warum bist du so?«

»Weil es das Beste für eure Mission ist. Für uns alle, auch für mich. Ich brauche etwas Zeit, um mir meine nächsten Schritte zu überlegen, und ich möchte das nicht im Schatten der Drei tun.«

»Lilly, nein …«

Sie beugte sich vor und küsste mich sanft. »Für den Fall, dass ich später keine Gelegenheit mehr dazu habe. Ich wünsche dir Glück. Geh jetzt, und ich meine es ernst: Mach dir um mich keine Sorgen.«

Ich wusste nicht, was ich sagen konnte, und ich hasste dieses Gefühl in mir, ich hatte gewusst, dass das hier passieren würde, auf irgendeine Weise, schon seit Gambler's Falls, als wir das erste Mal von Sieben erfahren hatten, vielleicht sogar schon seit Lilly zugegeben hatte, gelogen zu haben, was die Sirene anging …

»Okay«, sagte ich, und ich fragte mich wieder, wohin das, was uns beide verband, verschwunden war.

Aber nein, das war nicht wirklich richtig. In letzter Zeit hatte sie sich so merkwürdig verhalten, und ein Verdacht kam in mir auf. »Gibt es da etwas, was du mir nicht sagst?« Denn da musste irgendetwas sein. Eine Erklärung für all das hier …

Lilly nickte. »So viel«, sagte sie und zuckte zusammen, ein Lächeln und ein Weinen zugleich. »Sehr viel,

Owen. Ich erzähle dir alles später. Danach. Wenn du zurückkommst. Vielleicht.«

»*Falls* wir zurückkommen, Lilly. Ich will diese Aufgabe nicht ohne dich erfüllen.«

Lilly nickte wieder. »Ich weiß, aber das eine sind unsere Wünsche, das andere ist die Realität. Deshalb möchte ich, dass du gehst. Ich ... ich lasse dich gehen. Denn das ist das Beste. Das brauchen wir beide.«

»Kann ich mich nicht wenigstens von dir verabschieden, wenn ich fortfliege, ich ...«

»Genau das will ich nicht!« Sie klang enttäuscht, beinahe versagte ihre Stimme. »Ich sage das alles jetzt, damit wir es hinter uns haben.«

»Aber warum?«, fragte ich, vergeblich.

»Weil ich nicht weiß, ob ich den Abschied überleben würde. Und weil wir beide mit dem weitermachen sollten, was wir tun müssen. Das Schicksal der Welt hat keine Zeit für unseren kleinen Kummer.«

»Sollte es aber«, sagte ich. »Ich ...« Mein Herz klopfte. Ich sah sie an und mein Atem ging schneller, das Blut pochte in meinen Adern, und alles geriet blitzschnell außer Kontrolle.

Das war es dann also. Wie konnte das sein? Und wie sollte ich überhaupt weiterleben mit der Gewissheit, dass ich das hier vermasselt hatte?

Lilly legte sich zurück ins Wasser. »Bitte, geh.«

»Ich ...« Mein Krampf zog sich mehr und mehr zusammen, als ob ein Alarm ausgelöst würde. Unsere Zeit war abgelaufen. »In Ordnung, aber vielleicht, wie du schon gesagt hast, wenn es vorbei ist ...«

»Mach dir darüber Gedanken, nachdem du die Welt gerettet hast«, sagte Lilly.

Ich wusste nicht, was ich tun sollte, dort an diesem

Ort, unter dem sanften Plätschern der Tropfen im Brunnen, dem dumpfen Echo einer Meeresmuschel zwischen den Wänden, dem spitzen Vogelgezwitscher, in dem kühlen Wasser mit dem leicht süßen Geschmack ...

Ich fühlte, dass ich in mir zusammensackte, weit in die Tiefe, als Lilly, die sich ein paar Meter von mir entfernt hatte, wieder auf dem Rücken im Wasser trieb, den Blick nach oben gerichtet.

Ich wollte etwas tun. Ich wollte etwas sagen. Aber ...

»Bis dann«, sagte ich leise, wandte mich ab und schwamm fort.

»Bis dann«, rief sie mir nach. »Und, Owen ...« Ich drehte mich um, mein Herz machte einen Hüpfer, in freudiger Erwartung, was sie gleich sagen würde. »Du kannst mein Handtuch nehmen.«

»Hm, danke.« Ich kletterte die Leiter hinauf, trocknete mich ab und griff nach meinem Shirt. Dann blickte ich ein letztes Mal zurück zu dem im Wasser treibenden Mädchen. Lilly, meine Lilly ...

Und ich tat, was sie wollte. Ich ging weg.

Oben am Brunnenrand schaute ich hinunter. Das Wasser lag nun vollkommen im Schatten, aber ich konnte immer noch die Fische unter der Oberfläche sehen, ein perfekter Ort, ein Platz für Lilly und mich.

Nur dass ich diesen Ort gerade verlassen hatte, vielleicht sogar für immer. Jetzt sah ich, dass das Wasser leer war. Auch Lilly war gegangen. Als ob sie niemals da gewesen wäre.

27

Benommen ging ich zum Springbrunnen auf dem Hauptplatz zurück. Sieben und Leech warteten schon auf mich. Leechs Verband war durch eine Augenklappe ersetzt worden, und Sieben sah … na ja, atemberaubend aus.

»Hey, Flieger«, sagte sie in diesem Tonfall, der verriet, dass sie um ihr gutes Aussehen wusste. Sie trug ein dünnes, hautenges Kleid in einer Art Mitternachtsgrün, oder vielleicht auch Blau, das funkelte, da der Stoff mit einem glitzernden Faden durchzogen war. Ein Träger lief über ihre rechte Schulter, dann zog sich der Ausschnitt weiter bis unter ihren linken Arm, sodass diese Schulter frei war. Das Kleid glitt über ihre Hüften und endete weit oben an ihren Beinen. Sie hatte hohe bronzefarbene Stiefel an, die ihr bis übers Knie reichten. Unter ihrem linken Arm befanden sich mehrere horizontale Schlitze, als ob eine Kreatur dort sehr ordentlich ihre Krallen hineingefahren hätte. Die Schlitze gingen von der Wirbelsäule bis zum Bauch. Das Haar war zu einem Knoten auf dem Kopf zusammengesteckt. Ihre Augen und Lippen waren in dunklem Grün geschminkt, und ihre Haut schien von einem Kristallpuder überzogen, der ihr ein ätherisches Leuchten verlieh.

»Ich bin nicht wirklich passend angezogen«, sagte ich, weil ich in meinen üblichen Shorts, noch feucht vom Schwimmen, und einem T-Shirt steckte.

»Nee«, sagte Sieben, »das ist dein Look, außerdem bist du ein Gott. Du kannst anziehen, was du willst.«

»Ja, ein T-Shirt-Gott«, sagte ich. Sieben zog eine Augenbraue in die Höhe ... und dann lachte sie.

»Ich kann nicht glauben, dass dieser Witz gerade funktioniert hat«, sagte Leech.

»Diese Klappe sieht gut aus«, sagte ich zu ihm.

»Sowieso«, erwiderte er.

Sieben nahm meinen Arm. »Kommt schon, Jungs. Die Zeit rennt.«

Wir überquerten den Platz. Der Himmel war tiefschwarz, leuchtete aber, der übliche Schein der Stadt in der feuchten Luft. Es roch nach scharfem Essen und ausgepressten Limetten. Tische waren auf dem Kopfsteinpflaster aufgestellt worden, Menschen saßen im bernsteinfarbenen Schein von Fackeln und Lampen, ihre Gespräche mischten sich mit dem Klirren der Gläser und dem Klappern des Geschirrs. Hinter ihnen luden Eingänge zu heimlichen Unterhaltungen ein. Der Lärm verschmolz mit der Feuchtigkeit, und man hatte das Gefühl, darin zu treiben.

»Ich wollte Lilly fragen, ob sie mitkommt«, sagte Leech, der rechts neben mir ging, »aber ich konnte sie nicht finden.«

»Ich habe sie gesehen. Sie kommt heute Abend nicht. Und auch nicht, wenn wir fortfliegen.«

»Wirklich nicht?«, fragte Sieben. Sie klang aufrichtig überrascht. »Ach, sie wird schon da sein. Ich rede mit ihr.«

»Ich glaube nicht, dass sie ihre Meinung dann ändert«, sagte ich. Ich hatte gedacht, Sieben würde froh sein, wenn Lilly nicht dabei wäre. Vielleicht hatte sie es nicht ernst gemeint.

»Was hat sie gesagt?«, fragte Leech.

»Dass sie keine von uns ist und dass sie ihren eigenen Weg gehen muss.«

»Das klingt nach ihr«, sagte Leech achselzuckend.

»Sie hat doch nichts zu dir gesagt, oder doch?«, fragte ich. »Darüber, dass irgendetwas mit ihr los ist?«

»Ich glaube nicht«, sagte Leech. »Sie hat mir eine Menge Fragen gestellt über das, was wir vorhaben, und über« – Leech deutete auf Sieben –, »aber sie hat mir nicht wirklich etwas erzählt.«

»Wir sind da«, sagte Sieben und ging voraus.

Wir folgten ihr durch einen Bereich mit Tischen zu einer niedrigen, runden Tür. Augenpaare wandten sich uns zu, als wir an den Tischen vorbeigingen. Die Leute hier waren etwas älter als wir, alt genug, um draußen im Café mit einer Flasche Wein oder dreieckigen Gläsern mit neonfarbenen Getränken zu sitzen. Ich sah Kleider, die wie das von Sieben glänzten, und Männer mit sonnengegerbten Gesichtern, zurückgegelten Haaren und offenem Hemdkragen. Der ledrige Geruch von Aftershave mischte sich mit Blumendüften. Verglichen mit diesen Gästen fühlte ich mich zu jung und fragte mich, was wir hier machten. Sogar Sieben wirkte zu jung für diese Bar, aber sie schien das nicht so zu empfinden oder zumindest ließ sie es sich nicht anmerken.

Drinnen war es dunkel. Drei Musiker machten ohrenbetäubenden Lärm in der Ecke: eine schwere, dumpfe Bassgitarre, ein kleines Metallinstrument mit schrillen, blechernen Saiten, und eine Art Mischpult, aus dem schiefe, synthetische Töne kamen. Das Ergebnis war neu und alt zugleich, Holzgetrommel und Elektrosummen.

Sieben ging durch die Menge voraus, und wir kamen an einen holzgeschnitzten Tresen mit einer rosafarbenen Glasoberfläche.

»Hey, Stefan!«, rief sie. Der Barkeeper drehte sich um.

»Sieben.« Er lächelte.

Sie setzte ein entwaffnendes Grinsen auf. »Ist das heute unser Abend?«

Stefan, der mindestens zehn Jahre älter war als wir, lachte in sich hinein. »Ich bin sicher, für dich ist das kein Problem«, sagte er, »aber nein, heute Abend spendiere ich dir keinen Drink. Die Gütige Mutter würde mir die Kehle durchschneiden.« Während er das sagte, lehnte er sich über den Tresen und streckte seine Hand nach Sieben aus. Ihre Finger verschränkten sich für einen kurzen Augenblick ineinander, und ich sah, dass er ihr etwas in die Hand gab. Ein Päckchen. Sieben ließ es in einen der Krallenschlitze an der Seite ihres Kleides gleiten.

Sie zuckte die Achseln. »Du liegst nicht falsch, was die Überbehütende Mutter angeht. Hast du meine Leute gesehen?«

»Noch nicht«, sagte Stefan. »Hab einen schönen Abend und pass auf dich auf.«

»Keine Chance«, sagte Sieben. Sie wandte sich an mich. »Du wirst nicht auf mich aufpassen, oder?«

Ich versuchte zu lächeln, sorglos und unbekümmert. »Wir werden sehen.«

»Wird er nicht«, sagte Leech und boxte mich in den Arm. »Oder doch? Also, wo sind deine Freunde?« Er schaute sich suchend im Raum um.

»Ich dachte, du hättest eine Freundin«, sagte ich zu ihm.

»Paige?«, fragte Leech. »Das war in einem anderen Leben. Weißt du, wo wir jetzt sind? Hier.«

»Da sind sie!«, sagte Sieben.

Drei Leute unseres Alters kamen auf uns zu: ein

Junge und zwei Mädchen. Sieben stellte uns Kellen vor: dunkelhäutig, mit kräftigen Muskeln und einem dämlichen Grinsen, die Haare stachelig und grün. Auf seinen nackten Armen wanden sich spiralförmige Tattoos. Marina stand neben ihm. Sie hatte glänzende, rote Haare und trug ein schwarzes Trägerkleid.

»Das hier ist Oro«, sagte Sieben, insbesondere zu Leech.

»Und das ist der Atlanter L…«

»Carey«, sagte Leech und blickte Oro direkt in die Augen. »Wie geht's?«

»Hey.« Oro war ein dunkler Typ, und ihre Haut glänzte ähnlich wie die von Sieben. Ihr nachtschwarzes Haar wand sich, mit vielen Bändern durchsetzt, wie eine Schlange vor ihrem Hals und über die Schulter.

»Wie geht's?«, sagte Kellen. Wir schüttelten uns die Hände, dann beugte Oro sich vor und umarmte mich. Ihre Wange berührte meine, als ob ich sie küssen sollte, und ich konnte sie gerade noch zurückziehen.

»Also, Chaac's Cove«, sagte Sieben.

»Und, trippen wir?«, fragte Kellen.

Sieben nickte. Sie klopfte auf die Seite ihres Kleides. »Ich habe eine frische Ladung.«

»Schön«, sagte Marina.

Sieben wandte sich an mich. »Los geht's.«

Ich lächelte sie an, aber dennoch war ich beunruhigt, diese Sache könnte weit über meinen Verstand gehen.

Wir verließen den Club, überquerten den Platz und liefen dann, mit unseren Wachen immer an den Fersen, einige Seitenstraßen hinunter. Leech und Oro unterhielten sich, und er hatte sie schon zweimal zum Lachen gebracht. Sieben quatschte mit Kellen und Marina über Freunde und Schule. Offenbar gingen sie alle auf dieselbe kleine Schule, vielleicht eine Eliteschule für die Kinder wichtiger Leute.

Die Luft roch nach Salz. Wir bogen in eine schmale Straße ein, wo sich zu beiden Seiten zurückgesetzt ruhige, wenig einladend aussehende Cafés und Bars befanden, solche Orte, wo Erwachsene nur ihren eigenen Schatten als Gesellschaft hatten.

Vor uns waren weiße Lichtwirbel, und dumpfes Getrommel dröhnte. Fackeln säumten eine bewachte Einfahrt. Über unseren Köpfen hing ein Schild, auf dem stand: CHAAC'S COVE. Eine Reihe von Teenagern wartete darauf, reingelassen zu werden, aber Sieben ging geradewegs nach vorn, wo man uns Armbänder gab, und dann durften wir hinein.

Der Sandweg führte an flackernden Fackeln entlang und um dicke Bäume herum. Wir gelangten zu einer Felsenklippe. Die Hauptpyramide befand sich ein Stück die Küste hinauf. Eine Holztreppe lief im Zickzack den schwarzen, zerklüfteten Hang hinunter zu einem vom Halbmond beschienenen, weißen Strand, der versteckt zwischen Felsvorsprüngen lag. Drei Lagerfeuer brannten, eine Band spielte auf einer kleinen Bühne am anderen Ende, und überall waren Teenager, tanzten, saßen in Gruppen um die Feuer oder schwammen in den weiß gekrönten Wellen, die auf und nieder hüpfenden Köpfe wirkten beinahe körperlos.

»In der ganzen Gegend ist das Wasser nur hier sauber genug, dass man darin baden kann«, sagte Sieben, als wir die Stufen hinunterstiegen. »Es ist ein Glücksfall, dass es dort oben eine frische Quelle gibt, die Schlamm und Schlick vor der Küste hält. Du kommst mit mir schwimmen, ja?«

»Ja«, sagte ich und fühlte, wie mich ihre Augen magisch anzogen. Unten am Strand tauchten wir in den Sog der Musik und das wilde Spiel der Feuerflammen ein. Kellen und Marina gingen direkt zu einem Tisch mit Getränken. Sie kamen mit sechs Bechern zurück und reichten jedem einen. Ich nippte an dem Getränk, ein süßer, fruchtiger Punsch mit Limette und Papaya, als mir auffiel, dass die anderen noch nicht tranken.

Sieben griff mit der Hand in die Seite ihres Kleides und holte ein viereckiges Päckchen hervor. Dann riss sie es auf und schüttete grüne Pillen in ihre Hand.

»Es ist Zeit für eure Vitamine!«, rief sie über die dröhnende Musik hinweg. Sie nahm eine Pille in den Mund und schluckte sie mit Punsch hinunter.

Leech stand neben mir. »Bist du sicher, dass man mir nicht das Herz herausschneidet, wenn ich das hier nehme?« Er lächelte, als er das sagte.

»Entspann dich«, sagte Sieben. »Wir sind Götter! Wir sind unsterblich! Außerdem ist das hier nur eine kleine Dosis, nicht ansatzweise so viel, wie wir für die Befreiung nehmen.«

»Einverstanden«, sagte Leech. Mir fiel auf, dass seine Stimme leicht nervös klang. Er bemerkte meinen Blick. »Ja …«, sagte er, als ob er meine Gedanken lesen würde, »aber weißt du denn etwa, wo wir in zwei Tagen sein werden?«

»Du meinst auf unserer Reise?«, fragte ich.

»Genau«, sagte er, »ich weiß es auch nicht.« Er nahm die Pille und spülte sie hinunter. »Ein strahlendes Leben!«

Sieben hatte noch eine Pille in der Hand, und ihr Blick lag auf mir. Ich fühlte, wie unsichtbare Seile um meinen Körper zusammengezogen wurden.

»Du musst nicht, wenn du nicht willst«, sagte Sieben.

Ich nickte. »Ich weiß.«

»Hier.« Sieben nahm meine Pille in den Mund und biss drauf. Es knirschte. Sie hielt mir eine Hälfte der Pille hin und schluckte den Rest hinunter. »Das wirst du kaum spüren, nur auf eine gute Art.«

Alle Augen ruhten auf mir. »Sicher.« Ich nahm die Pille, steckte sie in den Mund und spülte mit Punsch nach.

»Auf zu den Opferfelsen!«, rief Kellen, und er und Marina liefen los. Ich sah einige Menschen die tückischen Felsen bis zu einem Vorsprung hinaufklettern, von wo aus sie ins Meer sprangen.

Sieben fasste mich am Arm. »Sollen wir?«

»Ja.« Ihre Augen flackerten bereits, ähnlich wie ich es bei Aralene, dem geopferten Mädchen, gesehen hatte.

Wir gingen über den Sand auf die Klippen zu, und nach ein paar Schritten fühlte ich es bereits. Meine Wahrnehmung der Welt hatte sich verändert. Der Boden schien weiter weg zu sein, als ob ich nicht wirklich darauf stehen würde. Als ich mich umblickte, verschwammen die Bilder am Rand des Blickfeldes wie ein im Wind wehender Vorhang. Ich hatte das Gefühl, eher zu schweben als zu gehen.

Wir kamen zum Fuß der Klippe, und Sieben begann ihr Kleid, auf dem die Flammen des Lagerfeuers schimmerten, auszuziehen. Darunter trug sie schwarze hautenge Shorts und ein Träger-Top. »Kann ich so loslegen?« Sie nahm eine Pose ein und legte die Hand auf die Hüften.

»Auf jeden Fall«, erwiderte ich.

Oro und Marina trugen ähnliche Sachen unter ihren Kleidern. Kellen hatte Hemd und Schuhe abgestreift und stand nun nur in Shorts da. Leech und ich taten es ihm nach.

Wir kletterten den schwarzen Felsen hinauf, der voller kleiner Löcher und spitzer Stacheln war. Andere Jugendliche kletterten hinter und vor uns hinauf.

Wir gelangten zu der schmalen Felszunge oben. Kellen und Marina sprangen sofort ins Wasser, Kellen ruderte mit den Armen, Marina machte einen anmutigen Kopfsprung. Beide verschwanden unten im Abgrund, ein Strudel aus schwarzem Wasser und weißem Schaum. Oro sprang, und Leech folgte ihr. Ich beobachtete, wie ihre Köpfe aus dem Wasser auftauchten und sie mit den anderen zum Ufer zurückschwammen.

»Okay«, sagte Sieben. »Oooh, du siehst besorgt aus.«

Ich starrte hinunter auf die bewegte See. »Ich kriege immer diese Krämpfe«, sagte ich, obwohl ich es hasste, das zuzugeben. »Ich bin im Ferienlager in viel seichterem Wasser als dem hier ertrunken.«

»Aber du bist noch nie mit einem Hai wie mir geschwommen«, sagte Sieben.

Lillys Augen waren wie die eines Hais gewesen, als wir zusammen geschwommen sind, als wir uns geküsst haben. »Nein«, sagte ich. »Da hast du recht.«

»Also mach dir keine Sorgen. Du bist ein Gott der Luft, nicht des Wassers. Überlass es mir, dich zum Ufer zu bringen.«

Eigentlich wollte ich Nein sagen, aber meine Gedanken schlüpften mir weg, als ob die Kanäle in meinem Gehirn von der Pille eingeölt worden wären. »Okay«, sagte ich.

»Komm, wir springen zusammen«, sagte Sieben.

Tandem. »Okay.«

Sie nahm meine Hand. Ich starrte auf das dunkle Wasser, das so viel wilder und bewegter war als der See damals.

»Auf drei! Eins!« Ihre Augen tanzten im Schein des Lagerfeuers. Ich begann schwache Lichtspuren um Bewegungen herum zu sehen. Die Geräusche waren weit entfernt, als ob ich mich in einem weiten Raum in meinem Kopf befände. Dort begegnete mir ein flüchtiger Gedanke. *Ciao, Lilly …*

»Zwei!«

Sieben zog mich, und wir sprangen von dem Lavafelsen. Wir fielen, immer schneller, unsere Arme kreisten in der Luft und ich dachte, dass wir viel zu schnell fallen, dass der Sprung zu hoch gewesen war …

Wir krachten ins Wasser. Ich fiel nach vorn, Wasser drang in meine Nase, zwang mich, den Mund zu öffnen, und drückte gegen meine Brust; Schaum und Salz brannten auf meiner Haut und im Mund, inmitten der dunklen, sich brechenden Wellen wusste ich nicht mehr, wo oben und unten war, durch das *Shine* war alles lockerer und freier geworden. Ich schlug heftig mit den Armen um mich, denn ich war sicher, gegen die Steine geschleudert zu werden und Platzwunden und Prellungen abzubekommen.

Dann fand Siebens Hand meinen Arm, und sie zog mich mit sich. Ich streckte mich und machte eine Stoßbewegung, und dann schossen wir zur Wasseroberfläche hinauf.

Die Kiemen von Sieben verschwanden sogleich. »Wow! Das war toll!« Ihr Gesicht war voller Freude, ein Ausdruck, der unabhängig von der Wirkung der Pille, so frei schien und nur sie selbst zeigte, sie trug keine Maske, und weder Vergangenheit noch Zukunft lasteten auf ihr. Allein das *Jetzt* zählte.

Ich mochte diesen Anblick und wollte mich auch gern so fühlen. Wie Leech gesagt hatte, hier waren wir, hier und jetzt. »Das war super!«, rief ich. Wir schwammen zum Ufer und trafen auf eine anschwellende Welle, die uns auf den Strand warf. Wir purzelten vorwärts, bis meine Füße sandigen Boden unter den Füßen spürten und ich mich in hüfthohem Wasser taumelnd aufrichtete.

Die Lagerfeuer schienen mir jetzt noch größer geworden zu sein. Die Flammen bewegten sich wie winkende Hände hin und her, unerklärlicherweise waren die Spitzen grün und hallten in meinem Blick wider. Über mir drehten sich die Sterne.

Ich sah, dass Leech und Oro miteinander lachten und Späße machten. Sie stapften aus der Brandung und gingen wieder zur Klippe hinüber. Ich schaute mich um, konnte Sieben aber nirgendwo entdecken.

Plötzlich glitt etwas an meinen Beinen entlang, und Hände zerrten mich nach unten. Ich tauchte unter und schlug auf dem Sand auf. Meer und Licht verschwammen vor meinen Augen, und ich verlor wieder die Orientierung. Sieben glitt über mich, und unsere Arme und Beine verschlangen sich ineinander und dann packte sie mein Handgelenk, und wir stolperten zum Ufer.

»Hab dich«, sagte sie und sprang mit einem aufreizenden Grinsen hoch.

»Unfair«, sagte ich, als ich auf die Beine kam.

»Oh, wirklich? Dann machen wir es auf die faire Art.« Blitzschnell fuhr ihre Hand aus dem Wasser, und eine Handvoll feuchter Sand knallte gegen meine Brust. Sofort durchfuhr mich ein stechender Schmerz.

»Au!«, rief ich, aber ich lächelte. Sie kicherte und begann aus dem Wasser zu hüpfen.

Ich lief ihr hinterher, stolperte über die Wellen, die Welt um mich herum verschwamm.

Sieben raste den Strand hinauf, zwischen zwei Feuern hindurch und verschwand in einer breiten Öffnung zwischen zwei großen, spitzen Felsen. Ich rannte ihr auf einem schmalen Sandweg nach, der in dunkle Schatten gehüllt war.

Die Musik war nur noch ein dumpfes Trommeln. Die heranrauschenden Wellen hallten von den Felswänden wider, und das Echo mischte sich mit dem Geräusch meiner Atemzüge. Auf den Klippen oben sah ich den Schein des Feuers tanzen, und die Schatten der anderen Jugendlichen sahen aus wie Eingeborene.

Der Weg bog um eine Kurve und endete. Ich sah mich um und hatte Mühe, die Balance zu halten; ich schien keinen Boden unter den Füßen zu haben, mein Blick war vernebelt. Ich fuhr herum und da war …

»Hab dich.« Sieben. Genau vor mir. Sie fiel auf mich, und ihre Hände fanden meine Schultern und sie drückte mich nach hinten gegen die spitzen Steine. Als mein Rücken an die Wand schlug, schrie ich vor Schmerz auf, aber dann presste sie ihren nassen Körper gegen meinen, und ihre Lippen trafen meinen Mund.

Ihre Lippen waren drängend und gierig, ihre Zunge schoss in meinen Mund und leckte auch mein Kinn. Sie hatte ein Lipgloss mit Papaya-Geschmack aufgetragen, das süß und intensiv schmeckte. Ich küsste sie, aber ich fühlte mich zu langsam. Der Gedanke, dass ich nicht wusste, wie ich das machen sollte, fuhr mir durch den Kopf. Ich war noch nicht bereit dafür. Das hier war so anders als der zarte Kuss mit Lilly. Das hier war Chaos mit dem Ziel, den anderen in eine tödliche Umklammerung zu verstricken, es war überwältigend und so intensiv, in mir wuchs unbezwingbare Sehnsucht. Meine Hände landeten auf ihren Schultern und strichen langsam ihren langen, tropfnassen Rücken hinunter.

»Mmm.« Sie streichelte meinen Oberkörper, dann griff sie nach ihrem schwarzen Top und packte es mit den Händen … Oh, nein … Sie zog es über ihren Kopf und schmiss es beiseite, und dann warf sie sich wieder auf mich.

Ich konnte nicht atmen. Ich nahm nur Gefühle und Bewegungen wahr, und ich wünschte, ich hätte die Pille nicht eingeworfen, denn ich wollte das hier bewusst spüren. *Du musst dich an jede Millisekunde davon erinnern,* dachte ich, und fand, dass schon jetzt alles viel zu viel war. In mir tobte ein Tornado.

Unsere aneinandergepresste Haut hinterließ einen warmen, feuchten Abdruck, unsere Herzen sprangen blitzschnell aufeinander zu. Ich ließ meine Hände bis zu ihren Hüften hinuntergleiten, um den Bauch herum und dann wieder langsam hoch bis zum Hals.

Sie packte meine Handgelenke. Ihre Augen waren riesig, schwimmend mit phosphoreszierenden Rändern. Der Schein des Feuers tanzte immer noch eifrig auf den Felsen hinter ihr. »Ich will dich.«

Ich sah sie an, unfähig, Worte zu finden. Also begann ich einfach wieder sie zu küssen. Inzwischen waren ihre Hände zu meiner Hüfte hinuntergefahren und begannen, meine Shorts aufzuknöpfen …

Irgendwie hatte ich die ganze Zeit gewusst, dass das hier kommen würde, und doch hatte ich mir niemals wirklich Gedanken darüber gemacht. Und während ihre Finger an meiner Shorts herumspielten, konnte ich nichts anderes denken als *Warte! Zu schnell!* Sollte man das hier nicht langsamer angehen? Obwohl ich sie kannte, wusste ich so wenig von ihr. Doch irgendwie fühlte ich mich auch mehr als bereit für das hier und schrie mir selbst zu: *Was ist denn eigentlich mit dir los? Hör auf zu grübeln!*

Aber … ich hielt inne. Löste meine Lippen von ihren.

Sieben schaute mich an. »Was ist los?«, fragte sie atemlos, ihre Finger streichelten immer noch meinen Körper. Ich sah ihr in die Augen, ihre Pupillen sausten hin und her wie an einem Fenster gefangene Fliegen, und ich spürte, wie in meinem Kopf immer noch alles schwamm, als wäre mein Schädel ein Wasserbecken und mein Gehirn würde Saltos vollführen. Und, oh nein, oh nein! Ich merkte, wie alles in mir zusammenfiel, weil ich plötzlich wusste – obwohl sich das hier gut anfühlte –, dass …

Dass Sieben nicht …

Lilly war.

Nein!, schrie es in mir. *Ich will das hier doch. Wer interessiert sich schon für Lilly? Sie ist fort. Sie ist die Vergangenheit, und damals warst du nicht einmal ein Gott, und du und Sieben, euch vereint eine uralte Kraft! Du hast es in dem Moment gewusst, in dem du sie gesehen hast, und sie ist GENAU HIER …*

Aber ich brauchte mehr Zeit. Weil auch Lilly noch in meinem Kopf herumspukte. Und die Gefühle, die ich für sie gehabt hatte … sie waren noch nicht weit genug weg.

Ich spürte, wie ich mich langsam in Bewegung setzte und während ich das tat, überkamen mich mehrere Empfindungen auf einmal: Frust, Enttäuschung, meine Nervosität und das Adrenalin und mein Verlangen strömten in einem letzten Strudel von Gefühlen zusammen … aber ich fühlte auch so etwas wie Erleichterung. Meine Hände glitten über die von Sieben und schoben sie weg.

»Ich muss langsamer machen«, sagte ich atemlos. »Wir sollten langsamer machen.«

Schon als ich das sagte, versuchte ich mir selbst einzureden, dass es sich nur um eine Pause handelte, bis zum nächsten Mal, bis ich eine Perspektive hätte und wir mehr Zeit miteinander verbracht hätten … oder auch nur bis die Wirkung der Pille abgeklungen war.

»Nein, mach nicht langsamer«, sagte Sieben. Ihre Hände kämpften mit meinen, sie wollte mich wieder umarmen. »Mach einfach weiter, Owen. Langsamer machen bedeutet den Tod. Sei einfach jetzt hier, lass dich von diesem Augenblick leiten …« Sie drückte sich fester an mich, beinahe hielt sie mich umklammert, ihr Atem ging schnell, und ich sah ihr verzerrtes Gesicht, als ob aus ihr auf einmal eine verzweifelte Kreatur geworden wäre. Ich konnte damit nicht umgehen. Ich wusste es nicht, ich war nicht sicher …

Nur eines wusste ich genau. Ich konnte nicht einfach weitermachen. Ich hatte den Moment verloren, und ich hasste mich dafür, aber es war, als ob ich an Land geschleudert worden wäre, wo immer ich auch zuvor gewesen war.

Eine leise Stimme in meinem Kopf, deren Rufe fern gewesen waren, hallte nun dröhnend wider, ein ums andere Mal: *Lilly*. Ich wollte etwas zurückrufen. *Wozu soll das gut sein?* Lilly war verschwunden, sie … aber das änderte nichts. Die Stimme, mein Herz rief immer weiter.

»Warte mal kurz«, sagte ich und schob sie sanft von mir fort.

»Nein, Owen, mach das nicht …«

»Sieben, bitte …«

»Bitte *was?*« Sie schnellte zurück und starrte mich an. »Warten bis wir tot sind? Alles schön langsam angehen und sterben? Du kannst nicht in dieser Welt leben, als ob du noch eine zweite Chance für irgendwas hättest!«

»Nein, ich weiß, es ist nur …«

»Nein, du weißt es nicht!« Sieben zog ruckartig die Hände zurück und starrte mich immer noch wütend an. »Komm mit!«, schrie sie und boxte mich gegen die Brust.

»Was ist los mit dir?«, schrie ich zurück und stieß ihre Hände fort. »Können wir nicht einfach etwas langsamer machen?«

»NEIN!«, schrie sie, und es klang so unerbittlich und so verletzt. Tränen liefen aus ihren wild verdrehten Augen. War ich wirklich ein totaler Idiot und merkte es nicht einmal?

»Du kapierst es wirklich nicht«, murmelte sie, »oder?« Sie fuhr herum und stolperte fort. Dann fiel sie in den Sand, den Kopf in den Händen vergraben. »Nein, du kapierst es nicht.«

Ich stand dort, wie erstarrt gegen die Felsen gelehnt. Ich sah, dass Sieben weinte, und ich dachte an Lilly und fragte mich, ob ich es irgendwie noch schlimmer machen konnte.

Schließlich setzte ich mich in Bewegung. Ich kniete mich hin, hob ihr Top auf und hielt es ihr hin. »Hier«, sagte ich.

Sie sah mich an, ein scharfer Blick, und fauchte: »Bin ich überhaupt da für dich?«

»Was soll das heißen?«

Sie schaute auf ihre Hände. »Was bin ich denn? Was zum Teufel ist das alles hier?«

»Natürlich bist du für mich da …«

»Du hast keine Ahnung«, sagte sie. »Wenn du wirklich wüsstest …«

»Ich kenne dich«, sagte ich, obwohl ich nicht wusste, ob das in Wahrheit so war.

»Sag das nicht einfach nur, um was zu sagen«, sagte Sieben. Sie schniefte, griff nach ihrem Top und zog es über.

Dann stand sie auf und als sie mich ansah, war ihr Blick kalt, als ob sie mich jetzt hassen würde, aber dann wurden ihre Augen etwas weicher. »Verdammt, Flieger.« Sie lehnte sich vor und drückte sich gegen mich, aber dieses Mal sanft, und ich überlegte, was ich gerade verpasst hatte, und dachte bei mir: *Du bist ein ganz schöner Idiot.*

Sieben umschlang mich mit ihren Armen, aber die Spannung zwischen uns war verschwunden. Dann trat sie einen Schritt zurück. Sie brachte ein Lächeln zustande, aber es war traurig. »Du bist ein würdiger Gott.«

Auch ich lächelte, aber das Herz tat mir weh. Das hier war furchtbar schlimm. »Du aber auch. Wirklich.«

Sieben lachte und schaute weg. »Okay.« Ein Schatten glitt über ihr Gesicht. Aber dann seufzte sie und schien sich auf sich selbst zu besinnen. »Ich gehe wieder schwimmen. Kommst du? Ich verspreche, diesmal sanfter zu sein.«

»Ich komme gleich nach«, sagte ich.

Sieben drehte sich um und ging wieder zum Meer, ihre wunderschöne Gestalt verschwand aus meinem Blickfeld. Mädchen. Sie waren noch schwerer zu verstehen als Kiemen, alte DNA oder geheime Machenschaften. Leech würde mich mit seinen Bocciakugeln verhauen, wenn er wüsste, was gerade passiert war.

Ich lehnte mich erschöpft gegen den Felsen und schaute zu den flackernden Sternen hinauf, die aufgrund der Wirkung des *Shine* seltsam aufleuchteten. Irgendwann ging ich zurück an den Strand. Ich entdeckte Sieben, Kellen und Marina in den Wellen. Ich hob mein T-Shirt vom Sand auf und sah Leech und Oro draußen bei den Felsen knutschen.

Ich zog mir das T-Shirt über die nassen Schultern und setzte mich an ein Lagerfeuer. Die Flammen flackerten in fließenden Bewegungen, durch die Pille war ihre Farbe grün. Ich beobachtete die Leute beim Tanzen und wie sie vom Felsen sprangen und, je später der Abend wurde, übereinander herfielen. Als ein Pärchen über mich drüberrollte, während die beiden ungeschickt aneinander rumfummelten, stand ich auf und ging zur Treppe.

Ich hatte Sieben und ihre Freunde aus den Augen verloren. Vielleicht waren sie drüben bei der Band und tanzten. Ich überlegte, ob ich zu ihnen gehen sollte, dann überkam mich eine Welle der Einsamkeit, aber ich stieg dennoch die Stufen hinauf.

Ich wanderte durch die dunklen Straßen. Die einzigen Menschen auf der Straße waren kichernde Betrunkene, die sich drehten und tanzten und herumstolperten, und ich vermutete, dass sie alle *Shine*-Pillen genommen hatten. Viele. Vielleicht war das der Schlüssel zu einem strahlenden Leben.

Die Wirkung meiner Pille ließ gerade nach, und ein heftiger Kopfschmerz setzte ein mit einem merkwürdigen tauben Kribbeln in Fingern und Zehen. Meine Gedanken waren wie Brei, und dennoch ging ich nicht direkt nach Hause, als ich wieder den Platz erreichte. Ich musste woandershin.

Aber Lillys Zimmer war leer.

»Sie ist nicht mehr zurückgekommen, seit du das letzte Mal hier gewesen bist«, sagte eine Schwester, die aus einem anderen Zimmer kam.

Ich starrte auf das ordentlich gemachte Bett, und dann fiel mir auf, dass auch Lillys rote Tasche fehlte.

Ich werde meinen eigenen Weg finden, hatte sie gesagt.

Und nun, da es zu spät war, fragte ich mich, wie ich meinen Weg ohne sie finden sollte.

TEIL III

Und wenn die Drei wahrhaftig gefunden wurden
Dann werden sie zurückkehren, um uns gegen die Herren zu verteidigen,
Und wurde diese Reise nicht schon einmal unternommen?
Immer und immer wiederholt sich der Kreislauf,
Daher müssen wir sorgsam mit der Geduld der Terra sein,
Denn wenn wir sie zu oft enttäuschen,
Wird sie eigene Pläne ersinnen.

28

Ich stolperte nach Hause, Kopf und Herz waren leer, und ich fiel ins Bett, wo ich traumlos bis in den Nachmittag hinein schlief. Als ich aufstand, waren die Kopfschmerzen noch stärker. Meine Augen brannten, und obwohl ich durstig war, schien mein Magen nichts zu vertragen.

Ich fand eine Nachricht von Mom, sie und Emil würden den ganzen Tag über arbeiten. Ich zog mich an und ging zum Krankenhaus. Als ich den Hauptplatz überquerte, wurden gerade Dekorationen für die *Nueva-Luna*-Feier aufgebaut. Einige Gruppen fertigten Riesenmonde aus Holz und Papier an, Monde mit schaurigen Gesichtern, mit Symbolen und herabhängenden Wimpeln.

Ich fand Mom auf einem Flur, wo ich noch niemals zuvor gewesen war. Die Zimmer waren schmal, in jedem stand nur ein Bett und ein großer Topf mit blühenden Kletterpflanzen, die sich an der Wand hoch bis zur Decke rankten. In beinahe allen Zimmern waren Patienten. Die meisten schliefen oder sprachen leise mit ihren Angehörigen. Fast nirgendwo waren Medikamente oder Geräte zu sehen. Der Blumenduft war unglaublich intensiv, und doch war da auch der unverkennbare Geruch des Todes.

Mom kniete neben einem in Weiß gekleideten Mann. Es war schwer zu sagen, wie alt er war, vielleicht vierzig, aber sein Körper war ein Wrack. Er hatte keine Haare mehr. Die Brust war eingesunken, als ob man sie ins Bett gedrückt hätte. Auf der linken Gesichtshälfte hatte er eine lange, schwarze Wunde. Sein Atem ging mühsam, es war ein Krächzen und Keuchen. Aber um den Hals trug er eine hübsche Blumenkette. Ein Beutel mit grüner Flüssigkeit hing neben seinem Bett.

Mom drückte mit dem Stethoskop auf die Innenseite seines Handgelenks, und der Mann stöhnte leise. »Entschuldige bitte, William«, sagte Mom. »Ich weiß, dass das wehtut.«

Als sie seinen Arm losließ, sah ich seine sich kräuselnde Haut, die winzigen weißen, sich schlängelnden Linien. Hitzewurm.

»Wie lange noch?«, keuchte William. Er versuchte, mit der Zunge die aufgerissenen Lippen zu befeuchten.

Mom blickte auf ihre Armbanduhr. »Bald. Wir werden dir *Shine* geben, sobald du mit deiner Familie gesprochen hast.«

»Jetzt gleich«, stöhnte er. »Bitte.«

Mom tupfte seine Stirn mit einem Tuch ab. »Schsch«, sagte sie zu ihm. »Versuch dich auszuruhen.«

Als sie ihre Hand zurückzog, drückte sie den Daumen auf seine Wange und machte eine kreisende Bewegung. Fast konnte ich das Echo dieser Berührung spüren, das sanfte Ziehen an meiner Haut, und mir kamen Bedenken. Würde ich wirklich die Mutter verlassen, die ich gerade erst wiedergefunden hatte?

»Hey, Owen.« Mom stand auf und begann am Pult ein paar Notizen zu machen. Ihre Augen waren rot und feucht.

»Hey«, sagte ich. »Wie läuft's?«

»Oh, nicht so gut für William, aber es ist fast vorbei.«

Sie fuhr sich mit der Hand über die Augen. »Diese Momente sind immer sehr schwer für mich«, sagte sie. »Wenn ich tatenlos zusehen muss. Ich meine, wir können nichts mehr tun, selbst wenn wir es wollten.« Sie schüttelte den Kopf. »Aber es ist hart.«

»Das tut mir leid«, sagte ich.

»Ach, mach dir keine Sorgen. Ich bin heute nur etwas rührselig. Alles geht mir nahe, weißt du, weil deine große Reise morgen bevorsteht.«

»Ja.« Ich wusste nicht, was ich sagen sollte, deshalb ging ich zu ihr hin und umarmte sie.

Sie schlang die Arme um mich, und es fühlte sich irgendwie sicher an. Das Gefühl war gut, nur machte es alles noch komplizierter.

»Ich nehme an, du hast nicht weiter über das nachgedacht, was ich gestern vorgeschlagen habe«, flüsterte sie.

Ich konnte mich kaum an gestern erinnern, aber ich wusste, sie fragte mich, ob ich bliebe. »Mom«, sagte ich.

»Tut mir leid, wenn ich wieder davon anfange«, sagte sie. »Aber ich kann nicht anders. Die ganze Nacht habe ich darüber nachgedacht, wie ich deinen Vater benachrichtigen kann, um mich bei ihm zu entschuldigen. Vielleicht würde Victoria ja einsehen, dass eure Reise zu gefährlich ist. Ich, ich weiß, das ist nicht fair von mir, besonders da so viel vor allem meine Schuld ist. Aber nach all der Zeit, die wir voneinander getrennt waren, kann ich den Gedanken nicht ertragen, dass du wieder fortgehst.«

Ich hörte ihr zu und hasste das, was sie sagte, genauso sehr, wie ich es hören wollte. Ich war immer noch wütend, dass sie mich verlassen hatte, und doch spürte ich den Wunsch, das zu vergessen und einfach in einer normalen Familie zu leben. Das schien mir besser, als in die Wildnis hinauszufliegen. Aber ich konnte dem Schicksal nicht den Rücken kehren, meinem Team, all den Menschen, die Opfer gebracht hatten, damit das hier möglich wurde …

»Ich muss fort«, sagte ich. »Mein Team braucht mich.«

Mom seufzte. »Ich habe mir schon gedacht, dass du das sagen würdest.« Sie trat einen Schritt zurück und hielt mich an den Schultern. »Okay, einer Mutter muss man nachsehen, dass sie es versucht. Wir holen alles nach, wenn du wieder zurück bist. Wenn …«

»Was?«, fragte ich, obwohl ich die Worte nicht aus ihrem Mund hören wollte.

»Nur … was passiert, wenn ihr nicht zurückkommt?«, sagte sie mit dünner Stimme. »Dich jetzt wiederzufinden, nur um dich wieder zu verlieren … und die ganze Zeit zu wissen, welche Fehler ich begangen habe … Ich weiß nicht, ob ich das je verkraften könnte.«

»Mom …« Ich wusste nicht, was ich sagen sollte. Irgendwie dachte ich: Ist das eigentlich fair? Ich hatte damals auch nichts sagen können, als sie fortging. Und sollte sie nicht die Starke hier sein? Sonst müsste ich diesen Part übernehmen.

»Ich werde zurückkommen«, sagte ich. »Versprochen.«

Sie sah aus, als ob sie noch mehr sagen wollte, aber das war mir gar nicht recht. Ich konnte damit nicht umgehen. Glücklicherweise schien sie das zu bemerken. »Okay. Sehe ich dich noch später nach den Feierlichkeiten heute Abend?«

»Ja«, sagte ich. Ich glaubte nicht, dass ich noch einmal mit Sieben draußen vor die Stadt gehen würde.

»In Ordnung.« Mom lächelte.

Es klopfte an der Tür. Eine Frau und drei Kinder standen da. Teenager, zwei Mädchen und ein Junge, Williams Familie.

»Oh, kommt rein«, sagte Mom. Sie ging zu der Frau und führte sie herein. Die Mutter hatte die Augen weit aufgerissen, während sie entschlossen ihren Mann anstarrte.

Die Familie versammelte sich um das Bett. Ich wich zur Wand zurück. Alle schienen Angst zu haben, etwas zu sagen.

»Hey, alle zusammmen. *The show must go on.*« Ich drehte mich um und sah Sieben in der Tür stehen. Sie trug das weiße Kleid mit den Blumenstickereien. Sie sah erschöpft aus und hatte die Sonnenbrille auf, obwohl es im Zimmer dunkel war.

»Hey, Flieger«, sagte sie im Vorbeigehen, »willst du mir helfen?« Sie kniete sich neben William.

»Sicher doch«, sagte ich. Ich kniete ihr gegenüber, und wir fassten uns an den Händen. Sieben nahm die Sonnenbrille ab. Ein schneller Blick zu mir hinüber, dann ließ sie ihre Augen auf William ruhen. Wir wiederholten das Ritual, unsere Worte im Rhythmus vereint, und mir fiel wieder die vergangene Nacht ein. Ich fragte mich, was ich wohl verpasst hatte und wie es auf der Reise mit uns beiden weitergehen würde.

Wir beendeten das Ritual, und Sieben fragte: »Bist du bereit?«

»Ja«, antwortete William schwach. Seine Familie begann zu weinen. Mom öffnete das Ventil an dem Beutel mit der grünen Flüssigkeit – *Shine*. Die Flüssigkeit rann durch den durchsichtigen Schlauch in Williams Brust.

Er schloss die Augen. Einen Moment lang herrschte vollkommenes Schweigen. Und dann lächelte er.

»Ich werde göttlich sein«, sagte er leise. Als seine Augen sich öffneten, waren die Pupillen erweitert und wanderten wild umher, als ob jede Ecke des Raums eine vollkommen neue Entdeckung für ihn darstellte. Ich stellte mir vor, was er jetzt sah, seine letzten flüchtigen Eindrücke der verzauberten Welt.

»Ich komme wieder und bereite dann alles für heute Abend vor«, sagte Mom zu der Familie.

»Meine Aufgabe hier ist erledigt«, sagte Sieben rundheraus. »Kommst du mit rüber in die Zentrale?«, fragte sie mich. »Leech schaut sich gerade das Kartenmaterial an.«

»Ja«, sagte ich. »Mom, ich muss jetzt gehen.«

»Okay«, sagte sie. »Ich sehe dich später. Und Owen, es tut mir leid, dass ich dir mein Herz ausgeschüttet habe. Du machst dein Ding, okay? Um mich musst du dich nicht sorgen.«

»Okay«, sagte ich, aber ich dachte, dass Mom, wie Lilly, hätte wissen müssen, dass ich mir Sorgen machen würde.

»Hat deine Mom dir ein schlechtes Gewissen eingeredet?«, fragte Sieben, sobald wir wieder draußen auf dem Platz waren.

»So was in der Art«, sagte ich. »Sie ist traurig, dass ich wieder fortgehe, sie wünscht sich, ich könnte bleiben.«

Sieben boxte mich in die Schulter. »Bleib stark, Partner. In nur zwölf Stunden werden wir von hier fort und frei sein.«

»Vermutlich, ja«, sagte ich, während Sieben herzhaft gähnte. »Hast du überhaupt geschlafen?«

»Ein wenig. Viel mehr wäre aber auch nicht gut. Hey.« Sie fasste mich am Arm, damit ich stehen blieb. Wir waren beim Springbrunnen. »Sieh mal, ich hoffe, ich habe dich letzte Nacht nicht total verschreckt.«

Ich schaute weg. »Ich wünschte, ich hätte mich nicht verschrecken lassen.«

Sieben lächelte. »Ja, aber du wärst nicht du, wenn du nicht so reagiert hättest. Außerdem wäre es bestimmt total komisch gewesen, meinst du nicht? Wir beide sind ganz, ganz entfernt miteinander verwandt.«

Sie lachte, und ich stimmte fröhlich ein. »Gestern Nacht, bei mir war das einfach die Aufregung, endlich hier wegzukommen. Du hast ja keine Ahnung, was das für mich bedeutet.«

»Victoria macht dir kein schlechtes Gewissen, redet dir nicht ein, dass du zurückkommen musst, sobald wir fertig sind?«

»Ich würde nicht auf sie hören, wenn sie das täte. Aber nichts könnte Victoria gleichgültiger sein, als was mit mir passiert, sobald wir morgen von hier fortfliegen.«

»Wirklich?«, fragte ich. »Ich würde annehmen, dass deine Abreise Victoria nicht kaltlässt?«

»Ha.« Sieben schlug mir auf den Rücken. »Ich habe begriffen, dass es ein Fehler ist zu glauben, die Gütige Mutter hätte Gefühle. Wir sind für sie nur Mittel zum Zweck. Aber für mich ist das in Ordnung.«

Ich musste an den Moment denken, als Victoria auf dem Kai mit den Nomaden gestanden war. Sie schien Gefühle für diese Menschen gehabt zu haben. »Also«, sagte ich, »würdest du nicht zurückkommen, wenn wir unser Mission erfüllt haben?«

»Auf gar keinen Fall«, sagte Sieben. »Ich habe mein letztes Sterberitual vollzogen. Es macht mich wütend, wenn diese Menschen einfach aufgeben, Drogen nehmen und dann in die Besinnungslosigkeit spazieren.«

»Was ist daran anders, als wenn du die Pille schluckst?« Ich hatte die Frage schon gestellt, bevor ich wirklich darüber nachgedacht hatte, aber nun, da es raus war, merkte ich, wie sehr mir das Thema im Magen gelegen hatte.

Sieben zuckte zusammen »Das ist etwas vollkommen anderes. Der Welt die hässlichen Ecken abzuschleifen ist etwas ganz anderes als davonzulaufen. Ich habe es schon im Hafen gesagt: Vollzieh ein paar Tausend Male das Sterberitual, bevor du ein Urteil fällst. Die Pille lässt die Zeit im Gefängnis ein bisschen schneller vergehen. Sehr bald sind wir raus hier, und dann ist das Problem gelöst.«

Ihre dunkle Seite kam mir wieder in den Sinn, die sie mir in der vorherigen Nacht gezeigt hatte, als ich sie zurückgewiesen hatte, und ich überlegte, ob die reine Tatsache, hier rauszukommen, ihr genügen würde.

Der Platz füllte sich schnell mit Menschen. Die Monde wurden an Seilen in die Höhe gezogen, die den Platz überspannten. Ich sah einen riesigen Jaguar auf einer Schildkröte aus Blumen und Zweigen.

Wir gelangten in die Zentrale, wo Leech, Victoria und Arlo an einem flachen, runden Tisch standen. Arlo wischte mit dem Finger über eine Satellitenkarte auf der Bildschirmoberfläche des Tischs.

Leech sah von seinen Skizzen zur Karte. »Okay, dann nach Süden, vierzig Grad. Die Berge sollten dann östlich liegen.«

»Ja, der nordöstliche Zipfel der Anden«, bestätigte Arlo.

»Hey«, sagte ich.

Leech schaute auf. »Hey. Wir sind schon fast fertig.«

»Cool.« Sieben und ich stellten uns mit an den Tisch. Victoria kam zu uns.

»Wo ist Lilly?«, fragte Sieben. »Will sie immer noch nicht mitkommen?«

»Ihre Sachen sind nicht mehr in ihrem Zimmer«, sagte Leech. Er sah mich an.

Ich zuckte nur die Achseln. »Ich weißt nicht, wo sie hin ist.«

»Na ja«, sagte Sieben, »hast du nach ihr gesucht?« Fast klang es, als ob sie sich Sorgen machte.

»Warum sollte ich das tun?« Warum wollte Sieben, dass ich nach Lilly suchte? Hatte ich alle Signale der Mädchen dermaßen falsch verstanden? »Lilly wollte nicht, dass ich nach ihr suche. Das hat sie mir gesagt.«

»Oh, Mann, Flieger.« Sieben verdrehte die Augen. »Über Frauen musst du noch eine Menge lernen.«

»Also, vergessen wir mal den Herzschmerz«, sagte Victoria, »in gewisser Weise wird es dadurch einfacher.«

»Vielleicht kommt sie ja noch«, sagte Leech. Er klang enttäuscht und wandte sich schnell wieder seiner Karte zu. »Okay, also überprüf mal das hier: Wir fliegen nach Süden, bis wir zu den Anden kommen ...«

Während Leech weitersprach, bemerkte ich, dass sich Sieben weggestohlen hatte. Sie wich zurück, bis sie sich in der Mitte des Raumes befand. Dann ging sie zu den Balkontüren. Nico hielt eine für sie auf. Als sie hinaustraten, wirkte er angespannt und sehr ernst.

»Und dann folgen wir ihnen Richtung Südwesten«, fuhr Leech fort, »dort sollten einige Seen sein ...«

Arlo bewegte die Karte. »Diese hier?«

»Ja ...«, sagte Leech. »Und dann ...« Er legte seine Hand auf den Bildschirm und schob die Karte langsam nach rechts. »Dort.«

Er zeigte auf einen hohen Berggipfel. Er ähnelte einem Stuhl, mit einem hohen, gezackten Rücken und schräg abfallenden Seiten um eine Vertiefung herum. Auf der Hinterseite klaffte ein mehrere Hundert Meter tiefer

Abgrund. Auf der Sitzfläche des Stuhls lag tatsächlich noch Schnee, wahrscheinlich Überreste eine Gletschers. »Können wir da ranzoomen?«

Arlo tippte auf ein paar Knöpfe am Tischrand. Das Bild vergrößerte sich mit einem Klicken.

Nun nahm der zerklüftete Gipfel fast den gesamten Bildschirm ein. Man konnte die unebenen Flanken der Vertiefung sehen, dahinter die steile Granitwand, und eingebettet in die Biegung der höchsten Kante einige geometrische Formen. Gebäude. Eine große, runde Kuppel, ein kleineres Gebäude, das vielleicht ein Turm war, und einige andere Rundungen, die in die Wand hineingebaut zu sein schienen.

»Das ist auf viertausend Meter Höhe«, sagte Arlo. »Ihr werdet ziemlich benommen dort sein.«

Leech atmete langsam aus. »Aber das ist es. Dort wollen wir hin.« Er blickte zu mir auf. »Meinst du, du kannst uns dort hinauffliegen?«

»Auf jeden Fall«, sagte ich. Wieder zu fliegen erschien mir traumhaft, verglichen mit dem Gefühlschaos hier unten.

»Was gibt's dort?« Sieben war wieder im Raum. Sie starrte auf die Karte, aber sie wirkte beunruhigt. Worüber hatten Nico und sie wohl gesprochen?

»Weiß ich nicht«, sagte Leech. »Vielleicht ist dort mein Schädel.«

»Der Ort liegt circa dreitausend Kilometer von hier entfernt«, sagte Arlo.

Ich rechnete im Kopf nach. »Wenn der Vortex aufgeladen bleibt, brauchen wir drei Tage«, sagte ich, »mit Zwischenstopps zur Erholung.«

»Wir können den Motor unterwegs mit den Drohnen wieder aufladen«, sagte Arlo. »Deren Reichweite geht zwar nur bis zur Hälfte der Strecke, aber eine Zeit lang können wir euch decken.«

»Ausgezeichnet«, sagte Victoria. »Okay, ich muss mich für die Zeremonie fertigmachen. Sieben ...«, begann sie, aber dann schaute sie sich um. Sieben war verschwunden. Victoria seufzte. »Arlo, du und Leech, ihr habt jetzt Zeit für euren kleinen Ausflug, wenn ihr euch beeilt.« Sie rieb über Leechs Schulter. »Bist du sicher, dass du dort hingehen willst?«

»Ja«, sagte Leech. »Das will ich.« Er sah mich mit großen, ernsten Augen an. »Wir gehen rüber zu den Kryos. Er ist dort. Du kannst doch mitkommen, oder?«

»Ja, natürlich«, sagte ich. »Jetzt gleich?«

»Jetzt gleich.« Leech klappte sein Skizzenbuch zu und steckte es wieder in seine Hosentasche. Seine Arme und Beine zitterten, und ich fragte mich, ob das an der Krankheit oder an dem lag, was uns erwartete.

29

Wir verließen die Zentrale und überquerten den Platz. Draußen war es diesig, das Licht dunstig. Arlo ging voraus und eine bewaffnete Wache begleitete uns. Die Monde hingen hoch in der Luft, und alle Cafétische und Stühle waren beiseitegeräumt worden. Fackeln leuchteten, und Menschen strömten auf den Platz.

Leech war die ganze Zeit über schweigsam gewesen. Nun sagte er: »Ich wünschte, ich hätte eine Waffe.« Er griff an seinen Gürtel. Den Sextanten trug er um den Hals, aber ...

»Wo ist deine Bocciakugel?«, fragte ich.

»Ich kann sie nicht mehr finden«, sagte Leech. »Heute Nachmittag ist sie aus meinem Zimmer verschwunden.«

»Oh«, sagte ich.

»Owen!«

Mom und Emiliano steuerten mit William, dem Freiwilligen, in ihrer Mitte, auf die Pyramide zu. Beide trugen lange, purpurrote, feierliche Gewänder.

»Wo geht ihr hin?«, rief Mom und sah mich fragend an.

»Nur eine Minute«, sagte ich zu Leech und ging zu den beiden.

»Warte ...«, rief Leech, aber ich war schon losgetrabt.

»Hallo, Leute«, sagte ich.

»Hallo«, sagte William verträumt, während seine Augen in alle Richtungen blitzten.

Mom warf Leech und Arlo über meine Schulter einen Blick zu. »Solltet ihr nicht für die Feierlichkeiten dableiben?«

»Mach dir keine Gedanken, wir sind rechtzeitig zurück«, sagte ich. »Wir gehen nur noch schnell woanders hin.«

»Oh, wohin denn?«, fragte Mom. »Ich muss mir doch keine Sorgen machen, oder?«

»Nee«, sagte ich, »das klingt vielleicht merkwürdig, aber wir gehen schnell nach Eden Süd hinüber.«

»Eden Süd?« Moms Gesichtsausdruck wurde ernst. »Warum denn?«

»Leech hat einen Bruder in der Kryo-Anlage dort. Er möchte ihn sehen.«

»Also«, sagte Mom, und ihre Stimme klang sehr nach elterlicher Missbilligung. »Aber weiß er, dass all diese Menschen im Grunde ... von uns gegangen sind?«

»Ja«, sagte ich, »aber er will ihn einfach sehen, um sicher zu sein, nehme ich an. Und er möchte, dass ich mitkomme, als sein Freund.«

Mom nickte entschieden. »Mir gefällt der Gedanke, dass du da allein in der Wildnis bist, gar nicht.« Sie schien abzuwägen, ob ich gehen dürfte oder nicht, aber ich fand, ich bräuchte ihre Erlaubnis nicht, und fragte mich, was sie sagen würde. »Aber es ist nett von dir, dass du für deinen Freund da bist.« Sie fuhr mit der Hand über meinen Kopf und lächelte wieder. »Ich sehe dich dann gleich. Sei vorsichtig!«

»Ja, bin ich.« Ich drehte mich um und ging wieder zu Leech und Arlo.

»Entschuldigung«, sagte ich.

»Hast du ihnen gesagt, wo wir hingehen?«, fragte Leech, während wir weitermarschierten.

»Ja«, sagte ich. »Wieso?«

Leech schien zu seufzen. »Lass uns von hier abhauen.«

Ich überlegte, warum ihn das berunruhigte. Vielleicht behagte ihm der Gedanke nicht, dass noch mehr Menschen von seinem Bruder erfuhren.

Der Dschungel vor dem Tor war in tiefe Schatten getaucht, der Himmel lavendelfarben und blassblau. Leise gingen wir den Pfad mit den Reifenspuren entlang. In dem schwachen Licht schienen unsere Schritte lauter als gewöhnlich zu sein, und ich fühlte mich verborgenen Augen ausgeliefert, ein Fremder in einem fremden Land.

Wir kamen oben auf der Anhöhe an, und die Kuppel erhob sich riesengroß und zerbrochen im blutroten und rosafarbenen Sonnenuntergang. In der Ferne ragten große Wolken hoch in den Himmel. In einer Wolke blitzte es. Die Kuppel leuchtete schwach, das Licht der Kryo-Anlage erhellte die Innenwände, aber als wir von der Anhöhe herunterkamen, sahen wir nur noch die hohe, dunkle Außenfassade.

Das letzte Tageslicht verschwand, und alle Farbe wich aus der Welt. Arlo und die Wache schalteten Kopflampen ein.

Die Vögel wurden still, auch die Geräusche anderer Tiere wurden schwächer, nur ein paar einsame, suchende Stimmen und ein gelegentliches Knacken im Unterholz waren noch zu hören.

Wir erreichten den Eingang. Arlo öffnete das Tor und stieß es auf. Dann gingen wir durch den Tunnel in die stille Stadt hinein. Der Himmel hinter der aufgerissenen Decke war zu einem dunklen Lila abgekühlt. Die Gebäude lagen im Schatten. Etwas huschte außer Sichtweite, vielleicht ein Tier, das wir aufgeschreckt hatten. Eine Eule schrie, und ihr Ruf hallte in dem höhlenartigen Raum wider.

Das entfernte Leuchten der Kryo-Anlage erinnerte mich an den Moment, in dem ich mich dem Schädel genähert hatte. Wir bahnten uns einen Weg durch die leeren Straßen, bogen um eine Ecke, und da war es: ein einzelner, sanft leuchtender Turm, wie ein Raumschiff von Außerirdischen, das zwischen uralten Ruinen gelandet war.

An den Glastüren holte Arlo eine Schlüsselkarte hervor. Auf der Tür stand in großen, matten Buchstaben geschrieben:

EDEN SÜD KRYOGENISCHE UND
LEBENSVERLÄNGERNDE DIENSTE

Mit einem Zischen sprangen die Türen auf.

Wir betraten einen sauberen Flur mit weißen Wänden und einem himmelblauen Teppichboden. Ein kleiner Steinspringbrunnen war abgeschaltet, an den Wänden hing Kunst, Bilder mit beruhigenden Farbgebungen.

Wir liefen den Gang hinunter, der Hall unserer Schritte wurde von dem Plüschteppich geschluckt; der Ort war so still, dass unsere Atemzüge laut klangen. Am Ende des Gangs kamen wir zu einer Rezeption, einem Tisch mit Monitor und eleganten, schwarzen Sofas. Hinter dem Tisch gab eine riesige, sich über die gesamte Wand erstreckende Fensterfront den Blick auf die Kryo-Behälter frei. Das Licht war weich und blassblau. Die Wände des großen, zentralen Raumes krümmten sich schwungvoll in der Form der Helix, zwei breite Ovale mit einer schmalen Mitte, wie die Zahl acht. In der Mitte führten

Stege zu den verschiedenen Ebenen. Insgesamt gab es zehn Stockwerke, sechs über uns, der Rest war in der Erde untergebracht. Jedes Stockwerk war zur Mitte hin offen, wo sich jeweils eine große Plattform befand. Kreisrunde Türen, die zu den Behältern führten, waren in die Wand eingelassen. Am Rand jeder dieser Türen leuchtete ein sanftblauer Lichtkragen auf. Nach jedem zehnten Behälter ragte eine kleine Workstation aus der Wand, mit einem Bildschirm und einem Touchpad. Die Arbeitsplätze waren dunkel.

Schmale Aufzüge und Metalltreppen auf den Plattformen verbanden die Stockwerke miteinander. Kleine Wagen waren auf den Hauptstegen geparkt, vorne befanden sich Sitze und hinten eine Kuhle für den Transport eines Behälters. An Stahlkabeln hingen Krallen von den Metalldeckenbalken herunter, die zwischen großen, dreieckigen Dachfenstern verliefen.

Leech legte seine Hand auf das Glas. Er öffnete seinen Mund und stieß eine Atemwolke aus. Seine Finger zitterten. »Er ist im sechsten Stock.«

»Warte hier«, sagte Arlo zu der Wache.

Links von uns waren gläserne Doppeltüren. Sie glitten zischend auf, und eine Woge kalter Luft umfing uns, sodass ich zu frösteln begann. Wir gingen zur Plattform von Ebene vier. Der leere Klang surrender Maschinen empfing uns. Es hörte sich wie eine längere Version des Kühlschranktüröffnens zu Hause im Hub an. Die blauen Behälter erstreckten sich zu beiden Seiten, weitere befanden sich an der gegenüberliegenden Wand, die auf der anderen Seite des Mittelteils lag. Leech wollte zum nächstgelegenen Fahrstuhl gehen.

»Wir müssen die Treppe nehmen«, sagte Arlo. »Die Technik, die nicht so wichtig ist, haben wir abgeschaltet.«

Dort, wo der Laufsteg auf der Plattform endete, befand sich eine Metalltreppe. Wir stiegen zwei Stockwerke in die Höhe, unsere Tritte hallten in dem hohlen Raum wider.

»Er ist auf der anderen Seite.« Leechs Stimme war nurmehr ein angestrengtes Flüstern. Er ging vor uns über den Steg zu der gegenüberliegenden Wand.

Über jeder Tür zu einem Behälter befand sich ein kleines, silbernes Schild mit Nummern. Leech ging langsam und studierte die Schilder. Ich erkannte, dass die Türen leicht durchscheinend waren, gerade so, dass man den Schatten des Kopfes und ganz schwach die Schultern ausmachen konnte. Ich fand die Vorstellung beunruhigend, dass da drin Menschen waren, entweder ein Kryo-Kind oder ein Todkranker, der dieses Verfahren gewählt hatte in der Hoffnung, in der Zukunft geheilt werden zu können. All diese Menschen hatten ihr Vertrauen in Eden gesetzt. Sie hatten keine Ahnung, was seither geschehen war. Sie würden nicht geheilt werden, sie würden nicht in einer besseren Welt wieder erwachen. Stattdessen lagen sie eingefroren in einer Ruine.

Während wir dahinliefen, schaute ich mir all die blauen Lichtringe und Silhouetten über und unter mir an. Ich ging vorsichtig, beinahe auf Zehenspitzen, als ob ich keine Geister wecken wollte.

Leech wurde langsamer, dann blieb er stehen. Er zeigte auf eine Tür. Drinnen war der Schatten eines Körpers zu erkennen. »Hier ist es«, sagte er.

»Okay, einen Moment nur.« Arlo ging zu der Wand. Er kniete neben der Tür und klappte eine kleine Metalltafel auf. Dahinter war ein rechteckiger, roter Schalter. »Wir müssen den manuellen Türöffner benutzen.« Er drehte den Schalter. Die blauen Lichter am Türrand erloschen eins nach dem anderen wie bei einem Countdown. Als alle dunkel waren, erklang ein scharfes Zischen und die Tür war entriegelt. Eine schwache Kältewolke kam uns entgegen.

Leech legte die Hand auf den Griff und öffnete die Tür. Sie schien schwer zu sein. Dahinter befand sich ein rundes Brett aus durchsichtigem Plastik mit einem Stahlgriff in der Mitte. Auf der anderen Seite war ein Kopf mit braunem Haar gut zu erkennen. Das Innere des Behälters war in weißliches Lavendellicht getaucht.

Arlo öffnete drei rote Riegel am Rand der durchsichtigen Verkleidung. »Okay«, sagte er.

Leech packte den Griff mit beiden Händen und zog. Der Behälter glitt heraus, rumpelte leicht auf weichen Rollen, ein langer, durchsichtiger Zylinder. Leech ging auf die Seite und legte seine zitternden Finger auf die Oberfläche.

»Isaac«, sagte er leise.

Ich trat auf die andere Seite und betrachtete das zarte Gesicht eines kleinen Jungen mit braunen Haaren und Sommersprossen wie Leech. Die Augen hatte er geschlossen, Wimpern und Lippen waren mit Frost bedeckt, die Haut schimmerte blassgrau. Er trug ein weißes Krankenhausnachthemd und lag auf einer Plastikoberfläche mit einem kleinen, weißen Kissen unter dem Kopf. Auf seinem Gesicht zeigte sich der Ausdruck friedlichen Schlafs.

Ich hörte Leech leise schniefen. Seine Hände glitten über den Behälter. Er drehte sich zu uns um, und ich konnte Tränen unter seinem guten Auge sehen. »Kann ich kurz allein hierbleiben?«

»Ja«, sagte ich. Arlo und ich gingen zurück auf den Steg.

»Armer Junge«, sagte Arlo. »Hör mal, Victoria möchte, dass ich den Stromzähler ablese. Wir treffen uns bei der Rezeption, wenn er fertig ist, okay?«

»Einverstanden«, sagte ich.

Arlo blickte auf seine Armbanduhr. »Du musst ihn nicht drängen, aber in zehn Minuten sollten wir uns auf den Rückweg machen.« Er stieg die Treppen hinunter.

Ich konnte hören, wie Leech leise zu Isaac sprach. Ich lehnte mich gegen das Geländer, und mein Blick wanderte von oben nach unten an allen Behältern entlang. Es verunsicherte mich, hier zu sein, mein Puls ging schneller. Und es war traurig, zwecklos. Diese Menschen hatten versucht, vor dem Tod wegzulaufen, nur um letzten Endes hier zu enden, wie festgefroren. Ich fragte mich, ob dies hier ein besseres Schicksal war als das strahlende Leben.

»Owen, komm her.«

Ich drehte mich zu Leech um. Er blickte mich nur an, und obwohl sein Mund sich nicht bewegte, hörte ich immer noch seine sanfte Stimme.

Verwirrt ging ich zu ihm hinüber. Er deutete nach unten zur Wand des Behälters. Dort stand eine kleine Konsole und ein schmaler Stick steckte in einer Öffnung.

»Ich spiele ihm meine Tagebucheintragungen vor«, sagte Leech.

»In Eden West haben sie immer gesagt, dass Kryos Geräusche auf einer unbewussten Ebene wahrnehmen können.«

Leech betrachtete Isaacs kleines Gesicht. Er seufzte, seine Schultern sackten zusammen. »Das ist ätzend«, sagte er mit erstickter Stimme. »Das ist wirklich ätzend.«

Ich stand neben ihm. »Das tut mir leid«, sagte ich.

Leech nickte. »Danke, aber …« Er warf einen Blick über seine Schulter. »Ist Arlo zurück an die Rezeption gegangen?«

»Ja.«

Dann sagte Leech leise. »Wir müssen hier noch etwas anderes erledigen.«

»Was?«, fragte ich.

Leech biss sich auf die Lippe. »Arlo weiß nichts davon. Niemand weiß etwas … bis auf mich.«

Ich fühlte, wie ich furchtbar nervös wurde und mein Puls noch einmal in die Höhe schnellte. »Wovon redest du?«

Leech blickte mich todernst an. Er atmete tief durch. »Bin gleich wieder da«, sagte er leise zu Isaac, dann wandte er sich um. Die Tagebucheinträge ließ er weiterlaufen. »Komm mit mir.«

Leech ging zur Plattform, vorbei an den Stegen, dabei las er die Nummern über den Behältern. Dann blieb er stehen und beugte sich nieder. Er öffnete die Metalltafel und drehte den roten Schalter. Die Lichter gingen eins nach dem anderen aus.

»Was machst du da?«, fragte ich. Ich fühlte, wie sich meine Inneres zusammenzog, und mein Herz begann zu rasen.

»Siehst du gleich«, sagte Leech.

Das blaue Licht war erloschen. Der Behälter zischte. Leech zog mit einem Ruck die Tür auf und rollte den durchsichtigen Behälter heraus.

Er ging um den Behälter herum und drehte sich dann zu mir um. »Schau her«, sagte er.

Ich rührte mich nicht. »Was ist das?«, fragte ich, aber mein Herz raste wie wild, und ich wusste nicht einmal warum. Vielleicht lag es an Leechs Blick – es war so merkwürdig, wie er mich ansah, als ob er Angst hätte, oder Mitleid oder … aber in mir stieg dieses schreckliche Gefühl auf. Ich ahnte, etwas kam auf mich zu wie durch einen dichten Nebel hindurch.

»Schau her«, sagte Leech. »Jetzt.«

Ich trat zu ihm und hielt die Luft an.

In dem Behälter lag ein Kind. Ein Mädchen.

Sie hatte glattes, dunkelrotes Haar, ein blasses Gesicht und trug ein weißes Nachthemd. Sie sah ein paar Jahre jünger aus als wir. Vielleicht zwölf … ja, zwölf … Ihr Körper war schwarz gestreift, die Adern farblos. Hier und da hatten sich unter der durchsichtigen Haut Tintenflecke gebildet.

»Ihr Name ist Elissa«, sagte Leech.

Elissa. »Ist sie ein Kryo?«, fragte ich. Meine Stimme war heiser. Meine Finger zitterten. Ich wusste, da war etwas …

»So ungefähr. Sie ist am schwarzen Blut gestorben. Paul konnte sie nicht rechtzeitig retten, aber als er herausgefunden hat, dass ihre DNA dem atlantischen Erbgut gleicht, hat er ihre Kryostase angeordnet, falls man sie noch für Studienzwecke gebrauchen würde.«

»Woher weißt du das?«, fragte ich.

»Einen Teil habe ich in den Listen von Victoria gelesen, den Rest weiß ich noch aus Eden West.«

Ich schaute sie fortwährend an, die schwarzen Adern, die kleine Nase, das flache Kinn. *Elissa* …

»Kannst du dich an sie erinnern?«

Ich sah hoch. Leech durchbohrte mich mit seinem Blick.

Konnte ich … »An was?« Mein Herz pochte, versuchte sich freizustrampeln und fortzulaufen.

Als ob es schon wüsste, …

»Als Paul und sein Team sie gefunden haben, hatten sie anfangs noch etwas Hoffnung, dass sie die Seuche überstehen würde, aber dann stellte sich heraus, dass ihre Lungen zu stark angegriffen waren. Sie hatte schon immer schwache Lungen, seit einem Unfall als kleines Kind. Sie hatte damals eine schwere Rauchvergiftung.«

Ich legte meine Hände auf den kühlen Behälter. Mein Gleichgewicht geriet ins Wanken. Dieses Mädchen … »Rauch?«, fragte ich schwach.

»Hör zu, Owen«, sagte Leech. »Ich werde dir jetzt ein paar Dinge erzählen, und ich möchte nur, dass du einen Moment darüber nachdenkst und nicht gleich ausflippst …«

»Was für Dinge?«, flüsterte ich. *Der Rauch, die Asche, die Seuche, es …*

»Victoria weiß nichts davon«, sagte Leech jetzt. »Niemand weiß etwas davon, und meiner Meinung nach sollten wir auch niemandem etwas sagen.«

Ich musste ihn unterbrechen. »Sag mir, was das bedeutet.« Ich schluckte, es schmeckte nach Metall. Das rote Haar, die Anzeichen ihrer Krankheit … »Kenne ich … kenne ich dieses Mädchen?«

Leech sah mich immer noch unumwunden an. Er nickte. »Ja. Sie hat im Hub gelebt. Sie ist gestorben, als im Jahr 2061 die Seuche Schwarzes Blut ausbrach.«

»Warte … 2061? Das ist falsch, die Seuche war …«

»Nein, das ist nicht falsch. Da ist noch etwas anderes, Owen. Ihre Lungen waren seit dem dreijährigen Feuer sehr schwach. Das dreijährige Feuer brach neun Jahre vor der Seuche aus. 2052.«

»Nein«, sagte ich, aber in meinem Inneren brach die Welt für mich zusammen, die Welt draußen und die in mir drin, nichts war stabil, alles fiel auseinander … »Das dreijährige Feuer, als ich ein Kind war. Aber das … das ist doch nur ein paar Jahre her.«

»Das war in deiner Kindheit, aber es ist nicht bloß ein paar Jahre her. Wir haben das Jahr 2086. Das dreijährige Feuer war vor vierunddreißig Jahren.«

»Was sagst du da? Es ist erst … Ich war sechs, es war …«, ich sprach nicht weiter.

Leech starrte mich fortwährend an. »Bleib bei mir, Owen. Versuch, das in deinem Kopf zusammenzusetzen. Einiges davon schwimmt da sicher schon seit geraumer Zeit rum. Du hast mir ein paarmal von deinen Träume erzählt …«

»Wer ist sie?«, schrie ich. Ich schaute auf das Mädchen in dem Behälter. *Elissa.* An der Seuche gestorben, Rauchvergiftung …

Als ich sie aus den Augen verlor.

Oh nein.

Der Gedanke hatte sich aus dem Strudel in meinem Kopf gelöst. Und er spann sich fort.

Ich sollte auf sie aufpassen, aber sie lief weg. Sie liebte es wegzulaufen. Sie …

Ich sah Leech in die Augen. Ich wollte das nicht, ich konnte es nicht …

Aber plötzlich war der Gedanke ganz da.

»Sie ist meine Schwester.«

30

Mom hatte uns mitgenommen, damit wir uns die Auswirkungen ansahen.

Der Traum überwältigte mich, nein, die *Erinnerung*, die, die ganze Zeit über in meinem Kopf festgesessen hatte, die, die sich immer in meinen Träumen wiederholt hatte ... Mein Gedächtnis hatte neue Informationen hinzugefügt, Collagen angefertigt, versucht, mir das hier, die Wahrheit, zu zeigen, und nun war meine Welt ausgelöscht, und ich verlor mich selbst und alles andere im tosenden Sturm des Begreifens.

Mom nimmt uns mit zu den Klippen am Morgen nach dem dreijährigen Feuer, wir wollen die qualmende Schlucht sehen, das Aschemeer und die verkohlten Bäume, die wie dunkle Wächter dastehen. Über den Himmel fegen turbulent die Wolken, die Asche und der Himmel scheinen eins zu sein. Es ist so anders als noch in der Nacht, als die Flammen und die Dunkelheit mich ängstigten. Mom dachte, wir würden uns fürchten, und deshalb haben wir Elissa nicht aufgeweckt. Elissa ist erst drei. Aber heute ist es sicher, und sie ist mitgekommen, denn Dad muss arbeiten.

Wir sind dort oben, und Mom entdeckt einen Freund. Elissa sitzt ruhig auf dem Boden und spielt mit ein paar Kieselsteinen. Mom bittet mich, sie im Auge zu behalten. Sie geht hinüber und spricht mit dem Freund. Elissa malt mit dem Finger glückliche Gesichter in den Ascheboden, an den Seiten fügt sie je ein S für die Haare hinzu. Sie malt immerzu sich selbst. Ich muss fortwährend auf die Aschelandschaft starren und erhasche einen flüchtigen Blick auf etwas, das sich dort unten auf dem grauen Boden bewegt. Es ist eine kleine Wühlmaus, die dort entlangtrippelt und eine schwache Spur von Pfoten und Schwanz in der weichen, weißgrauen Schicht hinterlässt. Ich finde es erstaunlich, dass diese Kreatur die Nacht überlebt hat und nun ihr neues Zuhause untersucht. Sie stöhnt nicht über den Verlust dessen, was sie einst kannte, wie wir Menschen es tun, sondern sie widmet sich vollkommen ihrer Aufgabe im Jetzt.

Ich beobachte, wie sie herumschnuppert …

Aber dann schreit Mom: OWEN!, und ich sehe sie auf mich zulaufen, wilde Panik im Gesicht, und ich fahre herum, weil ich sofort weiß, was los ist. Elissa ist verschwunden.

Wohin?

Die Spur führt im Zickzack vom Felsvorsprung zur flachen Ebene. Ich schaue hinunter und sehe einen weißen Schlafanzug aufblitzen, der mit den kleinen Fröschen drauf, den sie heute Morgen nicht ausziehen wollte. Sie hat deshalb einen heftigen Kampf mit Mom ausgefochten, bis diese schließlich nachgegeben und ihr nur noch die Stiefel angezogen hat. Aber ich erhasche nur einen flüchtigen Blick darauf, denn Elissa ist in die Asche gefallen, in ein unterirdisches Loch, wo die Asche übereinander gekreuzte, verbrannte Holzstämme bedeckt und so den hohlen Raum darunter verbirgt.

Wir laufen hinunter. Elissas Schulter und Arm ragen aus der Asche. Sie ist seitlich zwischen Baumstämmen eingekeilt, und einige der verkohlten Teile glühen noch rot. Sie knistern und zischen, die Welt hier unten verschwimmt in der aufsteigenden Hitze. Das Loch, das Elissa gefangen hat, ist eine Kammer übriggebliebener Wut. Schwarze Rauchwolken steigen auf, sie bekommt überhaupt keine Luft. Ausgeschlossen.

Mom stürzt zu ihr, aber auch sie bricht in das Loch ein und sinkt bis zur Hüfte in die Asche; sie wird Verbrennungen an den Beinen haben, die nicht mehr heilen, nicht einmal Jahre später.

– Sie ist niemals fortgegangen –

Erinnerungen blitzten bebend auf.

Erwachsene eilen herbei und ziehen Mom aus der Asche, und dann gelingt es einer Menschenkette, Elissa am Arm zu fassen. Als sie sie herausziehen, sehen wir die versengten Stellen auf ihrem Schlafanzug, die Aschespuren auf ihrem Gesicht, Augen, Nase und Hals haben vor Verzweiflung dichtgemacht und sind schrecklich angeschwollen. Wir bekommen sie nicht frei, weil ihr Arm feststeckt, aber schließlich bewegt er sich und etwas schleudert nach oben – Elissa hält immer noch ihr Plüschkrokodil in der Hand. Sie hat ihn Mr. Teeth getauft, er hat ein Bein in dem Loch verloren und schwarz verkohlt ist er auch, aber das Wichtigste ist, dass sie überlebt hat …

Im Wesentlichen. In den nächsten Tagen werden wir erfahren, dass ihre Lungen versengt sind und sie nicht mehr normal atmen kann. Sie wird einen Nebulisator benötigen und ein Atemgerät, genau wie ihr Vater …

Nicht nur der Vater sitzt während der Footballspiele der Föderation auf dem Sofa, auch Elissa ist da, beide husten, sie essen alle Pizza. Mom ist auch da, Mom, die uns in Wirklichkeit niemals verlassen hat …

Mom und Elissa füllten meine Erinnerungen aus, als ob man sie zuvor ausgelöscht hätte; die Bilder, die ich für echt hielt, waren bearbeitet worden und nur unvollständig. Elissa, Mom …

»Dort, dort, Liebling.« Die Stimme kam von irgendwo weit draußen.

Mom …

Elissa geht es ganz gut, und die meisten Tage verlaufen

ruhig, aber als neun Jahre später die Seuche Schwarzes Blut ausbricht, erkrankt sie schnell und heftig. Ihre Lungen sind zu schwach. Ich kann dagegen ankämpfen, ich bin älter, und ich überlebe so lange, bis das Weltgesundheitsteam zu uns gelangt. Auch ein Team der Eden Corporation kommt bei uns an. Alle Versuche, Elissa zu retten, kommen zu spät. Und auch ich bin krank, sehr krank, liege mit hohem Fieber im Bett. Mom beugt sich über mich und spendet mir Trost.

Ich fühlte den dumpfen Druck auf meiner Wange und sah auf. Mom stand neben mir und begann die im Uhrzeigersinn kreisende Bewegung.

Aber da ist noch mehr …

Meine Mutter malt mit dem Finger einen Kreis auf meine Wange. Sie sitzt neben meinem Bett. Ich schaue an mir herunter und sehe, dass ich ein Nachthemd trage. Meine Adern sind mit dem schwarzen Schlamm der Seuche verstopft. Alle Möglichkeiten sind ausgeschöpft …

… deine Narbe stammt nicht von einem Zwerchfellbruch, deine Milz wurde entfernt, wegen der Seuche, und da du schon aufgeschnitten warst, konnte man die Öffnung auch für die Kryo-Monitore und die Schläuche benutzen, du weißt das, du weißt das …

Sie sagen mir, dass ich sterben werde. Es ist nur eine Frage der Zeit, aber es gibt einen Ausweg. Mir wurde eine Möglichkeit eröffnet, jetzt zu schlafen und später geheilt zu werden, der Mann am Bettende versichert mir, dass ich vollkommen unversehrt aufwachen werde. Seine Name ist Paul, ein Mann mit freundlichen Augen – die er vor den bionischen Implantaten und der Brille hatte. »Du wirst immer noch DU sein«, sagt er, »nur besser. Gesund. Und dich erwartet eine besondere Zukunft.«

Mein Vater, der an der Tür steht, begreift immer noch nicht, warum sie uns das anbieten, und Paul sagt: »Weil Owen etwas Besonderes ist, und entweder Sie ergreifen diese Chance, oder er stirbt.« Eine schreckliche Wahl, in beiden Fällen wird Dad seinen Sohn verlieren. Er hat bereits seine Tochter verloren, aber zumindest sein Sohn soll leben.

Also lehnt sich Dad über mein Bett und fährt mit der Hand über meine verschwitzte Stirn und dann über meine Haare. Er hustet, weil die Gefühle ihn aufwühlen, und er kann nicht gut atmen. Mit einem heiseren Flüstern sagt er: »Lebwohl, Owen. Ich liebe dich, mein Sohn. Alles wird gut.«

Ich nicke, aber ich kann nicht sprechen – ich bekomme keine Luft.

Und Mom vollzieht die kreisende Bewegung auf meiner Wange und sagt, dass alles in Ordnung kommen würde. Sie sitzt neben mir und sagt mit Tränen in den Augen: »Mach dir keine Sorgen, Owen.«

»Mach dir keine Sorgen.«

Die Stimme erklingt jetzt direkt neben mir.

»Mom ist hier.«

Ich blinzelte und tauchte aus dem Sturm der Erinnerungen auf, zurück zu dem Behälter und dem Mädchen mit den schwarzen Adern, meiner Schwester Elissa, die tot in einem weißen Sarg aufbewahrt liegt.

Der Kreis auf meiner Wange schließt sich. Mom zieht ihre Hand weg und streicht mir über den Rücken. »Ich bin sicher, das ist sehr hart für dich. Aber du sollst wissen, dass das niemals in unserer Absicht lag.«

»Was?«, flüstere ich und betrachte die Wölbung der Augenlider und den Schwung der Wimpern, auf denen Frost leuchtet. Elissa. Elissa, die es hasste, wenn ich die Fleischstückchen von ihrer Pizza klaute …

»Du hättest das hier niemals sehen sollen.«

Ich riss meine Augen von Elissa los und blickte hinüber zu Leech, der mich unverwandt anstarrte.

Ich sah einen Metallfunken aufblitzen, wandte mich nach links.

Und sah die auf Leech gerichtete Waffe.

Sah meine Mutter mit der Waffe in der Hand.

Aber die Erinnerungen in meinem Kopf, die wieder hergestellte, unauslöschliche Wahrheit hatte mir etwas anderes gezeigt.

»Du bist nicht meine Mutter«, sagte ich schwach. »Oder?«

31

»Bin ich nicht?«, sagte Mom.

Aber nein.

Sie war nicht meine Mutter. Wer auch immer sie war, sie hatte meine Geschichte gelernt, sie hatte sich das Verhalten meiner Mutter angeeignet, und ich hatte es geglaubt, aber … nein. Ich konnte meine frühere Mutter jetzt sehen, meine echte Mutter, wie sie vor langer Zeit an meinem Bett saß, die Frau, die in einigen meiner Erinnerungen ersetzt und aus anderen gelöscht worden war. Eine andere Frau aus einer anderen Zeit …

Eine andere Zeit.

Die Lücken füllten sich nach und nach, nie verlorene Erinnerungen kamen zurück: Nachmittage in der Schule, Abende, wenn Dad lange arbeitete, und die Wahrheiten, die ich geglaubt, als Tatsachen hingenommen hatte: *Du hattest niemals eine Schwester, deine Mutter hat uns verlassen, als du sieben Jahre alt warst …* Sie flatterten durch meinen Kopf wie ausgetriebene Geister, die immer noch schrien, aber keine Macht mehr besaßen. Ich hatte eine Schwester. Ich hatte eine Mutter. Ich hatte ein Leben im Hub, und sie waren auch dort.

Und da war noch etwas. All diese Erinnerungen, echt oder unecht, oder irgendetwas dazwischen, das alles war nicht vor ein paar Jahren geschehen, sondern … Welche Daten hatte Leech genannt? Das Feuer im Jahr

2052, das Schwarze Blut im Jahr 2061, und seitdem, seit fünfundzwanzig Jahren …

War ich ein Kryo gewesen. Was wiederum bedeutete, dass mein Vater … meine echte Mutter … Was war aus ihnen geworden? Lebten sie noch? Und meine Erinnerungen an sie … waren die echt oder nur vorgetäuscht?

Victoria hatte es selektive Manipulation genannt.

Sie konnten deine Erinnerungen verändern, sodass sie ihre Anforderungen erfüllten.

Aber nicht alle meine Erinnerungen waren untergegangen. Die eine schreckliche Szene mit Elissa, als sie in das unterirdische Loch fiel, war geblieben, hatte sich an mein Bewusstsein geklammert … als mein Kryo-Traum. Das war das Letzte, woran ich damals vor langer Zeit dachte, als ich wusste, dass meine Schwester gestorben war, dass ich aber gerettet würde. Das hinterließ mir ein Schuldgefühl, die Gewissheit, versagt zu haben, ein unauslöschliches Mal in meiner Erinnerung, das keine Manipulation vollkommen entfernen konnte. Und der Traum hatte mich geprägt: Der Owen im Ferienlager, der schwach war, zaghaft, unsicher … Inwiefern war das die Auswirkung von Jahrzehnten im Kälteschlaf, als ich diesen verstörenden Traum wieder und wieder hatte?

»Wer bist du?«, fragte ich die Frau neben mir. Sie war jetzt ganz in Schwarz gekleidet und trug schwere Stiefel.

»Sie heißt Francine.« Die Stimme erscholl in der gesamten Anlage.

Pauls Stimme.

»Offenbar hat Emiliano das neue Betriebssystem installiert«, sagte Francine und warf einen Blick zur Rezeption, wo wir hereingekommen waren.

Hinter Leech leuchtete der Bildschirm der nächstgelegenen Kontrollstation auf. Im ganzen Gebäude gingen die Bildschirme an. Auf allen war Pauls Gesicht zu sehen, einhundert Pauls, die in alle Richtungen blickten. Er lächelte und hatte die Brille abgenommen, seine elektrischen Augen funkelten. Eines war leuchtend blau, aber das andere, wo Lilly ihn mit dem Schädel getroffen hatte, flackerte nun in blassem Weiß. Er hatte einen Kopfhörer auf und schien in einem Cockpit zu sitzen. In einem der Hubschrauber.

»Hallo Owen, Carey. Das hatten wir gar nicht geplant«, sagte Paul. »Wir wollten euch heute Abend bei der Feier holen, aber jetzt sind wir hier und letztlich finde ich es so besser. Carey, ich bin beeindruckt. Du hast so viel mehr mitgekriegt, als ich in den letzten Jahren geglaubt hatte.«

Leech sah zu mir. »Es tut mir leid«, sagte er. »Ich dachte, du würdest mir nicht glauben. Du hast mir nicht vertraut, also wollte ich einen Beweis haben, bevor ich es dir erzähle …«

Ich war kurz davor, ihn anzuschreien, aber ich hielt mich zurück, denn er hatte recht. Wenn er versucht hätte, mir das hier zu erzählen, ohne dass ich es gesehen hätte, ich hätte ihm niemals geglaubt. Ich wusste nicht mal, ob ich ihm jetzt glaubte. Aber doch, das tat ich.

»Und Owen«, sagte Paul, »Francine mag zwar nicht deine leibliche Mutter sein, aber sie hat sehr, sehr viele Stunden mit dir verbracht, als du ein Kryo in Eden West warst. Sie gehörte zu meinem Team leitender Ärzte. Wir haben dich ab und zu fast bis zum vollen Bewusstsein heraufgeholt und dann konntest du sie kennenlernen, ihre Stimme hören und ihre Berührungen spüren – sie konnte sich dir einprägen.«

Vage Erinnerungen an jene Momente stiegen in mir

hoch, Francine, die im weißen Arztkittel neben mir saß, meine Werte kontrollierte und Tests vornahm. Meine Techniker ... war mir diese Idee wegen der Arbeiter im Kryo-Labor gekommen? Alle diese Details ...

»Natürlich mussten wir dafür die letzten Erinnerungen an deine Mutter auslöschen und dann eine emotionale Barriere errichten, damit sie nicht zurückkamen: Darum haben wir dich glauben gemacht, sie hätte dich verlassen. Dann haben wir in den jüngeren Erinnerungen deine echte Mutter durch Francine ersetzt. Da mussten wir gar nicht viel herumtüfteln.

Was Elissa betrifft«, sprach Paul weiter, »bei der selektiven Manipulation kann das Gehirn sehr eigensinnig sein. Es behält einige Schlüssel in der Hand, die die Türen zu Räumen der Erinnerungen öffnen. Immerhin kannst du dich nicht die ganze Zeit über an alles erinnern. Wir haben damals herausgefunden, dass wir deine Mutter nicht erfolgreich ersetzen können, wenn wir nicht auch deine Schwester aus deiner Erinnerung verbannen. Sie war dein Schlüssel, der zentrale Gedanke zu all deinen Kindheitserinnerungen. Durch sie wurde alles lebendig, wahrscheinlich weil du dich für ihre schlechte Gesundheit verantwortlich gefühlt hast, und letztlich auch für ihren Tod. Daher war es absolut notwendig, sie aus deinen Erinnerungen zu entfernen, um auch die anderen Dinge bearbeiten zu können. Dadurch haben wir dich von einem schrecklichen Schmerz befreit.

Wir mussten etliche Versuche starten«, fuhr Paul fort, »aber wir hatten genügend Zeit, alles hinzukriegen, bevor wir dich aufgeweckt und in die Magnetschwebebahn nach Camp Eden gesetzt haben. Kannst du dich erinnern, dass du gerade ein Nickerchen gemacht hattest, als du in Eden West angekommen bist? Das war ein sehr ausgedehntes Nickerchen.«

Ich wollte das alles nicht hören. Ich ertrug das nicht … All meine Gedanken an Mom … wie ich mein Leben in ein Davor und Danach einteilte, nach ihrem Weggang, die Vorstellung einer zerklüfteten Mauer, die sich durch meine Gedanken schlängelte … Das war alles nur ein großer Schwindel gewesen.

»Warum hast du mir das angetan?«, brachte ich mühsam hervor.

»Du meinst, warum ich dir das Leben gerettet habe?«, sagte Paul. »Das liegt auf der Hand: damit du deine Bestimmung erfüllen kannst. Was das Ändern deiner Erinnerungen anbelangt, also … Du erinnerst dich sicher an das, was ich dir damals in Eden gesagt habe: Man muss eine *Vision* haben, wie die Dinge laufen sollen. Die ganze Arbeit, die ich an deinem Verstand vorgenommen habe, war letztlich auf diesen einen Moment ausgerichtet. Es war eine Rückversicherung. Aus der Arbeit mit Carey habe ich gelernt, dass es hilfreich sein kann, noch ein Ass im Ärmel zu haben, um dich wieder in die Spur zu bringen, unter Kontrolle zu haben, wenn du dich an irgendeinem Punkt unseren Plänen widersetzen solltest. Schließlich wusste ich, dass du dich von Grund auf verändern würdest, während du so viel neue Kraft und Fähigkeiten sammelst, und Teenager können so furchtbar *launisch* sein. Ich wollte sichergehen, dass du noch auf meine Worte hörst, wenn es nötig wäre.

Gleich nachdem du aus Eden West geflohen bist, habe ich Francine in Desenna eingeschleust. Emiliano ist einer unserer Agenten dort, einer der vielen, die unsere Denkweise der von Victoria vorziehen. Wir haben Francine eine Identität besorgt und auch einen Job. Und jetzt sind wir alle hier, wieder vereint. Das war wirklich vorausschauend von mir, muss ich zugeben, denn zu diesem Zeitpunkt hatte ich das Ausmaß deiner Bedeutung noch nicht ganz erfasst.«

Ich konnte mir das nicht anhören. Meine Schwester, tot – *ich hatte eine Schwester* –, und auch meine Eltern. Ich war kurz davor, Paul zu fragen, was mit ihnen geschehen war. Vielleicht wartete er sogar auf meine Fragen, aber ich konnte nichts von dem, was er sagte, glauben.

Ein Gedanke schoss mir durch den Kopf, eine weitere Erinnerung, die so lächerlich war, dass ich beinahe lachen musste. »Du hast mal gesagt, du hättest mich noch nie angelogen.«

»Ich weiß«, sagte Paul. »Das war schäbig von mir.«

»Du bist ein Dreckskerl!«, schrie Leech aus vollem Hals.

»Carey, pass auf, was du sagst«, sagte Paul.

»Wir werden nicht mit dir kommen!«, schrie Leech weiter, sein Gesicht kochte vor Wut.

Paul machte ein Gesicht, das ich noch aus Eden kannte, ein verärgertes Zusammenzucken, als ob jemand, der sich ihm widersetzte, eine falsch klingende Note wäre. »Nein, das ist wahr«, sagte er. »Du nicht.« Er nickte leicht.

»Tut mir leid«, sagte Francine.

Eine schreckliche Explosion ertönte, als sie abdrückte und Leech sich zusammenkrümmte. Dann fiel er der Länge nach auf den Boden.

32

»Was tust du da?«, schrie ich mit brüchiger Stimme. Ich fiel nach vorn auf den Kryo-Behälter, über meine Schwester, und sah Leech ausgestreckt auf dem Boden liegen. Sein Brustkorb hob und senkte sich wild pochend. Er hustete feuchte, erstickte Laute aus. Auf seinem Hemd war Blut.

»Carey brauchen wir nicht mehr«, sagte Paul, wieder mit so viel Anteilnahme, als würde er den Kindern im Ferienlager am Flaggenmast Bericht erstatten. »Du hingegen, Owen, also, wie ich schon sagte, du bist der Schlüssel.«

Meine Beine gaben nach. Das war alles zu viel. Zitternd rutschte ich von dem Behälter auf die Knie.

»Wir werden in zehn Minuten am Treffpunkt sein«, hörte ich Paul sagen »Hast du das Teil?«

Mom – nein, Francine, *nicht meine Mutter!* – wandte sich dem Bildschirm zu. Ich bemerkte den schweren Rucksack auf ihrem Rücken, den sie nun Paul zeigte. Als sie sich umdrehte, konnte ich drinnen ein schwaches, blasses Licht erkennen. Siebens Schädel.

»Hab ihn. Sollen wir das Geschenk immer noch zu Victoria bringen?«

Plötzlich grinste Paul breiter, als ich es je gesehen hatte, seine bionischen Augen blitzten. »Ja, macht das. Ich möchte ihr zeigen, wie ein strahlendes Leben in Wirklichkeit aussehen kann.«

Die Bildschirme wurden schwarz.

»Seid ihr bereit?« Das Rufen aus der Ferne kam von Emiliano. Dann schepperten Schritte die Treppe herauf.

Ich spähte unter dem Kryo-Behälter auf Leechs zuckenden Körper. Blut lief über den Boden. Emiliano kam und nahm schnell den Sextanten von Leechs Hals, dann rollte er ihn auf die andere Seite und zog ihm das Skizzenbuch aus der Hosentasche.

»Du musst jetzt aufstehen, Owen«, sagte Francine.

»Nein«, stöhnte ich leise. Ich würde nicht aufstehen. Ich würde gar nichts tun.

Hände fassten mich unter, und Emilianos muskulöser Arm zog mich in die Höhe. Er warf mich über seine Schulter. Ich wollte mich wehren, aber mein Körper gehorchte mir nicht, alles drehte sich, war außer Kontrolle. Ich war mehr als nur gebrochen, ich war mehr nichts als noch irgendetwas, eine leere Schale, ich fiel in mich zusammen. Ich wollte sterben. Zu sterben wäre besser. Es musste besser sein als das hier.

»Hast du den Code aktiviert?«, fragte Francine.

»Ja«, sagte Emiliano. »Es kann jetzt jederzeit losgehen.«

Wir überquerten den Steg. Mit allerletzter Kraft reckte ich den Hals und sah den Hinterkopf meiner Schwester, Elissa, im Kryo-Behälter … und dann verlor ich sie aus den Augen. Leech lag immer noch da, eine Hand in den Boden gekrallt.

»Ihr könnt ihn nicht einfach so da liegen lassen«, sagte ich, erhielt aber keine Antwort. Dann verschwand er aus meinem Blickfeld.

Ein lautes Geräusch brach im ganzen Gebäude los. Ein gigantisches Horn. Nach einigen Sekunden kam ein Luftzug auf.

»Ich wünschte, wir könnten hierbleiben und zusehen«,

sagte Francine. »Ich habe unendlich viel Zeit in diese Ersatz-Wahrnehmungs-Software investiert, ich würde wahnsinnig gern wissen, ob sie funktioniert.«

Ich spürte, wie wir die Treppe hinunterstiegen. Ich schlug gegen Emilianos Rücken, ein nutzloser Haufen Fleisch. Eine Lüge, mein ganzes Leben, eine einzige Lüge …

Das zischende Geräusch breitete sich überall aus, surrend sprangen Maschinen an. Was hatten sie nur getan? Was war das Geschenk für Victoria? Aber es war egal. Das alles war so egal.

Mom, Elissa, Dad …

Wir traten durch die Glastür und befanden uns wieder im Bereich der Rezeption. Ein Bild, das auf dem Kopf stand – zwei weitere Leichen. Arlo lag in einer dunklen Pfütze, die langsam den Teppich aufweichte, und die Wache lehnte mit unnatürlich verdrehtem Hals an der Wand. Ich sah auch noch ein Paar Sandalen und reckte den Hals.

»Hey, Flieger.« Da stand Sieben, die Hände auf dem Rücken zusammengebunden war sie an den Tisch gefesselt worden. Ihr Gesicht war rot und geschwollen, man hatte sie geschlagen, aber ihr Blick war unstet, schwirrte hin und her. Sie hatte wieder *Shine* genommen. Als sie die Zentrale verlassen hatte, war sie wütend gewesen. Hatte sie die Pille geschluckt, um ihren Ärger zu unterdrücken? Wahrscheinlich war sie leicht aufzuspüren gewesen.

Als Francine sich Sieben näherte, leuchtete der Schädel im Rucksack stärker. Francine machte Sieben von dem Tisch los, packte sie an der Schulter und presste ihr die Pistole in den Rücken. »Gehen wir.«

Sieben stolperte auf wackeligen Beinen vorwärts. Falls ich den Gedanken gehegt hatte, dass wir beide versuchen könnten zu entkommen, so war er vergeblich. Sieben würde keine große Hilfe sein.

Und wozu überhaupt? Was für einen Grund könnte es geben?

»Ich habe ein Boot gefunden«, sagte Emiliano, während wir den Gang hinuntergingen. »Das verkürzt unseren Weg zur westlichen Luke.«

Francine stieß Sieben vor sich her. Sie kam ins Stolpern und fiel beinahe hin. »Du bist nutzlos«, sagte Francine. Die liebevolle Art meiner »Mutter« war verschwunden. Jetzt war sie nur Wissenschaftlerin und Spionin.

Hinter uns wurden das Surren und dumpfe Dröhnen der Maschinen lauter. Wände und Boden begannen zu zittern.

Wir gelangten zur Eingangstür und dann in die feuchte Nacht, die bis auf das Leuchten des Schädels dunkel und, abgesehen von dem gelegentlichen Zwitschern eines Vogels, still war. Aus der Ferne drang ein Grollen. Donner. Ich dachte an meine Mutter, wie sie immer die Sekunden gezählt hatte. Nicht diese Mutter ...

»Zum See geht's hier entlang«, sagte Emiliano. Er trat einen Schritt nach rechts. Ein Geräusch ließ ihn innehalten.

Etwas Seltsames zog herauf, wie ein riesiger Atemzug, der alles um uns herum einsog ...

Es war der Wind. Der Wind sprach ...

»QiiFarr-eeschhh ...«

Die Worte waren unverständlich, und einen Moment lang fragte ich mich, ob das am Pfeifen des Windes durch die zerbrochenen Fensterscheiben lag oder ob mein kaputter Verstand sich das ausdachte. Doch das Geräusch kam unzweifelhaft von diesem heftigen Wirbelwind, der uns umbrauste.

Der Wind verfolgte eine Absicht.

Der Schädel leuchtete so hell auf, dass der Rucksack durchsichtig wurde.

»Verflucht!« Francine wandte sich ab und warf den Rucksack verzweifelt von ihrer Schulter, als ob das Licht sie verbrannt hätte. »Was ist mit diesem Ding los?«

Das Licht wurde größer, ein weißer, blendender Schein, der alles andere auslöschte.

Ich versuchte, Sieben durch den grellen Schein anzusehen. Machte sie das etwa? Aber das Licht spiegelte sich in ihren herumirrenden Augen, und sie lächelte nur stumm dazu. Wenn es nicht sie war …

»QiFarr-eeschhh …«

Das Weiß war überall, als ob die Welt um uns herum ausradiert würde. Ich konnte kaum noch die Umrisse von Francine erkennen, die schützend die Hand vor die Augen hielt und hin und her wirbelte.

Dann entdeckte ich eine neue Silhouette neben dem Gebäude, die schnell lief.

In dem flimmernden Licht konnte ich gerade noch die Gestalt einer Frau ausmachen …

Die Sirene?

Oder vielleicht Rana, die auf einmal lebendig geworden war …

Sie hob den Arm über ihren Kopf. Drehte etwas in der Hand. Schwang es hin und her. Das Ding traf Francine am Hinterkopf. »Au!« Francine sackte in sich zusammen und fiel zu Boden.

Die verschwommene Gestalt bewegte sich undeutlich.

Emiliano drehte sich um. Er sah die Gestalt und ließ mich fallen. Ich landete auf dem Rücken und schaute nach oben, und in dem Lichtermeer sah ich, wie die Gestalt wieder ihre Waffe durch die Luft schwang und zuschlug. Emiliano drehte Pirouetten und fiel dann der Länge nach auf den Boden, ein Zahn flog mit Blutspritzern durch die Luft.

Die Gestalt schwebte über mir. Alles leuchtete.

Dann wurde das Licht schwächer. Ich sah nur einen grünen Klecks.

Ein Arm legte sich um meine Hüfte.

»Owen. Komm schon.«

Das war nicht Rana.

»Steh auf.«

Lilly.

Lilly, eingetaucht in das Licht des Schädels.

Sie zog mich auf die Füße. In der anderen Hand hielt sie Leechs Bocciakugel-Waffe.

Ich konnte sie nur anstarren, mein Gehirn war überlastet.

»Wo ist Leech?«, fragte sie.

»Da drin«, murmelte ich, meine Beine schlotterten, fast fiel ich hin.

»Gehen wir«, sagte sie und hielt mich fest. Sie zog mich an ihre Schulter, dann befestigte sie die Bocciakugel an einer Gürtelschlaufe ihrer Shorts. Sie griff nach Francines Rucksack. Der Schädel leuchtete wieder auf …

»Still«, sagte sie zu ihm.

Das Licht ging aus.

»Wie hast du das gemacht?«, fragte ich.

Lilly lächelte mich beinahe verlegen an. »Das ist einfach. Es ist meiner.«

»Deiner?«

»Ja«, sagte Lilly. »Ich bin das Medium.«

33

»Du«, sagte Sieben. Sie stand ein paar Meter entfernt und trat von einem Fuß auf den anderen. Sie seufzte. »Das hätte ich mir denken können.«

Ich schaute von der einen zur anderen. »Was meinst du damit?«

»Sie wusste es«, sagte Lilly mit einem kalten Blick auf Sieben.

Sieben schüttelte den Kopf, die Bewegung wirkte stark übertrieben. »Nein, *gewusst* habe ich es nicht, aber ... ich war beunruhigt, das ja. Ich habe mir immer Sorgen gemacht. Als Victoria mich aufgeweckt hat, hat sie mir erzählt, dass mir für einen hundertprozentigen Treffer der atlantischen DNA so viel fehlt ...« Sie schnippte mit den Fingern. »Ich war so nah dran.«

»Aber du hast gesagt, dass du die Welt in dem Schädel gesehen und gefühlt hast«, sagte ich.

»Ich habe geglaubt, ich hätte sie gesehen«, sagte Sieben. »Ich hatte diese Vision von der Pyramide, als die Drei geopfert wurden. Und ich habe gedacht, das wäre alles gewesen, aber dann bist du gestern aus dem Schädel gekommen und hast von den Gesängen für die Terra angefangen und dem ganzen Kram ... Das habe ich nie gesehen oder gehört.«

Ich erinnerte mich, wie sie in dem Schädel erschienen war, aber mit geschlossenen Augen.

»Das passt, dass du das bist«, sagte Sieben und sah

Lilly mürrisch an. »Ich hatte so ein Gefühl, nachdem ich dich im Tempel beobachtet hatte. Blöd von mir.« Sie ließ sich zu Boden sinken und setzte sich auf ihre Fersen.

»Was machst du da?«, fuhr Lilly sie an.

»Was spielt das jetzt noch für eine Rolle?«, murmelte Sieben.

Mehr und mehr Puzzleteile fügten sich zusammen: Die seltsame Sorge von Sieben in der Zentrale, als sie erfuhr, dass Lilly nicht mit uns kommen würde. Und nach der Begegnung mit dem Schädel hatte sie das Reden mir ganz allein überlassen.

»Warum hast du mir nichts davon erzählt?«, fragte ich.

Sieben zuckte die Achseln. »Ich habe die ganze Zeit gehofft, es würde sich noch ändern.« Sie sprach undeutlich. »Ich meine, ich war nahe genug dran, um aufgeweckt zu werden, ich habe Kiemen bekommen und wurde wie eine Göttin behandelt, ich konnte eine Blutsperre öffnen und hatte Visionen vom Tod. Ich habe gedacht, das würde genügen. Wie konnte es nicht so sein? Und ich habe geglaubt, dass noch mehr mit mir passieren würde, wenn wir erst fort von hier wären, und wenn nicht … dann wäre ich zumindest endlich weg von hier.«

»Dann hast du mir die ganze Zeit über nur etwas vorgespielt?«, fragte ich sie.

Sie sah mich an, ihr Blick war verschwommen, wegen der Pille, und doch waren ihre Augen traurig. »Nein, ich habe dir nichts vorgespielt, Flieger. Zumindest nicht meine Gefühle für dich. Sicher, dass wir beide hier als Götter rausfliegen würden, machte es aufregender, aber … Na ja, du kannst mir das glauben oder auch nicht, wie du willst.« Sie starrte kopfschüttelnd auf den Boden. »Jetzt ist das völlig egal. Ich bin nur ein Geist. Wir sind alle nur Geister.

»Oh, bitte. Du …« Lilly biss sich auf die Lippe und drehte sich wieder zu mir um. »Wo ist Leech?«

»Immer noch bei den Kryo-Behältern«, erwiderte ich. »Meine …« Ich schaute nach unten auf Francine. »Entschuldige, sie ist nicht meine Mutter. Sie arbeitet für Paul.«

»Oh nein«, sagte Lilly. »Owen …«

»Später«, unterbrach ich sie. »Paul hat gesagt, sie bräuchten Leech nicht mehr, und dann haben sie ihn erschossen.«

Sieben begann zu lachen. Sie lächelte gen Himmel. »Das kommt öfter vor.« Beinahe sang sie die Wörter. »Rate mal, wer wen nicht braucht?«

»Wovon redest du überhaupt?«, fuhr ich sie an.

Siebens Kopf bewegte sich im Rhythmus der imaginären Musik ihres von *Shine* überschwemmten Verstandes, aber sie gab keine Antwort.

»Bäh.« Lilly sah aus, als würde sie gleich explodieren. »Wir kümmern uns später darum.« Sie beugte sich vor, nahm Francine die Pistole aus der Hand und hielt Sieben den Griff genau vors Gesicht. »Kannst du damit umgehen und keinen Schwachsinn machen?«

Siebens Augen wanderten zu der Waffe. »Kann ich sie erschießen?«

Lilly verdrehte die Augen. »Ist mir gleich. Lass sie einfach nicht abhauen.«

»Okay«, sagte Sieben leise.

Lilly zog ihr Nomadenmesser hervor und schnitt die Seile durch, mit denen Sieben gefesselt war. Dann reichte sie ihr die Pistole. »Wir sind gleich draußen.«

Es donnerte, das Echo hallte durch die Kuppel. Ein prasselndes Geräusch war zu hören: Regen fiel auf das Dach hoch über uns.

Lilly und ich steuerten wieder auf die Türen zu, hinein in die surrende und brummende Anlage. Ich konnte mich kaum noch bewegen. Mit aller Kraft versuchte ich all das, was ich jetzt wusste, zurückzudrängen, sämtliche Gedanken, die mir jetzt kamen, die mich in Stücke zerreißen würden. Ich musste mich auf das Nächstliegende konzentrieren, ich musste zu Leech …

Aber immerhin war Lilly jetzt hier. Das bedeutete noch mehr Verwirrung. Noch mehr Dinge, die keinen Sinn ergaben. Ich lief nicht weiter. Zitternd stand ich in dem Gang, dessen Wände vor Aktivität stöhnten. »Warte mal«, sagte ich. »Du hast gesagt, ich solle dich verlassen.«

»Owen, jetzt komm schon, später …«

»Nein! Alle haben mich immer nur angelogen … mein ganzes Leben lang! Und du auch.«

Lilly hielt inne und sah mich ernst an. »Sieh mal, ich war mir nicht sicher. Um ehrlich zu sein, war ich bis vor ein paar Minuten nicht vollkommen sicher. Ich meine, seit wir hier angekommen sind, habe ich etwas gefühlt, habe diese Musik gehört, aber da war Sieben, und sie schien die … ärgerliche, aber einzige Wahrheit zu sein. Aber dann sind wir in den Tempel gegangen …«

»Du warst da«, sagte ich. »Du warst der Schatten im Schädel mit mir, nicht wahr?«

»Ja. Aber auch als das passierte, dachte ich immer noch, dass dieser Schädel irgendetwas Merkwürdiges an sich hat. Schließlich hat er auch dich eingesogen, und du bist nicht das Medium.«

»Auch wahr.«

»Also habe ich dir Lebwohl gesagt, falls ich mich irren sollte, aber auch, weil ich allein sein musste, ganz allein, damit ich herausfinden konnte, was los war. Und ehrlich, du hättest mir ohne Beweise nie geglaubt, dass Sieben nicht das Medium ist. Und sie hat schon einmal angedeutet, dass sie mich ausstechen würde …« Lilly seufzte. »Ich meine den Moment, als ich es nicht ertragen konnte, dir Lebwohl zu sagen. Also, wenn ich mich irrte, würdest du sowieso wegfliegen müssen, und wenn ich recht hatte, dann, so dachte ich zumindest, würde ich dich mit Beweisen überraschen. Also …« Lilly zuckte die Achseln. »Siehe da!« Sie zeigte auf ihren Hals. »Keine Kiemen mehr. Sie sind heute Morgen verschwunden.«

Die ganze Zeit über schaute ich sie nur benommen an. Meine Gedanken waren wie ein Bienenstock, und ich konnte mich unmöglich auf einen einzelnen konzentrieren. Ich konnte mich nicht entschließen, ob ich sie anschreien oder umarmen wollte, oder beides.

Es stand mir ins Gesicht geschrieben. »Was ist da drin geschehen?«, fragte sie.

»Ich zeige es dir«, sagte ich, und ein Tremor schüttelte mich, als ich begriff: Wenn wir Leech holten, kam ich wieder in die Nähe dieses Kryo-Behälters …

Die Umgebung verschwamm vor meinen Augen. »Wow.« Lilly packte mich an der Schulter. »Hier.« Sie legte sich meinen Arm über die Schulter, und wir gingen in den verglasten Rezeptionsbereich.

Dann liefen wir auf die Plattform hinaus. Überall stiegen dicke Dampfwolken auf. Feuchtigkeit tropfte von den Geländern, der Boden wurde rutschig, und es bildeten sich Pfützen. Die Temperatur stieg schnell. Auf allen Ebenen blitzten gelbe Lichter auf, die Computer flackerten wild und lange Datenkolonnen blitzten über die Bildschirme.

»Was geht hier vor?«, fragte Lilly, als wir die Treppe hinaufstiegen.

»Sie haben irgendein Programm gestartet.«

»Bringen sie alle hier um?«

»Ich weiß es nicht. Paul ist in einem Hubschrauber ...« Ich gab mir Mühe, die Bruchstücke an Informationen zusammenzusetzen. »Sie wollten sich hier in der Nähe treffen, haben etwas von einer Überraschung gesagt, aber der springende Punkt ist: Sie kommen.« Wir überquerten den Steg. »Hier drüben.«

Leech lag immer noch auf dem Boden. Er hatte sich auf die Seite gerollt, inmitten einer Blutlache. Als wir uns näherten, hustete er. Zumindest lebte er noch. Durch den Maschinenlärm hindurch konnte ich kaum noch die Kassetten für Isaac hören.

Die Kryo-Röhre über ihm stand immer noch offen. Drinnen blinkten Lichter. Während wir hinübereilten, stürzte wieder alles auf mich ein. Ich wollte nicht wieder in den Behälter schauen, ich wollte nicht wissen, was ich jetzt schon wusste, ich wollte mich mit alldem nicht auseinandersetzen.

Lilly fiel neben Leech auf die Knie. Ich stand auf der anderen Seite. Meine Augen irrten von Leech zu den Umrissen von Elissa – *Nein* – und wieder zurück zu Leech.

»Oh Mann«, sagte Lilly. Überall war Blut. Eine riesige Pfütze. Das Blut schien aus seiner Brust oder aus der Schulter zu laufen, vielleicht auch aus dem Bauch – sein Hemd war vollkommen durchtränkt, es war unmöglich, die Lage der Wunde genau zu bestimmen. »Carey«, sagte sie. »Kannst du mich hören?«

Er hatte die Augen geschlossen, sein Gesicht war

schlaff. »Wir müssen ihn zurück nach Desenna bringen.« Lilly sprang auf die Beine und blickte in die Kryo-Röhre. »Ich dachte, ihr wolltet Leechs Bruder sehen?«

Ich trat wieder zu der Röhre und legte meine Hände auf das Glas, das jetzt warm war. Im Innern vernebelte Kondenswasser die Sicht. Ich sah wieder hinein. Orangefarbene Lichter blitzten in bestimmter Abfolge im Behälter auf, und der blaue Frost war verschwunden, aber Elissa war immer noch da, die kleine Elissa.

Noch mehr Erinnerungen.

Wir spielen gern Verstecken in der Wohnung, aber sie ist so klein. Es gibt nur vier Zimmer und kaum Platz, um sich zu verstecken. Elissas Lieblingsversteck ist unter dem Esstisch, und ich entdecke sie dort sofort, aber ich tue so, als ob ich sie nicht sehen würde, und wir spielen weiter, bis sie einen Hustenanfall bekommt …

»Owen?«

»Das ist meine … Schwester«, brachte ich mit Mühe hervor. »Ich bin ein Kryo, Lilly. Paul hat mich angelogen. Er hat sich das alles ausgedacht.«

»Mein Gott«, sagte Lilly. »Leech hat mir einmal erzählt, dass er sich Sorgen um dich macht … über das, was du von der Welt weißt. Er wollte mir nicht sagen, was er genau meinte. Aber … oh, Owen.«

»Es war alles eine einzige Lüge, alles.« Der Gedanke überwältigte mich. »Ich hatte diese Krankheit, Schwarzes Blut, und wurde eingefroren. Elissa ist daran gestorben. Meine Schwester. Aber Paul hat all meine Erinnerungen verändert, er hat mich übers Ohr gehauen. Er nannte das seine Rückversicherung. Keiner meiner Gedanken in dieser ganzen Zeit war echt. Keiner meiner Wünsche war ehrlich. Ich bin nicht einmal ich selbst, oder …« Ich kämpfte gegen die Flut der Gedanken in meinem Kopf, aber die Wellen rauschten über mich hinweg. Ich fiel gegen die Röhre, meine Arme lagen quer drüber. Lilly streichelte mir den Rücken.

»Das tut mir so leid«, sagte sie leise. »So furchbar leid.«

Ich ließ mein Kinn auf die warme Glascheibe sinken.

Und ich weinte.

Kurze Weinkrämpfe schüttelten mich, meine Augen wurden heiß, meine Kehle war wie zugeschnürt. Ich schaute Elissas ruhiges Gesicht an, ein Gesicht wie meines, wie das meiner echten Mutter, eine Übereinstimmung, ein verlorener genetischer Code, der in mir wieder zum Leben erweckt worden war ... Sie beide waren an ihre rechtmäßigen Plätze zurückgekehrt, zurück in die Erinnerungen, aus denen sie entfernt worden waren, nun füllten sie wieder den Platz auf dem Sofa zwischen meinem Vater und mir, während wir Football im Fernsehen schauten, vor langer Zeit ... Alles um mich herum verschwamm.

»Owen«, sagte Lilly durch das Getöse der Maschinen hindurch. Ihre Hand lag noch auf meinem Rücken. »Wir müssen gehen. Ich weiß, dass das jetzt schwer für dich ist, aber wir müssen weiter, weg von hier.«

Ich lauschte dem Surren und Brummen der Kryo-Anlage durch das Glas von Elissas Behälter, ihrem Sarg. Ich hörte, was Lilly sagte, aber ich rührte mich nicht. Die Tränen waren wie Energie, die aus mir herauslief, das letzte bisschen, was noch übrig war, verschwand. Diese Hülle, die ausgenommen und verändert worden war – was davon war überhaupt ich?

Sie zog an meinem T-Shirt. »Wir müssen Leech holen und machen, dass wir hier rauskommen. Paul wird bald da sein. Wir müssen uns beeilen.«

»Ich …«, begann ich, aber ich konnte mich nicht von der Röhre lösen. Noch mehr Gedanken hämmerten auf mich ein. Wenn Paul das alles hier ausgelöscht hatte, ohne mir etwas davon zu sagen, was hatte er noch alles verändert? Was würde er mir offenbaren, wenn ihm der Augenblick günstig schien? Kam ich überhaupt aus dem Yellowstone Hub? War mein Name überhaupt Owen? Waren die alten Erinnerungen echt und diese neuen hier falsch? Hatte es vielleicht niemals eine Elissa gegeben – war *dieses* Mädchen eine Erfindung und meine schwesterlose Vergangenheit die Wahrheit? Hatte Paul sie heimlich hierhergebracht, damit sie nun entdeckt würde? Was war die Wahrheit? War irgendetwas davon echt? »Ich kann nicht.« Ich schluchzte noch mehr. »Ich kann nicht.«

»Owen …«

Aber, nein. Nein. Ich sackte zusammen. Fiel auf die Knie. Nahm meinen Kopf in die Hände. Ich konnte gar nichts tun. Ich konnte nicht weitermachen. Jetzt nicht mehr.

Du bist Owen aus dem Hub. Du hattest eine Schwester, und du wurdest eingefroren …

Sie springt auf mich drauf, wenn ich im Bett lese, aber Dad sagt, sie solle aufhören, weil dann die Wände zu sehr wackeln und es den Nachbarn gegenüber unhöflich ist.

Nein, die Betten sind leer, nur du und Dad, eine leere Mitte, sie waren nicht da, sie waren niemals da.

Sie sind da gewesen.

In der Ferne, weit weg von meinen geschlossen Augen, erklang ein lautes, zischendes Geräusch.

»Owen.« Lilly klang ernster als jemals zuvor. »Wir müssen gehen. Jetzt.« Sie zog an meinem Arm. »Hey!«

»Ich kann nicht«, murmelte ich. Es war alles zu viel.

Das bedrohliche Zischen um uns herum wurde stärker, und riesige Dampfwolken hüllten uns ein.

»Lass das.« Lilly packte meine Schulter. »Wir müssen gehen ...«

Aber ich schubste sie beiseite und stolperte rückwärts, fiel dann auf Hintern und Ellbogen. »Nein, ich kann nicht!« Tränenströme stiegen in mir auf, und ich hatte keine Ahnung, wie ich sie aufhalten konnte. »Ich weiß nicht einmal, wer ich bin oder was ich war oder irgendetwas!«

Lillys Gesicht verdüsterte sich. »Doch, das weißt du!« Sie machte einen Satz nach vorn und landete auf mir, mit gespreizten Beinen umklammerte sie meine Hüfte. Sie sah wütend aus, ihr Gesicht war hochrot.

»Ich weiß nicht, ich ...« Mein gesamtes Inneres schien wie ein wackeliges Regal in sich zusammenzubrechen, die Dinge auf den Brettern wirbelten durch die Luft und zersprangen auf dem Boden, wie bei einem Erdbeben damals im Hub ...

Es gab kein Hub – gab ...

Lilly gab mir eine Ohrfeige. Meine Wange brannte vor Schmerz. »Hör auf! Und hör mir zu!«, schrie sie über den Lärm hinweg. »Du bist Owen!« Sie durchbohrte meine Brust mit dem Finger. »DU bist das! Ich *kenne* dich, und du musst jetzt aufstehen und mit mir *fortlaufen!* Das musst du TUN!«

»Ich kann nicht, nur ...« Noch mehr Gedanken wirbelten in alle Richtungen. »Wie kann ich überhaupt wissen, ob du echt bist?«

Lilly ließ einen unterdrückten Schrei los, wie von einem Tier. Ihr Kopf sauste nach unten, und ihre Lippen drückten sich gegen meine. Unsere Zähne stießen zusammen. Ihre verschwitzte Stirn glitt über meine.

Unsere Nasen patschten gegeneinander. Als sie schließlich zurückwich, zerrte sie so heftig mit den Zähnen an meiner Lippe, dass meine Haut aufriss. »Glaubst du JETZT, dass ich echt bin? Hast du das eben GESPÜRT?«

Ich nickte nur.

»Das bist du! Und das bin *ich*. Nun stehst du mit mir auf, Owen, und hilfst mir, Leech zu tragen. Entweder kommen wir hier raus oder wir werden sterben, weil ich dich eher *umbringe*, als dich hier zurückzulassen! Hast du mich verstanden?«

Ihre Augen waren schwarz, Stürme fegten über ihre sonst so blauen Himmel. Ihr Oberkörper hob und senkte sich mit ihrem heftigen Atem. Der leuchtende Schädel aus dem Rucksack hatte eine Lichterkette um sie gelegt.

Und für einen kurzen Moment beruhigte sich der Wirbelsturm in meiner hohlen Mitte, der Sturm der Fragen verstummte; und ich erkannte eine Tatsache, so klar, so wahr, als ob ich ein Tor zur Unendlichkeit geöffnet hätte; ich war nichts, und wir waren alles, und eines wusste ich ganz genau.

»Ich liebe dich«, flüsterte ich.

Lilly starrte mich nur an. Ihre Augenlider zitterten. Tränen liefen ihr die Wange herunter. Sie schnitt eine Grimasse, als ob sie mich absolut hassen und am liebsten umbringen würde. Ich fragte mich, ob sie das tun würde – ich wusste es einfach nicht mehr –, als sie sich langsam über mich beugte und ihr verzweifelter Atem über mein feuchtes Gesicht spritzte, bis ihre Nasenspitze meine berührte und ihr Gesicht vor meinen Augen verschwamm, und sie wütend flüsterte:

»Wenn du mich wirklich liebst, dann komm jetzt schnell mit mir. Damit wir am Leben bleiben. Denn wenn du nur hierbleiben und sterben willst, dann hast du mich gerade angelogen, und ich werde dich bis in alle Ewigkeit hassen.« Sie starrte mich an wie ein Löwe, der seine Beute begutachtet.

Ich fühlte ihre Worte. Ich trank sie. Sie drangen tief in mich ein und brachten alles an seinen Platz zurück und ließen mich immer noch …

»Okay.« Ich stand auf.

Ich schüttelte den Kopf. Dann bemerkte ich, was um uns herum geschehen war. Die Kryo-Türen waren alle aufgegangen, und sämtliche Röhren, Hunderte von Röhren, waren herausgefahren. Endlose Reihen gläserner Särge.

»Hilf mir mit Leech«, sagte Lilly.

Gerade, als ich das tun wollte, erklang erneut ohrenbetäubendes Zischen und Klicken.

Der Deckel von Elissas Röhre sprang auf. Alle Deckel im ganzen Gebäude öffneten sich, damit die Körper in der feuchten Luft verrotten und von Fliegen und Aasgeiern heimgesucht werden konnten. Das hatte Paul wohl vorgehabt. Er wollte Victoria bestrafen, indem er ihr vormachte, wie leicht es für ihn war, diese Menschen zu töten, die sie versucht hatte, am Leben zu halten.

»Ich möchte sie nicht so hierlassen«, sagte ich und tat einen Schritt zu ihr … ja, sie war meine Schwester. Das wusste ich. Eine unverrückbare Tatsache, tief in mir drin verankert. Da war ihr Gesicht.

Wir beide mögen Erdnussbutter-Sandwich, aber sie ist komisch. Sie isst nur die Kruste, die Mitte lässt sie übrig.

»Owen …« Lillys Stimme klang besorgt.

»Ich weiß, dass wir gehen müssen«, sagte ich. Und ich wusste, was ich tun musste.

Ich sage ihr, dass das das Beste am ganzen Sandwich ist, aber sie meint, die Mitte sei zu matschig, da sei zu viel drauf.

Ich streckte den Arm aus und drückte den Daumen gegen ihre Wange. Sie war immer noch kalt, wie halb aufgetaut.

Den Weg zur Schule gehen wir zusammen, Mom bleibt ein paar Schritte hinter uns, und Elissa hängt sich an meine Fersen. Sie geht auf dem schmalen Betonrand des unterirdischen Aquädukts, und das nervt mich, das ist immer so ärgerlich, denn sie ist zu klein, und ich komme nur langsam voran, aber in erster Linie habe ich Angst, dass sie hinunterfällt und sich wehtut.

Ich male einen Kreis im Uhrzeigersinn.

Jeden Abend schläft sie vor mir ein, ihr kleines Gesicht wird vom grünen Licht des Generators erleuchtet, sie rührt sich nicht, und ich hoffe nur, dass sie die Nacht ohne irgendwelche Hustenattacken übersteht. Wenn sie nachts hustet, wache ich auf, und es bricht mir das Herz. Ich liebe sie. Meine Schwester. Ich habe sie immer geliebt.

Ich beugte mich über sie und schloss die Augen und küsste sie auf die Stirn. Sie war feucht. Sie roch nach Seife und Mehltau, wie das Badezimmer in Camp Eden. Wie die Höhlen im Hub, wenn der Schimmelpilz sich ausbreitete, im Frühling, vor so langer Zeit.

»Lebwohl, Schwester«, flüsterte ich.

»Oh nein.« Hinter mir hörte ich Lilly heftig atmen.

Ich hob den Kopf und öffnete die Augen …

Auch Elissa hatte die Augen geöffnet.

34

Sie lebt, war mein erster Gedanke. Sie ist zurück.

Ihre hübschen, braunen Augen.

Aber ihre Augen waren dunkel, das Weiß hatte sich eingetrübt, ein kohlefarbenes Grau, eine geronnene Flüssigkeit aus verkrustetem, trockenem, schwarzem Blut. Ihre Lider zuckten, die trüben Augen sausten hin und her ... Arme und Beine begannen sich zuckend auf und ab zu bewegen. Krämpfe. Noch mehr Bewegung.

Ich schaute auf. Ein Kopf erhob sich aus dem nächstliegenden Kryo-Behälter. Es war eine Frau mit verfilzten, blonden Haaren und einem blassen Gesicht. Ihre Bewegungen waren unkoordiniert, sie war noch dabei aufzutauen, aber sie wachte auf ...

Nein. Sie erhob sich.

Noch ein Kopf, noch ein Körper, alle erwachten, jeder einzelne über und unter uns. Überall erhoben sich Hunderte von Körpern aus ihrem Kälteschlaf.

»Was hat er getan?«, fragte Lilly heiser.

»Das ist ein Programm«, sagte ich. Francine hatte von einer *Software* gesprochen. Ersatz-Wahrnehmung.

Elissa setzte sich auf.

Ich starrte sie stumm und ungläubig an. Ihre Brust bewegte sich nicht. Sie gab keinen Laut von sich, einzig ihre kalten Glieder und ihre Kleidung begannen sich in wackeligen Bewegungen zu strecken.

Um uns herum hatten sich die Kryos aufgesetzt. Hälse reckten sich knirschend in alle Richtungen.

Elissas Augen sprangen mich förmlich an. Die grauen, trüben Augen. Ein Zittern durchfuhr sie, und sie runzelte die Stirn, ihr Mund zuckte, als ob alle Systeme wieder am Laufen wären, als ob die Techniker in ihr mehrere Schalter betätigen würden.

Sie hob den Arm. Mit ihren schwarz gestreiften Händen und langen Fingernägeln griff sie nach mir, die Schnörkel der schwarzen Adern auf dem Arm wirkten wie ein Tattoo der Äste eines Baums. Ihre Finger berührten meine Wange.

Und sie begann zu kratzen und zu graben. Die andere Hand hielt meine Arme fest, zog mich zu ihr hin.

Ich konnte mich nicht wehren, ich wusste nicht ... war sie am Leben? Aber nein, sie war tot gewesen. Das hier war eine Maschine, bloßes Funktionieren, aber nicht Leben.

Hände schlossen sich um meinen Hals. Immer enger. Nun lehnte sie sich zu mir herüber, aus ihrem geöffneten Mund kam ein seltsamer kehliger, saugender Laut, als Luft in lang verschlossene Ecken ihres Körpers drang. Das war kein Atmen, sondern reine Physik, doch es klang wie ein tiefer, hungriger Atemzug.

Zähne näherten sich meinem Hals. Meine Schwester. Damals in Yellowstone hatte ich sie aus den Augen verloren. Sie war in das unterirdische Loch gefallen. Nun sog sie Luft in kaputte Lungen ein, und das war meine Schuld, sie war hier, um die Rechnung mit mir zu begleichen ...

Nein! Ich musste die Realität im Blick behalten. Ich schloss die Augen und schob sie von mir weg. Mit ihren krallenartigen Händen zerriss sie mein T-Shirt, als ich mich von ihr losmachte. Sie schnappte mit den Zähnen nach mir, griff in die Luft, dorthin, wo ich gewesen war. Etwas von dem aufgetauten schwarzen Blut begann aus ihren Mundwinkeln herauszulaufen und tropfte auf ihr perfektes weißes Nachthemd. *Das ist nicht meine Schwester,* sagte ich mir. *Das ist eine Maschine, und sie ist darauf programmiert zu töten.* Ich wünschte, ich hätte das nicht gesehen, nicht erlebt, aber ich wusste bereits in jenem Moment, dass dieses Bild mich für immer verfolgen würde.

Ihre zuckenden Arme fassten die Seitenwände des Behälters, und sie begann sich selbst herauszustemmen.

Alle Körper kamen aus ihren Behältern. Victoria konnte Menschen durch den Tod befreien. Aber nun konnte Paul die Toten aufwecken.

»Wir müssen hier weg«, sagte ich. Ich fuhr herum, beugte mich nach unten und packte Leechs Arm. Lilly ergriff den anderen. Glücklicherweise war er klein, wir nahmen ihn in unsere Mitte, jeder legte sich einen Arm über die eigene Schulter, dann rannten wir zur Treppe.

Aus allen Richtungen dröhnten dumpfes Schlagen und Knallen. Inmitten der feuchten, von orangefarbenen Blitzen durchbohrten Dampfwolken stiegen Körper aus den Behältern. Viele stolperten auf wackeligen Beinen, und wenn sie zu Boden stürzten, klang das, als würde kaltes Fleisch auf die Tischplatte klatschen. Halb aufgetaute Körper, die wiederbelebt und in die Welt entlassen worden waren. Und obwohl sie ausrutschten und hinstürzten, gegen die Wände prallten, konnte ich sehen, wie sie sich langsam zu orientieren begannen und ihr leerer Blick sich den Treppen zuwandte. Einzeln waren sie wirkungslos, aber alle zusammen waren sie eine große Welle; sie kamen aus allen Richtungen, und wir waren ihnen nur ein kleines Stück voraus.

Wir gelangten zur Treppe. »Ich hab ihn«, sagte ich und zog Leech von Lilly fort. Sie flitzte vor mich. Als ich mich umdrehte, sah ich auf der anderen Seite des Stegs eine Menge auf uns zutaumeln, allen voran, klein und zart und krank, Elissa. *Nicht Elissa,* sagte ich mir wieder. Verzweifelt versuchte ich das zu begreifen, während immer mehr Erinnerungen zurückkamen, noch mehr schöne Bilder von meiner Schwester, die ich längst vergessen hatte.

Ich hievte Leech die Treppe hinunter. Dann nahm ihn auch Lilly wieder unter, und wir rannten zu den Glastüren.

Ich hörte das Rutschen und Kratzen von Füßen, Händen, die gegen die Wände schlugen. Und dieses merkwürdige kehlige Lufteinsaugen, das Atmen der toten Körper.

Wir waren durch die Tür und schlossen sie hinter uns.

»Gibt es ein Schloss?« Lilly suchte die Türen genau ab.

Bums! Die erste Kryo lief geradewegs in die Glastüren, als ob sie nichts von ihnen wüsste. Eine Frau mittleren Alters, ein knochiger Körper unter dem schief an ihr herunterhängenden Krankenhausnachthemd, rot gefleckte Augen und verbrannte Haut. Sie stolperte rückwärts, ging wieder auf die Tür zu und begann dann, mit dem Kopf gegen das Glas zu schlagen. Immer heftiger.

»Ein Schloss wird nicht genügen«, sagte ich.

Immer mehr Kryos erreichten die Glasfront, schlugen dagegen und versuchten hindurchzubrechen. Ein stetes Donnern dumpfer Schläge, das rote Flecken auf dem Glas hinterließ.

Während wir den Flur hinunterrannten, hörte ich Glas splittern, und dann krachte es laut, als die Scheibe zerbarst.

Wir stürzten nach draußen. Ein prasselndes Geräusch schloss uns ein. Regen strömte durch ein Loch im Dach. Überall ergossen sich Wasserfälle.

»Verflucht«, sagte Lilly. Ich folgte ihrem Blick. Francine und Emiliano waren verschwunden. Sieben war verschwunden. »Sie haben sie. Ich hätte wissen müssen, dass sie nutzlos ist!«

»Das ist egal«, sagte ich. »Wir müssen zurück in die Stadt, Victoria warnen. Sie hat keine Ahnung.«

»Ja.« Lilly huschte schnell um das Gebäude herum und kam mit ihrer roten Tasche zurück. »Kannst du das tragen?«

»Hab's.«

Als hinter uns ein Knall ertönte, sprangen wir erschrocken auf. Ich blickte mich um, die Kryos schlugen gegen die Türen. Ein großer, alter Mann, der überall Verletzungen hatte, ein kleiner Junge, ein Teenagermädchen versammelten sich und gingen geradewegs auf das Glas zu. Ihre Haut war noch blau gefleckt, ihre Augen waren leer, aber auf uns geheftet.

Wir liefen durch die Stadt zurück in den pechschwarzen Dschungel. Der Regen war sintflutartig, und wir waren im Nu vollkommen durchnässt. Wir stolperten den dunklen, geschlängelten Pfad entlang, eine verschwommene Wasserlache, eine riesige Schlammpfütze. Auch mit Leech waren wir immer noch schneller als die wankende Horde hinter uns, und bald war von ihrer schlurfenden, Schlamm spritzenden Verfolgung nichts mehr zu hören. Eine Zeit lang lauschten wir dem Regen, der auf die Blätter prasselte, und dann ertönten auch schon die Trommeln auf dem Platz, wo die Vorbereitungen der *Nueva-Luna*-Feierlichkeiten weiter voranschritten.

Meine Brust war feucht. Leechs Blut war durch mein T-Shirt gesickert.

»Du wirst wieder gesund«, sagte ich zu ihm.

»Nnn«, stöhnte er schwach.

Wir erklommen den Hügel zwischen Eden Süd und Desenna. Ich schaute auf die Kuppel zurück. Durch die rissige Decke hindurch sah ich das unheilvolle orangefarbene Licht der Kryo-Anlage im Inneren flackern.

Vor uns erhob sich im Regen die Skyline von Desenna, erhellt von blinkenden Lichtern und leuchtenden Fackeln. Die Trommeln waren laut, schlugen im Takt zum blechernden Echo der Musik.

Und dann explodierte alles.

Ein riesiges Feuer zog an uns vorüber …

Eins … zwei … sagt Mom, während sie die Sekunden zwischen den Donnerschlägen zählt. Elissa bekommt Angst, wenn sie das tut …

Die Kraft der Explosion streckte uns zu Boden. Ich nahm einen Moment überhaupt nichts mehr wahr, kein Geräusch, keinen Atem, aber dann drang die Welt wieder zu mir vor. Ich rappelte mich hoch und sah eine Reihe weißer Lichter über die nun schwelende Hinterseite des Hauptgebäudes herabschießen. Hubschrauber. Sie flogen im Bogen über unseren Köpfen. Trockengewitter blitzten und erledigten zwei Hubschrauber, aber es blieben noch mindestens fünf übrig.

»Neuer Plan«, sagte ich. »Wir gehen zum Schiff und hauen sofort ab.«

»Ist es immer noch auf der Pyramide?«, fragte Lilly. »Die gerade von Raketen beschossen wurde?«

»Ja.« Ich blickte in die Richtung. Die Pyramide war in

Rauch und Flammen versunken. »Wir müssen es versuchen.« Wenn es eine Sache gab, deren ich mir sicher war, dann, dass ich immer noch fliegen konnte. Wenn das Schiff zerstört worden war, dann … Ich wollte nicht darüber nachdenken.

»Okay«, sagte Lilly. Sie warf einen Blick über die Schulter. Auch ich hatte das gehört. Schleppende, patschende Schritte.

Wir rannten auf die Stadt zu. Statt der Musik waren nun Schreie und verwirrte Rufe zu hören.

Die Hubschrauber kamen für eine weitere Runde zurück, sie wichen den Trockengewittern aus und feuerten Geschosse ab, Lichtstrahlen schossen in hohem Bogen in das Herz von Desenna und erzeugten noch mehr Rauchwolken und Brände, noch mehr den Atem raubende Druckwellen.

Die Hubschrauber drehten ab und verschwanden über den Bäumen. Ihnen folgten keine Trockengewitter mehr.

Wir kämpften uns zügig weiter durch die feuchte Dunkelheit, die nun von beißendem Rauch erfüllt war. Endlich erreichten wir das Tor. Ein Haufen Trümmer und verbogenes Metall.

»Scheint, als hätten sie einen Durchgang für ihre Kryo-Armee freigeräumt«, sagte Lilly.

Mit Leech im Schlepptau bahnten wir uns langsam einen Weg über die durchweichten Trümmer. Im Dschungel hatte er mit uns einen Fuß vor den anderen gesetzt, aber nun hingen seine Beine schlaff herunter. Mir fiel auf, dass sein Gesicht erschreckend weiß geworden war.

»Bist du noch bei uns?«

Er hustete schwach.

»Komm, wir tragen ihn«, sagte Lilly und griff mit den

Armen unter seine Schultern. Ich nahm die Beine und wir strauchelten über die Trümmerteile. Es war schwer, dort entlangzugehen. Ich rutschte aus, rammte meinen Fuß in einen Bodenspalt, zerkratzte mir den Vorderarm an einer zerbrochenen Steinplatte. Als wir endlich über den Schutt hinweg waren, hatte mein Krampf wieder angefangen, sich zusammenzuziehen …

Das war kein Zwerchfellbruch. Es war eine Operation an der Milz. Mein Leben ist eine einzige Lüge …

Ich schüttelte die Gedanken ab. Später. Ich würde mich später damit auseinandersetzen, und es würde schrecklich werden, aber jetzt …

»Hey, komm mal hierher«, sagte Lilly und schaute hinter uns.

Ich drehte mich um und sah die ersten Gestalten – graue Haut, nasses Haar und weiße, mit Schlamm verschmierte Nachthemden – aus den Schatten auftauchen. Wir legten uns wieder Leechs Arme über die Schultern und rasten durch die Straßen auf den Hauptplatz, vorbei an einem Strom panischer Menschen, die nach Hause flüchteten. Ich wollte die Menschen warnen, vor dem, was auf sie zukam, aber mir fehlte die Stimme und die Kraft dazu. Sie würden es selbst herausfinden müssen.

Auf dem Hauptplatz herrschte Chaos. Die Häuser rundherum waren von Raketen getroffen worden, und in den Café-Bereichen spielten sich inmitten der Flammen blutige Szenen ab. Die Menschen stürzten wild in alle Richtungen. Viele trugen feierliche Gewänder und hatten sich für das Freudenfest des strahlenden Lebens bunt geschminkt, aber nun waren sie mit Blut und Staub verschmiert.

»Die Drei!«, rief jemand, während wir vorübergingen,

so als ob wir die Hoffnung zurückbringen würden, wo wir doch einen Ansturm des Grauens anführten.

Ich sah zum Himmel hinauf. »Keine Hubschrauber mehr zu sehen.«

Lilly warf noch einmal einen Blick zurück zum Tor. »Im Augenblick warten sie nur ab«, sagte sie atemlos, »lehnen sich entspannt zurück und sehen sich die Show an.«

Wir umrundeten einen eingestürzten Steinhaufen, wo verletzte Menschen schreiend am Boden lagen, Ärzte eilten herbei …

Meine Mutter war Ärztin. NEIN, das war nicht sie! War meine echte Mutter Ärztin? Früher einmal gewesen?

Schließlich gelang es uns, bis an die Türen der Pyramide vorzudringen. Dort standen Wachposten und beobachteten mit weit aufgerissenen Augen den Himmel.

»Behaltet den Platz im Auge!«, rief Lilly ihnen zu. »Und macht euch bereit. Alle aus der Kryo-Anlage kommen hierher!«

Die Wachen sahen uns verwirrt aus ihren schon mitgenommenen Gesichtern an, aber wir huschten an ihnen vorbei nach drinnen und dann die breite Treppe hinauf. Oben wurden wir von Soldaten, die in einem Haufen Schutt gruben, angehalten. Der Gang zur Zentrale war blockiert. Schwarzer Rauch stieg in dicken Schwaden auf.

»Ist er getroffen worden?«, fragte ich.

Ein Soldat wandte sich mir zu. »Beim zweiten Angriff. Wir können von keiner Seite dort hinein. Und wir haben nichts von drinnen gehört …«

Lilly schaute an mir vorbei. Die Treppe, die zum Dach der Pyramide führte, war frei. Ich nickte ihr zu, und wir eilten die Stufen hinauf.

Meine Beine schmerzten höllisch wegen der zusätzlichen Last, Leech zu tragen. Wir gelangten in den nach oben offenen Gang, gingen an allen blutigen Handabdrücken vorbei die letzte Treppe hinauf und standen dann draußen auf der Plattform.

Vor unseren Augen lag die Stadt, eine Hölle aus Feuer, Rauch und Regen. Wolken in unserem Rücken, herbeigeweht von einer salzigen Meeresbrise, schoben uns vorwärts und brachten uns zum Husten. Über uns krachte der Donner. Unter uns drängten sich die Massen, lautes Rufen, unterbrochen von spitzen Schreien.

Die linke Ecke der Plattform war nicht da, als ob man an der Stelle hineingebissen hätte. Der Krater reichte bis zu dem Opferstein, von dem die Hälfte weggesprengt worden war.

Die andere Seite der Plattform, wo sich mein Schiff befand …

Es war noch da. Das blaue Licht des Gefährts schimmerte wie gewöhnlich. Im Bug waren Taschen mit Proviant verstaut, für unsere Abreise am nächsten Tag stand alles bereit. Nur einen Meter hinter dem Bug war das Dach bereits zerstört.

»Ich würde ja nicht sagen, dass wir viel Glück haben«, sagte Lilly, »aber das ist ziemliches Glück.« Ihre Stimme überschlug sich, als ob sie jetzt schon beim Anblick des Schiffs in Tränen ausbrechen würde.

Wir legten Leech in das Gefährt und ließen auch unsere Taschen da. Dann hörten wir ein neues Geräusch, ein kurzer, schockierter Aufschrei unter uns. Ich spähte über den Rand der beschädigten Plattform. Die Kryos schwärmten auf den Platz, sie bewegten sich jetzt schneller, ihre Körper waren aufgetaut, warm, und sie griffen Desenna an, ohne zu zögern, ohne nachzudenken, ohne

Angst. Hin und wieder konnte ich etwas in diesem Chaos erkennen, Ziehen und Zerren, Blut und Kampf – und ich wünschte, ich würde all das nicht sehen. Zweifelsohne betrachtete die Masse der Kryos die Umstehenden nur als ein Hindernis auf dem Weg zu uns. Paul hatte sie genau auf Victoria ausgerichtet.

»Zeit, endlich wegzufliegen.« Ich überprüfte das Gefährt. Auf dem Boden hatten sich Pfützen gebildet, aber der Mast war offenbar in Ordnung, der Vortex-Motor war voll aufgeladen, und ich fühlte mich endlich wieder am richtigen Platz. Das hier war ich. Ich konnte fliegen. Wir würden es schaffen.

Die Schreie unter uns wurden lauter und dringender. Die Wachposten am Eingang der Pyramide gaben Schüsse ab, kurz darauf hörte man Glas splittern.

Ich untersuchte die Segel und merkte, dass sie geflickt worden waren. »Alles ist bereit, um loszufliegen. Danke, Victoria.«

»Bedank dich lieber noch nicht bei mir.«

Als wir uns umdrehten, sahen wir Victoria, der Mica die Treppe hinaufhalf. Sie trug ihr Kostüm: das purpurrote Gewand, das Gesicht jadegrün geschminkt, einen goldenen Sonnenkranz auf dem Kopf. Sie hinkte und ihre freie Hand hielt sie an die Brust gedrückt. Mica führte sie über die Plattform, dorthin, wo der große Stuhl für die Zeremonie umgestoßen auf dem Boden lag. Für einen Moment ließ er sie los. Sie schwankte auf der Stelle, während er den Stuhl aufrichtete und sie dann behutsam hinüberführte.

Dort saß sie und versuchte, wieder zu Atem zu kommen, ihre Augen wanderten langsam über das Feuer und den Rauch, die Ruinen.

Aus den Gängen der Pyramide drangen gedämpfte

Gewehrschüsse. Mica ging zum oberen Treppenende zurück, nahm ein Gewehr von seiner Schulter und beobachtete misstraurisch die Türen.

»Das war Paul, oder?«, fragte Victoria schwach.

»Ja«, sagte ich.

Victoria nickte langsam. »Passendes Wetter.« Dann brach sie in Gelächter aus, aber es ging gleich in einen heftigen, feuchten Husten über. »Er glaubt, er macht uns seinen Standpunkt deutlich, indem er uns zeigt, wieviel Kontrolle man erlangt, wenn man *nur eine Vision hat*. Das würde er wohl sagen.«

Sie hustete wieder, ihr ganzer Körper schüttelte sich. »Er denkt wahrscheinlich, dass ich den Verlust meines Königreichs beklage, wenn ich hier sitze und weine, während ich zusehe, wie alles in Blut und Feuer untergeht.«

»Es tut mir leid«, sagte ich. Und ich fühlte wirklich mit ihr. Sie war unendlich viel menschlicher als Paul.

»Das muss es nicht«, sagte Victoria. »So hat es immer geendet. Jede Zivilisation ist immer nur ein Versuch, die bestmögliche Annahme, gemessen am Zeitpunkt, den ökologischen Bedingungen und dem Wetter. Und kein Versuch ist perfekt, es schießen alle nur ins Blaue hinein, und alle enden mit einer großen Überschwemmung. Die Flut, die die Menschen verschlingt, wird aus ihrer eigenen dunklen Begierde geboren. Das hier ist nichts anderes.« Sie seufzte. »Wir können nur hoffen, dass der kleine Schritt, den wir getan haben, die nächste Zivilisation dem Göttlichen näher bringt. Dann wird die Menschheit eines Tages über sich selbst hinauswachsen.«

Victorias Augen richteten sich auf mich. Regentropfen verwischten ihre grüne Schminke. »Deine Mutter hat mich in meiner Kammer gefunden. Sie hat mir ein

Messer in den Rücken gestoßen und den Schädel mitgenommen. Sehr schlau. Paul war schon immer der Schlaueste. Mica hat mich gefunden, kurz bevor der Angriff losging. Wenn ich in der Zentrale gewesen wäre, dann wäre ich wahrscheinlich jetzt schon tot.« Sie hustete, hielt sich die Hand vor den Mund und blickte dann darauf. Sie streckte uns die Handinnenfläche hin, alles rot. »Lustig«, sagte sie. Wasser schwemmte das Blut in Bächen ihren Arm hinunter.

»Den Schädel haben wir wieder«, sagte ich.

Noch mehr Schüsse in unserem Rücken und das Splittern von Glas ganz in der Nähe.

»Mutter«, warnte Mica. »Wir müssen gehen.«

Victoria ignorierte ihn. »Du hast den Schädel«, sagte Victoria. Sie hustete. Roter Schleim. »Das ist ein Glück. Und wisst ihr, was mit unserer lieben Sieben passiert ist? Als ich sie das letzte Mal gesehen habe, lief sie schmollend in der Zentrale umher und hat ihre Angst mit der Pille vertrieben.«

»Ich bin hier, Mutter.« Sieben kam die Treppe heraufgeschlendert. Sie hatte schlimme Prellungen im Gesicht, wahrscheinlich hatten Francine und Emiliano sie geschlagen, und lange Schnittwunden an den Armen sowie einen dunklen Fleck am Hals; vielleicht waren das die klauenartigen Hände der Kryos gewesen. Dennoch hatte sie ihr weißes Heliad-Kleid angezogen, auf dem Kopf trug sie die Tiara, und sie hatte sich mit dem Glanzpuder bestäubt, sodass sie im Licht des Feuers wie ein vom Himmel gefallener Stern glitzerte. Sie machte schnell einen Bogen um Mica und überquerte auf wackeligen Beinen die Plattform.

»Sieh mich an«, sagte sie. »Ich habe mich für das große Ereignis umgezogen. Obwohl ich keinen Anteil daran habe. Die ganze Arbeit, nur um letztlich vom krönenden Abschluss ausgeschlossen zu werden.« Ich erhaschte einen Blick ihrer umherirrenden Augen, schlimmer noch als zuvor, als ob sie noch mehr Pillen geschluckt hätte.

Es brach mir das Herz, Sieben so zu sehen, trotz aller Gedanken, die auf mich einstürmten. Ich erinnerte mich an ihre Geschichte, wie sie aus dem Leben gerissen worden war und nun keiner Zeit mehr angehörte. Ich kannte dieses Gefühl selbst nur zu gut. Vielleicht konnten wir sie mit aufs Schiff nehmen. Lilly würde dagegen sein. Und sie könnte recht haben. Aber dennoch ...

Sieben wankte, und als sie die Hände in die Luft streckte, um das Gleichgewicht wiederzufinden, sah ich, dass sie das große, schwarze Messer bei sich hatte. Sie richtete sich auf und begann, das Messer vor sich in der Luft zu schwenken. Blut und Wasser liefen an ihren blassen Armen und am Hals herunter und sammelten Glitzerstaub in schimmernden Bächlein.

Während sie zum äußersten Rand des zersprengten Kraters ging, beobachteten wir sie wie gebannt. Sie schien geradewegs ins Leere zu laufen, beugte sich vor ...«Dort unten wird heute Abend viel Göttliches demonstriert«, sagte sie düster. Dann drehte sie sich um, trat hinter Victorias Stuhl und lehnte sich benommen dagegen. Fast machte es den Eindruck, als seien sie und Victoria ein Team.

»Ich bin froh, dass du hier bist, Sieben«, sagte Victoria.

»Das weiß ich, geliebte Mommy, aber ich habe eine Überraschung für dich.«

Victoria hustete, aber obwohl sie starke Schmerzen hatte, klang sie verärgert, als sie sprach: »Und die wäre?«

Sieben hob das Messer und schwenkte die Spitze in der Luft, Wasser- und Blutstropfen flogen umher. Victoria zuckte zusammen, und Mica ging in Habachtstellung, aber Sieben richtete das Messer auf uns. »Sie ist das Medium.«

Victoria rührte sich nicht, aber ihre Augen verrieten aufrichtiges Erstaunen. »Wirklich.« Sie versuchte, zu Sieben aufzublicken, die Bewegung schien ihr wehzutun. »Du …«

»Ich bin nur das Mädchen, das vor langer Zeit gestorben ist«, sagte Sieben. Sie kicherte ein bisschen. »Ich war überhaupt nie hier.« Sie schwankte, als würde sie jeden Moment vornüberfallen. Das Messer beschrieb unstete Kreisbewegungen in der Luft.

Heftiges Knallen ertönte jetzt, ganz nah. Mica rief in den Gang mit den Handabdrücken hinunter: »Haltet die Position!« Erstickte Schreie und noch mehr Schüsse drangen zu uns, aus nächster Nähe. »Mutter«, sagte Mica. »Schnell.«

Wieder ignorierte Victoria ihn. Sie blickte zu uns. »Also ihr drei dort, *ihr seid* die Drei.«

»Ja«, sagte ich. »Hör mal, ich kann euch alle hier rausfliegen, zumindest weit genug weg von diesen Hubschraubern …«

»Das wird nicht nötig sein«, sagte Victoria.

»Warum …«

»Sie wird dich töten«, platzte Sieben plötzlich heraus. »Kapierst du das denn nicht?« Sie lachte hoch und schrill. »Das hat sie schon die ganze Zeit geplant. Hattest du doch, oder Gütige Mutter?«

Victorias Blick ruhte auf uns. Dann zuckte sie die Achseln. »Nicht, bevor ihr weggeflogen wärt, aus dem Blickfeld der Menschen verschwunden. Ich hätte euch ungefähr fünfzig Kilometer weit Richtung Süden kommen und euch dann erst von den Drohnen abschießen lassen.«

»Was sagst du da?«, fragte ich. »Warum?«

»Das ist so *offensichtlich*«, sagte Sieben. »Mutter, die große Regisseurin ist am Werk.«

»Ich nehme mal an, dass dieser Junge dir das verraten hat«, sagte Victoria mit einem Blick zu Sieben. »Du hast ihn um den Finger gewickelt, und er war in der Lage, dir diese Information zu besorgen.«

»Nico«, sagte Sieben. Mit der Messerspitze malte sie ein kleines Herz in die Luft. »Lieber Nico.«

»Er ist sicher tot, da unten in der Zentrale«, sagte Victoria.

Sieben hörte auf, in der Luft zu malen. »Ach so.« Sie richtete ihre verdrehten Augen auf mich. »Regel Nummer sechs: Ohne die Gottgleichen kann Paul Atlantis nicht finden.«

Glaub ja nicht, du weißt, was die Mutter denkt, hatte sie gesagt.

»Traurig, aber wahr. Ihr wärt aus meiner Geschichte geflogen, meine Leute wären zufrieden gewesen, dann hätte ich die Gefahr, die ihr für die Welt darstellt, beendet. Ohne euch kann Paul den Pinsel der Götter niemals finden.«

Ich fühlte, wie mich die letzten Kräfte verließen. Nach alldem hier … Wir waren von Anfang an dem Tode geweiht.

»Aber ich weiß nicht, ob er uns überhaupt braucht«, sagte Lilly. Ich sah, wie sie langsam den Rucksack von der Schulter nahm. Sie wollte den Schädel holen und sein Licht abfeuern, sie redete, um Victoria hinzuhalten …»Sie haben auf Leech geschossen, obwohl er einer von uns ist.«

Lautes, dumpfes Knallen brach los, und dann splitterte Glas. Die gedämpften Schreie waren nun ganz nah. Schüsse waren zu hören. Als Antwort feuerte Mica drei Salven in den Gang hinunter. »Wir müssen gehen, Mutter!«, rief er.

»Okay, okay. Owen, Lilly, es tut mir leid, aber der Zeitpunkt ist gekommen, dass ihr euch als Freiwillige zur Verfügung stellt, zum Wohle aller anderen!« Sie nickte Mica zu.

Sein Gewehr schwang zu uns herum …

Lilly hatte den Schädel noch nicht aus dem Rucksack bekommen, aber ich sprang auf sie zu und zog sie in das Gefährt.

Als ich auf den Boden fiel, hörte ich Sieben schreien: »Ein strahlendes Leben!«

Ein lautes Knirschen war zu hören, gefolgt von einem erstickten Keuchen, dann das Knallen von Gewehrkugeln. Ich schärfte meine Sinne und rechnete damit, dass sie das Gefährt treffen würden, aber das geschah nicht.

Als Lilly und ich den Blick hoben, sahen wir Mica quer über die Plattform auf Sieben zielen, die mit leeren und hoch erhobenen Händen vom Stuhl fortwankte. Ihr ganzes Kleid war rot. Das Messer für die Feierlichkeiten steckte in Victorias Brust.

Sieben stolperte auf den Dachrand zu.

»Sieben!«, rief ich, aber aus dem Augenwinkel erkannte ich, dass Mica sein Gewehr wieder auf uns gerichtet hatte.

»Hol sie«, sagte Lilly. Den schimmernden Schädel in den Händen sprang sie auf und flüsterte uralte Töne. »*Quii-Farr-saaan …*«

Weißes Licht strömte gleichzeitig aus dem Schädel

und aus Lilly, es schien aus ihren Augen und ihrem Mund zu kommen. Heftiger Wind brachte Mica ins Wanken, als er sein Gewehr abfeuerte, und die Kugeln flogen weit durch die Luft. Lilly verließ das Gefährt und ging auf ihn zu, die Haare wild zerzaust. Mica stolperte rückwärts, der Wind war stürmisch, das Licht gleißend.

Als ich mich umdrehte, sah ich Sieben am äußersten Rand der Plattform mit den Zehen über dem Abgrund stehen.

»Vorsicht!«, rief ich und lief zu ihr hinüber.

Sie schwankte auf der Stelle, den Blick auf die Brust gerichtet, auf das Blut, das in ihr Kleid sickerte, dann sah sie auf den Platz weiter unten. Sie drehte sich zu mir um. »Claire.«

»Was?«

»Das war mein nicht göttlicher Name. Nur Claire.« Sie lächelte mich an. »Zeit zu fliegen.«

Ich trat näher und streckte meine Hand aus. »Richtig. Lass uns gehen.«

Sieben schüttelte traurig den Kopf. »Ich gehe nicht mit dir. Dritte Möglichkeit.«

»Dritte ...« Ich wusste nicht, was sie meinte ... aber dann fiel es mir ein.

Ihr Lächeln verschwand, sie hatte die Augen fest auf mich gerichtet. »Mach's gut, Flieger.« Sie breitete die Arme aus.

»Warte!« Ich machte einem Satz auf sie zu. Meine Finger streiften den Stoff ihres Kleides, aber sie sprang vom Rand und stürzte außer Sichtweite.

Ich starrte auf die Stelle, wo sie eben noch gestanden hatte. In der Ferne hörte ich einen dumpfen Aufprall.

»Komm zurück!«

Ich drehte mich um. Micas Ruf kam von der Treppe,

Lilly leuchtete dort hinunter. Ich hörte Schüsse, wütend ausgestoßene Befehle und dann einen angsterfüllten Schrei.

»Sie sind hier!«, rief Lilly. »Wir müssen gehen!«

Ich rannte schon auf das Gefährt zu, da fiel mein Blick auf die im Stuhl zusammengesackte Victoria. Sie fuchtelte mit den Händen am Hals herum und starrte mich mit weit aufgerissenen Augen an. Ihr Mund bewegte sich, als ob sie etwas sagen wollte, aber es kamen nur erstickte Laute heraus. …

Nun schaute ich zu Lilly. Sie schien die Angreifer zurückhalten zu können. Ich lief zu Victoria hinüber, die sich gerade eine Kette vom Hals gezogen hatte. Eine Halskette mit einem antiken Medaillon. Mit der Hand langte ich um den Griff des großen Messers herum, zerrte ihr das Medaillon aus den Fingern und ließ es aufschnappen. Drinnen lagen zwei Pillen. Ich bemerkte, wie Victoria mich ansah. Ich nahm die Pillen in meine Hand.

Doch zuerst brauchten wir noch einige Informationen. »Was weißt du über die Aufsteigenden Sterne?«, schrie ich sie an. »Was macht Paul da?«

»Ich …«, krächzte sie. Ihr Mund bewegte sich immer noch, Blut tröpfelte aus den Mundwinkeln, aber sie brachte keinen Ton mehr hervor. Sie schaute zum Himmel hinauf und hustete noch mehr Blut aus.

»Owen!« Lilly ging rückwärts auf das Schiff zu. »Beeil dich!«

Die zuckenden Kryos bahnten sich ihren Weg die Treppe herauf. Frauen, Männer, Kinder, Alte und Junge, einige hatten blutverschmierte Münder, andere Einschusslöcher von wirkungslosen Kugeln. Unermüdlich kämpften sie gegen Wind und Licht an.

Ich schaute zurück, Victoria streckte die Arme nach mir aus, ihre Finger griffen nach der Hand, in der ich die Pillen hielt. Ihre Finger …

Ich presste die Pillen gegen ihre blutigen Lippen. »Eins müssen wir noch erledigen«, sagte ich. Mit beiden Händen packte ich den nassen Griff des großen Messers und zog. Es löste sich mit einem Knirschen. Victoria rang nach Luft. Sie blickte erst auf das Messer und dann auf mich.

»Zeit, sich freiwillig zu melden«, sagte ich. Ich packte ihre rechte Hand und drückte sie fest auf die Armlehne.

Das Messer in meiner Hand zitterte, als ich es senkte, und ich glaubte, ich könnte das nicht tun, aber dann fiel mir ein, was Leech gesagt hatte: Paul würde niemals zögern, uns zu töten, er würde mir meine Erinnerungen wegnehmen, meine Schwester daraus löschen, um sie dann von den Toten auferstehen zu lassen und auf mich zu hetzen. Victoria würde nicht zögern, uns zu erschießen, um ihr Volk zu retten …

Und nach allem, was wir durchgemacht hatten … würde ich auch nicht mehr zögern.

Ich senkte das Messer auf die Wurzel von Victorias kleinem Finger herab, und die schwere, gezackte Klinge bohrte sich in die Haut. Noch einmal blickte ich zu Victoria. Die Pupillen ihrer großen Augen begannen hin und her zu irren, aber sie versuchte nicht mehr, ihren Arm zu befreien. Sie schloss die Augen.

Ich drückte das Messer nach unten und begann, vor und zurück zu sägen. Ein reißendes Geräusch war zu hören, und Victoria entfuhr ein schwaches, schrilles Stöhnen.

Als ich mein Werk vollendet hatte, warf ich das Messer fort und unterdrückte das Bedürfnis, mich zu übergeben. Dort lag der Finger, ein wenig gekrümmt, von Regentropfen und sickerndem Blut bedeckt – und in ihm versteckt der Barcode, der uns noch nützlich sein konnte. Ich schnappte mir den Finger, er war warm in meiner Hand, steckte ihn in meine Hosentasche und stand taumelnd auf.

Noch einmal schaute ich Victoria in die Augen. »Ein strahlendes Leben«, sagte ich und rannte zum Schiff.

»Okay, hauen wir ab!«, rief ich. Lilly war fast bei unserem Gefährt angelangt. Ihre Schultern sackten zusammen, das Licht und der Wind erloschen. Sie sprang hinein. Ich trat auf die Pedale. Gerade als die Kryos auf die Plattform strömten, stiegen wir in die Luft.

Aber sie waren schnell, viel schneller als zuvor. Hände klammerten sich an die Schiffswand und zogen uns seitlich zu Boden. Kaputte Hände, deren Haut vom Zertrümmern der Glastüren und Zerren an Menschen und Kryos zerfetzt war.

Ich schnappte mir die nasse Segelleine, rammte meine Füße auf die Pedale, und wir flogen in einer scharfen Rechtskurve über den Rand der Pyramide. Das Gefährt ruckte, und wir wurden wieder nach links gezogen. Es war ein Junge, vielleicht zwölf Jahre alt, er hing an der Seitenwand, die Ellbogen über den Rand gebeugt. Der Blick seiner blauen Augen war verschleiert, einst hatte er ein feines Gesicht und gewelltes schwarzes Haar gehabt. Er knirschte mit seinen blutbefleckten Zähnen, streckte die Hand nach mir aus und bekam mein T-Shirt zu fassen.

Ich schreckte zurück und trat ihm, so fest ich konnte, mit dem Fuß ins Gesicht. Er stürzte ins Leere. Ich fragte mich, ob auch er ein Kandidat gewesen war. War auch er, wie ich, Träger dieser verfluchten Gene? Hatte man ihm versprochen, dass er in einer besseren Zukunft aufwachen würde, dass er helfen würde, die Welt zu retten?

Ein gellender Schrei. Ich blickte mich um. Auf der Plattform belagerte die Horde Victoria wie ein Insektenschwarm.

Immer mehr Kryos kamen die Treppe herauf und gelangten an das Ziel ihrer Reise. Ihre Programmierung schien hier zu enden, und abgesehen von denen, die sich um Victoria scharten, liefen sie nur stumm umher und stießen gegeneinander.

Während wir höher stiegen, schüttelten Wind und Regen das Gefährt heftig hin und her. Riesige Rauchschwaden verdunkelten die Sicht, aber ich erhaschte noch einen letzten Blick. Dort, mitten in den Kämpfen, sah ich zum letzten Mal ein kleines Gesicht auf dem Dach der Pyramide, erleuchtet vom Feuer der brennenden Stadt: Elissa.

Meine Schwester, leer und verseucht, tot, aber auferstanden – in meinen Gedanken und auch in einer dunklen Welt voller Grausamkeiten, Grausamkeiten von Göttern wie Paul.

Eine übel nach Feuer und Tod riechende Windböe erfasste die Segel, und wir flogen schnell davon. Ich reckte den Hals, blinzelte durch den Regen und sah Elissa aus meinem Blickfeld verschwinden. Aufrecht stand sie inmitten der wogenden Menge im Rauch, und wieder war sie für mich verloren.

In hohem Bogen flogen wir über die Stadtmauern, durch den Wirbelsturm über den schwarzen Dschungel, fort von Desenna. Ich führte uns aus dem Gewitter und steuerte die Küste entlang. Unter uns malten die Wellen wunderschöne Schaumgebilde auf den glänzenden Sand, über uns glitzerte der Sternenhimmel.

»Hey.« Lillys Hand landete auf meiner Schulter, und in dem Moment fühlte ich mich dem Zusammenbruch nahe.

»So geht das«, sagte ich, während ich ihr zeigte, wie sie die Pedale und die Segelleinen handhaben musste.

»Ich habe dich dabei beobachtet«, sagte sie. »Ich krieg das in den Griff. Nach Süden, richtig?«

»Richtig. Und wenn die Hubschrauber kommen …«

»Dann wecke ich dich.«

Der Augenblick war gekommen. Ich musste alles, was ich gesehen hatte, alles, was ich jetzt wusste, verarbeiten. Ich brach mitten auf dem Deck zusammen und ließ mich von den Gedanken und Bildern in meinem Kopf in die Tiefe ziehen.

35

Mom und Elissa mögen Football nicht so gern wie Dad und ich, aber das Spiel ist Teil unseres Rituals am Dienstagabend. Dad wird spät von der Baustelle nach Hause kommen, und Mom von der Kleidersammelstelle, also müssen Elissa und ich die Pizza zubereiten. Wir streiten darüber, wer den Teig kneten darf, aber ich bin älter und setze mich durch. Da in der Küche nur wenig Platz ist, rolle ich den Teig auf dem Fußboden aus.

Während ich den Teig glätte und ziehe, fällt mir etwas auf den Kopf. Ich schaue hoch, Elissa, gerissen wie sie ist, lässt Hirsemehl auf mich herabrieseln. »Du siehst aus wie ein alter Mann!« Sie lacht, aber dann muss sie husten.

Ich weiß, dass ich unser Spiel jetzt unterbrechen muss, um ihren Inhalator zu holen. Ich haste zum Tisch, hole das Gerät und setze Elissa auf den Hocker. Ihr Gesicht ist voller Mehl. Ich halte ihr den Inhalator vor Mund und Nase und helfe ihr beim Atmen. Währenddessen streiche ich mit der Hand über ihren Rücken.

»Einatmen …«, sage ich, »und wieder aus.«

»Atme.«

»Komm schon, atme.«

Als ich Lillys Stimme hörte, drehte ich mich auf die Seite. Ich war halb wach, mit geschlossenen Augen ließ ich die Erinnerungen von selbst an den richtigen Platz in meinem Gehirn zurückgleiten. Es gab viele Lücken – das, was ich wiederbekam, war wie einzelne Ravioli-

Dosen in einem sonst leer gefegten Regal –, aber zumindest hatte ich wieder Erinnerungen.

Ich setzte mich auf. Alles tat mir weh, mein ganzer Körper war steif. Schwaches, graues Licht fiel auf braune Wände. Wir waren in einem Zimmer. Bald würde der Morgen grauen. Das Licht fiel durch eine Öffnung, wo sich früher einmal eine gläserne Balkontür befunden hatte.

In der anbrechenden Abenddämmerung waren wir auf dem Dach des verlassenen Hotels gelandet. Wir waren auf den Balkon dieses Zimmers im obersten Stockwerk hinuntergeklettert. Vor hundert Jahren war dies eine Art Suite gewesen. Es gab ein unfassbar großes Bett, ein riesiges Bad und prunkvolle Möbel. Aber die Wasserleitungen funktionierten nicht, Putz war von der Decke gefallen, und das Bett schien feucht und voller Ungeziefer zu sein.

Also hatten wir uns auf den Boden gelegt, wo sich in den vielen Sturmjahren so viel Sand angesammelt hatte, das man dort beinahe wie am Strand schlief. Für eine Weile waren wir in tiefen Schlaf gesunken.

Aber jetzt war Lilly mit Leech auf dem Balkon. Langsam stand ich auf. Die letzte Nacht schien weit weg zu sein, unklar und vage, und mein Kopf musste noch eine ganze Menge verarbeiten. Ich hatte das Gefühl, ich würde Wochen, Jahre, vielleicht sogar den Rest meines Lebens brauchen, um meine Erinnerungen wieder zusammenzusetzen. Jetzt aber benötigte Leech unsere Hilfe.

Ich trat durch die Glastür, die keine Scheibe mehr hatte. Es war schwer zu sagen, auf welchem Untergrund wir standen – der Rest des Gebäudes befand sich unter Wasser. Aus dem Zimmer unter uns war das sanfte Plätschern von Wellen zu hören. Der Balkon hing über dem Meer. Die Küste lag einige Hundert Meter hinter uns. Es war erstaunlich, dass dieses Gebäude hier überhaupt stehen geblieben war.

Leech lag in einem Liegestuhl. Als wir letzte Nacht hierhergekommen waren, hatten wir zwei davon aufeinandergestapelt in der Ecke des Balkons gefunden, mit einer rostigen Kette und einem Schloss zusammengezurrt. Dahinter hatte eine weiche Kissenauflage gesteckt. Leech hatte uns gebeten, ihn dorthin zu legen, damit er die Sterne beobachten konnte.

Wir hatten dazu nichts gesagt. Es gab nichts mehr, was wir noch für ihn tun konnten, das wussten wir alle.

Wir hatten den Stuhl umgedreht, die Kissen ausgewrungen und Leech dorthin gelegt. Wir hatten ihn in die flauschige rosafarbene Decke gewickelt, die wir aus dem Walmart mitgenommen hatten. Er hatte am ganzen Körper gezittert, Arme, Beine – wegen des hohen Blutverlusts oder auch der Kryo-Krankheit, vielleicht sogar wegen beiden. Dann hatte er gemeint, wir sollten uns etwas ausruhen, also hatten wir uns schlafen gelegt.

Jetzt zitterte er immer noch, und seine Atmung war hauchdünn.

Lillys Hände ruhten auf Leechs Brust. »Mach langsam«, sagte sie. »Versuch, einmal Luft zu holen.«

Er schien zu nicken, schloss die Augen und atmete ein. Es hörte sich wie Wind an, der durch einen Türspalt pfiff.

»Alles wird gut«, sagte ich zu ihm. Natürlich wusste ich, dass das eine Lüge war, und ich fragte mich, warum die Menschen in Momenten wie diesem immer logen. Ich versuchte, die Decke weiter über seine Schultern zu ziehen, aber wegen der trockenen Blutflecken klebte sie fest an seinem Körper. Auf dem Boden hatte sich eine Pfütze aus Blut und Sand gebildet.

Leech ergriff meine Hand. Mit seinen kalten Fingern umklammerte er mein Handgelenk. Mein Blick traf seine Augen, seine schielenden, braunen, jetzt blutunterlaufenen Augen; seine Sommersprossen hoben sich dunkel von seiner blassen Haut ab. »H... hat Paul gesagt, warum?«, fragte er.

Warum sie auf ihn geschossen hatten? Wie konnte es sein, dass sie ihn nicht länger brauchten, wenn er einer der Drei war? Ich schüttelte den Kopf. Ich hasste das. »Nein«, sagte ich. »Sie haben deinen Sextanten und deine Zeichnungen an sich genommen, aber ... nein.«

Noch einmal wurde er von heftigem Schüttelfrost gepackt, aber er schien auch diesmal zu nicken. »Hätte eh keine Rolle gespielt«, sagte er. »Die Kryo-Krankheit hätte mich sowieso umgebracht. Es war nur eine Frage der Zeit ... Ich bin froh, dass ich Isaac gefunden habe. In meinem Kryo-Traum spielen wir die ganze Zeit Monopoly. Wir haben stundenlang gespielt, um unserem Vater nicht im Weg zu sein.«

Ich erinnerte mich, das er bei jedem Spiel damals im Ferienlager gewonnen hatte. »Es tut mir leid«, sagte ich überflüssigerweise, »alles.«

»Nein«, sagte Leech, »muss es nicht. Ich hätte dir von Anfang an mehr erzählen sollen, schon im Ferienlager hätte ich dir alles sagen sollen. Wir hätten keine Feinde sein müssen, wir hätten ein Team sein können, dann wären wir da früher rausgekommen und weitergeflogen und ...«

»Wir waren ein Team«, sagte ich zu ihm. »Letzte Nacht hast du mich gerettet.«

»Aber zuerst hast du mich gerettet.«

»Dann sind wir quitt.« Ich griff nach seiner Faust. »Freunde?«

Irgendwie brachte Leech ein Lachen zustande. Es schien ihm Schmerzen zu bereiten. »Sicher.«

Er schlug seine Hand auf meine drauf. Unsere Blicke trafen sich. »Ihr müsst sie aufhalten«, sagte er.

»Das werden wir«, sagte ich. Der Kloß in meinem Hals wurde größer. »Aber wir müssen wissen, wo wir hinfliegen sollen. Wo der nächste Kennpunkt ist.«

Leech nickte. »Nach Süden«, sagte er. »Wenn ihr … Papier …« Er zitterte stark, bewegte noch den Mund, brachte aber nur unverständliche Worte heraus.

»Ich schau nach«, sagte Lilly. Sie ging ins Zimmer.

Leech begann mit den Fingern auf sein Bein zu klopfen. »Stift …«

Ich fischte den Stift aus seiner Hosentasche und drückte ihn in seine Handfläche.

»Hier.« Lilly kam mit etwas feuchtem, fleckigem Schreibpapier zurück. *La Tortuga de Oro* stand in goldener Schrift oben auf der Seite, daneben das Bild einer Wasserschildkröte in den Wellen.

Ich hielt den Block für Leech. Er holte tief und schmerzhaft Luft, dann versuchte er zu zeichnen. Er malte etwas wie eine Küstenlinie, aber seine Hand fing wieder an zu zittern, und der Stift hinterließ nur unregelmäßige, schwarze Striche.

»Verdammt!«, rief er. Er versuchte es noch einmal, zitterte aber noch stärker. Kritzeleien, anstatt wie früher kunstvoll angefertigte Zeichnungen. Er fegte das Blatt Papier beiseite und schleuderte den Stift über die Balkonbrüstung. Verzweifelt blickte er zum Himmel hinauf, Tränen in den Augen; er wirkte, als würde er sich hintergangen fühlen. »Ich …«

Mitten im Luftholen schien sein Körper zu erstarren. Die Augen sanken ein, er sackte in sich zusammen. Ich legte eine Hand auf seine Brust. Alles war still.

»Nein«, sagte ich leise. Das war nicht fair. Dieses Schicksal hatte Leech nicht verdient. Wie sollte er überhaupt etwas von dem, was ihm passiert war, verdient haben? Und nun, da er gestorben war, welche Chance blieb uns noch?

Lilly beugte sich unter Tränen über ihn und küsste ihn auf die Stirn. Als sie zurücktrat, atmete sie tief durch und begann zu singen. Ihre Stimme hatte diesen reinen Klang, den ich im Schädel gehört hatte, das Lied des Mediums in diesem hohen, singenden Tonfall ... Aber Lilly kannte mehr davon, als ich gehört hatte, die ansteigende und springende Melodie unserer Vorfahren, des Meeres, des Windes ...

Und des Lichts.

Der weiße Schein erhellte den Horizont und die Dunstschleier. Ich blickte auf und sah, wie er sich ausbreitete. Der Horizont leuchtete in unheimlichem Weiß ...

Und dann erschien sie.

Die Sirene tauchte neben uns auf, schwebte genau hinter dem Balkon. Lilly sang noch immer mit geschlossenen Augen und wogenden Bewegungen vor sich hin.

Owen, sagte die Sirene. Sie streckte die Hand aus, als ob sie meine nehmen wollte.

Aber ich reagierte nicht. So viel Geschehenes war für mich ungeschehen gemacht worden, ich hatte die Sirene nicht mehr für echt gehalten, ich dachte, sie wäre Teil der Manipulation meines Verstandes gewesen. Dass sie nun wieder da war, stellte mich vor einige Fragen ...

Du hast mich gefragt, was ich bin, sagte die Sirene.

Das hatte ich.

Aber tief im Herzen weißt du, was ich bin.

Wusste ich es? Ich dachte über das Lied nach, über das Licht am Horizont. *Du bist … die Terra, bist du's?*

Ja. Ich bin die lebendige Erde. Ich bin die Verbindung von Qi und An.

Also, sagte ich, *bist du wie … ein Gott?*

Beinahe sah es so aus, als würde die Terra lächeln. *Ich bin vor den Göttern. Wir werden noch Zeit für Fragen haben. Nun musst du meine Hand nehmen, bevor der Navigator von uns geht.*

Ich legte meine Hand in ihre. Ich hatte nicht erwartet, dass ich überhaupt etwas fühlen würde, aber ihr Griff war fest. Dann berührte sie mit zwei Fingern der anderen Hand Leechs Stirn.

Und ich fühlte, wie sich etwas in mir auf seltsame Weise öffnete, mein Wissen erweiterte sich, als ob Informationen an mich weitergegeben, in mein Bewusstsein hochgeladen wurden. Ich sah Karten. Ich sah zwei Küstenlinien, wo nur eine war, ich sah zwei übereinanderliegende Kompassrichtungen … Ich sah die Gedanken von Leech, die die Terra an mich weitergab.

Und ich sah den Weg zum Kennpunkt hoch in den Anden.

Die Terra nahm ihre Hand fort. *Schau. Du kannst jetzt die Reise unternehmen. Ich sehe dich bei deiner Ankunft.*

Ankunft?, fragte ich. *Wo?*

Im weißen Reich. Die Terra erlosch. Lilly hatte aufgehört zu singen. Sie blickte mich an. »Ich habe sie gesehen. Die Sirene. Das war sie, oder?«

»Ja«, sagte ich. »Sie ist die Terra. Mit ihrer Hilfe konnte ich den Weg zum Kennpunkt sehen. Sie hat mir alles vermittelt, was Leech darüber gewusst hat.«

Lilly zog eine Augenbraue hoch. »Die Terra. Und sie

hat zu dir *gesprochen?* Dir Leechs gesamtes Navigatorwissen weitergegeben? Ich habe sie nicht sprechen hören ... und du bist auch in meinem Schädel drin gewesen, obwohl du eigentlich der Aeronaut bist. Kannst du mir das erklären?«

»Noch nicht«, sagte ich. Lilly schaute mich immer noch besorgt an.

»Was ist?«

»Da war noch was unten im Tempel«, sagte sie. »Noch ein weiterer Teil der Inschrift. Sieben konnte einiges, aber nicht alles lesen. Erinnerst du dich an diese anderen Symbole?«

»Ja,« sagte ich. »Du konntest das lesen?« Lilly nickte. »Was stand dort?«

Lilly zog ein Stück Papier aus der Hosentasche. »Ich habe es aufgeschrieben, sobald ich zurück im Krankenhaus war.« Sie faltete das Papier auseinander. »Dort stand: ›Und wenn die Drei wahrhaftig gefunden wurden, dann werden sie zurückkehren, um uns gegen die Herren zu verteidigen. Und wurde diese Reise nicht schon einmal unternommen? Immer und immer wiederholt sich der Kreislauf, daher müssen wir sorgsam mit der Geduld der Terra sein. Denn wenn wir sie zu oft enttäuschen, wird sie eigene Pläne ersinnen.‹«

Lilly sah mich an. »Was meinst du, soll das bedeuten?«

Ich schüttelte nur den Kopf. »Ich weiß es nicht ... glaubst du, dass ich ein Teil vom Plan der Terra bin?«

»Vielleicht. Scheint so, als ob jeder seinen eigenen Plan hat.«

»Na klasse«, sagte ich.

»Ja.« Lilly sah wieder zu Leech. »Mach's gut, Carey«, sagte sie. Sie legte ihre Hände auf seine, die auf dem Bauch ruhten.

Ich legte meine Hände auf ihre. Ich wollte etwas sagen, doch mir fiel nichts ein. Vielleicht gab es nichts zu sagen. Am Himmel kreisten Möwen. Der Wind trieb schaumige Wellen zu uns herauf, die gegen das Gebäude schlugen und uns in einen salzigen Sprühnebel hüllten, der ölig roch. Die ersten Sonnenstrahlen bohrten sich durch den Nebel, und als die Wellen gegen das Gebäude klatschten, hinterließen die Sonne und das Öl strahlende Regenbögen. Es war ein wunderschöner Tag auf der zerstörten Erde.

Nach einer Weile fragte Lilly: »Lassen wir ihn hier?«

»Nein«, erwiderte ich. Ich wusste nicht genau, was wir tun sollten, aber dann fiel mir etwas ein, was Sieben gesagt hatte.

»Wir übergeben ihn dem Meer«, sagte ich. »Wir übergeben ihn Chaac, oder sonst wem.«

Lilly nickte. Sie sah auf das rostige Schloss an der um die Stuhlbeine gewickelten Kette. »Wetten, ich kann das mit meinem Messer aufkriegen?« Sie ging ins Zimmer.

Ich schaute Leech an. Sein Zittern war vorüber, seinen wächsernen Gesichtszügen fehlte jegliche Lebensenergie. Beinahe erwartete ich, dass er sich wieder rühren würde, wieder lebendig werden würde wie das Schreckensszenario des Kryo-Labors, aber das hier war nicht Pauls Werk. Das war ein natürlicher Tod. Traurig und doch gnädig, verglichen mit dem, was wir gesehen hatten.

Lilly hatte das Schloss aufbekommen. Wir befestigten Leechs Körper mit der Kette am Liegestuhl. Dann hievten wir ihn auf das Balkongeländer, neigten ihn nach unten, bis seine Füße das Wasser berührten, und ließen ihn hineingleiten. Einen Moment lang trieb der Liegestuhl im Meer, schaukelte auf den Wellen und versank dann im grauen Wasser. Zuerst tauchte Leechs Körper ein, dann der Kopf und schließlich die Füße.

Ein Schatten war noch von ihm zu erkennen, wie ein Wesen aus der Tiefe, dann war er verschwunden.

Eine Zeit lang betrachteten wir die Wellen und hielten uns an den Händen. Ich hörte Lilly weinen. Dann drehte sie sich um und ging weg. Als sie zurückkam, hatte sie den kleinen, silbernen Stick mit den Botschaften von ihren Eltern in der Hand. »Ich will mir das nicht noch mal ansehen. Meine Erinnerung reicht mir.« Schnell warf sie den Stick ins Meer. Eine Möwe entdeckte das blitzende Metall und schoss kopfüber herab.

Ich hielt meinen Arm hoch und schaute auf das Lederarmband, das ich für meinen Dad gemacht hatte. Als ich noch nicht gewusst hatte ... Würde ich jemals erfahren, ob meine Eltern noch lebten oder wann und wo sie gestorben waren?

Ich öffnete den Verschluss, dachte daran, das Armband auch hier zu versenken. Aber dann hielt ich inne.

»Hm«, sagte ich, fummelte an dem Armband herum und hielt es dann Lilly hin. »Dazu gibt es keine romantische Geschichte. Ich habe es für meinen Dad gemacht. Ich wollte es ins Meer schmeißen, weil es mich an all das erinnert, was ich nicht wusste. Aber ... das wäre nicht mehr so, wenn du es tragen würdest.«

»Ich möchte gern sehen, was du damit machst«, sagte Lilly, aber sie nahm das Armband und drehte es in ihren Fingern.

»Na ja, vielleicht könntest du mein Gedächnis sein. Du bist das einzig Gute, an das ich mich erinnern möchte, du bist das Einzige in meinem Leben, das nicht zerbrochen ist. Ich kann meine Eltern, meine Schwester noch nicht loslassen, aber … könntest du das Armband einfach nehmen?«

Lilly lächelte. Sie legte es um ihr Handgelenk und ließ es dann zuschnappen. »Ich werde dein Gedächtnis sein, Owen Parker«, sagte sie und küsste mich links neben meinen Mund. Sie deutete auf das Symbol, das Zeichen von Atlantis, das ich in das Leder geritzt hatte. »Und ich werde deine Partnerin auf der Reise dorthin sein. Und wenn du schwörst, keine langbeinigen Blondinen mehr zwischen uns zu lassen, dann verspreche ich, dir sofort Bescheid zu sagen, wenn ich merkwürdige Musik aus Schädeln und so Zeug höre.«

»Abgemacht«, sagte ich.

Wir umarmten uns, der Hauch unseres Atems floss ineinander. Ein Gefühl der Sicherheit umgab uns, als wir so nah beieinanderstanden. Dann lösten wir uns voneinander und betrachteten das Meer.

Als die Sonne wie jeden Tag begann, vom Himmel herunterzubrennen, erhoben wir uns vom Dach des versunkenen Hotels. Zuerst fühlte sich das Schiff leicht an, und ich musste meinen Flugstil anpassen. Es war still, ohne unseren dritten, Carey aus Inland Haven – *Für dich immer noch Blutsauger, Warmblüter!* –, noch einer, der auf unserer Reise weiterleben würde, die Liste wurde immer länger. Leech, der mich von einem Leben voller Lügen befreit hatte und dem ich das nur zurückzahlen konnte, indem ich das hier beendete.

Ich überprüfte seine Karten in meinem Kopf und fragte mich wieder, warum ich das konnte, was ich in Wirklichkeit war, was die Terra mit dem, was sie gesagt hatte, meinte … aber wir würden es herausfinden.

»Irgendwas von Eden zu sehen?«, fragte Lilly.

Ich suchte den Himmel ab. »Noch nicht. Aber ich bin sicher, sie werden kommen.«

Mit den Segeln fing ich den Wind ein, und wir flogen Richtung Süden, über Dschungelschatten und violettes Meer. Als die Sonne hoch am Himmel stand, legten wir im Schatten einer Palmengruppe, die zwischen den Trümmern an der Küste emporragte, eine Pause ein. Am Abend flogen wir weiter, bis Venus erschien und ihre im Nachthimmel glänzende Sternenschar hütete.

Wir flogen immer weiter, Lilly und ich wechselten uns mit Fliegen und Schlafen ab, wir hielten an, um zu essen und uns vor der Sonne zu schützen, und wir spielten sogar Katz und Maus mit den vom Mond beschienenen Wellenspitzen.

Die Nacht wurde Tag, wurde Nacht, wir sprachen kaum etwas, wir schwiegen voller Erinnerungen, wir schwiegen voller Angst, aber es gab keine Distanz mehr. Es gab nur uns, auf dem Weg nach Süden, immer weiter nach Süden, zu den Anden und zum Anfang des Endes.